张　　抗　　抗　　文　　集

散 文 集

乌镇的倒影

张抗抗 著

GUANGXI NORMAL UNIVERSITY PRESS
广西师范大学出版社
·桂林·

图书在版编目（CIP）数据

乌镇的倒影 / 张抗抗著. --桂林 : 广西师范大学出版社，2023.4
（张抗抗文集）
ISBN 978-7-5598-5766-8

Ⅰ. ①乌… Ⅱ. ①张… Ⅲ. ①散文集－中国－当代 Ⅳ. ①I267

中国国家版本馆 CIP 数据核字（2023）第 019496 号

广西师范大学出版社出版发行
广西桂林市五里店路 9 号　邮政编码：541004
网址：http://www.bbtpress.com
出版人：黄轩庄
全国新华书店经销
珠海市豪迈实业有限公司印刷
珠海市香洲区洲山路 63 号豪迈大厦　邮政编码：519000
开本：880 mm × 1 230 mm　1/32
印张：14.75　　字数：300 千
2023 年 4 月第 1 版　　2023 年 4 月第 1 次印刷
印数：0 001~6 000 册　　定价：69.80 元

自序

很久以前，在炎热的夏夜，我常常看见小小的萤火虫，闪着幽绿的微光，从眼前一闪而过。它掠过潮湿的空气，穿透浓稠的夜色，燃起尾灯，在黑暗中起起伏伏，或是匍匐于低矮的草丛里忽明忽闪。

它似乎并不打算照亮周围的黑暗，它只点亮自己。

从我少年时阅读文学作品开始，心里总有晶莹的光斑在跳跃。

那星星般、火焰般的亮光，闪烁着移向远方，引领我一步步走上文学之路。五十年中，我写下了八百多万字的作品，精选成这部三百万字的十卷文集。

文集是一部生命的史诗，文集是一次对自己严格的拷问与检验。

偶然间，从百十部旧作里，我发现了一个秘密：

1972 年幼稚的小小说《灯》、1981 年的中篇小说《北极光》，一直到2016年的中篇小说《把灯光调亮》——我对“光”似乎特别敏感。回望我的文学路，大半生的写作，始终被微弱或是宏阔的光亮吸引着。

阳光炽烈、圆月皓洁、星空邈远。我是一个心里有光的人！

为了寻光，我用文字把雾霾拨散；为了迎光，我用语言把黑暗撕开。

人类的进化和变异，从骨骼开始。骨骼支撑着生命，使人能够站立起来。当生命的血肉之躯不复存在，最后留下了坚硬的骨骼。作品的内涵与思想，正如骨骼一样。骨骼是一支烛台、一只灯架、一座灯塔，让光束高高、灼灼地挥洒和传播，成为江河湖海的淼淼烟波中鲜明的标识。

当然，还有灵魂。灵魂飘飞出窍，升天入地，灵魂就是永恒的光。

编选这部文集的过程中，审视五十年来的旧作，我常常纠缠在截然相反的复杂心情中。有时我会惊叹：那时我写得多么好啊，那些流畅有趣的句子、独特的人物，新文体的尝试；那时的我，文思喷涌，认知超前……有时我也会沮丧懊恼：早期的文字太粗浅简陋了，细节不够讲究……更多的时候，我会深深感慨：我应该写得更好些，我完全可以写得更好。

可惜，年过七旬，一切都不可能从头来过了。

已落笔的每一字每一句每一篇每一部，都是生命留下的真实印记。是用书页压缩、凝聚而成的人生和历史。

写作的人在写作中享受寂寞。书籍和文学都是寂寞的产物。

寂寞中，我听见自己内心的声音，自由自在无拘无束地飞扬。

在我大半生的写作中，“写什么”和“怎么写”同样重要——“写什么”体现自己的价值观，“怎么写”是价值观实现的方式，用文学表达对自身、人性及对世界的认识。其实，最为重要的是“为什么写作”。整理文集的过程中，我无数次叩问自己，杂糅的思绪渐渐清晰：少年时，文学是对美好理想的向往；青年时，写作是为了排遣苦闷；中年时，写作是为了精神的坚韧与丰厚；进入晚年，写作是为了抗拒人生巨大的虚无感。一生写作，其实都是为了解决自己的种种疑惑、困惑，可惜始终未能达至不惑。

我已与文学相伴半个世纪。于我而言，身前的赞誉非我所欲，身后的文名亦非我所求，写作不是我的全部生命，而是人生的组成部分。我在写作中不断成长——成熟，在文学中日臻完美，从而成为一个合格的公民、一个有尊严的写作者、一个善于思考的人。

近年来，我留意到萤火虫已越来越少，它们被污染的环境和滥用的农药灭杀了。我心黯淡进而悲凉。我梦想着变成一只萤火虫，让我书中的每一个字，能在暗夜里发光，孤光自照。

是为序。

张抗抗

2022 年 3 月 2 日

目 录

我行

我醉

我爱

我敬

我悟

我见

我行

石砌的史书

——阿斯哈图

“阿斯哈图”是什么意思？——阿斯哈图是蒙语，汉意为“险峻的山峰”。

阿斯哈图在哪里？——阿斯哈图在内蒙古自治区的中北部，克什克腾旗境内，大兴安岭南端黄岗峰北。

去阿斯哈图怎样走？——由北京至赤峰，再到克什克腾旗委经棚镇，然后再往北，车行三小时。在夏季，这是一次绿色的旅程。人和车始终在起伏的草原上穿行，淹没在望不见边际的绿色之中。偶尔掠过大片大片的紫花苜蓿，在风中摇曳的白色雏菊，初冬的雪地一般纯净。绿色是夏季草原的底色，绿色是一种胸怀，绿得安详而坦荡。悠闲散落在原野上成群的红牛黑马白羊，在绿色中浮游，给人以与自由有关的种种联想。

是什么原因让你走那么远的路，去阿斯哈图？

——是因为克什克腾国家地质公园独一无二的“冰川石林”。

世上有很多冰川遗址和怪石奇林，为什么非要去阿斯哈图呢?

——阿斯哈图是独一无二的。我曾走过的地方，那些秀美的石林都太精致了。阿斯哈图的石林宏伟霸气，我喜欢它磅礴的气势和气度，那种不可一世的傲慢、遗世独立的尊严。

可是草原上怎会有险峻的岩石和山峰呢?

——阿斯哈图在草原深处。把绿色走到尽头，耸立的大山阻断了去路。大山拔地而起，如同草原剽悍的巨人卫队。换车上山，峰回路转，扬起一路烟尘。山脚是一层层茂密的白桦原始次森林，沿途可见灌木草坡交替，是一派高原风光。抬头仰望，山顶嶙峋的巨石轮廓，似乎遥不可及。

阿斯哈图的山峰终于呈现在你眼前的时候，穿着什么颜色的袍子?

——我无法辨别它的颜色，因为它始终在不断的变化之中。灿灿斜阳直射之下，它是暖金色；背阴处却是中性的灰褐；远远的剪影是冷冷的黑；走到近前细细观摩，越发觉得它的色调难以确定。色块互相渗透融合，一抹赭红、一层青灰、一团麻黄、一片蓝绿；当它们混合在一起，就构成了斑驳沉着的杂色，似一座巨大的露天矿藏。我更愿意想象草原的冬天，大雪纷飞，它们在厚厚的雪地上岿然不动，还原成远古第四纪纯银色的冰川。

阿斯哈图的岩石究竟是什么形状，能让人如此震撼?

——我无法描绘它的形状，因为每一座山岩的姿态，从每一个不同的角度望去，都会变成另一种样子。通常，它们会被牵强地解释成各种世俗的物体，被赋予某些象征性的意义，比如塔、鹰，或是情侣。但在我看来，阿斯哈图是一座史前古城堡的遗址，高达几十米的城墙巍然矗立、陡峭的烽火台依然坚硬、石砌的通道在荒草中依稀可辨、奇巧牢固的防守工事潜藏在拐角的暗处……那是一个消失了的巨人王国，山峦间每一道高不可及的断垣残壁上，都遗留着当年的巨人营造城堡的痕迹。若是从这一座墙砖走向另一座石壁，要经过开阔辽远的山梁与谷地。在夕阳下眺望周边五平方公里范围内四处散落的城堡废墟，我确信巨人王国是曾经存在过的。唯因其巨，而不堪其重。

那么你见到阿斯哈图石林城堡中的巨人脚印了吗？

——我见到山坡上以完整的巨石铺就的巨人卧榻，我看到山谷中粗粝的岩石上烙刻的巨人手纹。在荒凉的城堡石壁下，开满金红浅紫的野花，每一片战栗在风中的花瓣，都残留着远古的气息。但我最终被阿斯哈图慑服，是因为阿斯哈图山巅上那些神奇的花岗石，就像一座图书馆，书本摞得一架一架，每本书或方或扁，就像用锋利的刀斧削凿后打磨而成。岁月流逝，风雨剥蚀，它们被挤压成棱角浑圆的石块石板，边缘清晰、线条流畅、厚薄均匀，然后整整齐齐地重叠码放，犹如一页页巨型厚纸，最后被装订成一本本重量级的大书，存放在山峦的高地上。我第一眼仰视它们的那个瞬间，有一种打开翻阅的冲动。我想这石头的书页里，定是藏有文字的，每一页都有葱郁的白桦树林、烂漫的山花作为插图，这是一座用石头史书垒砌的城堡，岩缝里刻录着历史的沧桑。

阿斯哈图，原来是一部巨人的史书。那么，你在其中读懂了什么?

——史书未著一字而尽得风流。我读出了大自然的鬼斧神工，读出了花岗石的固执与坚硬，读出了天空的宽容，读出了时间的永恒。然而，我听见风声沉重地翻页、听见沙砾迸溅时悲壮的吟咏，那一刻，我知道自己仍然读不懂它，不可参悟的阿斯哈图，解不开的谜思。

你走不出阿斯哈图了，这一座巨大的地质博物馆。

——是的，是图书馆，也是博物馆。回望阿斯哈图，我看见巨石峰尖上的冰山漂砾插入云层，将绚丽的晚霞温柔地撕裂。想象着远古时期冰封雪盖的阿斯哈图，怎样在微弱的暖意中渐渐苏醒；高原隆升，顶开了巨大的冰盖，雪层崩塌；冰川融水，刨蚀侵蚀拔蚀冲蚀，终至水滴石穿，水落石出。克什克腾的阿斯哈图石林，是冰川馈赠给人类的珍贵遗产。惊心动魄、波澜壮阔的大手笔，超越了以往所有的文字记录。

没想到，克什克腾竟是如此神奇的一个地方。

——它奇妙、奇崛、奇丽，令人惊叹。克什克腾紧挨着锡林郭勒草原，这座异峰突起的阿斯哈图，纠正了我们以往对草原的肤浅认识。其实，没有巨人也没有巨人王国，地壳的运动才是草原的父母。它们留下了这部石砌的史书，从此将被人们一次次用目光抚摸，然后，记住。

《人民日报》2004 年 9 月

金上京镜像

2005年夏天，在距哈尔滨几十公里外的阿城博物馆，我平生第一次见到那么多集中陈列的铜镜，共有二百二十六面之多，好像天下散失的铜镜，都自动汇聚于此了。它们被整齐有序地分类，在玻璃柜中依次排列过去，占据了整个宽敞的展厅。一眼望去，似有无数个被乌云遮蔽的月亮，闪烁着幽暗的微光，在日出前的晨曦里一起庄严沉落。

铜镜的皮色呈灰绿、草绿、墨绿、银灰多种，历时八百余年，仍完好如初，不碎不裂不腐不锈，从宁静而迷蒙的绿晕中，透出岁月的悲凉和沧桑。工艺略显粗糙、犹如浮雕般简约的图饰，明朗而流畅地刻录了女真民族的文化特征，以及与汉文化交流融合的历史。历年来，黑龙江流域远至贝加尔湖地区等原金朝辖区，以及阿城周边陆续出土和民间遗存并搜集而得的大量铜镜，已成为“金史”的形象补遗和“金源文化”的生动例证，也是金上京遗址博物馆的珍贵馆藏品。

金人好镜？那样一个生猛骁勇的民族，竟然也是爱美的吗？

铜镜的形状各异，大体可分圆形镜、菱形镜、八角镜、亚字形镜、方形镜、带柄镜、附耳镜等八类，纹饰有双鱼、龙纹、人物、禽兽、花草、铭文、素面、秘戏等。还有一些仿汉、仿唐风格的照明镜、日光镜、四乳镜、星月镜，甚至还有集汉镜中常见的铭文与唐镜中常见的海马葡萄纹饰复合的“青盖镜”，附耳镜（镜之边缘的上端铸有一带孔附耳）中有观音纹阳遂镜和千手观音双面镜，由此可知佛教对辽金民族的渗入和影响。镜饰为花鸟鱼龙，趋于写真，形象生动活泼；人物千姿百态、神情丰富，展现出金代社会风俗、民间日常生活景象和审美趣味……

1964 年，阿城区出土的双鲤鱼大铜镜，直径四十三厘米，重达十二千克，无论其体积之大，还是图案的精美，均为目前全国出土的铜镜之最。

曾有一面从绥滨县出土的铭文镜上，刻有“以铜为镜，可正衣冠”的字样。

然而，面对这几百面古镜，我却无法看见那熠熠生辉的铜镜镜面，更无从用那曾经光可鉴人的镜面，照一照自己的妆容。因为那些朴素而美丽的铜镜纹饰，全都铸刻在铜镜的背面，展馆将那光滑透亮的镜面悄悄敛藏，沉默无语地背对观者，展出的是铜镜背面的纹饰。自从清代玻璃镜自西方传入后，铜镜逐渐淡出了人们的日常生活；古人用以梳妆整容的铜镜，失去了当初的实用功能，被今人之手旋转一百八十度，旋即转化为审美和文化研究的对象。

究竟是铜镜变成了历史的证物，还是历史物化成了铜镜？

我自幼生长在江南，记忆中，那些威迫并撼动灭南宋朝廷之“金兵”，曾是何等凶恶狰狞。

史载女真人崛起于松花江和黑龙江流域，金太祖完颜阿骨打出生于“按出虎水（今阿什河）之畔”。阿骨打自幼聪明过人，精于弓矢，骁勇善战，后逐渐收服各部，伐辽大捷后，公元1115年，创立金朝，建元收国，定都会宁府（今阿城区）。完颜阿骨打认为世上只有金子不会变也不会坏，金子色白，完颜部又崇尚白色，“按出虎水”恰为女真语“金”的意思，故以“金”为国号。至完颜阿骨打嫡孙完颜合剌继位，即第三代皇帝金熙宗在位时期，正式命名会宁府为上京都城。北宋徽、钦二帝被金人俘获，曾在1128年押抵上京会宁府，身穿素服跪拜太祖庙，受尽屈辱后客死依兰。金王朝在“金上京”历经四帝，共计三十八年，南下灭辽、宋两大王朝，成为北中国最强大的政治经济军事文化中心。以阿什河流域为中心的金上京地区，被女真人称为“金源内地”。

公元1149年，海陵王完颜亮刺杀金熙宗，成为金朝第四代皇帝，由于物资运输与公文传递以及旧朝民心难服等诸多原因，海陵王即位后不久，毅然决定废黜上京称号，南下迁都华北燕京。北地8月乍起的秋风中，完颜亮率部开始长途迁徙，他撤离故土，走得如此决绝——昔日会宁府辉煌的宫殿楼阁、佛寺道观，均被毁坏，夷为平地。那是一场凄美悲壮的诀别：海陵王毁城南迁，自绝后路，是要从根上断了女真人思恋故土的念想。铜镜辗转南北，亦是要把关内关外的阳光都一并收拢其中。此后金上京一度衰落。

直至金世宗即位后，为维护女真旧俗赢得民心，曾重修上京宫室作为陪都。至金末，元军攻打金上京，久攻不克。传说中，金上京特有一种白色家雀，夜宿城内茅屋木檐下，元军差人将城内家雀以重金尽数捕捉收购，然后在家雀腿脚上绑上硝磺和线香。除夕之夜，点燃线香，放白家雀飞回城中，天黑以后，线香燃尽引爆硝磺，城池房屋一夜之间化为灰烬。那一场大火燃烧得如此猛烈持久，火焰映红了上京都城的天空，冰凉的阿什河水都被烧得发烫。繁华落尽，灯灭星稀，白家雀从此在会宁府绝迹，金上京皇城内仅剩下一片残垣焦土。年年岁岁，存积的焦土化为肥田，听任农户耕种。时历几百年风雨，至公元17世纪，女真后裔满族再次入关，建都燕京，立清王朝，女真人的祖地金上京，从此被彻底废弃。如今的东北人，都知道阿城会宁府城墙遗址内种植的大蒜，个大味浓，辛辣甘甜；而百米之遥城墙外的农地，种植的蒜头则其味寡淡，比之会宁府的蒜头大大逊色。有人说，金上京遗址出产的蒜头，浓缩了金源文化几百年的精华与汁液，可在咀嚼中重温金人开疆拓土的艰辛。

当年海陵王移师华北燕京，建立中都。“燕京”因而崛起。在华夏历史上，燕京作为都城，始自海陵王，而后肇兴繁荣，历经元明清三朝，直至成为今日国都。海陵王毁了金上京，却创造了新燕京。古旧的铜镜，映照了一座城池的毁灭，伴生着另一座城郭的诞生。目光穿透镜面，遥远喧嚣的影像，由模糊渐渐趋于清晰：有疾驰的马队从镜中奔来，那一条从金上京到燕京的漫漫迁徙之途，恰是女真—满族—蒙古族—汉族的民族融合之路。

我在一面“海东青鸾兽镜”前驻足，“海东青”三个字，让我倏然心惊。镜子背面的图饰中心内区是一头神兽，外区周边一圈为蹲守的数只鸾鸟——海东青。早知海东青为北地猎鹰，盛产于松花江下游至入海处，以色青灰得名，形如隼却性猛，善捕天鹅。据《辽史拾遗》记载，“海东青，大仅如鹊，既纵，直上青冥，几不可见。俟天鹅至半空，自上而下，以爪攫其首，天鹅惊鸣，相持殒地”。海东青的体积仅有天鹅的五六分之一，一次却可击落三四只天鹅，然后扬长而去……展馆中另有一块玉佩，刻有海东青击天鹅图饰；一件金代的玉石如意上饰有三块玉雕，是海东青击天鹅的镂雕纹饰，均可见海东青在空中迅猛而矫捷的身姿。海东青恰恰产于女真人肇兴之地，也许正是为了证明一个崛起的弱小民族，敢于挑战强国的勇气和实力。时隔近千年，如今被誉为“东方之鹰”的海东青，已成为满族祖先的精神象征。

图纹逐渐变得凝重，我惊讶这平面的镜子，竟然可以看到如此粲然的立体影像。

展厅柔和的光线，在几百面铜镜上折射出幽幽绿莹，交错辉映，竟让人生出几分幻觉。想象着当年金上京鼎盛时期的酒宴上，善骑射喜渔猎的女真人的萨满乐舞，曾是何等率性、欢快、狂野和虔诚。曾有文字记载萨满舞“……五六妇人，涂丹粉，艳衣，立于百戏后，各持两镜，高下其手，镜光闪烁，如祠庙所画电母”——可有人见过持镜跳跃的舞者？日光、月光、星光、火光，均在镜中旋转，犹如火炬与闪电的亲吻……那该是怎样奇妙的创意和画面啊！

金上京博物馆收藏用作舞蹈的镜子。镜之舞，可乱我衣冠，而后助我心气。

查阅相关史料，发现金代铜镜的兴盛，竟是源于缺铜。金国禁铜极严，不允许私人生产，铸出铜镜，须由官方检验镜背边缘的刻款和押记。铜镜一时成为紧俏“升值”的硬通货，百枚小铜钱即可铸成十厘米的铜镜转卖官府，因此造成民间私自“销钱铸镜”之风流行，也因此为金上京博物馆留下了如此丰厚的铜镜艺术馆藏。

恍然明白何谓“背景”一词：墨绿的铜镜背面，潜隐着推动历史发展的经济动力。

金上京博物馆的建筑也独具匠心，由国门栓、刀枪架、中军帐、黄金顶、四帝阶、大峡谷、航船头、年代角错拐和透亮窗等十余处具有金代历史内涵、颇有象征意味的设计连缀而成。馆舍向西两百米，为金代开国皇帝完颜阿骨打之陵，再远处即会宁府城墙遗址，如此三位一体，构成了“金源文化”完整的文物群落。

铜镜古称“鉴”。以史为鉴，可测得失。而历史的真相和岁月掩藏的所有密码，有时，却藏在镜子背面沉寂的暗角里。

《随笔》2005 年第 6 期

女儿湖隐喻

泸沽湖，在崇山峻岭之巅苍郁的松林缝隙中，悄然撩开了她的面纱。

我盼这一刻，等了很多年，从北方，几千公里，翻山越岭，为这个湖而来。人们说那是一个女人国中的女儿湖——我期待在这清澈的湖水中，深藏着有关女性的奥秘。

远远望去，湖面呈银白色，宁静平滑，像是结了一层薄冰。太阳隐没于云层，冰面发出冷冷的光，感觉却是柔软的，纱裙 般铺撒开去，微微颤动，闪烁着不易察觉的波纹，像一个温柔的陷阱。这是一个矜持而含蓄的冰美人，千年万年地离群索居，只与高原雪山为伴。她本是不喜欢被打扰的，所以不以微笑迎接远方的客人。

落水村，落落大方的水吗？村寨依山临水，高瓴厚墙的木楼，亦是落落大方。

水就在眼前，水就在脚下。进村的路，紧贴着湖岸，好像是从水里走进村子里去。我从未见过那样丰沛的一湖清水，满得从湖中漫到湖边，轻轻拍打着无须围堰的湖沿。我从未见过如此浅显的岸，湿润的泥土与湖水在同一平面上，岸与湖连成了一体。水波随意地撩拨着湖边的芦苇，路面有浅浅的水坑，水来了又退去，也是没有定规的；湖水荡漾着、波动着，只是有节制地与湖岸调情亲热，却从不恣意汪洋泛滥溢淌；湖的四周是逶迤的山，冷峻的蓝灰色，臂膀一般环绕着、呵护着湖。山有一角伸入水中呈半岛状，湖心另有两座玲珑的小岛，将泸沽湖分隔成几个弯曲的水域，由此显出了湖的窈窕曲线——这是一个不受束缚的湖，一个不设防的湖，一个浑然天成、没有任何人工痕迹的湖，一个自由自在、冷暖自知的湖。

那晚下了一夜的雨，急骤而细密。落水村果然时时落水，却是说停就停了。天亮去湖边，湖水却不见涨溢，依然满满盈盈、温情脉脉的样子。雾气渐重，乳白如烟，弥漫开去，好似冷美人忽然变得热情奔放起来，整个湖成了升腾着热气的巨大温泉池。阳光在云层中忽隐忽现，泻出一小块瓦蓝瓦蓝的天空，水天一色，女儿湖迅速换上了一条蓝色的缎袍，在风中飘起大摆的群裾。雾气在湖的上空聚集，变成了重重叠叠的浓云。云团白得发亮，天女散花似的一朵一朵抛撒下来，落在水中，铺满了一湖的白云，湖水膨胀而饱满。从湖边码头坐船去湖心小岛，好似头戴着天一样大的白色绒帽，水中拖曳着雪花长裙；船在云海中悠悠行走，人在云层之上徜徉，有些飘飘然的眩晕；木桨落水处，船下的白云裂成了碎片，一片片沉入水底去了；船一过，云朵重新浮上来，悄然合拢，天衣无缝，人又在云里。船工是高挑健美的摩梭姑娘，说是纳西族，身材脸庞更像藏民。有风吹来，湖面渐渐开朗，狮子山巨大的山影投在水中，黝黑而雄壮。金色的阳光浸润在水中，泸沽湖忽又变了颜色，波光粼粼的金灰色，冷色暖色交融辉映。原来，这是一个变幻莫测的湖、一个丰满质朴的湖、一个生动鲜活的湖。泸沽湖两昼夜，几度在湖边漫步，见她变脸无数，每一刻的景象都与前一时不同，分分钟的风光都不重复——恰似充满新鲜感的魅力女人。

风轻云淡，湖水归于平静。近岛的浅水处，忽见水面浮漾着星星点点的亮光，初始疑为云中的光斑，船近了，伸手可触，掌心传来温润的质感，薄如锡纸，滑若丝绸，柔软无骨。犹如走进了童话世界，一朵一朵洁白的小花，形似菡萏，樱花般大小，回眸浅浅一笑，像一个个水淋淋的白色妖姬，自湖中破水而出。那是真真切切的新鲜花朵啊，四瓣紧合，包拢成一个精致的银碗，荷灯般浮在水上，淡黄色的花蕊散发着甘甜的水汽，花蒂上滴答着清澈的水珠。自以为走过许多湖，却从未见过水上如此轻盈灵巧的小花。那个瞬间我怦然心动——这是女儿湖特有的花么？女儿湖的精灵？

小花无叶，一朵朵浮萍似的漂在湖上，显得有些落寂孤独，像是“无父无夫”却支撑着大家庭的摩梭女人。穿过清澈的湖水，可见花蒂下连着一根长茎，细如未发芽吐叶的柳丝，柔软而韧性，弯出几个弧度，在水里随波漂来荡去，一直探伸到水底。泸沽湖水如此透明，视线可及水下数尺——目光顺着花茎下潜，再下潜，见水底有一团模糊的暗影，定睛细察，竟然是一株半米高的植物，深绿色的阔叶，如同芭蕉一般在水中悄然伸展绽放。那个时刻我屏住了呼吸，我看见“荷灯”细长的根须，是从那一大丛植物的叶片中心抽抻出来的。绿叶像一个隐形底座，稳稳地托住了小花的细茎，并伸出宽阔的手掌，穿过冰凉的湖水，一直将她送到温暖的阳光中去。她浮出水面的那一刻，还是一粒珍珠般的苞蕾，一个来自泸沽湖深处的睡美人。然后在清风中渐渐苏醒，一瓣一瓣地抖开自己的衣裙，开始了水上轻盈的舞蹈，就像泸沽湖女人生命中蓬勃自由的爱——只是，人们在湖面上看不见男人的双手，所有的支撑和依托，挚爱与呵护，都像这小花的叶片，藏匿隐身于水下了。

船工库姆骄傲地说：这叫作“菠叶海菜花”，只有丽江这边的高原湖里才有。这种花，一般只开在没有污染的水中，水清花白，若是水质差，花就会变黄……

船往回走，这才发现，近岸湖面上，竟然漂着一大片一大片“菠叶海菜花”。灰蓝色的湖面上，一朵朵洁白的小花跃出水面，若隐若现，若有若无。泸沽湖像一座巨大的水上舞台，白袍水妖踮着足尖从波涛上走来，随着水浪敲击的音乐而翩翩舞蹈。也许它更像一幅神秘的水上织锦，图案底版因天空和阳光的颜色不断地变幻。

我在岸边久久地伫立、凝视，心如水波轻微颤动，聆听大自然无言的教诲，渐渐开朗却又越发地茫然混沌。

最后一眼回望泸沽湖：蓝冰薄纱，静卧于群山之间；她已收起娇媚的云雨之态，一如初识之时，冰清玉洁、冷傲宁静。人世间，究竟哪一种情爱方式，更接近自然本相和生命原色呢？女儿湖，像一个无岸无底的隐喻，等待远方的女人，用心灵去破解参悟。

《天津日报》2006 年 3 月

大青山冰臼

克什克腾旗的贡格尔草原，是距北京最近最美的草原。

克什克腾的每一寸草地，都有着不凡的来历。在克旗，深呼吸、勤侧耳，脚步轻轻、目光炯炯，全身的感官都高度警戒，不可错过一处的惊讶和精彩。

最让克旗人骄傲的，莫过于阿斯哈图世界地质公园了，那是需要单章另述的奇特石林。但在我看来，世人尚未所知的兴安岭南端的大青山冰臼，也足够神奇。从远处看，只见草原的尽头突起一座横亘数十里的城池，高墙连天，顶端遍布锋利的兵器、旗杆，狰狞凶险，严阵以待。走到近前，仰视大青山，雾气中却见奇峰缥缈，竟有几分妖娆和妩媚。

雾中登大青山，一路惊呼不已。迎面陡立的石壁上，一尊天然的巨佛惟妙惟肖，令人顿生敬畏之心；眼前身后的嶙峋怪石，气势夺人，如一座座巨大的城堡耸之于天，可望而不可即；其险其峻其妙其趣，与黄山可有一比。克旗多白桦，遍至大青山，路边石缝里粗壮的白桦树，树干秀美清爽白净，犹如一个个白衣秀士，隐居山林苦读；路人经过，只把一身纹丝不动的白袍子背对于人，树叶微颤，算是打了招呼。

大汗淋漓中终于登上山脊，众人惊呼，陡然别有一番天地：平坦的山顶上，只见巨大而光滑的花岗岩石坡，一座接一座地铺排开去。裸露的岩石黄褐相间，夹有橙红的沙砾，覆有灰绿色苔藓，眼前一片五色斑斓。石坡起伏，以沟壑相连，可知多年流水冲击而成。坡上凹凸处，嵌有无数形状各异的石盆，圆形菱形长方形极不规则；大如缸锅，小如杯碗，深浅不一，当地民间称为“九缸十八锅”。最大的一个石盆，长十米，宽五米，深达三米，内有积土，一株粗壮的白桦树安稳地立于其中，花草环绕，犹如一个巨型天然盆景。小池内若有积水，或蓝或绿，远望像一只巨人的眼睛，不眨不闭，安然凝视天穹。那池水得天地雨露精华，或清或浊，弯腰即可撩水洗面，如入仙人浴场；最奇妙的一个石池，其形不可言传，似地心柔软的岩浆，曾被一双神手捏玩，做成个独具匠心的模具，冷却后就成了多角章鱼或是海龟化石；池内那一汪清水，以石成形，因此变得有棱有角。更有一奇绝的石池，两端皆有光洁的细槽，如漫漫岁月之水，从这端流入，又从那一端流出去了……

那一刻的感觉，犹如降落于一个星外的魔幻世界，山顶空寂，昔人已去，空余遍地的锅碗瓢盆，也留下生趣盎然的千古谜语。那石池口小肚大底平，其形酷似古代舂米的石臼。直到 20 世纪 90 年代，经地质学家考证，确定克什克腾的石盆怪池皆为冰臼。大青山冰臼，是目前世界上发现的规模最大、类型最多、保存完好的冰臼群之一。

早在第四纪冰川时期，大青山被厚厚的冰雪覆盖，冰雪层高于山顶岩石数百米。随着气候变暖，冰川融水沿冰川裂隙，自高处飞流直下，猛烈冲蚀基岩，日复一日，以“水滴石穿”之力，将山顶的岩石打磨光滑。当岩石无法承受水的力量时，飞流渐渐侵入岩石的表层，“磨”出一个个浑圆椭圆的冰臼，形成冰臼奇观。冰川融雪，以柔克刚，悠悠万世，竟将坚硬的花岗岩掏心挖洞，雕刻成了奇形怪状的容器，把冰川当年的英姿，镶嵌在石窝窝里保存了。弱水三千，分一瓢在此。冰瀑雕刻的不是岩石，而是时间。在大青山，可见到消逝的冰川融雪，永远留存在冰臼里的刻度。

而身后的悬崖下，即是坦荡无垠的草坡。草原以青草的方式，纪念着冰川父亲给予它们的生命。

在大雨中下山，浓雾水汽里，一路起伏的高山草甸。金蓝红紫的野花簇簇，被雨水洗得发亮。山梨核桃果实累累，似在花果山巡游。随意扒开湿漉漉的灌木草丛，一坨坨碗口大的蘑菇跳入眼帘，雪莲一般洁白。石阶逶迤，云雾中险峰时隐时现，若是晴天，举目可见花岗岩峰林、天桥石棚怪石——僧石猴石蛇石鹰石美女石……正遗憾，前方山壁忽露一方通透的天然石洞，天光乍泄，山体洞开，像是一扇巨大的石窗，欲为神秘的大青山解密。

下山回望，雄奇的大青山在身后耸立，顿觉克什克腾的草原有了立体感。巍巍兴安岭延伸至南麓末端，似乎意犹未尽，于是在平缓的草原上，让这亦秀亦雄、兼南北名山之长的大青山，留下了关于岩石的千古绝唱。

《今晚报》2005 年 10 月

西拉沐伦河漂流

西拉沐伦河来自兴安岭南端的湟源河谷，为商代先民的摇篮，也是红山文化的发祥地之一。据说湟源的沙丘若垄似链，形成盆地，泉水自谷底沼泽中涌出，万泉竞喷，汇成水泊。上游石壁对峙，悬崖叠起，水流湍急，轰若雷鸣，有小三峡之称。契丹辽太宗耶律德光及乾隆皇帝，曾寻访沐沦河源头并题诗称颂。几百年过去，西拉沐伦依然奔流不倦、生生不息。

我见到的西拉沐伦，已是中下游地段。水势略减，趋于平缓，浑黄的河水，坦然自若地穿过两岸苍郁的灌木。河道时宽时窄时隐时现，在岸边的高地远望，像一条林中秘道。

我独自一人浮在水面，悠悠然顺河而下。

前后左右都是水，急促而安稳地流淌。触手可及筏子外沿冰凉的河水，倾耳是流水汩汩的哗响；我闻到了河面上飘来弥漫着青草和湿土的甘甜气息，清洁着我的呼吸；隔着充满弹性的橡皮筏子底部，能感觉到水在暗处使劲。整条河像是一个巨大的漩涡，无休止地旋转着，就连天空也已消失在水里……

西拉沐伦，你从哪里来，带我去哪里？

没有帆，也没有罗盘，我是一座移动的孤岛，或是一块南极崩裂的浮冰，在水上漫无目的地漂流。

那一天下午，阳光早早隐没，从草原上吹来的风已有凉意；河面上没有闪烁的光斑，水是朴素平淡的本色，甚至显得有些冷漠。橡皮筏子下水的那一刻，只觉得身上的热气忽地被河水吸走了大半；波浪起伏，筏子颠簸起来，身子晃了晃，人就晕了，睁眼闭眼都是流淌的水。阴郁的河面，如同一条狭长的陷阱，会把人吸进去。心倏然抽紧，生出几分恐惧。

先后下水的同伴，筏子都已迅速四散，各自荡漾开去，橙红色的救生衣犹如曲水流觞的酒杯，不由自主地朝下游行走。我无法驾驭自己的筏子向任何人靠拢。水下像是有一只看不见的手，控制并离间所有的漂流筏，使得它们彼此之间无从相濡以沫。

四周空无一人，孤独感渐渐袭来，在水面上形影相吊。

那是一个宽阔的河湾，弯曲的河道延伸至此，水中突起一摊金色的沙洲，像一个问号，下面有一个被放大了的小点。筏子一往无前，撞向沙滩的边缘，悄然搁浅，无人搭救。用木桨撑住河底，胡乱用力，听见橡皮搓擦着沙滩的声音，像是要揩去水中的痕迹。反复挣扎全然徒劳，筏子像一块磁铁被牢牢吸在河床上。忽而，却又轻轻一颤，猛地弹了出去，迅即将沙洲甩在了后头。却不是桨的力量，而是水流突然改变方向，将我重新送入河道的主流。

水流逐渐加快，如轻舟过峡，一泻数里。眼见河面朝着前方倾斜下去，形成水的梯级坡度。水势忽猛，溅起团团浪花，水下似乎布满阴谋诡计，埋伏着无数道沟壑岔口，路径纠缠纠结，像是隐形的魔爪，拽着筏子一会儿往左、一会儿往右，全然没有方向可言。人在水上，对于水下却一无所知，那水看似温情脉脉，转瞬就凶相毕露。束手无策地看着自己的筏子往岸边直冲过去，一头插入密集的柳茆丛，让粗韧的柳条一根根从头顶掠过，任其拍击鞭打，却无从躲避动弹不得。几回心惊胆战，自以为山穷水尽，流水无情，只能任其戏弄摆布了。绝望之中，水下的魔怪突然大动恻隐之心，那筏子似有神助，只一个华丽转身，自行掉头突出重围，卷入另一股劲流，如同冰上速滑，瞬息间蹿出老远。等到回过神来，人已在河的中央——天高水阔，水平如镜，筏子稳稳地朝着下游航行，一时畅通无阻……如此三番四复，每一次都在险情绝境中侥幸脱逃。再一次误入歧途时，只需坦然用手轻轻撩开树枝，等着撞击河岸那一瞬的力量，将其顶开——旋转——踮脚——凌空——落地时，已在新的起点上。那一套连贯的动作，完成得如此圆熟爽利，像配合默契的双人华尔兹舞步，在河面上一圈一圈地纵情奔放。圆舞曲的乐声从空中传来，只听微风、鸟鸣、流水声声……

漂流着，无拘无束。若是遇到浪花翻滚的激流险滩，爽性松开水中的木桨，身子一动不动，任随筏子从容漂去——它一个顺势鱼跃，从水瀑上灵巧翻过，稳稳落在水梯的下一层平缓处，衣衫上竟连水花儿都不溅一朵……

目光疑惑地透入水下，似乎隐隐看见了有关命运的昭示，或是另一种解读。

很多时候，人生，生活，就像漂流本身——当水流具有足够的运力时，顺其自然是最好的选择。水下（或是命运）潜藏着我们无法透视的规律，要说随波逐流，其实也就是循着波浪和水流的动向，借力前行而已。

在西拉沐伦的夕阳下，我手里的木桨已不知去向。很多年来，我曾一次次梦见自己用脚尖在水面上行走，就像大海中那条渴望成为人的鱼。

那是一段平缓的河道，几乎感觉不到水的流动。我坦然地悠漾在河面上，把身子放平，躺下来，头发几乎垂在水面。雾气洇湿了我的眼睛，水声充盈着我的耳郭，水滴从我的脸颊上滚落：枕河——那一刻我的脑中跳出这两个字。我就这样枕着西拉沐伦河，摇曳、晃动、眩晕……我的身体蜷缩起来，躲藏在一个透明的水箱里，像是回到了母亲体内，四周的汁液丰盈而温暖。于是，半个世纪前，曾在母腹里的种种感受，都被一一记起并重新经历。那时初有人形，在黑暗中分分秒秒地生长，寻找生命的出口。就像在河心漂流，只等着那股暖流把你送去人世间……

潺潺水声对我耳语：漂流是流，漂泊是泊；不是漂泊、不是漂浮、不是漂荡，而是漂流——流水的流、流动的流、流淌的流、流传的流……

我抬起头，头发在滴水，不知是雨是泪。青青的河岸上，有一匹剽悍的白马在低头饮水，忽而扬起脖颈，嘶声辽远；岸边的灌木丛，苍老的根部一大半浸在水里，依然牢牢地抓着河岸略带赭色的泥土；一大丛紫色的雏菊开得明艳，细小的种子落在水里，也将会去漂流。远处的山峰逶迤，山顶上悬着一团浓云，莲花般地展开几片花瓣。山尖上一棵枝叶清晰的小树，深色的树影，恰好镶嵌在云朵里，似莲花的花蕊，吉祥而超脱……

我藏匿于水中，融化在西拉沐伦河的怀里。

真想这样无休无止无忧无虑无牵无挂地漂流下去，直到天荒地老。在漂流的途中，每一滴水都是起点；在漂流的路上，每一寸堤岸都是可到达的终点。

就这样顺流而下，不问去路，不问归途。水下有一只看不见的手，一路托举着我的躯体，然后，在汩汩的流水中，将我的心情和心灵一并清洗。

《文汇报》2006年2月26日

同一条江

——边地纪行

很多年里，它们始终在远方的天际流淌。我似乎能听见奔腾喧哗的涛声，从江面上跃起。在我的想象中，两条江的碰撞与交汇，彼此都充满着吞噬对方的渴望，浪花与浪花的覆盖、水流与水流的较量；搏击或是占有，场面必定激越壮观。我怀着类似探险的好奇心，去往那个叫作同江的边境小城。再往北走，就要走到界江里去了。

然而，黑龙江中游水段，江面浩茫、水势平稳，辽阔的江面如此平静。天上正下着雨，很大的雨，直直跌入江中，江上仍是波澜不兴。似一根根亚麻线在织布机上穿梭，织出黑黄相间的凹凸长卷。江面安静得就像一汪深潭，寂寥无语。天空正刮着风，很大的风，浪花一层层推过来，轻轻拍打江岸，犹如一群泅渡的东北虎，气势逼人，却是蹑足屏气，像是一场大战前夕，阵地悄无声息。

此刻，我站在大江边。这不是一条江，而是两条江。一个人不可能在同一条河中来回两次，但一个人同时站在两条江边，却是完全可能——比如，就在这里，这个叫作同江、混同江，或叫三江口的地方。站在岸边，可以清晰地看见江中沙洲一侧的河湾入口，一股巨大的江流，正在平缓地汇入松花江的航道。松花江温柔地避让，任由黑龙江水汹涌而入。这个惊天动地的合流大动作，完成得如此轻松友善，流畅优美。江面陡然涨溢，略显丰满，却依然安详如初。原野犹如胸襟博大的母亲，将它们一并揽入怀中。

黑龙江源自额尔古纳河，自西朝东南而来，已经走过了很远的路程。松花江源自长白山，穿山越岭，一路由南流往东北方向。这两条南辕北辙的大江，将在沃野千里的三江平原尽头相会，开始另一段旅程。遥望黑龙江北岸，原野延绵无尽，地形地貌与南岸相仿，隐约可见隐于绿色中的村落屋顶与哨卡。很多年前，这条大江是内河而不是界河。目光落在江心的主航道，一种难以言说的耻感悄然袭来。

白同江而东，下游的江段，依然被称为黑龙江。那其实是两条江共同孕育的另一个流动生命体。松花江止于同江，结束了它全程的使命。同江是一个终点，也是一个新的起点。

史载，同江县府的古名“拉哈苏苏”是赫哲语，“拉哈”是泥草垒的墙，“苏苏”是废墟，原为古代赫哲族部落建立的城寨。西周时期，这片蛮荒之地，已有通古斯民族（赫哲族先民是其中一支）、肃慎（女真族先民）等游牧部落居住，分布于弱水（黑龙江）、粟末水（松花江）中下游的广大地域。至隋唐，肃慎演化为黑水靺鞨。公元

726年，唐朝在今哈巴罗夫斯克设立黑水州都督府。辽代，黑水靺鞨更名为女真族。光绪三十二年，清政府在拉哈苏苏设州定制，定名为临江州，安徽人吴士澄为第一任知州，署理地方民事、财税、荒务等，与旗衙门军政分立。1909年，清政府为偿还《辛丑条约》赔款，以海关关税为抵押，在黑龙江增设哈尔滨、依兰、同江三处海关。次年，拉哈苏苏海关建立。同江县城至今保留一座中西合璧的红砖房，为当年海关旧址。光绪十六年，东北禁地对汉人开放，实行招垦政策，同江境内开始出现汉人村屯。1913年，清政府设临江州，1914年，改称同江县。20世纪30年代，同江出现第一次移民垦荒热潮。日伪统治时期，同江一度成为日本的侵华后援基地，东北抗日联军曾在此频繁活动、浴血作战。1945年，苏联红军渡江登岸，击溃日军，同江光复。1949年，同江并入富锦县，1959年又曾划归抚远县。1966年，同江恢复县级建制，直到1987年，国务院批复设立同江市。至此，同江，如同漫漫荒原的河汉沼泽，终于凿开了通往江海的出口。

同江这一黄金地理位置、同江人身上那种关内移民后裔的顽韧血性和拼搏精神，注定了同江必定成为北国边陲重要的通商“三江口”。

同江作为通商口岸已有百年之久，历史上曾三起三落。1910年，英国人设立同江海关分局——那是在中国丧失主权的情况下，作为国家贸易口岸的第一次对外开放，历时仅二十一年。新中国成立后，在中苏友好的气氛之下，1958年，同江与伯力（哈巴罗夫斯克）两城，曾作为中苏签约会谈地，开展边境贸易，以中国的大豆副食日用品，交换苏方的汽车钢材化肥汽油机械等物品。这是同江口岸第二次短暂的开放。至改革开放后的1986年，同江恢复为国家一类口岸，成为“通贸兴边”的试验区。自此，同江如同汛期的大江腾跃，焕发出惊人的活力。那个用六百吨土豆换回俄方七千立方米木材的故事，至今仍被传为“边贸”的经典佳话。

江水绵绵不绝，同江喜事连连。1993年，同江至日本酒田港江海联运首航成功；1994年成为国际客货运输口岸；1995年，同江开通了对俄汽车轮渡运输，建立了同江至俄国比罗比詹的直达联运；1999年，同江至俄国远东下列宁斯阔耶港的气垫船航线开通，同江口岸实现全年通关。2001年，佳木斯经同江至比罗比詹的国际大通道正式开通。2004年，同江东港至哈巴罗夫斯克的航线开通。2005年12月，同江地方铁路向阳川至同江路段竣工，为即将开工的黑龙江跨江大桥，早早备好了未来的铁轨。

中俄第一座跨江铁路大桥，可谓“水到渠成”。大桥设计长度近两千米，对岸是俄国远东地区矿产木材资源丰富的犹他州。铁路桥通车后，将极大地缓解绥芬河口岸的运输压力，减少运距、降低运输成本，提高货物周转量。黑龙江大桥——这是两岸人民多年的共同向往，而这一“大同”之梦，将在近年内“圆梦”于同江。

改革开放三十年，同江经历了从起步、高峰、徘徊、调整、回升到复苏、滑翔、加速、起飞等多个历史阶段。大江推波助澜，促同江人激流扬帆。奇思妙想在空中翱翔，同江人充满了巨型鲟鳇鱼一般的气势与劲头。二十多年来，同江市陆续开通了南下与北上的水路、公路、铁路三条黄金大通道，成为“同三（三亚）”公路的零公里起点，由此可辐射全国。铁路大桥建成后，一路向东进入俄国远东地区，一路向西接连西伯利亚大铁路，可通达欧洲腹地。

夏季的船舶客运、汽车轮渡，冬季冰上汽车，流冰期的气垫船与浮箱固冰通道——滔滔大江从此不再是墙与堑，而是“强”与“箭”的象征。深水良港，舟车桥“三通”，同江全年全天候。

在同江的“三江口广场”中央，竖立着一座方锥形的标志塔，取同心同德、顽强拼搏之意。塔身由不锈钢曲线环组成TS造型巨塑，象征南北大动脉的贯通。广场东侧建有一座赫哲族博物馆，陈列着抢救保护下来的赫哲族文化实物。馆藏文物一千五百余件，三层大厅，可饱览赫哲人历史沿革的文物、用具、图片、文字。如今同江每年都举办一次名为“乌日贡”的赫哲族文化节（意为快乐的节日）。走进市内专为对俄贸易而建，宽敞明亮的“同鑫市场”，可见行色匆匆喜气洋洋的俄国人，大包小包满载而归，同鑫市场集购物、餐饮、住宿、娱乐休闲一条龙服务，几年来已接待俄罗斯客商十万多人次。那座硬件设备先进、具有多种功能的现代体育馆，是同江人的骄傲，馆内正在布展，几天后，一个规模巨大的招商引资活动将在这里举行。同江海关大楼在江岸巍然屹立，中俄往返人流济济。距市区东北三十八公里处的哈鱼岛西北端，东港作业区货运繁忙。西港扩建工程即将建成两个千吨级木材泊位，货物年吞吐量将达到两百万吨……

同江不负众望。同江成功地担负起了两岸人“同饮一江水”的历史托付。

在江畔，我意外邂逅了留在同江市工商联工作的杭州老知青，以及专程从杭州前来探望“第二故乡”的老知青们。还有一位上海老知青，曾是同江中学的优秀教师，后担任同江中学校长，为同江的教育事业奉献了毕生精力。太多感人的故事，我已无法记述，但是，同江，会记住他们。

风雨骤停，天光渐亮。瞬息之间，水流在脚边奔袭而过。我面对的依然是黑龙江，而我掬起的那一捧水，已不是方才的水珠了。一代又一代人的泪水与汗水、百年郁结的屈辱，都已随着大江远去。留下来的，是一座正在崛起的港口新城。

眼前，两条江紧紧依偎，一左一右、一南一北，默默流淌。在很长的一段河道中，它们仍然是两条江，黑水澄褐、松水深黄，一黑一黄，一清一浊，各得其所。那个被用滥了的成语“泾渭分明”，在北地边境展现出更为浓烈的异象。它们显然还不太习惯对方，故而不肯轻易屈就，坚守着各自的品性，始终保持着并行不悖的姿态，直至向东并流达四十公里之远。只见江中央的黑黄两色水线逐渐模糊，江面水色变清变深，水流渐渐“合二而一”，终至浑然一体。两条江在水下悄悄握手言欢，相拥相融柔情万千。松花江注入了黑龙江，从此你中有我、我中有你。一条江消失了，变身为另一条江。

但我知道，黑龙江将继续往东奔流，至抚远境内，在那里，它与妩媚的蓝色乌苏里江交汇，完成上天赋予它的三江合流之壮举。这条行不改道、流不更名的黑龙江，携带着华夏土壤中浸透的文化精华，纳三江之水，集三江之气，浩浩荡荡进入它的下游河段。在抚远，它将会离开我们的视线，猛然折身向北，与鞑靼海峡比肩而行，然后去往鄂霍次克海域。三江同心，同一条江，最后一并汇入浩瀚的太平洋，不再回头。

它们，最终都属于大海。

《黑龙江日报》2008 年 9 月 17 日

天生三桥

生来迷恋自然，地球上所有天生、天赐、浑然天成的景物，对我具有不可抗拒的诱惑。重庆武隆县境大娄山脉险峻逶迤的群峰皱褶之中，湍急的乌江与秀丽的芙蓉江交汇之处，大西南巴渝古国的偏僻一隅，那片拥有多处绝壁峡谷桥群石柱暗河洞穴的立体喀斯特地形，有一个当地人唤作“天坑地缝”朴素地名的神谷——“天生三桥”，以其“天生”的绝色之美引我前往。

山峦突然断裂、大地兀然沉降，百丈悬崖笔陡垂直，线条锋利决绝。升降机缓缓沉至坑底，犹如通往地狱的入口，令人心悸。阳光瞬时收敛，天空只剩一条窄缝，遥不可及。

“天生三桥”位于峡谷底端，横卧于绝壁之上，延绵十余里。一座与另一座以近千米空谷相隔，每一座“桥”均高百余丈，如史前巨兽骨架凌空悬架。头道桥冠名天龙，步步下行，穿过一个梯形剧场般的宽大石窟，一扇规整的石门迎面而立，灰蓝色的天光中，呈现出石门规矩的长方形轮廓，“门楣”齐整得有如利锯整体切割，更似鬼斧神工精心雕凿。回望石门，两侧厚重的山脊在空中握手言欢，果然是一座平面桥梁的形状，气势非凡。过桥后洞口豁然开朗，有冰凉的雨丝从空中纷纷飘落，水滴拂过脸颊，湿了衣衫。但等踏入谷底，雾气忽而消散，地面顿时干爽。仰脸抬头细察，方知头顶落下的不是雨水，而是崖壁飞溅的岩滴水，环形垂帘如瀑。迎面的山崖石缝中渗出股股泉水，喷涌而下，在“桥下”汇成激流，轰隆如雷，顺山就势奔腾远去，通往幽远狭长的深谷。过一线泉、珍珠泉、三叠泉、雾泉，还有声如琴奏的灵泉与碧波宁静的一汪翠湖，想象着远古时代，谷坑曾是漫漫水界，洪水日复一日地冲蚀，巨石穿孔，孔成了桥洞，桥成了路。

二道桥冠名青龙，远望似一艘漂浮于沧海之上的巨舰，昂首鸣笛，正在惊涛中启航，别有一番恢宏气象。桥下四周的谷地开阔，一方缓坡碧草葱茏，绿树新芽正旺，岩下流水潺潺。武隆文联《芙蓉江》杂志的编辑阿秀随意说起，中学时代老师曾带领她们来这里野炊，背锅带米，就从那面坡上的缺口处牵手而下，众人在泉边采摘野菜，拾柴架火煮饭，炊烟山泉鸟鸣欢笑，是何等美妙悠然、惬意自乐的情致。那时天坑尚处于未开发的原始状态，人在“桥”下，不知是桥，只说是坑。如今才知此地为塌陷型天坑——远古时期巨石崩裂天塌地陷，用现代的语言表述，谓之地壳运动。然而，剧烈的震荡与崩溃之中，万丈深渊之下的地壳，却在顽强地抬升。这一根根坚实刚硬的石砌梁柱，扛住了塌陷的山体、抬升并撑立了大山的脊椎。“桥”是崩溃的支撑物，是塌陷中屹立的见证。天坑之桥的诞生，得于水，更得于力。

三道桥冠名黑龙，桥体庞大，形似一座错落狰狞的石头城堡。城门大开，曲折阴沉的囫囵石廊，如同一条长长的隧道穿过坑底。桥洞下亦洞亦穴、似厅似堂，深灰色的穹顶高深莫测，冷风骤起，似有隐身的幽灵擦肩而过。夜半时分，此地可是山神山妖聚会的所在？如此魔幻的造型已超过了我的想象。人说天工开物，天生三桥果然是步步神迹。

难以置信的是，据史料记载，这“一峡吕三桥夹二坑”的奇特地形，竟是一条藏之于深山夹缝裂隙间的古驿道。乌江上游的贵州人，可顺流而下由水路经彭水至武隆上岸改行旱路，取道白果乡境内的“天生三桥”坑底小路，过火炉镇，即可到达丰都县。该驿道虽然艰险，却可大大缩短行程，是乌江流域的旅人急往长江下游的一条备用快捷通道。如今我们行走的平坦驿栈，为近年开发旅游而重新修整，仰视高桥，空谷中依稀传来悠远的马帮铃声，回音袅袅。

距今几千万年前的新近纪，长江三峡地区地壳大面积运动，在抬升和相应的河谷深切原理下，孕育形成了完美罕见的“天生三桥”自然桥群。它们在天地的大变故中应运而生，如一根根不朽的骨骼、一条条坚实的臂膀，托举了塌陷的山地。沧海桑田，岁月变迁，流水漫溢冲蚀而成的巨型桥体，如一艘艘方舟，引领众生苦渡洪荒。如今桥下无舟，游人似水；桥面上绿茵如毡，形似廊盖。我不知道这“三桥”是不是在这山与那山之间架设了天堑，这桥自古至今是否具有桥的实用功能。——也许它们只是像一座桥的样子罢了。那一座座巨石构筑的实体，已被今人的审美意象，赋予了浪漫的诗意。

既然是天然生成的桥，受命于天地宇宙，它们忠实地昼夜蹲守于空中，以石头为桥柱，以青山为江岸，连接地球混沌的过去和迷惘的未来。

走出“天坑”回望“三桥”，深邃狭长的地缝像一把石制的钥匙，解读着长江三峡的形成机理和演化的秘密。

《人民日报》（海外版）2010 年 5 月

云和梯田

传说中“中国最美的云和梯田”，隐匿于浙西南括苍山脉雾气迷蒙的群峰深处，弯弯绕绕的盘山公路，倏然甩出一角空地。人已在山腰，朝山下的开阔谷地望去，错落有致的梯级田畔，覆盖了周围山坡，似一个硕大的环状天池，嵌于青葱滴翠的崇山峻岭之间。

坦坦荡荡、起起伏伏、层层叠叠……

云和——一个祥云缭绕、平安和顺之地。始建于明景泰三年（公元1452年），据《浙江通志》记载：“景泰三年，析丽水之浮云、元和二乡，置县名曰云和。”

云和为山中小城，位于浙江西南部括苍山脉的洞宫山和仙霞岭余支。县境内南部山地丘陵起伏，龙泉溪及诸多支流长年冲击，形成沿岸宽窄不等的山间河谷盆地。梯田为其主要水稻产粮区。散落于云和境内的多处梯田，不及云南元阳梯田（亦称哈尼梯田）、广西龙胜梯田那般规模宏大气势雄奇。云和梯田面积不大，却一枝独秀，以玲珑纤巧著称。

梯田，如同梯子一般的田？用田地做成的梯？梯——田，汉语词库中最为形象精准的组合。江南山区多梯田，杭州郊外梅家坞、龙井的坡地茶园，自小看得眼熟。西北亦有梯田，几十年前去大寨，七沟八梁一面坡的石砌旱地梯田，适合种玉米。

而眼前精耕细作的云和梯田，则是千年稻米文化衍生的水梯田。

群山逶迤，阳光迎面扑来，俯视崇头镇外的山中梯田，好似面对着一座宽大露天体育馆。若是早几个时辰，此处可见著名的“云和梯田日出”奇景。无论冬夏——太阳每天都攀着湿淋淋、银闪闪、绿油油或是金灿灿的梯子，从山间的水田里升起来。

此时，眼前那些高低起落、依次递接的田畔，或大或小或长或短，依山就势，形状各异，顺着山坡一块块不规则地蜿蜒开去。一层层沉降，通往山洼里黑瓦白墙的小村落；一层层升高，则通往山顶的云端去了。

远眺层层梯田，犹如面对着一座盘旋陡立的天梯。

正是清明时节，梯田已开始灌水，咕嘟咕嘟的流水声哐哐作响，犹如节律均匀的弹拨乐。山水自上而下流入，即使是再小的田池，边缘都留有缺口，一畦注满，便自动流向下一层的田畔，有如大江大河里一级级的“梯级电站”。田畔蓄满水后，一畦畦平展展、亮汪汪得晃眼，似有神灵在夜半在山上置放了无数面镜子。天亮之后，整座山谷成了一个镜子创意博览会——弧形椭圆形拱形牛角形簸箕形……一面一面无数面镜子，顺着山坡，妥妥帖帖地铺展开去。田埂上刚发芽的青草，一圈圈一道道，为镜子镶上了翠绿的镜框。镜面朝天，映出蓝天里朵朵浮荡的白云……

尚未到开犁时节，几头水牛悠然在田间啃着嫩草，田畔里盛满明晃晃的清水。这个时节，梯田是透明而宁静的，给人遐想的空间。水孕万物，水汽氤氲中，“风光不与四时同”的梯田四季，如同幻象一般浮现。

梯田在湿润的微风中苏醒，一簇簇一行行低矮茁壮的水稻秧，齐刷刷地摇曳，绿茸茸油汪汪，在秧苗底部的空隙里，闪过盈盈的波光，银水绿影——那是水灵灵的春梯田。

春梯田，是一轴淡淡的水墨画。

梯田的夏季从绿色中来。由嫩绿而碧绿再墨绿……浓浓的绿、重重的绿，绿得绵密绿得厚重，犹如一针针一线线的刺绣，扎透了梯田的每一层泥土，直到把整座山谷织成绿色的绒毯。

夏梯田，是一帧精美绝伦的绣品。

秋季稻熟时，饱满的稻穗洒下遍地碎金，一座金山谷、满山金池塘。一层络黄一层褐黄一层澄黄，稻浪的金色涟漪从山脚一波波升上山顶，又从山顶一波波往下流淌……那是金色的秋梯田。

秋梯田，是一幅色彩浓郁的油画。

至深秋，收割后的梯田，重新归于简洁与素朴。初冬的梯田，颜色渐渐黯淡下去，多少有些落寂，像一座古城堡苍凉的废墟遗址。

然而，落雪了。江南的冬天，山里总归是要落雪的。梯田在飘飞的雪花中欣然更衣换装。白雪覆盖了层层田畔，厚重或是蓬松，一畦白色又一畦白色。雪后初晴，云和梯田披上了宽大的银色缎袍，瞬时有了一种雍容华贵的气度。

那是云和梯田最令人激动、最美的时刻——

梯田的平面上，一层层落满了白雪，而每一级梯田的侧面土墙，则是一道道背风少雪的立面。梯级落差若是高些，土地的黑色或深褐色便明显浓重，自然而然地甩出了一条条层次分明的黑色弧线。满山的梯田在纯净的白雪映衬下，所有蜿蜒起伏的曲线骤然凸显。那阡陌纵横婀娜多姿的线条，如此洒脱流畅、随心所欲，似行云流水亦如空谷传扬的无声旋律，浅唱低吟……

冬梯田，是一幅轮廓分明、庄严冷峻的黑白木刻。

梯田之神奇美妙，在于一年四季变换着炫示着迥然相异的色彩与风景。梯田之魅力，更在于它并非自然奇观，而是农耕文明积淀千年的人文极品。

那一刻，脑中跳出一句古语：天工人可代，人工天不知！

相传，云和梯田已有千年历史。由闽北迁徙浙南的畲族山民，是云和梯田最早的垦殖者。“九山半水半分田”的山区，田地最为宝贵。聪明勤劳的农人先祖，用锄头、镰刀和汗水，伐去山上的灌木与荆棘，挖去乱石，拣尽杂砾，在高低起落的坡地上，经年累月、日复一日，开垦出一小块一小块、一小片一小片的田地。或宽或窄的梯田，一长条一小块，不规则地依山势上下伸展。最小的梯田田畔，被称为“巴掌田”，即便春种一蔸稻秧、秋收一把稻谷，也不会轻易放弃。历经千百年实践，先人积累了垦种梯田的丰富经验。无论何样贫瘠陡峭的山地，但凡人迹所至之处，就有了人造的梯田。梯田以水田、树木、竹林调节气候，保持四季的气温与湿度，建立起一个自我循环的生态环境，具有固化山体植被、保护水土流失之功效。

曾有疑问：水往低处流，而梯田逐级升高。古代无水泵，水梯田之水，从何而来？

云和人说：山有多高，水有多高。

水有多高，梯田就有多高。

恍然，凡是适合开垦梯田的山地，山上必有水源：泉眼溪流、林木蓄水、雾气雨水……农人根据不同的地形土质，修堤筑埂，通过水笕沟渠，将水流引入梯级田畔。自古以来，垦种梯田的人家，多有“刻木定水”的民约，根据每块田的面积，协商分配各家所需水量。进入 21 世纪的现代社会，梯田用水则有了更为合理、科学的调配机制。

水是梯田的生命之源。水梯田是用水养出来的。

梯田自成一体的耕作方式，梯田独创的灌溉系统，为中国及东亚的稻作文化，增添了灿烂的一笔。

凝望云和梯田，梯田无语，流水汩汩。忽觉那活泼泼的流水中，有声音传来——

梯田之美，美在其依山势而筑，因地制宜，顺其自然。改变而不是改造、耕作而不是损毁。决不削足适履而是锦上添花。

梯田之美，美在其多样化。田地不规则、不求一律但求个性。大田小田，阳光雨水机会均等。高田低田，各得其所、各美其美。

梯田之美，美在其山水与耕地的完美交融。流水不腐，活水是梯田的灵魂。梯田逐水而上，在流水中完成精神的升华。

梯田之美，美在农人超常的耐力和智慧。祖祖辈辈子子孙孙代代接续，百年千年的修筑与修改，方在人类创业史上留下这壮观的东方奇迹。

回望云和梯田，田埂棱角分明，梯级层次清晰，如同一部刻录着中国千年农耕文明成果及非物质文化遗产的立体史册。

在这个以“移动”为时尚的时代，尚有一种“不可移动”的物体——“梯田”，默默守望着人类共同的家园。

《人民日报》2014年5月

鸣沙山听沙

鸣沙山，我又来了，来看你。

在敦煌城里，若是遇上合适的角度，偶尔一抬头，就望见了你。你的身子一半在阳光下，另一半在阴影里，你微微翘首，严峻地仰望着天空，沙脊的轮廓如刀刻一般刚硬，又如漫坡流水一般柔软。你的脚下是无垠的黄沙、起伏的沙丘，伸展延绵翻腾。你耸立着，比周围的沙丘要高出许多，由于你站在沙丘之上，所以你不再是沙丘，而被称为沙山，不是聚沙成塔而是聚沙成山。那些细米粒状的黄沙，究竟是何时或如何变成硬的山呢？我只看见，那么多年过去，你站在城郊那个固定的位置一动不动，仍如我当年见到的样子——稳稳当当、笃笃定定，不增不减，不高不低。

时光已过去多久了？上一次来敦煌，还是20世纪90年代初。光阴如同一条内陆河，扎入沙漠腹地消失无踪。二十五年倏忽而过，人已两鬓微白。而鸣沙山，你的沙依然，你的山依旧。

《后汉书 · 郡国志》引南朝《耆旧记》云，敦煌“山有鸣沙之异，水有悬泉之神”。西汉时有鸣沙山好似演奏钟鼓管弦音乐的记载。《旧唐书 · 地理志》载，鸣沙山“天气晴朗时，沙鸣闻于城内”。《敦煌遗书》载，鸣沙山“盛夏自鸣，人马践之，声振数十里。……端午，城中子女皆跻高峰，一齐蹙下，其沙吼声如雷”。清代《敦煌县志》早已将“沙岭晴鸣”列为敦煌八景之一。

鸣沙山，莫非你是一座音乐之城？鸣沙当歌，鸣沙似泣。

鸣沙山，我不是来看你，而是来听你。

那么多年里，我的耳边总是流淌着沙子的鸣响——它们不是河流的汩汩声，也不是海浪的哗哗声，更不是瀑布的轰隆声。它或如沙漏一般细密悄然，或像一股巨大的泥石流兀然生成，从高处倾泻而下摧枯拉朽，沙声低沉而凄厉，缓慢而尖锐，在瞬间覆盖摧毁了一切。那个声音多年始终在我耳边挥之不去，曾经，我试图记录它复述它，但我始终无法描述流沙的声音。

二十五年前，千里河西陇上之行的最后一站——敦煌。

去敦煌是为了莫高窟，那座佛教艺术的殿堂。瞻仰千年洞穴遗存的壁画雕像，是一次朝圣之旅。但心里另有所念，心心念念的，是茫茫大漠中那座神奇的鸣沙山。

《旧唐书 · 地理志》记载“天气晴朗时，沙鸣闻于城内”，说的是在清朗干爽的刮风天，敦煌城内都能听见沙子呜呜地鸣响。匍匐于沙山脚下的月牙泉，是一个忠实的听众，她蜷起身子，以膜拜的姿态，倾听着来自沙漠的圣乐。

那年夏天的傍晚，我站在鸣沙山脚下。血红的夕阳隐去山后，天空纯金一般烁亮，眼前一片混沌的金黄。鸣沙山被天边的余光勾勒出完美的线条，如同一座巨大的金字塔，在暮色中静静蹲伏。天低了地窄了原野消失大海沉没，唯有这凝固的沙山，如同宇宙洪荒时代的一座巨型雕塑群，矗立于塔克拉玛干沙漠的起点或是尽头。

遐想沙漠的起源，亘古荒原，万古寂寥，是太阳的巨磨盘、弯月的尖利齿，把大山啃噬磨砺了一遍又一遍，强劲的朔风经年累月把地壳的表层揉成沙砾，沙子铺满了整个戈壁滩。然而，粉身碎骨的岩石在梦里都希望变回大山，多少个世纪，沙子在风中低声祈祷，或在风中激昂地呼号。沙漠缺水但不缺风，狂风暴风寒风，一年四季都在大漠中巡回。一无所有的沙们只能求助于尘暴，央请大漠上那一场接一场强劲的干热风，把自己重新筑成一座山。鸣沙山，你是一座山，却也不是。你本是连绵的沙丘，和大漠连在一起。但你从沙漠中站起来了，你是站立的沙漠。

鸣沙山在那一刻变得不那么真实——一座沙子聚成的山，线条如此流畅，造型如此有棱有角、轮廓分明。当鸣沙山成为鸣沙山之时，它已是一群雄健而威武的西北汉子，壮硕的脸膛上刻下了粗重的线条。延绵几十公里的山脊，如一道道锋利的刀刃，被巨人挎于腰间挥舞于长空之下。风终于塑沙成山，此后的漫长岁月，在它敦厚的胸腔里逐年孕育而成——莫高窟。

然而，此刻的沙山，四下静默悄然无声，鸣沙山固执地保持沉默。我并没有听见“好似演奏钟鼓管弦音乐”传来，更没有“城中子女皆跻高峰，一齐蹙下，其沙吼声如雷”。

我听不见沙鸣。

那一年，还是有兴致的年龄。干脆脱去了鞋袜，光脚走上沙丘。沙子虽然粗糙，却埋着白昼阳光的热度，有一种温热的暖意，从脚跟缓缓浮起。脚下坚固的沙山分明是柔软松散的，满怀善意和温存。沿着山脊上坡，步履艰难，进一步退半步，只好手脚并用往上爬，像一匹负重的骆驼。沙中的脚窝很深，而底板硬实，不必担心陷落。沙窝似有弹性，席梦思般地托着，起起伏伏，沉沉浮浮，跳着即兴而随意的舞蹈，在身后扔下一长串荡逸的沙纹涟漪……

也许再不会有比鸣沙山更坦率的山了——它没有外衣没有包装，没有树林没有青苔，一无遮拦地铺陈开去，裸露的身体从容地展示着它优美的体态和曲线。据说金黄色的鸣沙山全由细沙聚积而成，沙粒有红、黄、蓝、白、黑五色，若在放大镜下观看，一粒粒晶莹剔透。眼前浩瀚无垠的金沙山银沙湾，蜿蜒起伏形态各异，竭尽想象：海湾、新月、烽火台、蟒蛇、船帆、波涛……在安静中露出几分羞怯，坦荡中含有几分矜持，从春到冬，敞开胸怀默默地呵护着来往西域的路人。

夕阳渐渐沉落，月亮从大漠尽头悄悄升起。沉浸在月色与天光中的沙山，如同南极海面上漂流的洁白冷冽的冰峰。回望身后，沙坡笔陡如削，四壁悬空。若是乘坐降落伞在山顶上逆风一跃，便徐徐降落到海绵般的沙谷中去。还有用木头和竹片做成的滑板，人坐在上面，双脚收拢，一用力便从沙坡上冲下来，如出弦之箭，只需一两分钟时间就滑到了山下。

同伴中却没有人愿意坐滑板，一个个纵身跃入沙海，双手代桨，挂在陡峭的沙坡上，连滚带爬地往下出溜。一时间，前前后后人影憧憧，像一座座移动的小沙丘。

据说，人若从山顶往下滑，脚下的沙子会呜呜作响；沙粒随人流动，发出管弦鼓乐般的隆隆声响。又说，狂风起时，沙山会发出巨大的响声；轻风吹拂时，又似管弦丝竹，鸣沙山因此得名。

就在下滑的那一刻，我似乎听见身下传来微弱的响声，窸窸窣窣，嗡嗡嘤嘤，难道这就是鸣沙吗？还是我的衣角与干爽的沙子摩擦的声音？我的身体缓慢地往山下滑去，衣领和鞋子里灌满了沙子，如同沉重的沙漠之舟。我的胳膊和腿摩挲着沙子，如同干爽的沙之浴。那个声音仍在耳边，我俯身、侧耳，聆听，细辨，我听见的并非管弦乐的节奏，更非“其沙吼声如雷”，而是一种如泣如诉的呻吟和诉说，还有愤怒的尖叫和呼喊……相传党河流域原是一块水草丰美的绿洲，汉代一位将军率领大军西征，夜间遭敌军的偷袭，正当两军厮杀之际，大风突起，漫天黄沙将两军人马全部埋入沙中。悲歌相送，英魂不灭，此后这里就有了鸣沙山。沙鸣来自他们的拼杀之声……

我一时不由思维停滞感官笨拙，身子顿时悬停在沙坡的中段，犹如吊挂在半空。大漠的晚风掠起阵阵浮沙，眯了我的眼睛。声音持续着，犹如一个巨大的气旋笼罩，围绕着我的头顶和耳畔，长长的拖腔，如同空谷足音，或是戈壁深处传来的大漠回声，威严悲切慷慨怨怒。就在那个瞬间，我似乎听见了鸣沙的碎步自远方步步走近，如清雪和细雨落在树叶上，滴滴答答，若有若无，像清代诗人苏履吉的诗句所描述的："雷送余音声袅袅，风生细响语喁喁……"

袅袅？喁喁？正待细细辨识，沙舟突然自行启动，脚底失控一蹬，便迅速出溜到了沙山脚下。

那个声音消失了，就像一个乐章骤然中止，连震荡的余音都没有。月夜已有了寒意，月色迷茫，大漠寂寂，静谧的山谷中，万籁无声。

此刻，没有鸣沙没有流沙没有狂沙，没有任何与沙子有关的声音。只有黑暗中同伴的欢声笑语。

刚才那个袅袅喁喁的声音，难道是我的幻觉？

我惊异我惶惑。我，听不懂鸣沙山。

我沮丧地坐在沙地上，开始耐心地清理鞋子里的沙子。很快，每个人脚下都倒出了一小堆沙子。是的，每一个游客无论滑到山脚还是步行到山下，都在无意中削下了一层沙子，裹下一层沙子。哦哦，前来膜拜鸣沙山的人，几乎每个人都要从鸣沙山上带走些许沙子。晴夜灼灼月光如昼，面前的鸣沙山，游人在梁上坡上留下的那一行行凌乱的脚印依稀可见。那些沙子被塞在鞋壳里衣缝里头发里，带到敦煌城，带回我们来的那个地方。鸣沙山每日流失黄沙无数，可是，沙山为什么没有一天天矮下去呢？《敦煌遗书》记载，鸣沙山"盛夏自鸣，人马践之，声振数十里"。这鸣沙山终日被络绎不绝的游人踩踏，为什么却始终巍然耸立完好如初？奇妙的是，当第二天太阳升起来的时候，昨晚留下的那些杂乱的脚印驼印，会消失得无影无踪。那个被践踏被蹂躏的鸣沙山，梳洗打扮后面目一新——

犹似杳无人迹的沙峰、缎子般的金山，一道道沙脊如浪涛翻滚，轮廓清晰线条舒缓。沙海澎湃，沙峰磅礴，坡面上没有一丝波纹和皱褶。

据《沙州图经》记载，敦煌鸣沙山"流动无定，俄然深谷为陵，高岩为谷，峰危似削，孤烟如画，夕疑无地"，描述了敦煌鸣沙山因流沙造成的形状多变。鸣沙并非自鸣，而是风吹动沙子或人与沙面产生摩擦而产生的鸣响，为天地奇响自然妙音，是西域的颂歌是大漠之绝唱。

不不，沙子既会歌唱，也能怒吼。那不是琴弦不是妙音，而是"人马践之"的沙子发出的呼喊，是沙子的尖叫和抗议，既是念诵也是咒语。我虽然没有听见如雷的鸣沙，但不等于这世上没有沙鸣。

鸣沙山，这一刻，我似乎听懂了你。

但我仍然不明白，鸣沙山为何拥有如此强大的自我复原功能。有人说，那是因为风——是风之手，将沙子一一驱赶回它们原来的位置。每夜每夜，风都在沙山重复这同一游戏，乐此不疲。风相信散沙可以任意塑造，当风成为沙子的需要时，沙子就会自己跳跃走动并手舞足蹈。这强悍的粗暴的风，是世上最具破坏力的自然力量，也是一种强效黏合剂。

是的，是风。可是，为什么别处的风没有这般神力，为什么偏偏在敦煌？在鸣沙山？

告别敦煌那一日，在机场偶遇一位甘肃朋友，闲谈时我说起了关于鸣沙山的疑问。他解答说，他恰好对此有过一番研究：由于鸣沙山特殊的地理位置，日间蒸腾的气流在夜间下沉，便生成了小股冷风涡流，来自东南、西南、西北三个方面的风，沿着这一带沙丘的坡地顺势而下，在鸣沙山的谷地交汇。风与风的角逐形成了气旋，气旋像一把巨大的熨斗，来回来去地摩挲，一夜之间，便将鸣沙山“人马践之”的踪迹一一抚平，抹去了沙山的每一道伤痕。所以，鸣沙山每天都是新的……

我恍然大悟却又越发迷茫。风能够把以往的一切全都删除，风过之处，真的就像什么都没发生过一样吗？鸣沙山你在说什么？我听不懂。

佛陀曾曰：“一沙一世界，一叶一菩提。”微尘之中，藏有多少我们无法读解的奥秘？

声声驼铃，消失在大漠深处。风已飘然而去，鸣沙山，却无言。

《文汇报》2017 年 11 月 5 日

松阳探秘

位于浙西南丽水崇山峻岭、瓯江上游的松阳县古村落，其保存完好的明清乡土文化“非物质”遗存，被学界惊呼为活态的“古典中国”。它像一块刚被发现的璞玉，散发出岩层深处的气息。

曾经有幸来过松阳的艺术家，不惜以最美的文字和书法绘画，赞誉松阳前世的功德：山坳里隐藏的上百个明清时代古村落，层层错落的农舍犹如阶梯式延展的金色小布达拉宫，呈现出千年前的质朴安详风貌；村村皆有奇巧格局和隐秘来历，以风水布局的古村落，在雾气迷茫的高山之巅瓯江上游，形成一座座“中国最美村庄”群落，《中国地理杂志》誉其为“最后的江南秘境”。如今全县已有七十一个古村被列入了“中国传统村落名录”；松阳境内森林覆盖率达百分之七十八的松树香樟红豆杉枫香树竹林苍郁繁茂，小青瓦黄泥夯土墙的老村被参天大树层层环抱；松古盆地的茶园四季翠绿，春来漫山杜鹃红遍，秋至金色稻浪起伏，红豆火柿披挂……西屏老镇的深巷戏楼传出铿锵的松阳高腔，黄家大院百寿厅独具匠心的木雕工艺，闽派客家的传统民居寺庙宗祠古桥驿道，上千份保存完好的族谱契约账本家书……还有松阳史上声名显赫的数位宗师、英才留下的著述与诗句。

好一个“养在深山人未识”的千年松阳，如今，它正被人们惊喜解读。

夜宿四都乡“云端觅境”，木质平台上望得见山下古城隐约闪烁的灯火，头顶夜空的繁星低垂伸手可及，睡鸟呢喃秋虫絮语，思绪纷扰萦绕。自东汉建制延绵至今一千八百年的松阳县，经久不衰的农耕烟火气息及诗书传家的良好风俗，在历年的战乱动荡中得以幸存。松阳浑朴古雅的前世，已在后世的代代传承中得以记载。那么，松阳的今生何在？我所面对的今日松阳，它健旺蓬勃而又恬淡安逸谦虚的今生，定然有一把更为精准的解读密钥。

松阳 9 月，连续多日晴阳高悬，从平原到山地皆无云无雾无遮无拦，犹如羞涩的女郎扯去了隔世的面纱，露出阳光灿烂的笑容，让我们把松阳看得更为清楚透彻。

古镇——西屏镇最繁华热闹的老街，总长度两千米，是浙江省目前保存最为完整的明清商业街区，也是松阳历朝历代十里八乡农商的交易场地。街巷格局自然舒展，骨架形似“美”字，故有人称之为“美人街”。泥木建构的二层作坊式建筑，如今整体风貌均与“从前”惊人一致：理发店杂货铺弹棉花铺草药铺钉秤铺米店邮局布店鞋店茶叶店照相馆面馆饭馆小吃店……呈现在我们面前的不是

“仿古”的街，而是一条条货真价实的老街——旧日斑驳的门板、旧时坚固的木头桌凳，笃悠悠敞开门店迎客，家常的炉火上手工烘制的月饼热气腾腾满街飘香，“煨盐鸡”“××× 面”“沙擂”等松阳特色食物，据说都是“小时候的味道”。丈宽有余的石板路面，厚重而沉稳，踩下去似有历史的回声从脚底下传来。长街在古时两边镶嵌卵石，中间由一条条尺宽的条石竖拼而成。20 世纪 80 年代，这条古街的石条路改铺成水泥路，古镇风情因此被严重损坏。政府主持修缮老街，水泥路被复原为旧日的街巷格局，只将昔日竖排的细条石换成了横排的青石板，青石板都是旧的，来自各地拆除废弃的老街老桥，松阳人不嫌重，一块块如数搬来，拼出了这条以旧换旧宽敞平坦的新老街，看上去天衣无缝浑然一体。两年前，中国文物保护基金会发起了“拯救老屋行动”，松阳县在全国率先推行。街两边陈旧松垮的百年老屋店肆，到了“抢救”的年龄，但不再大拆大建，只把锈蚀蛀空的房梁按原样更换，门窗亦修旧如旧。本着“有人住在里面房子才能活”的原则，尽可能保留了原住户前店后宅的结构。修缮过程中，又植入了针灸、装裱、麻粢黄米果等传统业态。若是房主确需对老屋大动干戈进行改建，图纸必须由有关责任部门严格把关，屋檐窗扇的款式、外观的油漆颜色都有讲究，须改得和老街的房屋风格协调一致才好。本地和邻县的古建师傅和老工匠有了用武之地，几年下来，如此一梁一椽一柱一门地渐进替换，水电管网全线改造，老街的“里子”变得妥帖安全，“面子”仍如从前那般朴素和谐。如此不求虚假繁荣的“里子工程”所费的耐心气力和工夫，或可造一条崭新的长街？松阳人一丝不苟采用这种舍易求难费时费工的修补性抢救，只为让老街成为一条名副其实、活着的“美人街”。居然见到两家打铁铺，“原生态”的铁锤铁夹手风箱老虎灶一应俱全，就连刚刚加工好的铁制农具都还带着炉火的温度。松阳史上一直是浙西南粮仓，改革开放后，农业个体经济勃兴，传统农具需求量激增；2000 年前后，正是松阳松香行业发展的繁荣时期，松阳人外出采松脂的大量刀具，多在县城这条老街的打铁铺打造。那是令人无限怀念的打铁业黄金时光。有人说，古镇之美，美在“坯子”里，老镇不是用来欣赏的，而是用来“使用”的。

古村——近年来，有关村庄的诉说，大多与凋敝、衰退、破败相关，是令人心痛的离乡与远别。一直以来，我对于那些“政绩工程”使然的“新农村建设”亦有云雾般的疑问：城镇化建设中的“破坏性建设”和“建设性破坏”都比岁月的损耗具有更大的破坏性。如若农民都进楼房居住，随之而来的传统农耕生活方式的改变与解体，是否将意味着地球某些文明形态的衰减或消失？

然而，松阳不。松阳需要重新激活自己的身份证，证明自己是“这一个”而非“那一个”。松阳人说，古村落是历史留给松阳的财富，不能任其退化消亡。松阳自有松阳的优势，好山水好空气，田园牧歌式的生活方式，是后工业时代的稀缺品。如果对村庄进行保护性的“活化利用”，发展乡村旅游，吸引更多城市人来山村的“天然氧吧”度假休闲，不仅空置的农舍可得以利用，为村民带来经济收入，更重要的是，传统农耕文明样态或有可能得以存续。

松阳的山上山下，渐渐出现了外来者的身影。古村落中有了农家乐，餐桌上农家自产的新鲜土菜大受游客欢迎。有了餐饮还需住宿，农舍简陋的生活条件急需改造。那些具有理想情怀的年轻创客、设计师、摄影师、工程师、投资人，修路、改电、引水、排污、宽带入户，只短短几年时间，“过云山居”“云上平田”“酉田花开”“云端觅境”“松泰大院”……一家家散落于各村各寨的“民宿”已成气候。那些城里来的年轻人，把村里空置已久行将坍塌的破旧老屋租过来，依照村里农舍同色的黄泥墙黛瓦屋顶，依山傍势重新设计改建，夯土墙被保留，木结构仍是本色，外观看上去依旧是老房子的样式。门前用沙石铺就的景观阳台摆满花木，花丛里白日看云雾、听鸟鸣，夜里眺月色、观星星。弃置的昔日牛棚改成了时尚的咖啡馆，漏风的柴屋改成了敞亮的餐厅。屋后一节节竹筒引下清清山泉水，饮用与怡情一带两便。家家民宿的装修风格各有不同，就连室内陈设的小细节也不含糊，门窗桌凳吧台灯罩挂钩垃圾桶，一直到牙刷梳子，大多用竹木定制的环保用品。民宿的外观一眼看去“五千年”，一步走进里面“五星级”。平田村三面环山，整个村庄形似凤凰。“云上平田”的老板是回归松阳的“乡贤”江斌龙，几年前他一口气租用了平田村二十八幢老屋，政府帮他邀请了清华、哈佛等四所大学的专家指导规划设计改造。然而，在不破坏旧农舍群的情况下进行改建，施工难度还是超出了预想。屋顶椽子墙壁窗户，这里那里，动一动都有讲究。浙西南不缺能工巧匠和吃苦耐劳的乡民，但将图纸变成实体，需要多方合作的共建精神。一面墙一根柱一个屋顶，讨论，争吵，拆掉，再建。施工团队、乡干部、业主、乡民之间不断磨合沟通，设计师与工匠渐渐达成了默契。村民渐渐懂得，祖祖辈辈生活的老村，那些池塘水井晒谷场米舂，都是家传的宝贝，村民们开始有了古村落自我保护意识。终有一日，平田村石阶起伏的村巷里，建成了一大片多功能综合民宿，“爷爷家青年旅社”、四合院餐厅、茶吧咖啡吧会议室、小型农耕博物馆齐聚。“艺术家工作室”引进了扎染文创手工项目，研发茶染产品，赋予松阳的茶叶更多文化价值，还让村民参与其中，请游客亲手体验扎染工艺。松阳民宿是物质与非物质的双重表达，那一座座恢复了青春活力的年轻老房子！松阳证明了自己“是谁”。

松阳的传统古镇古村，在灼热的阳光下苏醒复活。拯救古村落行动，具有了前世的根茎与今生花果的必然关联。松阳本土作家鲁晓敏等一批中青年干部，血液里流淌着故乡的文化基因，他们是松阳历史文化的传播者，也是复兴之路最忠实的记录者和书写者。

松阳的秘诀还有什么？

创客——叶大宝是“云上平田”民宿的经营者之一，漂亮姑娘一身红裙、黑发飘逸，2014 年放弃了杭州的工作回到平田，已在山里待了三年。她从不会看图纸到学会看图纸并做软装设计，从被蚊虫叮咬到双脚发肿到现在不怕山里的任何虫子，从一个“傻白甜”的女孩成为一个“被太阳晒到入骨”的“黑村姑”，可谓成功“逆袭”。她的回答令我欣慰：2016 年我们成立了农产品公司，鼓励村民建合作社，开垦荒废了十几年的大荒田，种植四都优质萝卜，让村民在家门口就可以就业。我们还成立了“云上平田青年之家”，吸引更多青年人加入我们的团队。我刚来的时候，村里老人脸上写满了忧郁，如今满脸笑容，你就可以知道村庄的变化了。这几年古村正在慢慢恢复元气，村民对我们特别亲，常常送来萝卜玉米鸡蛋什么的。我常问自己，青春是什么？在“云上平田”，我才觉得自己真正长大成人，青春不是用来挥霍而是用来奋斗的……

还曾遇见好几位大宝这样的青年创业者。其中“云端秘境”的老白，又一位从城市走向乡村的“逆行者”，他是杭州人，每周一必乘坐高铁到丽水转赴松阳山里“上班”，周五回杭州陪伴家中年幼的孩子，一年的时间，一半给杭州，一半给了松阳。老白淡淡地说，在松阳可以做很多事情。

在石仓看过新落成的“契约博物馆”，记住了建筑师徐甜甜的名字。契约馆造型扁平方正，有如一层层多年珍藏的厚重契约，墙体的褐色石材与周边的黄泥山地十分融洽，馆内有一道雨帘自屋顶倾泻而下，水珠四溅细雨潺潺，是江南民宅天井的意象。徐甜甜毕业于清华，后入哈佛城市设计学院深造，归国后已成功地设计过多处个性化的建筑，在国内外多次获奖。她为“云上平田”设计的农耕博物馆，将村口几栋破损严重的夯土村舍，改造成为新的村民中心，在原有坡屋顶上开了天窗，顶光增加了屋内亮与暗的层次感，改善了夯土房阴暗的光环境，又避免了过多开窗对房屋立面观感的破坏。她设计的大木山骑行茶园的竹林剧场，巧用江南竹林搭台借景。独立茶室的外观取自农舍造型，内墙使用朴素无华的清水混凝土。圆形景窗外是湖水和茶园，光线通过圆洞形成慢慢交汇的光圈投影。徐甜甜的作品善用天光，自然光的光影明暗在变化之中，空间张弛有度。还有位于兴村的“红糖工坊”，红糖工坊包括休闲体验区、甘蔗堆放区和传统红糖加工区，选用了轻钢和红砖这两种当地最常见的建材。加工区中有六个灶台和三十六口锅。环绕这三个区块的线性走廊，是红糖生产的环形看台和参观线，游客能清楚看见松阳历史上用传统方法熬制红糖的过程，柴草燃烧正旺，“掌勺”的老师傅把黏稠的糖浆拉成一道“布匹”……我见到徐甜甜那一日，她正陪着德国专家前来松阳参观考察“红糖工坊”，这座立身于偏僻乡村，以现代建筑语言呈现传统家庭手工业工艺的作品，已经引起了国际建筑业的关注和好评。松阳给了徐甜甜舒展长袖的大舞台，也许哪天她会设计一座叮叮当当作响的打铁铺？那些古老的驿站危桥，也在等待更多有才华的建筑师到来。

说不尽松阳的今生。一个负责任的政府，使它具有了巨大的虹吸效应。松阳的新乡贤、生态移民、产业移民、从城市回归故里的村民，为松阳带来了新的生命力和浓郁的现代气息。乡村旅游来料加工电子商务互联网+……在松阳充满了沧桑感的古旧中，有多少新的因素在生长呢？

松阳今生的繁盛和魅力，密钥在于“修复”。修复古村落修复文化修复人心，在修补中“寻找与替换”。修复松阳，是历史使命的导向而非“任务”导向，那是一场永远不会落幕的发现之旅。

回望松阳县城边上那座秀美的“独山”，真是一个意味深长的地名。

《人民日报》2017 年 11 月

宛若剡溪

我来浙江剡溪的春4月，只见剡溪水清清，剡溪水悠悠。水是水袖的水、波是眼波的波。依依罗裙、盈盈眉眼，我眼前的剡溪，是一条素颜柔情的女性河。

剡溪河畔的嵊州，山道缓缓，小城幽幽。隔岸的嵊山，郁郁翠竹在风中如垂发飘拂；街边路旁，簇簇樱花如绛唇腮红。嵊州古城，是一座灵慧的女性之城。

嵊州的故事，多与女子有关；女子的事情，注定和剡溪有关。一百多年前，嵊州爱唱戏文的小姑娘，乘着乌篷船沿剡溪而下，辗转去往宁波杭州上海；话说“三个女子一台戏”，戏台一经搭在了大码头，有如剡溪水汇曹娥江、曹娥入杭州湾；还有水路可由东海绕道进入黄浦江，到达十里洋场的大上海。

越剧，唯美之剧，源起百年前嵊州乡野，由民间“落地唱书”

搬上戏台，孕育了“小歌班”，使其从曲艺变为“戏曲”，再由绍兴文戏男班逐渐形成优雅婉约的“女子越剧”。流水千年，光阴一瞬，越剧历经“百年生聚”，终成戏曲第五大剧种。20世纪50至60年代，全国各地的越剧团，几乎团团都有嵊州人。越剧电影《梁祝》《红楼梦》《追鱼》……迷倒多少越剧知音。

越剧之源起，宛若剡溪。而剡溪曾经是多么孱弱的一条条小溪呢，从浙西南重重大山里的泉水，从岩缝里一滴滴渗透出来，一线一股汇聚成河。溪流曾经是多么细小哦，很多溪流消失在河滩或莽林中了。嵊州人却是如此幸运，那也是越剧观众的幸运——1906年早春的农闲时节，嵊州甘霖镇东王村香火堂前，出现了用几只稻桶和门板搭成的临时戏台，乡村艺人在这个简陋戏台上第一次“登台”表演，从此改变了嵊州史上民间艺人沿门卖唱的习俗。如今，香火堂老屋前摆放的仿制旧稻桶和旧门板缝里，依稀传来欢喜或忧伤的戏文老腔声。那时的嵊州男人有没有意识到，这将是一座为日后“女子越剧”搭建的戏台呢？

越剧雏形“小歌班”兴起之时，嵊州的女人还在忙着生儿育女、为田头劳作的男人端茶送饭。东王村村口的老樟树绿荫葱茏，这是当年“小歌班”出发去闯荡天下前的许愿之地，也是归来的谢恩福地。随着小歌班的走红，许多民间艺人变为专业演员，小歌班进入杭州和上海舞台，配上了丝弦伴奏、板胡鼓板斗子的乐队，被称为绍兴文戏。绍兴文戏鼎盛时期，集中在上海各大剧场演出的名角，清一色是嵊州出来的男演员。嵊州老家像一个招徒举班的孵蛋窝，只管把更年轻的唱戏新秀，从剡溪源源不断送往上海或杭州绍兴诸暨慈溪宁波……绍兴文戏中兴期，恰好处于中国近代史的激烈变局之中，20 世纪上半叶，是一个西风东渐开启民智激流勇进的年代，开明开放的反封建疾风，掀动着小小舞台的幕布，正在一件件更新、替换着后台的旧戏服，就像奔流的剡溪两岸青山移动的背景。

溯水回望，无数条不起眼儿的小溪，在漫漫时光中汇流成河。诗人吴重生曾说，南来湍急的澄潭江是移山凿路的嵊州男子，击水而歌的越女唱腔，是那条西来的柔情万种的长乐江。那么，这两条江怎样在嵊州融汇成“一江双流”的剡溪奇观的呢？就在绍兴文戏男班走红时期，有远见的戏班经纪人，深知上海是一个多么容易喜新厌旧的码头。一位常年在沪经商，见过世面的嵊州人有了奇思妙想，决定回乡办一副女班，若是由嵊州女子来接任小歌班，会是怎样的“轰动效应”。这是一个重要的历史转折点——1923 年春天，越剧史上第一副女子科班，在嵊州施家岙村八卦台门正式开科。女班兴起之时，五四新文化的余音缭绕，余波延扩乡镇，嵊州女子终于走出了自家屋门，怯怯初试乡间小戏台，然后鼓起勇气去往杭州宁波，再登上大上海码头初试歌喉水袖。可惜女班在沪上初次亮相似乎并不如意，返乡后一时茫然气馁。然而，施家岙村的族人，破例开放了施氏宗祠，让女班唱戏给村民听，唤回了女班的自信。施家岙保存有一座精致完整的古戏台，近年被重新修葺一新，作为村民自演自娱的场所。这些保存完好的乡村戏台旧址，正是一个剧种原初的活态起点。

有关剡溪的传奇就这样向我们一步步走近了：那条水流湲急的

澄潭江，被嵊州人称为“雄江”，而舒缓平和的长乐江，则被称为“雌江”。洪水来时，一刚一柔的两条江在青山峡谷中交汇，南面浑浊而浪涌，北面清亮而波平，一清一浊相拥而下。两江汇合之后，中间夹有一条细长的银色带状水流，把雌雄两水隔开，有如“剡”字的形象注释：两火一刀却又“水火相容”，恰似剡溪宝地孕育女子越剧的天定命数。越剧的中兴史，宛若激越的剡溪。

近一个世纪后这个春风和煦的下午，我站在施家岙当年女班学戏的老屋里：窄小的客堂间、简陋的铺板蚊帐、辨不出颜色的二胡、陡立的木楼梯楼板吱嘎……天井的光亮透射在旧窗棂上，微尘里浮动着岁月的气息。二楼壁板上展示着一张张珍贵的黑白老照片，留下了当年学戏女子瘦弱的身影与羞涩的音容。当年被父母送去学戏的女孩，应该都是贫苦人家的女儿，那是一些何等聪颖善悟的小姑娘呢？旧时代的女子上台演戏抛头露面，毕竟需要勇气和才气。演女人也罢了，还得有人扮演小生武生和老生，除了琴师与班头，清一色女角，练功吊嗓吃苦流汗，台步轻移裙裾飘飘高靴长袍帽翎颤颤。京剧男旦产生于伶人进宫侍奉皇室的禁忌，而女扮男装的“女小生”在沪上登堂入室，“创新”动力来自在都市“艺术市场”谋生立足的自发需求。女子越剧是一次戏曲革命，或可理解为一次不自觉的女性解放。2018 年春我来剡溪之前，并不了解女子越剧横空出世的“前史”。施家岙是女子越剧的摇篮，更是越剧史衍变的一个备注，八卦台门和施氏宗祠也因此成为“女子越剧”的诞生地。

剡溪不疾不徐地穿过嵊州谷地，她的上游山高林密，孕育着何其丰沛饱满的水量。剡溪还有更远古的祖先，据考，嵊州拥有“小黄山”之称的人类文化遗址，把中外历史学家视为奇迹、距今已有七千多年历史的河姆渡文化，提前到了一万年。这片物产丰饶之地，早在东晋时代便吸引了书圣王羲之、山水诗鼻祖谢灵运，在此归隐定居；晋王子猷（徽之）雪夜访戴逵，演绎出“乘兴而来，尽兴而返”的成语；诗仙李白、大诗人杜甫、孟浩然都有咏剡溪诗“在上”，史考唐代咏剡溪诗达千余首。嵊州与诸暨同属会稽郡，越国女侠西施与剡溪亦有渊源关系；剡溪至上虞与曹娥江相接，晚唐上虞县祝氏之女英台，因男装赴杭求学而与梁山伯的化蝶之恋，可知越国女子自古多情而坚贞。由于“髦儿小歌班”细润的唱腔比男班更悦耳动听，动作眼神比男班更飘逸洒脱，表演风格比男班更窈窕流畅，体现人物感情更细腻缠绵，显然比男班更有观众缘。于是“髦儿小歌班”很快取代了日渐衰落的男班，清一色的女角代替了男演员。20 世纪 30 年代后期，嵊州女班竞相赴沪并渐渐站稳脚跟，有了号称“三花一娟”的嵊州名角及众多女名伶，红遍宁波杭州上海，绍兴文戏也进入了“改良文戏”阶段。至 40 年代，以袁雪芬为首的著名越剧艺人对越剧的唱腔及演出服饰进行了大胆改革，形成了“新越剧”流派，最终确立了女子越剧的地位。越剧界十位“头牌”还发起联合义演《山河恋》，筹资创办越剧剧场与学校，被后人尊称为越剧“十姐妹”。1949 年后，女子越剧进入黄金发展期，却在“文革”倍受摧残，百花飘零。直到“文革”结束，被批判和禁演的传统戏剧目才陆续恢复演出，女子越剧重新复苏，20 世纪 80 年代，浙江“越剧小百花”现象应运而生。百年坚韧的越剧人，宛若在水火中重生的剡溪。

我寻声踏歌来剡溪，或许是为了却自己的一个心结。很多很多年前，在北方，只要从电视机收音机里飘来越剧忧伤婉约的音乐，稍纵即逝一闪而过，我所有的感官都会在瞬间被唤醒。越剧唱腔无论青衣彩旦小生老生，一声声倾诉一声声慨叹，缠绵悱恻千回百折，总有一种江南山水的烟雨云雾之美糅在其中。一个甲子之前，当我还是一个七八岁的小女孩，去德清外婆家过春节，洛舍镇上必是天天有越剧戏班来唱戏的，听得痴迷也听得困倦，夜半被外婆催着领回家去睡觉，躺在床上，窗外的河面传来若隐若闻的丝弦声，忧郁而优美的唱腔伴我入梦……暑假我在杭州，每天做完了作业，就会去隔壁巷子的浙江越剧团排演厅看戏。至今记得我最喜爱的青衣张茵跪唱《碧玉簪》中柔美幽怨的唱段。那一刻，小女孩心里生出了哀哀悲情，似懂非懂了人世间的冷暖……浙江越剧团是一个男女合演的新建剧团，妈妈年轻时在金华抗日演剧队共事的一位老朋友，被派到那里当了团长，团长姓吕，妈妈却叫他“老铁”，我叫他“老铁伯伯”，他的女儿与我同岁。记得老铁伯伯的口音像是绍兴一带的。由于这层特殊关系，初中几年的暑假我没少在越剧团蹭看排戏。而老铁伯伯却在1966年夏天被打成“走资派”，致残后被人沉于钱塘江……我于清明访剡溪，亦是为了凭吊并告慰老铁伯伯的冤魂。

我终于明白了自己是在离开江南后，才真正开始想念越剧的。我是在听不见越音的日子里，才知道自己深爱越剧的。我自诩为爽朗的北方人，却仍然无可救药地陷落在江南越剧的“靡靡之音”里。剡溪水无声流淌，越剧清雅柔美的唱腔，在河上的水汽雾气里凝聚。

我对越剧的情意，宛若绵绵剡溪。

那个空气里飘着栀子花紫藤花甜香的四月天，我去了嵊州越剧博物馆，去了嵊州越剧艺术学校，去了正在兴建中规模宏大的越剧小镇。博物馆小巧而藏品丰富，展示了百年越剧的千余件图片。馆长俞伟和她的同事们，走乡串巷寻访实物，一件件辛苦搜集而得；一次次赴杭甬沪访老艺人，保留下珍贵的影像资料与采访录音。嵊州果真是一座灵慧的女性之城哦，我在嵊州结识的女人钱良钗、张鹊萍、赵静，身上都有一种诗画并茂的文人气息，那定是被剡溪水日久天长滋养而成。

嵊州越剧艺术学校为绿城集团投资兴建，一座江南园林式建筑群，绿树草坪桃花月季，青砖黛瓦古朴雅致，回廊亭台花窗水榭，宽大的练功房敞亮的教室独立的琴房整洁的宿舍。正在课时，校园静得只听婉转鸟鸣，不像校园倒像一座花园或图书馆。每年4月，正值嵊州一年一度的“全国越剧戏迷大会”，夜幕沉降后，嵊州成了一个越剧世界。嵊州政府为此专门在大商场门口搭建了容纳千人的临时剧场，供各乡镇及邻县的民营越剧团演出，每晚一台戏，整个演出季长达一个月，对所有观众免费。我屏声息气挤入剧场在木头长凳上坐下，前后左右都是满满的“铁杆越剧迷”，细察观众的衣着面孔，均为十里八村赶来看戏的普通乡民。

那一晚我被这带雨篷的暖心大剧场感动。这些观众很可能也是乡村越剧的表演者。记得走进施家岙和东王村参观，村长和支书一边讲解，一边就为我们唱了一段越剧。嵊州市副市长，也在餐桌上为我们演唱了越剧。文化局局长陈君说，嵊州人人都会唱越剧的，嵊州人唱越剧，就像越剧里的念白。“越白”以嵊州方言为范，较完整地保留着汉语中古语音的特点。在嵊州，越剧已经成为嵊州人的一种生活方式，观众同时也是演员，可见越剧艺术与嵊州这片土地的渊源之深，宛若剡溪的河流与河岸。嵊州哦，你不愧为越剧的“原乡”。

令人惊喜的是，在嵊州越剧论坛上，喜遇著名越剧青衣演员、梅花奖得主舒锦霞女士。我欣喜地对她说，小时候特别喜爱《孔雀东南飞》一剧中男女重唱的一曲“惜别离”，二人载歌载舞还有和声伴唱，好看又好听，可惜后来记不全歌词了。舒锦霞女士告诉我，“惜别离”的曲调来自“越歌”，“越歌”是对百越地区本土民歌的俗称，自古通用，也可以说是越剧音乐的母体。《孔雀东南飞》的音乐吸收了越歌的旋律，又采纳了西方歌剧多声部的重唱、对唱，所以格外受观众喜爱。她说着就轻轻唱起来：惜别离，惜别离，无限情思弦中寄，弦声沉沉似流水……沁润柔和的嗓音和深情的声调，在瞬间令我沉醉。

弦声沉沉，情思无限，我无法不爱越剧。爱她清丽明快抒情的音乐旋律？爱她淡雅轻柔流畅的服饰头饰之美？爱她洋溢着生活气息、擅长刻画人物内心世界的表演之美？爱她舞台时空的超脱性和虚拟性之美？爱“女小生”特有的深沉委婉、韵味醇厚的唱腔音韵之美？是的，但不尽然。我爱越剧，最爱的是她洒脱隽永、自由不羁的艺术表现力；尤爱越剧创作中那种反刻板反程式化的变异性；也爱越剧不拘形、不固守的灵动性；更爱越剧吸收京昆、电影、话剧等多种艺术特质而后举一反三的多样性。越剧是一个亲近生活的剧种，更是一个不断进取的剧种，因而拥有持久鲜活的生命力。

凝视春日的剡溪，剡溪碧波蜿蜒从容北进。她到达嵊州城下之时，已经超越了“一江双流”的躁动期，变得丰满沉稳仪态万方。青草碧绿的剡溪河滩地，正在兴建一座多功能的大型越剧小镇，由戏剧导演郭小男担任小镇文旅公司董事长。小镇的副总指挥、嵊州文联主席金国勇告诉我：2017 年小镇已开工奠基，几年后的剡溪两岸，将出现一座座风格各异的大小剧院、戏剧工坊、工匠艺术村、戏曲博物馆乃至影视基地……越剧小镇的未来，将是中国人理想中的“桃花源”之境。

那一刻我忽然惊悟：嵊州当年民间的小歌班，如果不走出嵊州，去往杭州上海那样的大码头，她也许至今还是一个乡间唱书的小歌班，而不可能发展成一个完美的越剧艺术体系。当年来自田野民间的小歌班，是在接受了都市文明的熏陶之后，才逐渐完成审美趣味的改造和提升。宁波杭州上海的现代文化氛围深刻地影响了她，也造就了她。“百年越剧”顺应时势，一次次脱胎、一次次变革，凤凰涅槃浴火重生，才成为今天我们欣赏到的模样。越剧的前世与今生，始终处于求新鼎革之中。比如经典剧目《梁祝》——我小时候看到的那个粗糙简陋的《梁祝》，和我在半个世纪后看到的美轮美奂的《梁祝》，已是天壤之别。从剧情编排到唱腔设计到舞台美术，都上升到了戏曲美学的制高点，也更切合当代年轻观众的审美趣味。顾锡东先生在 1989 年专门为浙江小百花茅威涛量身定做的新作《陆游与唐婉》，从“老越剧观众”的欣赏口味脱颖而出，创造了诗化的文人戏风格，这出新戏的2003年修改版，获得了首届国家舞台工程优秀作品奖，如今已成女子越剧的新经典。由此可知“艺术经典”并非天生如此，亦非固化风干的“标本”，而是在不断的创造中完善的。有“越剧皇帝”美誉的尹桂芳尹派传人茅威涛，主演的越剧新作《孔乙己》《江南好人》等实验性剧目（郭小男主创），曾引来“不像越剧”的争议。而尹桂芳本人在1959年编创的越剧《屈原》中，已极大地突破了越剧女小生原有的表演程式，她也曾经遭受过诸如“不像尹派”的质疑。尹桂芳当年淡淡一笑回应：只要是尹桂芳演的，就是尹派。

于是，这个春天，在嵊州，九曲百折的剡溪让我懂得：“雄江”与“雌江”的交汇，仅仅只是“女子越剧”的一种表象。“一江双流”的河床上，其实还隐伏着更为深层的潜流：小歌班与女子越剧、嵊州与沪宁杭、剡溪与东海、民间艺术与都市文明、传统文化与现代艺术精神——这些都是越剧成为“越剧”的决定性因素，宛若剡溪双流，拥抱碰撞，然后再生。

《文汇报》2018年

仰视缙云

缙，赤色之帛。缙云，彤云彩霞缭绕之地。

缙云位于浙东南丽水地区，唐武周万岁登封元年（公元 696 年）建县。缙云城东著名的仙都风景区，有一株石笋，其型拔地而起，顶部有一方四时不竭天然池水，相传轩辕黄帝在此铸鼎炼丹所形成。石笋又名鼎湖峰，自晋代起已闻名于世。缙云氏是华夏人文始祖轩辕黄帝夏官的号名，也是黄帝一族势力南扩至缙云地区的古老记忆。至唐天宝年间，曾有祥云仙乐回旋于缙云山，唐玄宗听闻后惊叹："真乃仙人荟萃之都也！"并亲笔写下"仙都"二字。

缙云、仙都、鼎湖，皆为有出处的美地美景美名。

春日去仙都，满眼皆绿，绿树碧水青草滩，被饱满的绿山谷环抱，山间弥漫的雾气如翠纱飘拂。走过绿荫蔽日的水上长堤，透过山崖上红殷殷的杜鹃花，穿过金灿灿的油菜花地，轻风吹开雾气，一座摩天石塔，若隐若现地兀自耸立。

它从一池波光盈盈的湖溪里升起来，远望一眼，并不觉得它何等雄奇，只是与我以往见过的石笋有些不同，它不在幽暗的山洞、不在高高的山巅，而是以略显谦逊的姿态，低低伫立于群山之谷，有如平地凸现的泰山。

然而，当我渐渐走近它，一直走到它的脚下。它的体积与高度，随着我的步步靠近而逐渐壮大。我凝视它，然后仰起脸，再仰脸，仍然望不到它的峰顶。那一刻，我被它惊到了。

这是一块直上直下、囫囵敦实的巨石，四壁峰岩光滑陡峭，经受了亿万年风霜雨雪的磨砺，未有太多损蚀剥落。就像一个强壮伟岸的裸身巨人，灰褐色的肌肤，在酷烈的阳光和雷暴下，被锤炼得厚实坚韧。南方多雾多雨的湿润空气，使它吸储了太多的宇宙精华而拥有强大的气场。巨石半腰有一凹陷的圆洞，很像巨人的肚脐，日夜吐纳、释放着大自然的能量。再次抬头，依稀望见石柱顶端那一层层茂盛的灌木，错落有致地披挂下来，像是给石柱披了一件硕大的雨篷。尽管巨岩四壁可供攀缘，但据说只有极少人登上过巨石的绝顶，见过峰巅苍松翠柏间的神秘水池。我踮足翘望，未见缭绕缤纷的彩云，却有一群小鸟倏然惊飞。传说中，轩辕黄帝在此铸鼎炼丹后跨赤龙升天而去……

鼎湖峰，相传生成于亿万年前的一次火山喷发，融融岩浆凝固成火山流纹岩，其后风雨侵蚀，周围的石灰岩渐渐风化，只剩下一根巨大的石柱，直通地底深处。漫漫岁月，它稳稳矗立于此，有如一枚结实的定山神柱，上托苍穹下恤众生，淡定地低头俯瞰群山。

那一刻，因它慈悲温和的俯视，我虔敬地仰望它。

我仰视鼎湖峰，更像是仰望一座挺拔粗壮的巨型天然石雕。石柱其高一百七十米，底部面积为两千四百六十八平方米。石柱旁依偎着一小石峰，高四十余米，恰似笋尖，高可平石脐，酷似慈母身下的娇儿，故又称童子峰。这座母子石笋，是缙云的镇县之宝，为千年缙云镇宅安邦。

缙云地处武夷山—戴云山隆起地带和寿昌—丽水—景宁断裂带的中段。或许由于“断裂”，震裂了散落了无数形态各异的奇石。东西约十公里长的九曲练溪两岸，计有七十二座奇峰，鼎湖峰、朱潭山、姑妇岩、小赤壁、倪翁洞、芙蓉峡等，构成了一座宏阔的奇岩长廊。若往深山去，山沟里怪石迭现，如城堡、如礁石、如雄狮、如火炬、如飞舟、如巨蟒、如冰坂……叠床架屋险象环生却是有惊无险。故而缙云素有“桂林之秀、黄山之奇、华山之险”的美誉，曾有《阿诗玛》等一百多部电影电视剧在这里拍摄外景。其中的倪翁洞又名初阳谷，洞中留有唐、宋、明、清等历代摩崖石刻达六十多处。“倪翁洞”三个篆字，是时任缙云县令、李白的族叔、著名书法大家李阳冰所题。

遥望山中的摩崖石刻及奇峰异石，我仰视缙云石砌的历史。

仙都景区是一个偌大的公园，花田烂漫，草滩葱郁，牛群在林间悠悠然吃草，一派乡间野趣。我的视线常被粗壮茂密的香樟树桂花树槭树合欢树吸引过去，一路始终在扬着头看树，脖颈已酸涩。迎面忽有香气袭来，细看竟是一株高大的含笑花树，绽放的白花朵、含苞的黄花苞，在我的头顶颔首摇曳。

却有一处更重要的场所，等着我瞻仰。

鼎湖峰下建有一座气势宏大的黄帝祠宇，建筑颇具唐代风格，是仙都景区最重要的人文景观。黄帝祠宇原名缙云堂，始建于东晋成帝咸和至咸康年间，到唐玄宗时改名为“黄帝祠宇”，是我国南部历代各民族祭祀、朝拜华夏人文始祖轩辕黄帝的唯一场所，与西北黄帝陵遥相呼应，形成“北陵南祠”的格局。

高阶重门肃穆，石柱宽檐庄重。心怀敬意，步步仰视而行。

这是目前为止全国最大的轩辕黄帝文化展馆，陈列了与黄帝相关的考古证据及文献资料，展现了华夏民族祖先的由来。黄帝（公元前 2717 年—公元前 2599 年），因有土德之瑞，故号黄帝，是古华夏部落的联盟首领，与炎帝联手诛杀蚩尤，后又降服炎帝统一中原。再征服东夷、九黎族而统一中华，结束了原始社会千秋杀伐的混乱局面，建立了世界上第一个有共主的国家。黄帝在位期间，创造文字、建立姓氏，播百谷草木、捕鱼狩猎、建房制陶。始制衣冠、建舟车、制音律、创医学。黄帝正妃为西陵氏，名嫘祖，教人种桑养蚕缫丝。古代华夏氏族经过数千年积淀，在黄帝时代，为世界贡献了灿烂的农耕文明成果。

数千年来，缙云流传着许多黄帝的传说。黄帝的夏官缙云氏一族南迁浙江缙云山一带以后，与当地先民的原始信仰结合，吸收先秦道家、汉魏南北朝神仙道教和儒学等思想，逐步形成了一种古老的“黄帝文化”。到了西晋永嘉年间，祭祀黄帝活动由民间的联合族祭慢慢上升为官府祭祀。“缙云堂”建立后，“北陵南祠”的格局开始形成。明末，黄帝祠宇毁于战火，公祭中断，但自发到黄帝祠宇旧址祭拜者仍源源不断。至 1994 年，缙云县政府决定在原址上重建黄帝祠宇，1998 年缙云黄帝祠宇重新落成，每年重阳节公祭、清明节民祭黄帝的活动形成定制，吸引了海内外众多华夏儿女前来瞻仰寻根。缙云还成功举办了“中国 · 仙都公祭轩辕黄帝大典”，成为我国南方的黄帝文化研究中心。2006 年曾开展“天下第一祠”全球楹联大征集活动，从应征联中选出百余副优秀对联，镌刻在黄帝祠宇四方的立柱上。2011 年，“缙云轩辕祭典”被列为国家级非遗项目。

我仰望祠宇高处的匾额与楹联，想象民间祭拜黄帝香火兴旺的盛况。为缙云的文化坚守、为缙云的历史贡献，我礼赞缙云，仰视缙云。

那么水呢？缙云多山而多溪涧，水量丰沛。其中以好溪最为著名。好溪位于括苍山与仙霞岭的交界处，源于磐安县的大盘山，经千年古镇壶镇，穿仙都至丽水，注入瓯江。全长四十五公里，几乎贯穿缙云全境，在缙云无论走到哪里，总与好溪不期而遇，像是好溪常在探身问好。从鼎湖峰到小赤壁这一段，水浪翻腾形如白练，故称“练溪”。好溪在古代因河道险峻湍急，滩险多、岩石多而行船难，常有水患殃及两岸，故名恶溪。至唐朝，处州刺史段成式全力整治，终改恶溪为好溪，天下河流总在低处，人本在岸上俯视流水。然而恶溪之成好溪，成就史上一段造福于民的佳话。好溪河中有五十九濑，其中突星濑怪石嶙峋惊涛拍岸，据说急流中可见王羲之曾书“突星濑”三字。如此好水好溪好官好字，能不仰视？

那么桥呢？缙云的山脉大致以好溪为界，东部为括苍山脉，西部为仙霞岭余脉。北部地层陷落，构成壶镇、新建两块河谷盆地，是缙云农耕经济的聚宝盆，历史文化底蕴深厚。壶镇有一座远近闻名的十三孔石桥，桥长两百零一米，横跨好溪上游，全部是用块石横联拱砌而成，名为贤母桥。该桥是清代嘉庆年间一个叫载扬的吕姓弟子，为继承母亲的遗愿而修建，距今正好两百年整。贤人载扬成人后，合兄弟子孙之力，筹资在好溪流域先后造了四座通衢大桥，其中工程量最大的就是壶镇这座溪面宽、桥脚深的溪头大桥，历数年方建成。桥面宽丈余，石柱石板的护栏上雕有飞禽花草，两桥头蹬桥石级丈余宽，西边桥头的台阶上建有桥殿并立有桥碑，碑文记载着建桥缘起及知县题写的贤母生平事迹，清代浙江学政朱士彦，将这座“永济桥”正式更名为“贤母桥”。

我站在贤母桥上，桥下宽阔的好溪沉默不语，无船亦无木排。自从20世纪60年代老桥被改造拓宽通行机动车后，如今桥上行人车辆熙攘拥挤，然而桥面不震不颤，稳固如昔，只是桥体明显留有新桥老桥“有缝对接”的痕迹。侧身探头往河上看，由条石垒砌的老桥墩，一层层条石垒砌严丝合缝，岩质坚韧。若是从远处遥望贤母桥，能看出十三孔拱桥原初造型的优美曲线，展示着古代大型拱桥的气势与风采，成为古镇与好溪晚近历史的见证。

我为贤母与贤子的慈孝品格，仰视它——贤母桥。

那么水边的古村落呢？

新建镇镇西有一座河阳村，历代耕读传家、农商并重，富甲一方，史上曾出过八位进士。河阳相传始建于五代末期（公元923年），已有一千多年历史。两大两小的水系穿村而过，流水欢畅水塘清澈。村中现存十几座古祠堂，百余栋明清古宅，形成规整有序的一街五巷格局。一幢幢粉墙黛瓦的庭院式木结构建筑，高大气派的马头墙错落有致。青石板小巷幽深洁净，各家的条石门楣上都有刻字，例如“廉让之间”，便是意指廉洁谦让的人家。岁月悠长，题款略有剥蚀，然字迹依旧清晰。屋内的木梁、木柱上方刻有精致木雕，雕刻精细高超，栩栩如生。外墙饰有一幅幅古画古诗，至今保存完好。浙江的金华丽水地区，古村落尚存多处，河阳的乡土建筑可为一方翘楚，已被列为国家级文保单位。河阳的民间剪纸也是一绝，鸟兽鱼虫树叶花朵灵动秀美，民间生活劳动场景生动活泼。河阳或家家有人热爱扶剪弄纸，擅长不打草稿直接悬空下剪，造型准确线条精细，可见河阳人的民间艺术创造才能。

我仰视河阳村头的石刻匾额“耕读遗风”，我为河阳骄傲。

那么水中的山庄呢？

壶镇大龙门山庄，峡谷叠翠、瀑布悬泻、碧水环绕，如同一座浸建在水里边的龙宫。因此地曾多处发掘恐龙化石，故名龙山。整座山庄的设计颇有创意，由一层层清澈的水池引领，向上延伸依次接续。石门石路石洞石屋，水榭水廊水桥水帘，塘内麻鸭白鹅游鱼逍遥。餐厅建于半山，大玻璃外环屋皆水，珠帘飞溅。一排八角形的“湖屋”客房卧于水中，开窗见水，枕水而眠。拾级攀至高处，忽见一汪深潭碧绿，从山顶垂下一道数十米的银链，飞流直下跌落池中，山石树叶都被泉水淋得发亮。沿着石砌的栈道继续往山里走，竹海古树奇石裸岩，又见平湖如镜，浮桥贴水而过，通往峡谷更深处……极目所致，山庄主人凭山造屋，借水还景，处处可见朱氏父子的心血与智慧。高山峡谷农家乐，我仰视龙门山庄。

在缙云，仰视就这样成为我始终保持不变的姿势。

然而，我最终注目的是缙云人。我的目光被“缙云人”深深吸引。

缙云是中国民间戏曲文化之乡，其中婺剧演出最为繁荣。金华古称婺州，缙云人尤其酷爱婺剧，俗称“金华戏”，流行于金华、丽水地区。婺剧多为传统戏曲剧目，兼有高腔、昆腔、乱弹、徽戏、滩簧、时调六种声腔。各村镇有老人寿辰、婚庆、得子、还愿，都可请婺剧团来“上门演出”款待乡亲，看婺剧已成为缙云人的一种生活常态。缙云目前拥有二十七个民营婺剧团，每年在附近县市乡镇演出一万多场。上台能演戏、下台能种田的业余演员就达三万多人。据说缙云县还有规模相当不小、独一无二的“婺剧广场舞”，可惜没有看到。那晚，我们一行在夜色中匆匆走过富有弹性的长长步道，赶去洋泉村的一座祠堂看婺剧《周仁献嫂》。这条沿好溪河岸而修的滨江绿道，全长约二十公里，已成为远近骑行及徒步爱好者之最爱，每年赛事不断。那一晚的婺剧演出，是村里集资为重修宗谱完成的发谱庆典，免费请十里八乡人前来同庆。志达婺剧团名气很大，常年盛演不衰。祠堂门口灯火通明，琴弦锣点与热腾腾的缙云烧饼香气一同扑面而来。古祠堂可容几百人，条凳满满座无虚席。据说古戏台的梁柱，是用本地的石材凝灰岩手工打凿出来的，如此保存完好的古戏台，在全县共有四百多个。灯光雪亮的戏台，布景字幕道具华服锦袍，演员的唱功做功丝毫不逊于专业团体。戏台上人影幢幢，耳边弦乐声声，令人沉醉于浓浓的乡土气息中。

我专注地仰望着祠堂内小小的古戏台，也仰望着缙云人的精神文化生活。那一刻，我被戏台感动被剧情感动被演员感动更被观众感动。

缙云短短几日，被“台”所感动还有好几次。缙云籍老作家吴越和我在大龙门山庄举办文学讲座，远近闻讯赶来的文学爱好者挤满了会议室，带来了各自的新书和书稿。还有综合性杂志《括苍古今》，是由缙云文化人士主办的“括苍文化研究会”会刊，印制之精美在省内颇有口碑。隔日，在县文化中心“独峰大讲堂”举办的“文化推助乡村振兴”报告会上，气氛更是热烈融洽，从缙云人热忱的眼神里，传递出对文化的尊重、对求知的渴望。在与听众互动环节，有好几位少年先后主动上台，提问率真无忌，全场笑声掌声一片。孩子当天即被刷屏，成为缙云小网红。散场后有个八九岁的小女孩儿递给我一团纸条，纸条已被她的小手握得潮湿，上面写着她的电子邮箱。浙南自古重教育倡耕读的风俗，已渗透在缙云人的血脉里。缙云，不愧是一个文化之乡。

缙云人质朴憨实，缙云人聪明灵慧。我敬重缙云人，仰视缙云人。

仰视是出于一种真诚的敬重与仰慕。今生走过很多地方，我愿仰视缙云。

《人民日报》（海外版）2018 年 8 月 3 日

磐五味

有一方名叫磐安的美地，国家生态县，藏在金华境内的大山皱褶里。因地处浙江中部，被喻为“浙江之心”。重峦叠翠、连绵起伏的群山，环臂般把磐安护佑在怀里。光阴荏苒岁月流变，任由战乱和平、穷困富足，磐安自有一种沉稳笃定、处变不惊的气场。陆游绝句“山重水复疑无路，柳暗花明又一村”即得自磐安。乌石老屋，青山古道，茶树清溪，悠悠的慢生活，浓浓的人情味——磐石之安，安如磐石，故为磐安。

今年仲春走磐安，大盘山林深树茂水土清净，山环水绕深潭飞瀑，成就了磐安这座我国唯一以天然野生药用植物种质资源为重点保护对象的自然保护区及中药材宝库。“浙八味”中的元胡、白术、白芍、玄参、浙贝母五味，原产地就在磐安，故有质优物美“磐五味”之誉，大盘山博物馆即以磐安野生及种植的中药材为主题而设，磐安为江南著名药谷药镇。《本草经集注》谓“诸药所生，皆有境界”。

我于大盘山缥缈云雾中沉吟浮想，犹入仙草灵药之境。世上五味酸甜苦辣咸，而“磐五味”却另有独创：火辣、酸涩、咸香、甘甜、爽润…… 品悟“磐五味”之妙，由舌尖入心扉而通畅血脉。

磐五味之一：元胡（热辣民俗汇）

抵达磐安当晚有一场申遗晚会，舞蹈“铜钿鞭”、民间艺术“龙腾狮跃”、人偶舞蹈“大力士摔跤”、婺剧折子戏、武术、打击乐“老鼠迎亲”……热热闹闹欢欢喜喜，都是当地原汁原味的传统节目。婺剧高亢、武术矫健、双人偶摔跤憨拙、龙腾虎跃的表演团队配合默契，表演者大多是磐安村民，充满火辣热爆的激情。有一出单人表演的“乌龟端茶”，在磐安地区已流传一百六十多年。一黑衣白鼻头男子头戴黑罗帽，腰系白围裙，脚蹬长筒软靴出场，踩着音乐鼓点节奏，上腿下蹲单手托盘，夸张地模仿乌龟的动作，伸头慢，缩头快，一进一退一挪一移，动作连贯一气呵成。无论身体怎样翻转，茶水都不会洒出一点。最后的炫技高潮，“乌龟”高高扬起盘中杯，把茶水倒入自己口中……动作滑稽诙谐、惟妙惟肖，充满生活情趣。令人惊讶的是，那位个头瘦小的表演者羊荣地，并非专业演员，而是磐安双峰乡村民，自幼得祖辈传承，劳作之余刻苦练习“龟吸”式呼吸多年，可连续表演十五分钟大气不喘，在民俗表演中实属少见。“乌龟端茶”又称寿龟奉茶，生动地传递出人与自然生物和谐相处的美好愿景。

磐安的民间绝技和民俗文化精彩纷呈，其中最为独特的，是一项古老的大型秋祭活动“炼火”，是祈神驱鬼的民俗集体舞蹈，具有神秘的地域特色，自宋至今已流传千年。“炼火”有“踏火山”和“闯火海”两种，烧红的木炭堆成八十厘米高的“火山”，炼火的勇士们赤脚赤膊上阵，手持平头刀冲上火山，将通红的木炭拨得如同出炉的钢水一般火星飞溅，人在燃烧的火光中来回跳跃踩踏如履平地……由“炼火”可知磐安自古民风剽悍豪迈，民俗热烈火辣。故以“元胡”喻之，其味辛辣，可活血化瘀。

磐五味之二：白芍（酸涩太公树）

盘峰乡榉溪村边的那棵人称“太公树”的古杉，已有八百多岁了，一望便可知那是一棵有来历的老树。树高达十余米，枝叶苍郁繁茂，如同一件巨大的蓑衣披挂下来。树干之粗可四人合抱，树皮呈赭红色，像一位可依傍的慈祥老爷爷。树下隔路隔河，就是榉溪村口那座气象庄严的孔氏家庙及祠堂。圆柱的多个石头基座，或方或圆或扁或刻花，留下了宋、元、明、清四个朝代重修的不同风格。大殿匾额上“如在”二字孔家先祖真迹和“双龙戏珠”图案已斑驳模糊。这座被南宋皇家敕建的婺派南宗孔庙与众不同之处，在于它坐南朝北，正门面向遥远的北方。

向北方——因为它来自北方。“太公树”实则是一株红豆杉（史上相传为桧木）。细碎的针叶和摇曳的树影，默默传递出岁月的沧桑。公元1127年，北宋大理寺评事、孔子第四十八代孙孔端躬及其父其伯父等孔家族人，奉命为宋高宗皇室仓皇南渡护驾。孔端躬心知这一去归期难料，启程前在曲阜孔林亲手挖起一株杉树苗捧于手心，跪于祖宗墓前发愿：“何地植土生根者，乃吾孔氏新址也。”树苗随他一路颠沛流离，途经磐安盘峰乡时，其父孔若钧因长途跋涉劳累过度而罹病过世，这棵红豆杉从此落地于磐安燕山脚下，如今已在孔若钧之墓前守护了八百九十一年，被当地人尊称为“太公树”。孔端躬与家人在榉溪留居后，开办学堂教育孙邻，榉溪逐渐成为婺州南孔的儒家文化中心，繁衍为江南最大的孔氏集居地。磐安人说，红豆杉就是活着的历史——他见证了南迁后的孔氏后人生生不息的民族精神。

仰望高大的太公树，山风窣窣呜咽，低垂而细密的叶子上，散发出一种酸涩寒凉的气味——这棵来自曲阜的红豆杉，分明是随皇家落魄逃亡至此，它见证了北宋朝廷的腐败；见证了北宋完美的文官制度下不堪一击的国防国力；见证了北宋绚丽精湛文明掩盖下怯懦的民族性格。或许，亦是对儒学治国的莫大反讽？

白芍夭夭，灼灼其华。但若以芍根喻之，则性寒苦酸，可平抑肝阳。

磐五味之三：玄参（咸香乌石村）

磐安重重叠叠的山窝里，散落着一个个黑石头村，在阳光下犹如一件件放大的黑陶制品，闪烁着乌金般的光泽。刚凿下的玄武岩质地轻巧，吸入空气后，渐渐变得厚重实沉，密度大、耐久性高。磐安史上多巧匠，用这黑石头建起一座座黑色城堡。

走进尖山镇的乌石村，以前叫作管头村。清一色的黑墙黑瓦，只有门窗是木质的。石墙用石头开采时形成的裂纹一块块垒砌起来，令人惊叹这无缝镶嵌的绝技。偶见石缝涂抹了泥浆勾缝，好似一道道花边，拼出了图案的华彩美感。黑石墙下狭窄的小路，也是黑石板铺就，一块块泛着黑亮亮的油光，像走在隧道里。想象山里下雪的日子，白色渐渐地覆盖了黑色，白色慢慢渗入了黑色，乌石村犹如躲在了一顶巨大的白纱蚊帐里。第二天乌石村醒来了，黑油油的头发、黛眉黧面、玄衫皂鞋，沉浮在白色的雪雾里，散发着刚毅坚韧的气息。

乌石村每年吸引各地巨量的游客来探访石屋古道，黑石旧村和村民新建的连排公寓区，不会互相扰乱了视线。磐安多美食，新村的民宿三层楼带阳台，老村的农家乐四季飘香，四梁八柱的乌石老屋终年客来客往。尖山镇除了旅游还有电子产品加工业，我们日常使用的各种软管，一多半出自这里，号称“一根管子通天下”，销往全国各地。乌石村今天的日子，就像烧红的黑炭，红火旺旺。

走在乌石村的石巷里，与一块块一片片年深日久的乌石墙擦肩而过。抚摸苔藓斑驳、凹凸不平的石面坑缝，感觉那里留有山民昔日贫困的印痕，浸透着村民艰辛劳作的汗水和泪水。苦难的泪水或是欢乐的泪水都有咸味，乌石也是咸的。世上有盐，才会让人拥有抵御苦难的力气。

玄，黑色也。玄参黑茎，茎似人参，故称黑参。实亦黑，根甚黑，有微香，俗呼馥草。玄参切片晾晒后，一片片像极了乌石村的黑瓦，其味咸香，可清火解毒。故以玄参喻之。

磐五味之四：白术（甘甜古茶场）

玉山古茶场也是磐安一宝，位于磐安玉山镇马塘村茶场山下，全国重点文物保护单位，“赶茶场”已入国家级非遗名录。至唐代，玉山茶已渐成浙东名茶，称为“婺州东白”，茶色清澈、茶味甘甜。宋时玉山茶农初建茶场庙，东晋许逊被尊为茶神，每年开春山民采茶先祭茶神塑像。明清时期，玉山茶场形成了“春社”“秋社”两次大型庙会，是茶商交易、茶农山民进行物资交流的贸易集市。“赶茶场”同时举行观社戏、扗灯笼、迎龙灯、叠罗汉、竖大旗等系列民俗活动，其中农历十月十六的“竖大旗”（亦称迎大旗）的群众性竞技活动，是磐安传统民俗的标志性节目。迎大旗那日，各村派出迎旗队伍，在广场上竖起三十多米高的旗杆，单旗面积近六百平方米，仅一面旗就需用绸三百丈，上绘龙虎图案，每面旗需百十位壮汉共同协作才能竖起。磐安史上曾有三十六面大旗齐聚茶场庙的盛况，竖旗时刻锣鼓号令齐鸣人声鼎沸欢呼雷动，场面十分热闹壮观。

茶园葱茏盘旋的玉山下，小街上的茶神庙、官府设置的巡检司大殿大堂及附设建筑一字横排开去，可以想象当年春秋两季此地人流熙攘往来的盛况。特别引起我兴趣的，是那座至今保存完好、功能齐全的“榷茶”场。榷茶即商榷茶价之意，整栋建筑为两层环状走马楼，门坊内有前厅后堂，两侧辅以厢楼。底层为固定或可租用的茶叶摊位，廊柱相隔成茶座，设有桌椅，供每年茶叶评级所用，也是茶商之间品茶斗茶论茶、进行自由交易的场所。二楼设有雅间，供茶商住宿或囤放货物。一楼天井里还设有一座小戏台，茶商在此论茶砍价谈生意，一边喝茶一边赏戏，可谓优哉乐哉。这种集茶叶生产、交易、茶道及修养身心为一体的古茶场遗址，全国独此一家。可见早在明清时期，磐安的茶叶生意经已然成熟完备，茶可品可道可赏可议，茶在深山有远亲。如今，茶神庙隔壁建有一座“茶文化博物馆”，静静细说玉山茶史。

婺州东白清清，磐安茶香袅袅，茶人质朴聪慧。白术气味清香，味甘，理肺补脾祛湿，故以白术喻之。

磐五味之五：浙贝母（爽润灵江源）

磐安全县的森林覆盖率达百分之八十点九，有南方红豆杉、香果树、浙江大果朴等国家珍稀保护植物，被誉为“浙中盆景、天然氧吧”，是专为疲惫的今人预留的休闲度假之地。灵江源森林公园位于磐安盘峰乡，海拔八百米，负氧离子常年稳定在每立方米两万个以上。一路溯溪上山，穿峡谷栈道、望悬壁险峰，低头拾野果、抬头闻鸟鸣。偶尔可见山谷里的原生态古村落及古窑旧址，静谧安宁有若世外桃源。

灵江源最绝最美的风景，是山顶最陡处，连接两座峡谷之间的透明玻璃长桥。桥长三百六十五米，桥面宽二点九米，地面垂直高度一百八十九米，可谓华东第一高空玻璃桥，也称玻璃悬廊。悬廊始建于2013年，年轻的创业者张伟斌团队，怀揣“凌空飞渡、云中漫步”的美丽梦想，斥资建造这座绝壁天堑。2018年春节，玻璃桥正式开通，一时火爆异常，达到日近万人流量。磐安人从未如此居高临下地观赏自己的绿色家园——曾经难以跨越的重重大山，竟然被轻而易举“踩”在脚下。

我兴冲冲走上玻璃悬廊。一脚踏上玻璃桥面，顿时感觉腾云驾雾如临万丈深渊。桥面明明是有玻璃的，却感觉身体飘起来，如同行走在空气里；双脚分明踩在桥面上，却觉得随时会坠落下去；桥两侧分明安装着坚固的不锈钢护栏和扶手，仍然无处可依。悬廊悬空悬置悬心，高处不胜寒。总算到达一个相对安全的拐角，定神眺望放眼极目，才见满目青山叠翠，浮云恬淡天空辽远。清凉爽滑的山风吹过，深呼吸，吐纳，放松，再呼吸……心肺被负氧离子洗涤得干净清新。

浙贝母呈扁球状，不同于川贝止咳化痰，而有散结开郁之功效。恰如灵江源的玻璃悬廊，给人们爽润的体验、惊险的刺激和心理挑战。

灵江源，一味饱满结实、润肺散坚的浙贝母。

遥望群山远处，山坳里的一座座乡镇，还有药材之乡、香菇之乡、香榧之乡、生态龙井之乡、舞龙之乡美称——又是一个“磐五味”。安身安稳安居安心安神的今日磐安，亦是一粒亮晶晶红艳艳、五味俱全的五味子。

《江南》2019 年第 5 期

我醉

德清外婆家

外婆早已不在了，但还是常回德清去。湖州市德清县的洛舍镇，是母亲的故乡。

在我离开江南去了北方后，母亲的故乡时时在我的梦里浮现。那金色的油菜花和紫色的蚕豆花，还有冒着热气的肉馅糕……轮船突突地穿过高高的石拱桥，水浪拍打着岸边的泥土，经过一个码头又一个轮船码头。

近年来再回德清，那种 20 世纪 50 年代运河里的夜航船早就没有了，就连 60 年代的小火轮也不见了。先是听说县城通了公路，后来，汽车路通到了东衡里。曾有一次，坐船到东衡里，再坐汽车回杭州的，看得见镇子东头正在修筑的路基。亲戚们都说快了快了，你下次再来，从杭州一口气就到洛舍了。

果然，下一次，从杭州到洛舍，上了公路，一个多小时，真的不敢相信这么快就到了。犹如一只飞船，从河港的水面上唰地飞过去。就好像一道道河上的那一座座石桥，全都转过身连成了路。若不是街上镇里亲戚们的熟面孔，差一点就怀疑自己是到了另一个地方呢。

这些年去洛舍，多一半是为了给外婆扫墓，或是陪母亲探望老家的亲友。二十多年以前，外婆还活着的时候，我和妈妈几乎年年春节都要去洛舍过年。镇子里的亲友，都说是看着我长大的，这么多年不见仍是亲热，这一家那一家走走，喝一碗洛舍特有的烘青豆茶，余香久久不散。洛舍的饭菜是妈妈的最爱，南平、延平舅舅和爱群、小怡舅妈，每次都会烧出一桌美味的饭食，让我们大快朵颐。清蒸甲鱼、油爆河虾、红烧鳝段、千张包子、糯米肉丸，还有走遍中国也难以吃到的清汤鱼圆，令我即便回到北方嘴里仍留有鲜味。那一年春天，延平舅舅给我烧过一次豌豆咸肉菜饭，直到今天还是念念不忘。许多年过去了，如今洛舍的长街上商店林立，建起了一幢幢商品楼房，昔日宁静的小镇已是一片商业气氛，明显地热闹了许多。南平和延平舅舅各自开了一家小商店，生活也比以前好了许多。最难忘的是洛舍的文化站，街边上一幢不起眼的小楼，却拥有电影院、娱乐室和藏书几千册的图书馆。站长孙则民先生，早年在杭州大学任职，1957 年被打成右派，颠沛流离历尽坎坷，20 世纪 70 年代末平反改正后，回到洛舍担任文化站长，对乡镇的文化建设有一整套完整的构想。在得到镇委的支持后，多方筹集资金，把自己的全部心血和精力都投身于文化站的建设。早在 80 年代中期，孙则民先生就是一个文化市场的先觉者，立足于群众文化娱乐活动，自我滚动自我发展，资金得到良性循环，由生存而拓展，营造出健康的社区文化氛围。在孙先生多年持之以恒的苦心经营下，洛舍文化站终于成为洛舍镇民不可缺少的文化场所，并当之无愧地获得了“全国特级文化站”这一来之不易的荣誉。

有一年春天，我从北京回杭州开会，“五一”期间，相约杭一中的同班老同学燕君和李梅，专程去陆家湾看望当年插队时的村书记陆呆大（1969年春天，我曾在陆家湾下乡三个月，后来离开那里去了北大荒）。陆呆大年轻时就是一个专心“促生产”的实干家，在他的领导下，陆家湾大队在60至70年代就早早集体致富，每户的平均收入在全县都遥遥领先。我离开德清后，他从村书记提升为德清县主管农业的副县长，为人正派耿直。80年代末他从县政协副主席的位置退下来后，回到陆家湾，在村边的水塘搞起了家庭养殖业，身板硬朗、精神矍铄。我们从杭州去看他，他早已提前把亲自养殖的鱼虾鸡鸭挑出来杀了烧好，真心诚意地招待我们大吃一顿。那天中午他喝了一点酒，说起社会上的腐败现象，神情黯然十分痛心。如今一晃又有好几年没见到他了，真的好想念他。如今的陆家湾依然山清水秀，当年的石板小道都改成了宽阔的汽车路，许多家都通了电话，村民安居乐业怡然自得。

回洛舍镇的路上，经过烟波浩渺、水色苍茫的“洛舍漾”，远远地望见浩渺的湖中央齐整的鱼寮、白色的网箱浮标和悠悠的打鱼船，不觉心旷神怡。洛舍漾湖面开阔，水色清柔，近处高高的堤岸边是青青的桑树地，远处视线可达无垠的天际，恬淡的水波中传递着一种江南水乡的韵味，水天一色的辽阔，又分明是大家气派。所以洛舍漾是我特别喜欢的一个地方。想起当年我们插队的时候，从镇上搭村民的小船回陆家湾，错上了一条洛舍漾“彼岸”那个吴县的小船，船上的农民一路上跟我们三个杭州女生调侃，非要我们嫁到他们那个村子去给他们的儿子当老婆，弄得我们又羞又恼，上了岸赶紧落荒而逃，如今已记不得最后是怎么回到陆家湾的……

德清历史上就是富庶之地、江南的鱼米之乡，风调雨顺自然条件得天独厚。近年来，为了使德清的经济文化发展再上一个台阶，县委县政府各部门的业务干部，几乎每年都要进京一次，隆重会见各路神圣，广结良友。洛舍的前乡党委书记潘月山，曾亲自到北京我家登门拜访，希望我对故乡多加关注。他调离洛舍之前，又亲自陪同新任的洛舍镇党委书记陈佐平先生，再次到我家探望，把这一层“亲戚”关系交到下一任父母官手里，可见潘书记对洛舍的这份感情与责任。那一年，我曾应潘书记之邀，专程回洛舍“探亲”并参观了乡镇企业。木器加工厂和钢琴厂厂区优美的环境，给我留下很深的印象。其实在那之前，我早已知道洛舍钢琴厂艰难的创业史，还曾为“伯牙”牌钢琴写过一篇名为“高山流水听乡音”的文章。近年来钢琴厂在激烈的市场竞争中一度陷入困境，其间几易其名顽强拼搏。我回京后曾为其多方寻找合作伙伴，可惜终是未果，内心一直歉疚。

那一次离开洛舍后，顺道去了德清的新县城武康，我惊讶地发现，德清变成了一座漂亮而明亮的现代化新城。至今还记得那所教学设施一流的德清中学，优质的绿茵场、崭新的教学楼，与省城最好的中学相比也毫不逊色。还有宽阔整齐的街道、设备优良的德清县电视台、服务设施一应俱全的宾馆、可一览全城风光的银行高楼顶层……那已经完全不是我童年记忆中古老而陈旧的德清城了。德清像一个返老还童的婴儿，昔日的衰老已踪影全无，变得清新健康、充满了生气与活力。我知道为重建这座新城，需要筹措并付出巨额资金，而如此巨大的投资已成为德清人的重负。又是几年过去了，未知德清的二度创业是否顺利。但愿这笔用于建设的债务压力，能转化为德清经济发展的巨大动力。

一次一次、一年一年，每次“探亲”都目睹了故乡的变化。就像亲眼看着一匾壮实的春蚕，一层一层地蜕去陈旧的皮壳，一点一点地长大。然后结茧吐丝，再一针针一梭梭织出一幅幅华美的锦缎，在杭嘉湖平原上如水巷闪烁，如彩虹飘逸。虽然，幼时记忆中，洛舍镇上那湿漉漉的青石板路、临水架柱的老屋以及带有窄窄廊棚的“南海”小街，还有土地庙、镇子西头那座古老的拱形大通桥，都已随岁月的流逝而逐日消失，令我每次回洛舍，总有一种难言的酸涩与遗憾，在心头徘徊不去。曾经在心里暗暗希望着洛舍的老镇老街老宅，也能像南浔、西塘那样的江南古镇被妥善保存，成为颇负盛名的旅游之地。但我知道，那已经永远成为一种儿时的回忆，一个不可再现的梦。

老镇正在无可挽回地颓败与破落下去，而一个充满现代气息的德清、一个更为富裕的德清，正在拔地而起。愿这片丰饶的土地上，生长出同样壮硕的精神与文化之树。

算起来，外婆过世已经二十三年了。但外婆的灵魂依然飘荡在德清这片土地上空，守望着洛舍漾的青山绿水。外婆不在了，但母亲的故乡德清依旧让我牵挂。没有外婆的德清，它仍然是、永远是我的外婆家。

《吴越风》2002 年第 2 期

说绿茶

在普遍习惯喝花茶的北方，今春绿茶突然抢手。SARS 流行的恐慌之中，人们闻说绿茶有清热解毒的功效，一时间茶庄生意兴旺，绿茶脱销，据说连陈年的旧茶都卖出去了。

绿茶绿茶，一池碧波、缕缕清香，原本就有养神润肺驻颜醒目的自然功效，却要借助于另一种贻害人类的病毒浊物，才能正本清源，得人青眯。真是委屈你了——我家乡的绿茶。也真是因祸得福，总算被人刮目相看，让你在北方重见天日了，我家乡的绿茶。

可惜呀，绿茶，你被人认识得太晚了。

绿茶原本清淡，越是好的绿茶，三道清水流过，杯里的茶水已是“六宫粉黛无颜色”，只留下碧绿的叶片，犹如池底青草，若无其事地在水中悠然荡漾。若是有北方来客，奉上一杯绿茶，客人猛喝一口咕咚咽下，话噎在嗓中，表情写在脸上：这茶，没啥味儿！还有另一种表情：这茶，有点儿苦！

绿茶在北方，一向有点不受待见。北方地冻，青翠娇嫩的茶树过不了冬。北方人口重，喜食味浓色香之物；北地天寒，偏爱滚烫热烈之饮。所以北方人多一半是喝花茶的，茉莉香片，大众又经济的饮品，老少咸宜，滚烫的水冲下去，经得起沏泡，不怕变色。茶色深浓醇厚，给人沉稳的依赖感；一掀壶盖，深褐色浅褐色的水面上，漂起一朵半朵白色的茉莉花，有点俏皮的样子，香气四溢。其实那不是茶香，是茉莉花香，在南方人看来，有了喧宾夺主的嫌疑。然而隆冬飘来夏的茉莉味儿，虽有些俗艳，毕竟是亲切而温暖的。

北方人沏茶，多将茶叶置于茶壶之中，沏好之后，再一杯杯分别倒在小杯子里，（就像斟酒）分而饮之。那茶叶可反复沏泡，经久耐用。茶叶始终沉于壶中，比较隐蔽，不大看得见好坏。在南方人看来，北方人那样泡茶，也真是小气得过分。

而江南人冲泡绿茶，必定是一人一杯，一杯独享一撮茶叶。以前用盖碗，后来流行用玻璃杯，看得见碧绿翠嫩的茶叶在杯中上下沉浮。即便来客只嘬了一口茶，人刚走茶未凉，整杯茶就连着茶叶一并倒掉了。在北方人看来，实在有些奢侈浪费。

一次有一位很久不见的好友来家看我，我特为其沏泡绿茶一杯，以示隆重接待。他第二天有气无力给我打电话说：昨天你给我喝的啥玩意儿，害我一宿没睡着觉。这才想起自己忘了来客是东北人，他当时一定是碍于情面，才将那杯绿茶勉强喝下的。

然而我在北方多年，除非万般无奈（极渴），仍是坚决拒绝茉莉花茶。说起来祖籍广东，本应喜喝红茶或是青茶，我却无福享用乌龙茶、铁观音一类——在这点上，我与那位东北友人有异曲同工之疾。

——在北方，至今我仍只喝绿茶。

绿茶自然首选家乡杭州的西湖龙井。真正的狮峰龙井茶自然极不易得，退而求其次，杭州周边丘陵地带产的春茶，包括浙江境内的高山茶，只要是绿茶，品质均为上佳。

绿茶之妙，妙在形状。无论是一叶一芽的旗枪，还是卷曲蓬松的碧螺春，一片片精美绝伦，都是好看的。

绿茶那种含而不露的品性，如一来自庭院深深的妙龄少女，衣料与皮肤都如丝绸般爽滑细润，回眸一笑，轻盈无声，言语洒落池塘中，韵味留在清风里；可闻香而不见粉黛，可意会而不可言传。茶色碧绿，似玉液琼浆，养眼养心，令人不忍品尝。轻啜慢啧，舌上粒粒绿珠滚动，初始略有一丝苦涩，继而满口清香。茶未凉，嘴里已是甜丝丝清凉凉，满腹欲说还休的惬意与顺畅。

绿茶之妙，妙在清淡。清淡中悄然渗出含蓄的魅力，清幽得不动声色。那种从不张扬的自信，犹如江南人的勤勉与聪慧。

我对龙井的偏爱也许源自少年时代。20 世纪 60 年代，杭州一中初一年级那个春天，全班集体去梅家坞采茶半个月。湿漉漉的青山绿水，一层层绿油油的茶园盘往山顶。娇嫩的叶芽，在蓬勃的茶树上翘首探头，被一双双小手轻轻采摘下来，小心地置于竹篓中，拇指与食指都被茶叶染得绿了。细雨蒙蒙中采茶归来，全身的衣裤都沾着茶叶的香气。至今记得，下山收工过秤时，我一个上午采摘的新鲜茶叶，竟然才二两之多。若是等到烘干炒毕，大概只够泡上几杯茶吧。可见春茶之矜贵。那半月采茶劳动结束后回到城里，晚上睡觉时眼前仍是无边的绿色，满山满眼的茶叶，在脑中如大海的波涛起伏，眩晕几日不止。还有一次全班到郊外春游，路遇茶农忙于采茶，大家一时兴起，放弃春游跃入茶园去帮茶农采茶，后来写过一篇作文《采茶》，记述的就是这天的情形。

能不思绿茶？

如今杭州城里茶楼林立，茶馆兴盛，多半是将喝茶作为社交聚会的场所。如“青藤”三层大茶楼日日夜夜座无虚席，小吃点心干果水果一应俱全，喝茶喝得轰轰烈烈情景颇为壮观。要论茶屋的文化品位，字画古董环境古雅幽静，当数西湖大道别具风格的“和茶馆”。若是去龙井、虎跑的茶室，喝茶为的是泉水；若是选择湖滨的“湖畔居”，为的是湖光山色；“湖畔居”的位置，至今杭州所有茶楼难以替代——那时刻茶客犹如漂于船上，整个西湖都在窗外荡漾，碧波粼粼，恍惚间觉得，杯中的绿茶，只是从一湖清水中随意舀了一瓢来饮。到了金秋桂花节，满觉垅、植物园，一棵桂树一张茶桌，桂林丛丛，茶桌济济，桂花的醇香与清茶随风交融，几粒金黄的桂花无声落入杯中，绿水浮金，绿绸缀金，那是桂树与茶树热恋的季节。

遗憾的是桂花节如今充满了越来越浓的商业气息，茶室茶座，喝茶饮酒呼朋唤友、麻将扑克之声喧闹至极，绿茶被淹没在“金山”之中了。

近年来，我每次去杭州探家，倒是常与家人友人去龙井一带的山里，在农家庭院里喝茶农自留的好茶，那里是清静又悠闲的好去处。也有像孤山“一片云”那样的大众化茶室，客人可自带茶叶，茶室提供开水，任由茶客随意一坐半日，独享青山，也自成一道风景。江南人喝茶是平常而普遍的大众文化，绝非文人雅士的矫情；绿茶文化延绵几千年的茶汁，早已渗透在吴越后人的骨髓之中了。

这些年来，浙江的几种绿茶新品牌声名鹊起：千岛湖的雪水云绿、浙江龙井、余杭径山茶、衢州龙顶、安吉白茶、德清莫干黄芽等，其形其色其味其香，自是各有千秋。雪水云绿那名字何等美雅，给人诗意的想象，茶色如其名，茶质温柔细腻，很得杭州人喜爱；衢州龙顶等后起之秀，经过历年修炼，论色香味之优雅，与西湖龙井比美，至少并不逊色。德清的“莫干黄芽”，亦为绝世佳茗，始于民国，是受众小的隐者之茶。产茶的高山茶园如块块碧玉，镶嵌在翠绿的竹海林荫之中，大竹海构成的天然屏障，营造了茶区小气候。黄芽茶外形细嫩多毫，色泽玉润嫩黄，香气嫩爽甘醇，汤色嫩黄明亮，叶底细嫩成朵，不输著名的安吉白茶。德清还有一种“防风神茶”（民间称为烘青豆茶）也值得一说：德清史有习俗，用碧绿的烘青豆加腌制的橘皮丝、卜（野）芝麻，再加少量绿茶沏成（比例很重要）。制作方法颇费工夫：将新鲜毛豆一粒粒剥出，用盐水煮熟晾干，然后用微红炭火烘烤至青豆蔫软，青豆绿如翠玉不改色，存放多时不变味。泡青豆茶应当用盖碗，如今都用玻璃杯了，一杯绿莹莹的琼浆玉液，清香微咸解渴，喝到最后，在杯底击掌叩击，青豆可如数入口，反复咀嚼满嘴生香，耐喝耐嚼余味绵长。据说青豆茶起始于远古防风氏年代，至今古风犹存。

众多绿茶品牌之中，我比较偏爱径山茶，径山茶叶片细嫩如针、卷曲蓬松，色泽略深，茶味清爽，茶香也收敛沉稳。径山茶产自余杭当年香烛盛旺的径山寺院佛地，叶片在杯中如莲叶托浮于水上，望茶而心静，别有一种禅宗定力。我也喜欢太湖地域的碧螺春，单是那名字就起得形神兼具，细嫩的叶片微微卷曲，如塘边池畔一只只娇小的青壳田螺，散发着春的气息，香气有几分张扬，带些诱惑的意思在里头。掀开杯盖，一汪绿水上浮一层细细绒毛，如涟漪一般荡漾开去……江南的好茶，实在是数不胜数。

至今还记得 20 世纪 70 年代，曾去安徽黄山茶林场采访上海知青，攀爬几十里至深山连队，四下已是云雾缭绕苍茫如海。偶得云开雾散，只见级级梯田，层层茶园，从脚下一直升上天空，犹如一架架绿色的天梯，通往九霄云外。正是采茶时节，路边墙下处是摊开晾晒的新鲜茶叶，那两叶一芽精致标准得像是流水线上的产品，绿得发亮，嫩得叫人心疼。在我的记忆中，那些刚刚采摘下来的茶叶，就像无数扇着绿色翅膀的小蜻蜓，在山脊上等待着穿透雾气的阳光，晾晒它们被打湿的羽翼，然后成群结队地飞往各个城市的茶庄……

那一次，就在简陋的知青连队宿舍歇脚时，有个长着娃娃脸的男孩儿，用他们刚刚炒制的新鲜茶叶和烧开的山泉水，为我沏了一杯绿茶。那是一只特大号的搪瓷杯，几乎有半截热水瓶那么大，他信手抓了满满一大把茶叶，好像天下的茶叶都在他手心里，茶叶散落时，发出一种千金散尽还复来的豪迈与慷慨的声响；泉水更是应有尽有，好似开闸的河流一般，汹涌而迅速地拥抱着杯中碧绿的茶叶，滚烫的泉水在杯沿冒出袅袅的热气，犹如浓密的云雾将茶园覆盖了，有一种润物细无声的默契。待我将满满一杯几乎重得端不动的绿茶举到嘴边，只觉得自己像是站在一口绿色的深潭边缘，快乐得差一点就掉落到那池碧波里去了。

那一天我从未有过那样贪婪地喝茶，酣畅淋漓、痛快淋漓。我把那满满一杯绿茶都喝干了。谢过茶主起身赶路，我怀疑自己的心肝都已经变成了绿色。

那是我一生中喝过的，真正无污染、最纯净的高山云雾茶。

能不爱绿茶？

从此，喝茶成为我生活中不可缺少，时时被惦记、牵挂的一种习惯。

每日工作之始，端一杯绿茶走进书房，心里是愉悦的，因有绿茶为我醒目清脑；繁重烦乱的工作中，因有绿茶在我桌上，自觉少了许多浮躁之气；疲惫劳累之时，饮一口绿茶，沉重的四肢顿时轻松了；心情沮丧之时，饮一杯绿茶，凡俗杂念都随水流散了。北方春天的干风中，绿茶给我湿润的滋养；雪花飘落的黄昏，绿茶是温情的抚慰，送来春天的想象。

酒要陈，茶要新，南方人喝绿茶，自然最喜新厌旧。因而每年一过清明，到了新茶上市时节，总有家人和朋友，急切地把新茶寄来。如果喝不上刚上市的龙井新茶，这一年的春天甚至这新的一年，好像就没有开始。

许多许多年，在干燥的北方，绿茶润我，日日呵护着我的身心。

许多许多年，在遥远的异乡，绿茶伴我，我把家乡时时带在身边了。

所以，绿茶究竟具有怎样实用的功能，于我是不重要的。优美的茶道仅是茶文化的外表和仪式，对于我来说，似乎也用不着刻意而为。绿茶对我，是一种淡泊、一种娴静、一种清爽、一种平和。绿茶犹如涓涓细流，汇集成生命长河，点点滴滴消融着我长途跋涉中的疲累；绿茶不会仅仅用来解除危难，绿茶是大自然给予人类的精神馈赠，也是人生的一种境界——你看那片片绿叶，只需一杯清水的呼唤，就将全部的汁液奉上并溶于水中，清清淡淡，安安静静，然而，清茶留齿，气定神闲，回味深长久远。

绿茶流淌在我的血液里，伴我一生——永远的绿茶。

《天津日报》2003 年 9 月 23 日

西湖杨公堤随想

十九岁离开西湖，远去北国，转眼已是三十四年。当年舍得下西湖，也许是身在福中不知福，潜意识中倒反生出些对外面世界的好奇心，想看看这天地之间，没有西湖的地方，究竟会是怎样？

西湖离我渐行渐远，却又是忽远忽近，若即若离地挥之不去。一年一度回杭州探望父母亲友，忙里偷闲，自然是要把多年来看得“审美疲劳”的西湖，顺便一同拜望了的。隔年换季，心绪有别，而西湖却是永远的。风云变幻朝代更替，西湖总是淡妆浓抹处变不惊，地球时间，到了西湖就停止了歇息了。

尽管百年西湖山色依旧，但汹涌的钱江潮与群峰的泉水，已悄然在湖中注入了新的动力与源流。西湖的锦上添花与改造整合，于20世纪90年代后半期开始启动，重修了雷峰塔、城隍阁、万松书院、御码头等许多历史遗存的景点名胜。或许恰是自己由北而南“跳跃性”观赏西湖的这一距离感，近年来西湖的些微变化，都悉数收入眼中。

听说新西湖扩建后，西湖水域扩大三分之一，恢复了杨公堤在明清时代的风貌。刚听说“杨公堤”这个名字之初，不由心生疑窦——苏堤、白堤已占尽西湖风光，天上何以掉下一条杨堤？烟波浩渺的外湖里湖，哪里还有杨堤的位置？

金秋时节，应浙江作家节之邀赴杭州。怀揣一个小小的心思，是为了杨公堤。

晨起即是湖西大采风。车至杨堤入口处，不由哑然——这不是我们小时候熟知的西山路吗？很多年来，它都是一条路，一条与苏堤平行、一侧临水、两侧的法国梧桐树森然夹道的林荫路。经由它可通往曲院风荷、郭庄、花圃，南侧的尽头便是花港观鱼的后门，右转就通往虎跑方向了。它何时摇身一变，变成了一条湖堤呢？

然而脚下踩的果真是一条长堤。湖堤必凌驾于水，水果然就有了——堤西原先的茶园菜地旧屋杳然无踪，代之以一串串珍珠似的水塘芦荡。路既成堤，桥是不可缺的，桥也有了——好像一位高手制作的大型魔术，在一夜之间搬来了六座起伏的拱形古桥，路被穿透了，盈盈湖水在桥洞下穿过来流过去，与西里湖汇合交融。

那六座桥，曾与苏堤六桥并列，望山看水观景各有妙处，分别以环壁、流金、卧龙、隐秀、景行、浚源得名，人称里六桥。水既通，桥已设，舟亦行，这亦新亦旧的杨公堤，在岁月掩埋了几百年之后，终于被粼粼水波托举着，似那条从雷峰塔下逃逸后归来的青蛇，从此定心驻守西湖的碧水蓝天之下。

下车从金沙堤（也叫赵公堤）步行进入湖西景区，隔水遥望赏菊听曲的清雅之地小隐园，顺着“乡间小路”前行，路边一座新修缮的江南民居，粉墙黛瓦，质朴幽静。此屋名燕南寄庐，很是醒目，是著名京剧艺术表演艺术家盖叫天故居。忽而想起60年代中期，几个中学同学在山里闲逛，偶然撞到这里，当时黑色的大门紧闭，一片萧瑟阴森之气，几人绕着围墙转了几圈不得进入，悻悻离去。想不到几十年后，这位耿直执着的戏曲艺术大师的故居修复并对外开放，变成一个小型戏曲艺术博物馆，亦是湖西一景。沿小路继续往前，穿过杭州花圃北侧的花丛树林，眼前又是一大片悠悠水域，湖荡中长桥连廊桥，长亭接短亭，水回路转，总是百步可歇。只见远处青山逶迤，雾霭沉浮，视野慢慢伸展开去，水色缥缈，一时深远了许多。再沿着水边从容前行，欣赏过岩芳水秀、五峰草堂、醉白楼、天泽楼等一座座有着曲折来历与文化内涵的楼台亭阁、雅屋精舍，抵新近落成的于谦墓。整座祠堂建筑群体气势宏大、肃穆庄严，可见杭州人民对清廉正直的才子好官于谦真切的怀念之情。

那些故居旧屋，原本就是西湖历史不可缺少的组成，只是被岁月的泥沙年复一年地遮没了，静默地蛰伏于湖山深处难得一见。只因这条杨堤的恢复，终于被拂去尘埃，重见天日。从这个意义上说，杨堤仍是一条路，一条融贯文史的通衢大道，以杨堤为轴线放射开去，构成一条湖西的黄金漫行线。

匆匆走湖西，意犹未尽仍有不甘。几天后陪父母再走杨堤，由茅香古道入口下车步行，穿过郁郁树林，走过厚重木桥，眼前便是开阔荡逸的茅家埠水面，这就是几百年前香客由湖东乘船过湖，经由杨堤孔桥去灵隐上香的水上必经之路。湖水坦坦荡荡地延伸至远山，薄云遮日，波平如镜，湖中近岸处，随意地生长着一丛丛茂密的芦苇，几只白色的水鸟贴着水面掠过，又翩然飞去；几条小船正从堤上的桥洞里悄然探头，朝着湖湾里缠绕的水巷中另一座石拱桥划过去，欢声笑语像水珠子一样一滴滴洒落在湖上。那单孔石桥古朴而精巧，残破的石缝里浓密的青苔，记录着风雨的道道斑痕。说到湖西景区中数座新架设的小桥，限我所见，似乎没有一座是用了水泥的——桥面桥身或拱或平、或曲或直，非木即石，非石即木。木桥一般呈浅褐色，简洁明快的现代风格，厚重平整的条形板材，均为进口的防雨防滑材料，可见设计者的苦心。这些风格各异的小桥嵌入这湖中之湖的诗画美景，如同一只只做工精巧秀气的搭襻，连接起堤外之堤，别有一番气象。

沿岸的青青草坪均为低矮的缓坡，草坡入水，柔和而收敛，人也就与水亲近了；草坪上配着适时的花草，树也种得疏密有序，给眼前的山光水色留出了充裕的视线空间。远眺湖面，隐隐可见对岸一幢幢素墙青瓦的农舍民居，参差毗接，错落有致，黑白色的剪影沉落在湖水里，一阵微风吹过，房屋都模糊了，只一歇工夫，又从水里清晰地显现出来。湖面水色清澈，有四方山溪泉水来续，水是活的。再一阵风过，天上闲云游弋、湖中芦苇飘摇，远处的草堂茅屋，都浸在朦胧的水雾里了。

芦苇是湖西的点睛之笔。如此充满野趣的湿地情趣，在精致的外西湖里是见不到的。

恍惚间，觉得西湖变得陌生、变得遥远了。几百年前的老西湖，原来要比我们熟知的西湖大了许多。西湖在很久以前，就应该是眼前这个样子吧。这不是“新西湖”，而是一个具有乡村风情、比老西湖更老的西湖。这些星星点点的湖塘港潭，原本就在那里散落着，只是被日月存积的腐叶淤泥覆盖了。终于有这样一日，深受西湖恩惠的杭州人，要把西湖的原貌还给西湖了。果然，挖着挖着清水就涌出来了；水漫湖西之时，杨公堤就在湖中游动起来了。

杨公堤，由明代杭州知府杨孟瑛，力排众议重新疏浚西湖后，凌波倚山、自北而南贯穿整个湖西水域而修筑的长堤。如今因着这一条杨公堤的修复，将湖西的自然风光、人文风貌一一激活。由我幼时所知的西山旱路，而变为今日的湖中长堤，西湖的几百年兴衰，都在这六桥一堤间了。如此说来，杨堤已不再是一条路，不仅仅是一条路。杨堤是一条重新打磨的珠链，穿起了湖西的历史珍迹；杨堤是一道垂落于西山的迟来晚霞，超越了原来水利与交通的使用功能，而成为天下游客观赏游览的新风景线。这一条21世纪的杨公堤，终由实用而达审美，由实在而变空灵，由物质而升入精神领域——这是一次何等壮观的飞跃，一次何其神采飞扬的书写大手笔。

“性知执法，心在利民”语出杨孟瑛当年的《开湖告谕》。如今重修杨堤，仍是奉行了先贤勤政恤民、善待湖山的殷殷心意。一条不设门墙的杨堤、一条敞开胸怀的杨堤，从此将笑迎八方来客，无论是杭州人还是外地人，无论是乡民市民草民，都可随时随意漫步杨堤。西湖是天下人共享的西湖，这一条四通八达的杨公堤，你也来走，我也来走，在杨堤行走的人，没有了高低贵贱之分。杨堤杨堤，在人们理想的天堂里，飞扬飘扬。

从杨堤续说新西湖的新景点，自然留有太多的“新”痕迹。杨堤新铺的草坪尚有缝隙、新移的树木尚未成林、新栽的花草尚未成势、新建的茅屋庐舍草堂廊桥，尽管在设计思路上已是竭力试图接近原貌，但遗失在空气中的文化信息已无从捡拾。新湖滨景区的规划似乎引发了较多的争议和疑问，许多大兴土木新建的人造景点，破坏了西湖往日的宁静幽深，西湖的扩建似乎应当适可而止了。在这些“崭新”的氛围与语境中，我们难以品味出“新西湖”更深层的文化内蕴与历史积淀。然而，这是一个两难的境遇——遥想当年白堤、苏堤、六和塔、放鹤亭初建时，也是全新的，然后在漫长的风霜雨雪中，一年年变得古老质朴。历史所遗存的事物，都是被曾经的那个“当下”所创造；西湖有史以来经历过五次大型疏浚整治，名胜古迹的建筑风格也留有各个时代的不同特征，至20世纪上半叶，湖边别墅多已是中西合璧。实际上西湖从来没有停止过呼吸和运动，烽火硝烟的改朝换代中，西湖始终在不断地被更新——我们指望着时间这根魔杖，使“新西湖”成为老西湖完美和谐的补充与延伸。

金秋去杭州，适逢桂花香浓时。漫步杨堤，一阵甜香袭来，嗅着香气回头寻去，树丛里必是悄悄地立着一株桂树。金灿灿的小米粒，不起眼的十字花瓣，一层覆一层、重重叠叠团团簇簇，竟把一整棵大树染得金黄。还有白金般的银桂、暗红色的丹桂，浓烈的馥郁从花蕊中持续喷发放射，香得人都醉了。桂花开了的日子，整整一座杭州城都是香的，连杭州人的呼吸也是香的，杭州的美食也被桂花香淹没了。闻香识杭州——春之蔷薇、夏之荷花、冬之蜡梅，清香浓香从窗外飘进来，轻轻一吸，就知道西湖到了哪一个时令了。

杭州人是有福的。我这一个西湖的女儿，正在北方的风雪中一点点变老。而西湖，却是一年比一年更年轻了。

也许正是由于远离了西湖，西湖对于我，才变成一种在回眸回忆中，无限想象的梦幻之境。

《浙江日报》2004 年 1 月 2 日

下渚湖湿地探幽

下渚湖，一片宁静优雅的江南湿地，位处浙江德清县武康县城东南，一个叫二都的古村边上。尽管事前已听说了它的种种奇妙之处，以及关于它的古老传说，在今年初夏时节那一个斜阳烂漫的傍晚，当我贴近烟波浩渺的宽阔水域、进入河汊曲折的深处、穿越幽然静谧的水巷长廊——这一大片新近开发、少为人知的下渚湖水乡胜景，仍然大大超出了我的想象。曾走过许多名胜之地，往往总是声名大于亲见实感。而这个卧于绿野、羞于面世、沉默而含蓄的下渚湖，却是一个令人惊叹的例外。

若是再不去下渚湖，也许真是枉为杭州人了。毕竟，它离杭州只有半个小时的车程，不说近在咫尺，也算得是杭州的后院啊。

下渚湖，古称防风湖。天然形成的江南地区最大湿地湖泊，面积十平方公里、主湖三点四平方公里，比西湖略小，是浙江省第五大内陆湖。

下渚湖北依防风山，湖水的源头之一的余英溪汇入东苕溪，属南太湖水系。很久以前，古运河曾从中穿境而过。湿地——沼泽河汊草滩相连的水域，素有蓄水防洪的“天然海绵”之称。在以水运航行渔业水生经济植物为主的江南水乡，历经数千年岁月风雨，竟然留有保存如此完好的“观赏性”湿地，应是天赐浙人的福分了。

坐船走下渚湖，轻轻掠过悠悠的水面，那种微微的眩晕，像一次难以察觉的梦游。

船码头设在碧绿的河湾里，狭长的河湾像一支低调的序曲。水路渐宽，熟悉的水乡河港，船过浪涌，没了泥岸的水线，又缓缓退去。窄窄的河口，水里隐现着一排齐整的竹篱，是养殖户的鱼寮。船上电瓶发动机的声音戛然而止，像是屏息静气的呼吸，船身无言地滑过竹篱，水面静寂无声。船声复起，在水上划出长长的弯曲弧线，前方豁然开朗，视线所及一片连天的碧水，饱满得像是要溢出来了。这就是被当地人通常称为“漾”的湖泊，也是下渚湖的主体。望得见东北角的湖岸边，两座葱郁的小山，名为和尚山和道观山，中间以细长的扁担山相连。传说夏禹时代防风氏治水，因挑土的扁担断裂，由洒落的土疙变成。山不高，满山苍翠的乌桕树，镶嵌着星星点点的白。白色鲜活，时而闪动，一片片绕着绿山升腾盘旋。船近了，看清那飞翔中的白色，竟是一群群硕大的鹭鸟。白鹭的翅膀在水面掠过又飞起，而后从容栖息于树冠，那座小小的绿岛，像是开满了巨型马蹄莲。下渚湖的生态环境保护多年如一，数量繁多的白鹭群，年复一年在此生息，已经成为下渚湖最具观赏性的景色之一。小船远去，回望湖上两座小山精巧秀美的倒影，人说犹如美女的双乳，也确有几分神似。

夕阳渐斜，小船经过一处建有竹楼茶屋的小岛，慢慢偏离湖区中心，驶入边缘的湿地水域。眼前是一条隐没于高草中的丝绸水道，宽度似刚容得一条小船通过，伸手可触岸边湿漉漉的树根。水道如巷，一个弯连着一个弯，眼见得船头抵住了前面土墩，已是“山穷水尽”了，船尾一摆，迎面陡然一道闪亮的水色，长巷又朝着芦苇深处延伸而去。两岸是茁壮的竹林、茂密的芦荻和苇丛，散发出潮湿的草叶气息。偶有几株高昂的松树（还有并肩缠绵的情侣松），突兀地立于高地，透出一种防风古国桀骜不驯的骨气。间或可见几只毛色鲜亮的农家鸡，在竹林里漫步觅食，这些散养于小岛上的家禽，吃尽新鲜的活虫鲜虾，一日日健康成长，到了秋季，主人只管上岛来捕获即是。欲知何为桃花源，想必也不过是此情此景罢了。船儿径自往前，如在陡峭的山路上盘旋，弯儿拐得越发地频繁。竹叶扶疏，树影婆娑，左边一棵桃，右边一株梅，让人想象春天的日子，在落英缤纷的水流中漂泊，该是怎样的惬意和曼妙。水巷忽然就幽暗下来，两岸的树越发地密集了，像是在小镇的一条廊棚长街里穿行。异香袭来，水气醇厚，只见一棵棵百年树龄的古香樟树在水边依次伫立，水路顿时似被树叶的浓影阻塞了。那一段悠长的港道，扬脖仰面睁大眼睛，一阵慨叹接着一阵惊呼，一个意外连着一个意外——也许世界上唯有江南湿地的水巷两岸，会生长着如此壮观的古樟树群落。小船贴着盘根错节的树根青苔缓缓滑行，天空消失在树冠里，水巷隐没在树荫里，脑中闪过亚马孙河原始丛林间的诡秘河道，那一刻已不知自己身在何处……

据说下渚湖整个湿地水域中，隐伏岛屿台墩六百余座。湖中有墩，墩中有湖；港中有汊，汊中套港。弯弯绕绕走了近一个时辰，就像走失在一座巨大的水上迷宫里了。

天光忽又明朗，船已驶出水巷，前方是恬淡辽阔的湖面，远远可望见岸边农家隐约的白墙。小船像是在绿色的田野中行驶，两侧菱莲莼菰漂浮的嫩叶，随着波浪起伏。一只青灰色的苍鹭，蜷着身子懒懒地蹲立在养殖场水中的木柱上；两只长脚鹭鸶拨开水面凌空起飞；三只黑白相间的沙鸥盘旋不去；四只野鸭泰然逐波浮游。最喜是一群乳毛未干、淡黄色的鸳鸯小雏，扑扑地啄着水草，欢欢地溅起水花，雀跃着钻入油汪汪的水葫芦叶片下……

德清德清，你拥有满山翠竹的清凉莫干山，已是你不竭的财富和荣耀，却还藏掖着这一片扑朔迷离的下渚湖大湿地，让人一时把杭州西湖都暂忘了。

相传当年大禹为表彰防风氏治水有功，特赐封山禺山方圆百里，立为防风国，为良渚文化的发祥地之一。从下渚湖上岸不远，即是历时一千七百年之久，又于1996年重修的防风祠。游历了下渚湖的美景，再听奇异的防风氏神话，德清的自然山水，在历史的风烟中更增添了人文的魅力。

两百年前，剧作家洪昇有诗曰：地裂防风国，天开下渚湖。三山浮水树，千巷划菰芦。

这“天开”二字，尽得下渚湖幽深野逸之神韵。

只求今日游人纷至沓来探望下渚湖时，多多存有维护下渚湖原始风貌的一份爱心。

《浙江日报》2004 年 9 月 17 日

重识钱江潮

今年秋天在杭州，有个名叫周舟的海宁人，撺掇我去盐官看潮。我说阴历八月十八，早已过了半月，钱塘江的潮水还有什么看头呢？他说你错了错了，实际上，天下的人都搞错了。一年三百六十五天，哪里只有一天大潮好看呢？月亮一天绕地球一圈，走过太平洋再走大西洋，一吸一吐，潮水一天涨落两次；月有阴晴圆缺，月初和月中的吸力最强，头尾持续各五天，杭州湾每个月至少有十天大潮，生命不息，观潮不止啊。

我说八月十八观潮日，恨不得全中国人都晓得，到底是谁弄错了呢？

周舟说：苏东坡是始作俑者。他写了那句诗“八月十八潮，壮观天下无”，想必当年他碰巧是那一天去的，从此误导后人，都以为海宁大潮只此一日壮观。我曾去法院起诉苏东坡损害钱江潮的声誉，法院不受理。普通人想当然，说什么这一天月球离地球最近，勿晓得地理位置的特殊规律。再加上广东人凑热闹，借了八月十八这个日子想“发一发”。你看，错都错到一道去了。我只好逢人就拨乱反正，口水都快变潮水了。

想想每逢“发一发”那日，盐官镇上人山人海，比钱江潮还要壮观。我携八旬老父同行，只能在这种被游客冷落的平常日子乘虚而入。

盐官镇是海宁县城，位于杭州湾喇叭口北岸，人们只知其为著名的观潮胜地，不知海宁曾是海上丝绸之路的起点之一，更是名人辈出、文化底蕴丰厚的古城。城内有一座“陈阁老故居”，素有“一门三阁老，六部五尚书”之说（陈家世代望族，清朝出过三位宰相，五位尚书）。乾隆七下江南，民间传说因其身世同陈家有关。气势宏伟的“海王庙”以及正在修复中的“安国寺”，都值得参拜。等到把镇上的古迹一一看过，时近中午，潮水也就快到了。

“今天的潮水几点来呢？”周舟一路问过去，好像在打听火车到站的时刻。有人大声回答说，比昨天早半个钟点，快了快了。于是中午时分的盐官镇，骤然有了一种紧张气氛。镇上的游客和行人的步子明显地匆促起来，往江堤上奔去。镇上所有的饭馆茶馆，墙上都有当日潮水到达的时间预报，观潮的人就好比等火车，盼啊盼啊，眼见车头终于进站了，从你身边轰隆隆驶过；若是晚一步赶到，火车就开走了。所以观潮如看日出，一刻不能迟到的。

大潮出现的时候，远远一条闪亮的白线，在江的下游缓缓向上游平移，像是一根测量地平线的银尺。猜想钱塘江水原本顺流而下奔涌入海，一江清泉进了东海，搅出些咸味，心生悔意，像是嫁出去的女儿，在婆家待得烦闷厌气，夜夜思念自己的出生地，每日总要挤进杭州湾口的喇叭筒里，回头来探访母亲。江河本是大海之母，东海原是西湖之父，彼此你中有我，我中有你，互为因果。都说一江春水向东流，那海水与江水的混血儿，却生出些叛逆的性情，偏要一日两次折返西行。因是逆流而上，江道渐窄，水和水就一滴滴纠缠、一层层叠加，如同在安徽黄山重新发源一次，满怀再生倒走的狂热。银线渐近，传来隆隆的吼声，豪情万丈；望得见潮头上你追我赶的浪花，溅起白色的水雾，如同一排并肩行进的火车头，齐齐喷着蒸汽，步步逼来。更近，忽而变成了一大群白色的野马，从左岸到右岸，密集得没有一丝缝隙，脚踏洁白的雪地雪原，义无反顾地朝着上游奔腾。马鬃在风雪中飞舞，似一群来自海上的白马王子……此时脚下的江面却是出奇地安宁，柔情万种地静静守候，只等那威武健硕的壮汉投怀入抱的那一刻，以大海覆盖了江河的身体，江海相遇的激情，掀起翻江倒海的排浪。它们拥抱热吻之时，雾凇雪涛银妆素袍壮美华丽，一瞬间从你脚下哗然而过，只顾往前奔去，身后扬起黑烟黄尘，一片污泥浊浪泥沙俱下。

原来，这日日溯水而上的钱江潮，奔腾的动力不在海中，而是来自高远的天穹。月亮才是操纵着它命运的神灵，是可望而不可即的天上恋人。

潮头跃过，再看岸边脚下的围堰，一块块巨大的花岗条石，竖着插入堤岸，一层砌一层呈阶梯状，铜墙铁壁般坚固，好似一道隐入水中的百里长城。历史上，塘堤一次次修筑一次次被潮水冲垮，海水倒灌为患一方，统领修塘的官员无颜见父老乡亲，曾有人自愿投水殉职。在一代代海宁人的血肉之躯上，鱼鳞石塘终于在清代雍正、乾隆年间建成，从此将万钧之力的钱江潮锁于江中。这石塘有多厚重坚固，就知大潮的力量有多威猛。

周舟急急挥手喊撤，登上一辆四边敞篷的人力车，带领我们去“动态观潮”。出了盐官的观潮亭不远，十余里江堤通达顺畅。车子很快追上了刚刚经过盐官的潮头，赶到了潮头之前，追潮人与潮水并行，保持同一速度，或前或后，亦步亦趋。江风吹来，撒开细碎的水珠，身上头发上都是潮水的湿气；左侧是起伏的江面，身子像被潮水整个托举起来；海水急剧地向前推进，一丈一丈地吞没了江水，如一艘所向无敌的巨轮，在水上冲锋陷阵。家父年轻时曾多次观潮，可谓阅潮无数，却从未如今天这般与潮头亲密贴近，侧望老父，一副如痴如醉的神态。那一米多高的水墙，横着移动推进，起起伏伏，潮过之后，在江面上留下一个又一个巨大的漩涡。周舟在隆隆潮声中大喊：潮水其实就是有规律的小规模海啸。我说海啸可供观赏，也算化灾为奇。既然大江把大海当作出口，大海又何不能以江作为入口呢？这一场海水企图置换江水的搏斗，日复一日不知疲倦，直至六和塔下，气数用尽才见胜负。然而，那潮水本是天地精怪，而如今的观潮人，却用柴油四轮来赶超潮水，让游客错生出弄潮儿的豪情与幻觉，似有忤逆自然之嫌。低头想想，不由暗自慨叹。

原来，钱江潮万年来去，竟是由海水的压力所迫。那压力不在海中，而是来自堤岸。滩涂围困，堤岸渐高，东海是否日感压抑？

海水一日两次溯水而上的挑衅，终究败于奔流直下的江河之水，尽管如此徒劳无望，大海却仍是乐此不疲。

江边出现一道长长的堤坝，横卧于前。大潮竟是浑然不觉，直扑过去。潮头似乎积蓄了整个太平洋的巨大能量，浩浩荡荡长驱直入，却突然被一座大堤正面拦住，犹如中途横生枝节的抵抗。大潮愤怒地咆哮起来，鼓足满腹悲情，迎面冲撞过去。大堤坦然迎候，狂奔的潮头被堤坝猛然掀翻，刹那间生出了强烈的反作用力，弹起几十米高的黑浪，惊回首，真正是“道高一尺，魔高一丈”的情势。高耸的水柱似巨人在空中转身，甩开一头浪花飞溅的乱发，弹跳、旋转、反扑——这就是钱江潮著名的“回头潮”。它在三百米外的大堤一角上落地时，几百吨重的江水在瞬间如同炸弹一般爆裂，仅仅是浪尖的压力，即可将人体的骨头和内脏拍扁压碎。每年，都有轻视了低估了大潮力量的观潮人，被潮头卷走，魂归东海。忽然想起千年前的钱王，曾用万支弓箭射潮令其退之，用牛羊美女作贡品，令其驯服，依旧无功而返。钱王终于懂得：潮可顺应不可逆之，潮可疏导不可拦阻。唯有以疏通江道、筑堤防范并用才是治水良策。情同此理——历史上，各种人为的陆地之“潮”多有发生，究竟是拦截镇压隐瞒还是因势利导？钱江潮可为训导可为警戒。

原来，这回头潮如此勇猛，如此壮美，恰恰是因为堤坝拦截的阻力迫成。阻力是能量的发生器，阻力激发能量并使能量得以爆发——身旁的老父亲表示赞同。

怒潮汹涌，重整旗鼓继续向上游昂首挺进。追潮的长堤已到尽头，人称“潮痴”的周舟却是意犹未尽。他说你现在相信每月阴历初一到初五，盐官同样是有大潮可看了吧？若再不信，我可以带你去见一老人，他几十年间受聘于钱江航运公司，每天日夜两次观察记录潮水的流量流速，他会用精确的数据证明，苏东坡的“八月十八”只是一句诗而已。我急摆手说不用不用，我信就是。周舟说你何时来看夜潮呢？白天是潮，夜里称汐，潮汐潮汐，一天两次日夜轮班，在我看来，汐比潮更要惊心动魄啊……

只能在周舟的描述中，想象夜潮的神秘和神奇：江滩无人，万籁俱寂，汐声自黑暗的远处传来，如泣如诉；潮声渐近，间或裹挟着石块的滚动，如雷似鼓。潮头到了眼前，顿觉一股宏大的气流扑来，要把人吸进水里去，脚下的堤岸在微微抖动，有如地震。如逢月夜，月光下翻腾的浪花溅起雪白的泡沫，天空和江水一片银白，如同大雪纷飞的旷野；若是空中放起焰火，堤上升起篝火，荧光火光在奔跑的潮头上跳跃，那定是世上绝妙的动感奇观。

周舟又补充说：在中国，什么景色能够在半夜里出现呢？只有盐官的潮汐！

浙江多水，“浙江”的两个字都是水字偏旁，全国独此一省。如果说西湖是静态的阴柔之美，那么钱塘江即动态的阳刚之美。我这西湖的女儿，半生重识钱江潮，恨晚。

《解放军报》2006 年 4 月 17 日

防风神茶

知道“防风神茶”已是2001年的春天。此前将近半个世纪的时间里，我仅仅只听说过德清一带是“防风古国”的属地，并未听说过“防风神茶”这一古风尚存的民间饮品。

幸而那年德清县史志办的表兄姚达人和德清县文联副主席杨振华先生来探望我母亲，带来了两盒德清三合乡自产的“防风神茶”，当我终于弄清楚这“防风神茶”即是我童年时代熟悉并喜爱的“烘豆茶”时，我竟然像是见到了一位重新归来的老友，心生欢喜。

小时候，每逢暑假和春节，妈妈必定要带我去德清洛舍镇的外婆家住些日子。

那时候去镇上的亲戚家串门，几乎家家都会给客人沏上一杯烘青豆茶。这茶必用中式的瓷盖碗沏泡，底座有托盅，掀开杯盖，瓷碗上大下小，碗口略敞，可见满至碗口三分之二处的水上，漂着几丝金黄色的橘皮和几片绿色的茶叶，一粒粒小如草籽儿的黑点点，在水中悠悠沉浮；眼神尖尖地往碗里盯下去看，有十几粒碧绿的青豆，皱皱地静卧于碗底。浅绿深绿黄绿黄黑，几种不同的色彩在水里上下晃着，很生动的样子，像一只五色斑斓的金鱼缸，煞是好看。大人说：盖上盖上，等会儿再喝。不多时，再次掀开碗盖，那茶水渐渐就显出颜色来了，一池清澈透亮的浅绿，从青豆里浸润出来的汁液溶在水里。

乡里人说，这是烘豆茶。只有德清这地方的人喜欢吃，城里买不到。

小心地喝一口，一股清香味扑鼻而来。咬着一丝橘皮，滑溜溜的有些酸涩；嚼到一粒黑草籽，在齿下嘎嘣一声脆响，有奇香袭来；奇怪的是那茶水略有咸味，解渴又爽口。几道开水续过，茶水已淡，喝到见底，有人递过筷子，说你将那些青豆夹来吃吧。青豆已被茶水泡涨，肥壮饱满，吃在嘴里，韧得很有嚼头，嚼着嚼着，满嘴是香了……

曾好奇地问：这黑色的小草籽是什么呢？香得我嘴馋。

——野芝麻。乡下也叫卜芝麻，山坡地边都有，秋后剪下枝条，晾在匾中晒干了，像收油菜籽那样敲几下，一粒粒野芝麻就从荚里掉下来，形若小米，炒熟了，比芝麻还香……

烘豆茶的味道真的很特别，从此一直留在我童年的记忆中。可惜到了 20 世纪 60 年代后期，烘豆茶消失得无影无踪，随后是很多年——几乎整个 70 至 80 年代都是空白。曾经问过外婆，外婆说农民的自留地都没有了，青豆自然也没有了。那些青豆采下、剥开、用盐水煮熟，然后要在微红的炭火上慢慢烘烤熏制，很费工夫的。那时候谁还有那样的闲心和工夫呢？烘豆茶就被当成资本主义尾巴割掉了。

怅然之下，我曾以为此生再也喝不到烘豆茶了。

到了90年代，一次回杭州探家，妈妈在厨房里忙了好一会儿，端出一只茶杯，很神秘地说：给你吃一样东西，是亲戚从洛舍送来的，不知你还记不记得呢？

掀开杯盖，我闻到了童年的气息，从水天一色的洛舍漾上飘来——我思念的烘豆茶，奇迹般地出现在眼前。浅绿深绿黄绿黄黑，颜色真是配得和谐沉稳，青豆橘皮野芝麻胡萝卜丝还有少许茶叶，在水中斑驳交错起伏，如同一群从远方归来的游鱼。

德清外婆家的烘豆茶回来的日子，就像外婆远去的在天之灵，重又回来看望我们了。

那以后，凡有德清老家的亲戚给妈妈送来烘豆茶，妈妈必定会分出其中一部分，亲自从邮局寄往北京。一小包绿得青翠的烘豆、一小瓶橘皮和野芝麻拌好的“调料”。然后，我独自一人在厨房来回走动，开水在炉子上响起来，还有杯盏清脆的碰撞声。我虔诚而隆重地沏泡烘豆茶，就像在完成一种神圣的祭祀仪式。

曾有一次用它来招待我的北方客人，烘豆茶端上之前，很神秘地作了渲染，示意此茶是何等珍贵。忙碌了一番之后，上茶了，客人揭开杯盖，小心啜一口，脸上的表情有些复杂。我得意又紧张地问：怎么样，味道很特别吧？客人们面面相觑，不出声地咀嚼着，少顷，终有人忍不住反问说：这茶，怎么是咸的呢？就像菜汤，对，这明明是一碗汤嘛……

真是很扫兴。忽然明白，一个人幼年的记忆，其实是无法与人分享的。

烘豆茶之风味特色，恰恰就在微咸略苦的奇香之中。在偏爱甜食的江南，这稍带咸味的烘豆茶，确实是与众不同。其实它全部的妙处，就在于烘熏青豆以及腌制橘皮芝麻时，用了微量的盐。温温的茶水经过咽喉的那个瞬间，我能感觉到青豆在水中浸出的咸汁中所蕴含的勇气和力量，还有一种与如今江南民风迥然相异的粗犷与野性。

从幼年时的烘豆茶，到眼前的“防风神茶”，像一个换回了自己原先旧衣衫的故人。几十年过去，我依然认识他，熟悉他身上飘散出的来自远古的气息，英武洒脱，然而凄然悲怆。

童年在洛舍外婆家，曾听过民间流传的有关防风氏的神话故事，可惜年代久远，竟然记不下多少了。只知防风氏是古越先祖，夏禹时代杭嘉湖地区的一位诸侯，也是治水英雄，据说身材奇高。达人表兄后来为我寄来了有关“防风氏”的资料，方知四千年前，位于钱塘江流域与太湖流域间的防风古国，其统治中心方圆百里，包括今湖州市所属德清、长兴、安吉三县。德清二都的封山（俗称防风山）、禹山（俗称长子山）和下渚湖（俗称防风湖）是当时风景幽美的地区。源自天目山的东苕溪，经瓶窑、安溪与二都下渚湖相连。近年来发掘的良渚文化遗迹，亦可寻见防风古国与其相关的种种渊源。当时已进入父系氏族社会末期，农业生产开始开渠排涝、养殖水稻蚕桑；良渚黑陶、手工业、开矿冶炼、水上交通和舟运亦渐成气候，私有制逐步兴起，防风古国呈现出一片兴盛景象。

据《史记·孔子世家》中记载，公元前2198年，中原华夏部落军事联盟的最高首领夏禹巡视江南，在今绍兴会稽山召集各地诸侯会议。“防风氏后至，禹杀而戮之”，也就是说，禹借赴会迟到之罪，杀害了防风氏，制造了我国历史上第一桩千古冤案。防风国的先民纷纷外迁出逃，防风国也因此日渐衰微……如此看来，我的德清外婆家丰饶的鱼米之乡，在远古竟然曾是一片崇仰自由精神的土地。后有学者认为，但凡“防风神茶”流传的地区，也是防风古国所属地域的有力佐证。

如今，在德清三合乡二都封山之麓，下渚湖之滨的防风王庙原址上，已重建起防风氏祠，再铸防风氏塑像。祠前树立了《防风神茶记》碑。碑文如下：

防风神茶记

吾乡为防风古国之封疆。相传防风受禹命治水，劳苦莫名。里人以橙子皮、野芝麻沏茶为其祛湿气并进烘青豆作茶点。防风偶将豆倾入茶汤并食之，尔后神力大增，治水功成。如此吃茶法，累代相沿，蔚成乡风。此烘豆茶之由来，或誉防风神茶。然佐料因地而异，炒黄豆、橘子皮、笋干尖、胡萝卜，不一而足，各有千秋。但均较此间烘豆茶晚出。邑产佳茗著录茶经，风味更具特色，宜乎有中国烘豆茶发祥地之桂冠也。爰为立碑纪念，茶人蔡泉宝策划，县乡领导主与其事，并勒贞珉传之久远。

丙子十月谷旦卢前撰文 郭涌书丹

从此，每逢农历八月二十五日，自发前来祭拜防风氏的乡人无数。

防风氏殁后，防风国的古代文明依然在民间流传。延至唐宋，距二都西十余里的上柏报恩寺，以及周边许多寺庙，均受防风古国地域茶文化的影响而崇尚茶道。相传历代名流如陆羽、苏轼、沈括、康熙皇帝，都曾到过防风古国地区的二都、三合、洛舍等地游玩，考察风土民情。防风古国的山水茶汁，也养育了孟郊、俞樾、俞平伯等一批杰出的文人学者。

防风氏悲壮地乘鹤西去。只有四千年前防风古国的“烘豆茶”仍在德清一带民间流传至今。细细品尝那微咸的茶水，咀嚼着韧性的青豆橘皮，我闻到了血与汗的苦涩气味。我想，被大禹借故杀害的防风氏，定是死不瞑目的——他留下了这“防风神茶”，正是以期为世人洗心醒目。如今，江南的烘豆茶风味依旧，德清的山里水上，愿防风氏的风骨犹存。

《浙江日报》2003 年 8 月 15 日

江门是一座旋转门

站在江堤上望蓬江，江面浩阔水量丰沛，隔江耸立的两座青山——烟墩山和蓬莱山，对峙如门，谓之江门。

三十年前的那个春节，我和父母从广州乘坐一夜江船，在一个雾气迷蒙的清晨，穿过那道天然的大江之门，第一次登上我祖籍的故土。那时我尚未意识到，在后来的三十年中，这座雄峙于珠江三角洲的五邑之都江门，将会为我打开一座何其美妙的博物馆——珍藏着丰富历史遗迹、鲜活自然风物的瑰丽宝库。

那扇门是徐徐开启的，恰好与这三十年中国前行的轨迹合辙，并未有性急刻意地炫耀。1980年最初的新会印象，是杜阮碧绿的小河、沙石路边茂密的葵林、阔硕的葵叶；长乔村的民居普遍低矮陈旧，糙米与咸鱼是乡亲们招待我们最好的饭食。然而，家家门楣上的红色春联令我新奇惊喜——工整圆熟的书法墨迹、务实祈福的吉祥祝词，传递出南国厚重的文化底蕴和沿海的开放气息，显然已大大领先于北方的滞重与荒寂。乡里虽是山地贫瘠生活窘困，精致的新会县城却是一派亦中亦西的侨乡风情，精致古朴的景堂图书馆，木格窗棂散发出百年书香。原馆长李中壮先生是一位尽责敬业的爱书人，多年与我保持联系，收藏我赠送图书馆多部签名作品。第一次回故乡那几日，堂哥乡邻一排浩荡自行车队，骑车带我们去看风景：秀美葱郁的圭峰山、叱石清澈的泉水瀑布、大榕树冠盖如云的小鸟天堂……

故乡的土地潜隐着丰厚的历史人文伏笔，从此有了探究的愿望。

至 20 世纪 90 年代中期，我借广州开会之便，第二次重返长乔。公路畅达，过顺德佛山直奔江门。江门在元末明初渐成墟集，为得天独厚的四邑两阳交通咽喉，史上即粤省南路通衢，毗邻港澳，1904 年设立海关。记得那年 8 月，正在重新规划兴建中的江门，满城工地管道新房新路，摩托车汽车卡车壅塞，处处蒸腾着蓬勃的热气，城市的楼房像一群生动欢快的白鹳，正在鼓翅欲飞。繁华的街市上，赫然立起一座崭新的大厦——五邑图书馆。馆内藏书甚丰，功能齐全，闹中取静凉爽安适。在珠三角狂热的经济大潮中，江门人首先护卫恪守的是文化，令我颇感欣慰。杜阮乡那时已归属蓬江区划归江门，十几分钟车程可达。长乔村家家通了电话，路面硬化，村容整洁，村委会办公室挂满各种文明评比的优胜锦旗，那一刻，故乡展示出它新生的文化品格，从此赋予我深切的认同感与归属感。

2009 年夏，中国作协主席团会议选择在江门召开，我得以在改革开放三十年后，第三次重返故里。经新会过台山至开平，一路走来，大江之门在涛声中顺时针缓缓敞开，旋转出大时代的立体屏幕。

旋转门开启六十度角——我看见了清澈的西江、潭江，几十条河流，从苍郁的远方奔泻而来，流经赭红色起伏的丘陵平原森林河谷，叠泉流瀑，最终汇入温暖的南海。江门五邑是被海水托起的一方绿洲，江海多处交汇，四百多公里海岸被勾勒出婀娜多姿的曲线。两百多个小岛如碧玉浮升海面，上川岛的峻石波涛森林猕猴群、下川岛的千株椰林金沙海滩，被誉为“东方夏威夷”。在这片山水兼具、错综多元的美地上，处处藏有汹涌的温泉。曾在著名的古兜温泉歇过一晚，上百个大小不等、温度各异的泉池依山而建，周末常有大量港澳旅客专程来此洗尘、润肤暖心。原来江门的地下盛满一腔热水，我的故乡人，体内拥有无穷的开拓热情与天然动力。

旋转门开启一百二十度——我看见了那座巍然伫立于江海之畔的崖门古炮台。崖门位于银洲湖出海口，为珠江海防四门之一，台址为三层半月形巨石叠垒，枕山扼海气势宏阔。作为南宋最后行都的新会，那场惨烈的宋元水上决战，为青史留下了文天祥、陆秀夫、张世杰多位壮士的英名。鸦片战争前夕，林则徐亦曾派重兵守护炮台。古战场历经八百年沧桑，于 1942 年重修，现存古炮二门，仰天昂首雄风依旧。我在此心祭先祖，江门这看似闲适的温柔之乡，亦是一片刚硬顽韧的血性之地。目光穿越千年的历史风烟，新会境内的唐朝玉台寺、外海茶庵寺，位于恩平的歇马举人村，明清两代曾培养了七百多位贡生举人和官员；还有维新派代表人物梁启超，明末著名理学家、教育家陈白沙，民主革命先驱陈少白，海外著名侨领司徒美堂——我的祖籍江门，历史人文古迹遗产何等丰厚。那是融汇了古百越文化、中原文化，在与近代西方文明的碰撞中，在八面来风的珠江改革前沿，气根繁茂、浑然天成的一座人文榕树岛。

旋转门开启一百八十度角——中国“第一侨乡”的江门近代史。19世纪江门华工远赴南洋美洲谋生的血泪史，从华侨博物馆里步步推近——异国的蔗田、铁路、金矿、华工的口供纸、银信汇票、客死他乡的义冢、为抗日捐钱的旧布袋……每一张真实的史料图片上，沾满华工“血汗”的手纹和印迹；每一件泛黄破旧的珍贵实物，似乎伸手可触摸到当年华工的泪水与体温；每一段翔实的文字说明，都留下了穷国草民的耻辱与沉痛、记录了江门父老顽强拼搏的勇气和力量。20世纪90年代，我去马来西亚访问，曾拜见过我父亲儿时的玩伴甘楼老先生，他十一岁那年随家人从长乔村出发，一根扁担挑着行李，步行至珠海码头，再坐船到新加坡，后又辗转到吉隆坡，先期靠卖菜为生，历尽艰辛创下家业，如今儿孙都已成为留学英美的“知识分子”。回头再看“金山客”在家乡建造的座座奇特碉楼、塘口那座别墅式中西合璧建筑风格的立园、台山的梅家大院，可知这片土地上，汇聚沉积了海外华侨何等浓烈的思乡恋土之情。如今，分布于世界各地的三百七十万祖籍江门华侨，已成为江门对外的友谊商贸科技之桥。

旋转门开启二百七十度角——今日江门，已拥有无数亮丽的城市名片：中国优秀旅游城市、国家环保模范城市、连续五年登上福布斯“中国大陆最佳商业城市榜”……至2009年，江门已形成了以机电、纺织、食品、纸业、电子、建材六大支柱产业，拥有摩托车、五金卫浴、汽车零部件、船舶拆解、纳米碳酸钙、电子信息等十五个国家产业基地。全国各地所需百分之七十的麦克风和音箱设备、国内最先进的印刷业、全国人民家家户户使用的水龙头、牛仔裤、人们喜爱的广合腐乳和李锦记酱油，均产自江门的新会、开平、恩平与鹤山各邑，仅杜阮一镇，目前便有两千多家中小企业。如今少有人使用葵扇了，但江门人将葵扇作画，镶入镜框，做成精美的工艺品远销海内外。江门近郊的蓬江区，是江门的蔬菜瓜果基地，环境优美空气清新的别墅和公寓，已成为江门市的宜居后花园。较之珠三角的东莞等发达地区，江门起步稍迟但起点甚高，得益于后发优势，开局便以环保理念综合统领，产业布阵合理，近年来迅速驶入快车道，后来者居上，一举成为集金融生态、旅游度假、品牌农业、商贸物流为一体的新锐城市。

旋转门开启三百六十度角——回到原点，杜阮长乔我的祖地。父亲在此出生，后随父离乡赴沪。八十多年过去，当年贫困的长乔，如今家家都已丰衣足食。近十年来，村里又盖起了不少新房和别墅，在香港工作的堂兄秋拱家后院，竟然还建有一汪清水荡漾的游泳池。唯有长乔村委会的办公楼，十几年没有翻修，外墙灰黑破旧，但内墙却挂满了更多奖状。心里涌上阵阵暖意，长乔村的祥和气象，得益于干部的自律清廉。长乔人自豪地说，杜阮镇各村外来务工者众多，却少有民事纠纷与恶性案件，可知此地民风淳厚德行宽仁。时近傍晚，村口苍郁的大榕树下，集聚着闲谈说笑的乡亲；校史悠久、校舍宽敞规整的瑶芦小学校正散学，一群群身穿漂亮校服的少年雀跃而过，标准的普通话、礼貌大方的举止、欢快甜美的歌声，与城市教育水准并无差异。我在村里信步走去，一路芒果荔枝绿树相伴，想象着初夏果熟时节，整个村子定是香风醉人。

在这道巨大旋转门的起点，是坚韧聪慧的江门人。他们站立并守护着这座大江之门，每一天都在创造奇迹。

江门是一座旋转门——此话出自凤凰台著名节目主持人胡一虎，如此精准形象的比喻，正合我意。旋转——每一寸开启移动敞开，都是新的风景。江门这道旋转门，年年岁岁，不知疲倦地旋转着，不停歇。

《人民日报》2010 年 3 月 11 日

洛舍·漾

洛舍，杭嘉湖平原一个水乡小镇。

洛舍是个喜乐的名字，北宋宣和年间，此地曾有“乐舍”之称，意即江南富庶宜居之地，也有说指南迁至此的洛阳人集居地，至近代方定名“洛舍”。小镇位于湖州市德清县境内，距著名的莫干山尚有二十七公里，距新市古镇也有三十公里左右，因而另成一隅自得其乐。小镇很小，一条街就走完了；小镇很老，史考早在新石器时代此地便有古村落聚居。小镇史上农桑稻米渔业丰衣足食，安逸娴静与世无争。但洛舍的与众不同，在小镇北有一个“大漾”，其水面浩阔，水波渺渺。我小时候站在大通桥头瞭望“洛舍漾”，觉得它像大海一样，坦坦荡荡望不到边际。那边——大人指着漾的远处说：岸北边就到邻县吴兴了。

“漾”——水流长、水摇动貌。《辞海》“漾”字解：泛、荡之意。

漾水，古水名。漾漾，水波动荡。那首著名的苏联歌曲《山楂树》歌词：歌声轻轻荡漾在黄昏的水面上……

由此可知洛舍漾湖面宽泛、流水灵动。这个“漾”字用在这里，一字尽得风流。漾以洛舍得名，洛舍以漾为荣。洛舍漾水域条件优越，清康熙《德清县志》载，“鱼菱之利匪鲜”。据《德清水利志》记载，洛舍漾面积两千多亩，南起洛舍镇，北迄湖州市东林乡，北过湖州而入太湖。东苕溪从德清穿境而过，洛舍漾为东苕溪水系形成的湖泊，而东苕溪来自东天目山。古往今来，水就这么来去自由地荡漾着。饱满充盈的漾水，经过镇东的大通桥，与小镇的河港连成一体。在我幼年的记忆里，一条条河港穿镇而过，房屋被四通八岔的河湾环绕，家家的后门头都有涤衣洗菜的河埠。石阶下的水中立着系船的木桩，小河埠停小船，大河埠停大船，大大小小的河埠，就像小镇的门槛，船是小镇人的鞋子，上船出门，每一条河港都通往洛舍漾也通向大运河，我的妈妈就这样从运河跑到外面世界去了。

曾经的洛舍小镇，是温暖的外婆家。外婆离世很多年，小镇依然是外婆家。我离开小镇半个多世纪了，小镇依然是永远的外婆家。半个多世纪之前，从杭州去洛舍，坐摇橹的木船在大运河走一夜，后来是时长五小时的小火轮，再后来，通了汽车，再再后来，是高速公路。河港一年年少下去，楼房一年年多起来。20 世纪 60 年代起，小镇填河铺路填河建房，水乡成了平地，失去河流的小镇，就像饥渴多病的躯体，有了衰颓之相。每次回去探望它，心里都有隐隐的痛。

幸好还有一座碧水盈盈的洛舍漾，安静地守护着小镇。湿润的水汽从湖上飘过来又散开去，犹如甘霖洒在小镇的上空。幸好洛舍是洛舍漾的小镇，洛舍漾用它丰沛的水滋润着、养护着小镇，于是，很多年后的一个春天，老镇苏醒过来。

我有几年没来外婆家了呢？变化恰恰就是在这几年里发生的。当我再次踏上洛舍镇的大通桥，我见到的是一座秀雅的小镇，临河一长排高大密集葱翠的香樟树和整洁的石板路，拉开了水乡情韵的序幕：白墙黛瓦的古镇老屋，保留了老镇的房屋风格，白墙上搭建着精致的黑瓦雨檐，是老房子的格调。房檐屋檩都是老款，细格子木门木窗，一线光亮从遥远的时光里透过来。宽敞的木栈道立在水中，沿着外河的岸边延伸，像我小时候见过的石板“塘堤”，凌空架在河里。一个湾又一个湾，从西墩到弄里，把整个洛舍镇的河湾和水墩环成了一个整体。江南多雨，木栈道上设有古色古香的木质长廊，还有供人休息的靠背长椅，让人想起早年洛舍小镇“南海”的廊棚。河埠头是必须有的，设计成了一条带篷顶的方头船形状，有妇人蹲在水边洗涤，河水一圈一圈荡漾开去。从洛舍漾来又到洛舍漾去的河水，清凌凌慢悠悠，像水乡人悠闲散淡的性格，更像一幅幅烟雨朦胧的水墨画。对岸的土墩也是从前的样子，从葱茏的树林竹园里，隐约露出房屋的一角，树下的河埠拴着一条条小木船，随时可解缆出门。在这幅图画中，河埠与船是不可缺少的，它们代表着水乡活着的生命，以及一种未被侵犯或改变的生活方式。有老家的亲戚笑吟吟地从屋子里走出来，亲热地和我拉着手说话，可知这老房子不是用来参观，而是有人住的。再往前走，脚步停下了，一幢砖房门楣上写着“洛舍站”三个字。认出这是哪里了吗？当年你从杭州来，就是在这里下船的。哦，是轮船码头！码头依稀还有旧日的影子，一级级通往河里的石台阶，或许留着我幼年的脚印儿。尽管不再有轮船往来，小镇却保留了这个码头。我看见了多年前的洛舍站，从大运河来的客轮渐渐靠岸，雾气中隐隐可辨出码头上那个等候我们的熟悉身影，河上的风，掀起外婆带襻扣的衣襟……

我惊讶我欢喜。洛舍不再是幼时那个洛舍，却更具水乡小镇的情致。这是洛舍人多年来“精心策划”的老镇改造行动，既不伤筋动骨更非大拆大建，只是依着洛舍河湾的走向顺势而为，将多年的老河道进行疏通，让流水更通畅；路跟着河走，道路所经之处，临河的老房子都露出了外墙，再略加修整装饰，凸显出杭嘉湖农家的建筑元素，等于在洛舍老镇的外围，以河为界，以水为媒，置换出一个生活与休闲多用、民众可参与可共享的湿地公园。这个新洛舍综合治理的设计方案，具有相当的审美品位，规划方案出自年轻的镇领导班子的集体智慧。中国美术学院的一个设计团队，提供了与之默契的图纸。既然过去的老镇已回不去了，能尽可能多留住一些水乡的风采和神韵，是今人责无旁贷的使命。

我的目光被栈道拐角上一个木制垃圾箱所吸引。这个垃圾箱的与众不同之处，在于它的箱檐上有一排黑白两色的琴键。确实是琴键，钢琴的琴键。它被巧妙地绘制于垃圾箱上，提醒或炫耀着钢琴制作与洛舍小镇的关系。这或许是一个略带传奇色彩的故事，平凡的小镇并不甘于平庸，闲适的小镇人也能创造奇迹。20

世纪80年代中期，小镇开始生产一种钢琴，初名“伯牙”，是专门从上海钢琴厂聘请来的退休老师傅，常驻洛舍精心研制打造出来的牌子。钢琴音质不错，价格适中，很受学琴的家庭欢迎，知音和声者众。前几年网上流传一个小段子，说去洛舍购琴，在展销大厅遇一大妈，给他们讲解洛舍钢琴的种种优点，并随手给他们弹了一段钢琴曲，手法流畅娴熟。大家以为她是钢琴厂的导购员，最后发现她竟是钢琴厂的清洁工，可见洛舍钢琴的普及程度。三十年过去，洛舍钢琴顽强地繁衍发展，如今多家民营企业并存，年产钢琴达五万台，演绎出“农民”造钢琴的传奇。优雅的琴声打破了小镇上空的宁静，琴声如流水、流水如琴声，钢琴与古镇、音乐与洛舍就此结缘。

短短几年，小镇的变化令人吃惊。当年我插队的陆家湾村，环村皆水港，从镇上走水路，小船穿过洛舍漾，得大半个小时，或步行穿过砂村和张家湾，也得近一个钟点。而今陆家湾与张家湾已合并张陆湾村，从镇上开车过去只几分钟。陆家湾的大樟树依旧繁茂，村中心那个终年水量丰盈的大水塘，用条石砌垒加固，周围配有石凳长椅，成为村民的休闲场所。当年木条凳的俱乐部，改建成了舒适的文化会堂，旁边还有一个小型村史馆。村里的小河小桥都在，想起我和两个同班女生在河里学习划船，那条木船歪歪斜斜地一次次撞击着两边的河岸，却怎么也划不进洛舍漾。

是的，那一年我十九岁，正值“诗和远方”的年龄，小村子已容不下我的理想。我至今清楚地记得，那个月夜，我辗转步行到德清县城，熬到天亮坐上长途汽车回到杭州，报名去北大荒。然后又返回陆家湾村，收拾完行李后，叫了一条小木船，带上自己的衣物去了洛舍码头。我几乎像逃离一般告别了陆家湾，当时外婆正在杭州，我却没忘记把生产队分给我的那只竹榻送去了外婆家。小船穿过烟波苍茫的洛舍漾，看不见前方的岸在哪里。灰色的水波一浪一浪地拍打船舷，唰的一声，船底擦过了湖上的鱼寮，金色的鳜鱼从水面上跃起。那一刻我听见了洛舍漾的心跳，如同我青春慌乱的激情。洛舍漾终究没有留住我，但我在离开后的很多年中，洛舍漾却像一幅模糊而又清晰的黑白照片，从未被记忆覆盖。

半个世纪之后的这年春天，我们去一个叫作“洛漾半岛”的地方吃鱼。洛漾半岛据说原是洛舍漾南端的一座风水墩，经过规划整治，变成了一座绿草茵茵鲜花烂漫的水上公园。

迎接我的是一条古色古香的木结构画舫，不是当年的小船，而是一条气度轩昂、可观景亦可用餐的大船。它泊于洛舍漾岸边，静候八方来客。人在船上，却几乎感觉不到洛舍漾水浪的晃动。从窗口望出去，洛舍漾辽阔的湖面依旧水波迷蒙，是我多年前熟悉的水景。漾水平静而淡定，冷眼察看着世事沧桑，波澜不兴处变不惊。很久以前的日子，渐渐从水的深处浮上来，那时候，老镇的小街商铺盈客，临河有一长排茶馆面馆，房屋都站在水里，底下用一根根圆柱撑起来，像一只只长脚鹭鸶。从河上摇来小船，叫卖青菜鲜鱼，从窗口把竹篮放下去，提上来就是，再把钱币放在竹篮里放下去付账。小镇往昔的日常风景，那些安逸的旧时光已不复再现。那一刻，我领悟了洛舍漾的温情与柔韧。它拥有宽大包容的胸怀，咽下了也盛下了历史的所有苦难。

如今的洛舍漾一如既往地荡漾着，慷慨地用它所有的气力，把一条条大船托举在湖面上。洛舍漾有自己应循的水道，它终究要经太湖入黄浦江而汇入东海。

《人民日报》2018 年 8 月 22 日

西湖记忆（三则）

阮公墩

那年我几岁呢？

不记得了。但我记得小船停在湖心一个小岛的小码头上，那天风很大，小船在波浪中晃动，晃得我眩晕，不知眼前是湖水还是空中的云。

小码头的石头台阶周围都是水。父母把我从水面上抱过去，放在地上。

“地”就是那个小岛。它孤零零地陷落在水中，好似漂浮在水面上的一片荷叶，随着波浪的起伏上下颠簸。小岛的前后左右都是湖水，灰蓝色的浪，一拱一拱地涌上来，拍击着岸，好像随时都会把小岛一口吞下去。

这是西湖里的一个小岛，这一点可以肯定。

但是岛上什么都没有，没有树没有花没有游客，岛就和自己在一起。

那真是一个很小很小的岛，一眼就可以望见岛的那一头。这是一个很圆很圆的小岛，边缘都是弧形的。那一年，我也很小很小，肯定还没有上小学，所以我对小岛，小岛对我，彼此都有些好感。

然后，我看见了岛中央的那座小塔，一座小小尖尖的石塔，矗立在水中。塔下有一条弯曲的小河，河水很满，就要漫溢到湖里去了似的。河上有一座L形的小石桥通往石塔。桥和塔都在风中摇晃。很多年后我读到了圣埃克絮佩里的童话《小王子》，我觉得那个小岛就是一个小小的星球。

忽然，我看见了一个穿米色风衣的男人，正从桥那边走过来，他手里拎着一只小小的褐色皮箱，就是那种老式的铜扣皮箱。他的脚步很快，走得有点慌张。湖上的风越来越大，掀起他风衣的一角，啪嗒啪嗒响。

他对我父母说：

你们来做什么？快点走吧！

我父母问他：

你就住在塔里吗？

他答非所问地说：这个岛很软的，再不走就来不及了。

他脚步很急，拎着那只箱子朝湖边走去，好像急于逃离这个小岛。在小岛的另一边，停着一条小船。一线夕阳照在塔尖上，石塔变成了金色，罩着一层奇异古怪的金雾。他的皮箱搭扣在夕阳下一闪一闪，皮箱也成了金黄色。那条小船一摇一晃地朝着湖滨方向划去，一个金色的小亮点，消失在银色的湖上……那个傍晚，整个西湖都在摇晃……

我记不得我们是怎样离开那座小岛的。小岛对面的湖岸，就是中山公园码头，能望见岸上的人和自行车。但那个男人的船和我们不是同一方向。他说这个岛很软的，我相信，我捡了一根枯枝拍打地面，一下子就插在泥里了。后来我听见父母说到阮公墩三个字，我记住了这个名字，因为幼儿园的小朋友中没有人姓“软”的。

很多年，在我远离西湖的日子里，我很多次想起那个浸在水里的小岛，我一次次重温着风中的塔、小船、湖水、夕阳、皮箱……就像一部电影的某个片段。湖上的风把水吹皱了，一圈圈波纹荡开去，风很冷，小岛很荒凉，像断桥下的一片孤独的残荷……这个场景如此真切地留在我往日的记忆里，几十年清晰犹如昨日。我在心里确认了阮公墩就是我曾经看见过的那个样子，我从未怀疑过它的真实性。

很多年以后，我带着父母去春游，我提议坐船去阮公墩。那是杭州人觉得太平常普通的一个湖心小岛，它远不如三潭印月知名，连湖心亭都比它有名，外地人从不去那儿。船工听说我们要去阮公墩，也觉得奇怪。小船停靠在那个小岛的小码头上，石阶很矮，我一下子就跳上了岸。但那一刻我愣住了：空荡荡的小岛上什么也没有。除了它的小，没有一丝像我看见过的那样。于是，我给他们描绘了当年岛上的情形：风中摇晃的河、金色的小塔，匆匆上船的男人……

父亲断然否定：你在说什么？阮公墩？我们从来就没有去过阮公墩。

母亲疑惑地说：也许是去过的，但是阮公墩上没有塔，更没有房子。

我说：说不定是你们记错了呢？我明明看见那个人拎着一只皮箱，上了小船。风很大的，我们上岸后不久，那个阮公墩就沉下去了。

那是你的幻觉吧？母亲忧伤地看着我。你刚才说那天你晕船了。

你好像有编故事的才能。父亲显然对此发生了兴趣。既然阮公墩沉没了，那现在这个阮公墩，又从哪里来的呢？它可已经有百十年了呢！我觉得你小时候看到的应该是湖心亭！房子啊池塘啊，湖心亭岛是有可能的……

我想说，有些小孩子能看见的事情，大人是看不见的。大人看不见的事情，不等于就不存在呀！眼前这个绿树葱茏的阮公墩，岛上那些树啊草啊，为什么不能是后来从湖底重新长出来的呢？

我回去查了《西湖志》，有关阮公墩的记载如下：

阮公墩是位于西湖中的一座绿色小岛。清朝嘉庆五年（公元1800年），浙江巡抚阮元主持以浚所出的葑泥堆筑成了岛——阮墩。“阮墩”，即阮公墩。为纪念他对浙江文化发展、保留古代文籍，及治理西湖的功绩，命名该岛为“阮公墩”。现漂浮于粼粼碧波之上，是西湖著名的三岛之一。由于泥土松软不宜建造别墅而荒芜了百余年。一九八二年重新修缮……

我无语。

阮公墩的土质松软不宜建房，在20世纪50年代，岛上显然不会有塔。那么，我有关阮公墩的记忆，究竟是眩晕中的幻觉，还是一个梦境呢？

无论怎样，那是我记忆中的阮公墩。它像一片圆圆的荷叶，漂浮在湖面上，我就坐在荷叶中心。四边都是水，无论往那个方向看过去，都能看见小岛弧形的边缘。到了秋天，荷叶下面的泥里会生出藕来。

上天竺

20世纪60至70年代，我常去上天竺那个地方。

杭州人都知道上天竺的。经过灵隐寺入口南侧的“咫尺西天”影壁，有一条往山里去的进香古道，步行经过下天竺、中天竺，山路越来越陡，再走十几分钟，陡到最高处，就到了上天竺。

上天竺的大雄宝殿，在20世纪60年代中期，已被改成了工厂，据说战备需要生产精密仪器，城郊的山里才能把震动减少到最低。我舅舅所在的杭州压力表厂，整体搬迁到上天竺，大殿成了生产车间，配殿和厢房用来做办公区食堂什么的，厂区占领了整座寺院，还征用了马路两边的民房作为家属住房。中天竺大殿成了温度表厂，下天竺是……总之，早在“文革”开始前几年，灵隐佛国的天竺山，就已经不再是风景区了。进香古道被改成了可通汽车运货的水泥马路。喧哗的人声歌声吵闹声、广播喇叭声，打破了天竺往昔的静谧。西湖景区的苏堤、北山街、九里松路上，都是急匆匆上下班的自行车……这一段有关上天竺“被革命”的历史，少有文字记述，它淹没在轮转的岁月里，被寺院冷却的香灰一层层掩埋。如今通畅的梅灵北路，与上天竺重修后气派的寺院高墙擦边而过，那条旧马路两边，已经寻不到昔日工厂的痕迹。

那时由于外婆与舅舅一家同住，妈妈常带我和妹妹去上天竺探望，我因此和上天竺结缘，成为我少年至青年时代一段美好的记忆。70 年代中期，我就是在山上舅舅家的民居里，认识了压力表厂的邹园，当时她还是一名“文学爱好者”，后来开始写散文，如今已是一位优秀的散文作家。我和她也因上天竺的那段特殊缘分，而成为终生好友。

去上天竺，坐七路汽车到灵隐终点站下车，然后步行上山。

一条时急时缓的清溪，贴着公路顺山而下。石砌的溪岸，溪边伫立着香樟树或是桂花树，还有藤蔓蕨类大叶，给溪上罩了一层绿荫，走累了，在溪边歇息，撩起清水洗脸，浅浅的溪水清凉润滑。溪水的源头从上天竺山涧里流下来，干净得伸手可喝。跳跃的溪水遇上低洼的涧底，聚成了小水潭，池子可洗菜洗衣，手指头大小的鱼一闪而过，出溜就不见了。到了秋天，桂花树高大丰满的花冠，有一半沉甸甸覆在溪水上，人循着香气走，香气随着人走，一路都在香风迷雾里。十字形的小朵金花银花从树叶里冒出来，风吹过，下雨似的纷纷洒落在水里，整条溪都是香喷喷的。

一路上山，两边是山居民舍，门前有大树，或香樟或桂花，树下是乘凉的空场，散放着几把矮竹椅，家家都有一块石板搭成的洗衣台，滴着昨夜的雨水。因茶园和竹园的好收成，有些殷实人家造起了两层楼的砖房，进门是宽敞的客堂间，一家人有各自的睡房，日子过得蛮像样。若是门前或二楼有水泥大晒台，那就很阔气了。一路走过去，只见猫狗懒洋洋地趴在台阶上，公鸡四处闲逛，母鸡下蛋咯咯叫，还有树上婉转的鸟鸣……“文革”前天竺村居的安适与宁静，今人已很难想象。

过了这一处村庄民居，在下一个村舍之前，路边又是别样风景：近处的山坡上栽有油绿的松树，开阔的谷地是茂密的茶园，远处翠绿的竹林从山脚漫到山尖，密密的竹叶竹梢在风中波浪似起伏。一场小雨过后，吸口气，空气是甜的。山谷里缭绕着淡淡的绿雾，绿得清澈，似乎抓上一把就可以用来当雪花膏。

舅舅家的宿舍，有一间侧屋就架在溪涧上，溪水哗哗响个不停，在水声里入睡，又被溪水吵醒。到了谷雨时分，舅妈会去山里采野茶（无人管理的茶树），晒干了，泡出来的茶水绿意浓浓香醇醉人。有一年在山上过春节，大年初二表妹带我们去挖荠菜，茶叶地里的土质松软，一摊一摊又肥又嫩的荠菜，贴地匍匐躲在茶树底下，一会儿就采满一篮子。回去择洗干净，荠菜香干炒肉丝，若是荠菜肉末加上冬笋丁包馄饨，清香鲜美令人乐不思杭城。山里还有很多好吃的东西，春天拔蕨菜（一定要刚刚露头的小芽卷曲的梢头还没打开才嫩，尽管如今人们已经不太吃蕨菜了）。秋天打柿子捡白果（银杏果），这一带山里很少种白果树，要跟着银杏果那种难闻的气味去寻，即便只捡到几个也很开心。

我喜欢下雪的日子，小风夹着雪末一阵阵袭来，裹着树叶的气息。白雪压弯了门前的翠竹，拿着竹竿去打雪，雪像瀑布一般倾洒下来。望得见雾蒙蒙的山上，一株株茶树顶着一蓬蓬白雪，好似戴了一顶顶白色的毡帽，整个茶园就像戴白帽的小矮人聚会。最令人惊艳的是蜡梅或春梅，少说都有百十年树龄，树干有碗口粗了。黝黑的老枝依旧苍劲，摆个洒脱的姿势，前后左右地伸展开去，满树一枝枝金黄色蜡梅、一朵朵粉红色的春梅，犹如一只只小碗。雪后初晴，只见冰清玉洁的瓷碗，一只只都盛满了白雪，应了天竺佛地的缘分，就那么托钵端着，好似供养或施舍的一碗碗玲珑剔透的糯米饭。

西湖之美，藏在西湖四周的山里，外人是不晓得也不懂欣赏的。

天竺既是山，山山相连，自是山外有山，天竺的妙处之一在于登山。曾有过一次迷路的经历，听人说天竺山里如能寻得一小道，经棋盘山，可通往著名的“十里郎当”。结果被挂在野山坡的灌木丛里吓得大喊，最后表弟表妹来接应我们，手拉手连滚带爬地下山。但母亲仍有不甘，某年春节，又招呼全家去爬十里郎当，浩浩荡荡的亲友团，舅舅带路走在前头，从棋盘山上山，石阶陡峭崎岖，走得气喘吁吁大汗淋漓，翻了一座山又一座山（西湖周边的山海拔不太高），终于登上天竺峰（山顶意味着前面不再翻山了）。面前出现了一道平坦的山脊，两尺来宽的小道蜿蜒，虽是冬季，山坡上的茶园和竹林依然青翠。沿着山脊一直往前，据说可抵达云栖那边的五云山。这条山脊延绵十几里，故号称“十里郎当”。郎当不知何解，猜想是轻松的意思。记得山上可望见山脚的村舍，舅舅说那就是梅家坞。偶尔瞥见西湖一角，西湖变得小小，好似山下晾晒着半盆水；也有一处可以眺望钱塘江，远远的，如一根银线逶迤。沿着上坡下坡的山脊走了几里地，忽然想起如此走下去，即使到了五云山，又如何能够在当天返回天竺呢？不由心慌起来，路遇挑担砍柴的村民问路，得知最近的下山路，可去往龙井村。众声喧嚷，最后舅舅决定从原路折返上天竺。这次“远征”十里郎当的计划没有进行到底，但是毕竟也算是见识过十里郎当了。那个年月，山里除了山民，极少有登山客。空山寂寥，空谷传声，唯有从萎黄的草叶间传来窸窣的足音。这远离尘嚣的天竺，与那座铿锵激昂的城市，犹如两个世界。

天竺山里多杜鹃花，俗称映山红。每年春天，只要我在杭州，表妹阿虹一定会为我去采映山红送来城里。尺高的细枝，缀着大红色浅紫色粉红色的花朵，插满了家里所有的花瓶，房间就像一座花园，满屋子弥漫着映山红浓涩的味道，我就在草叶花瓣湿润的气息里写作，那是我享受过的最奢侈的天竺杜鹃。到了 20 世纪 80 年代，工厂陆续撤离，天竺寺院逐渐得到修复，舅舅一家也搬回城里住了。上天竺曾经的野趣美景，成为我记忆里一个个不断回放的视频。

宝石山

从小学到中学，在杭州，我去得最多的地方，是宝石山。

那时候的宝石山叫作“保俶山”。山下有一条保俶路，山上有一座保俶塔。相传保俶塔始建于一千多年前的吴越国王钱镠时期，是吴越国宰相吴延爽为佑国王钱弘俶召去京（今开封）平安归来而建。另一说为五代的后周年间，一位信奉佛教的吴延爽，为了安放唐朝高僧东阳善导和尚的舍利，在湖边的山上建了九层高塔。至北宋咸平年间，一位被人尊称为“师叔”、双目患疾的永保和尚，募缘十年重修此塔，人们感其精神并以作纪念便称其为“保俶塔”，之后的宋、元、明朝一直都称之为“保俶塔”。明万历七年（1579 年）重修为七层楼阁式，可登临远眺。民国十三年（1924 年）塔倾斜，重修为八面七级砖实心塔。

保俶山改名为宝石山，是 20 世纪 90 年代的事了。

20 世纪 60 年代，我家就住在延安路观桥一带，往西走经过狮虎桥，就到了少年宫（昭庆寺）广场。穿过广场（不要往白堤方向）拐入保俶路，路西百十米有一个斜坡小路口，是保俶山的后山入口。上小学的时候，我由父母带领去爬山；上中学的时候，和同学一起去爬山，多半都从后山上山。那条小道要比走葛岭那边的正门轻松近便，经年残损的石阶缓缓而上，渐而陡峭，经过 座小凉亭，再往上走几分钟，即可登上山顶。

山顶有一大片平缓的空地，空地中央立有一座砖塔。那座塔的形态很特别，像一把收拢的雨伞。塔尖上有一柄长长的锥子，直指云天，像极了雨伞的伞尖。那件黑色的铁器底端盘着一圈图案，像两个对拢的大钩子，听人说那是明代旧物。杭州多雨，每到下雨天，我在城区望着远处雾蒙蒙湿漉漉的保俶塔，就会有这种雨伞的联想，觉得它会突然撑开来，撑起一把巨伞，把整个湖面的雨水都罩住……

小时候上山，站在塔下，需要抬头仰视它。每次去我都会认真数一数它共有几层。下次去又数错了（其实是七级）。围着塔转一圈，可惜塔上一扇门也没有。那是一座实心砖塔，不能去里面一探究竟。

保俶塔的造型奇特，塔形细长。成年后我去各地见过很多塔，从未见过像保俶塔那么“苗条”的塔。有时候就觉得它像一个清高气傲的瘦姑娘，赌气离家站在这里看西湖，唤也不回。

保俶塔下的那块大空场，围着一圈石凳，朝后山方向走几步，就可以眺望山下的情形，就像如今从高楼上往下看立交桥的车流那样。

阳光或是雾气下，眼前突兀地冒出半座城池，许多许多黑黑白白的屋顶，高高低低的平房和楼房，在山下朝着远处一片片一幢幢摊开去，有一种千家万户的气象。我第一次亲眼看见“千家万户”的屋顶，就是在保俶山上，那是西湖背面的俗世景象，以后每次上山，都要站到那个位置，好奇地朝山下看一会儿。那些平房多半又旧又脏，楼房倒是很新，但也不高，记得女生们兴奋地辨认着山下的建筑物，指点说这是杭州城西北的文教新区呢，所以才有这么多新房子。忽然有人惊呼那片淡黄色的楼房和校园就是杭州大学，又有人尖叫看见了我们杭州一中赭红色屋顶的大礼堂，还有人认出了大运河边的卖鱼桥码头（我不太相信）……我们为此争吵辩论叽叽喳喳嘻嘻哈哈，惊起树林里一群群小鸟。

杭州老城留在我记忆中的，是一大片黑屋顶。

从保俶山上看杭州老城，像一卷黑白的底片。

后来，那座山更名为宝石山，那座塔，也就称为宝石塔了。

我一直都很喜欢保俶山。因为它生动有趣、通达四方、亲近而亲切。

从“千家万户”那儿转过身，沿着山脊上的小路往西走，路边有石凿的水池，清泉从池壁上一滴滴渗出来。一路走过石壁、钻过石室、穿过石洞，头顶的巨石随时都好像要掉下来。但下次去看，它们还在原来的位置上，稳稳当当卡在两山之间。石洞的石壁上有摩崖石刻，风蚀雨淋的模糊字迹。继续往前，山路渐陡，两座笔陡的石壁之间，有一条几乎要“撞山”的嶙峋裂谷，我们瘦小的身子灵巧地从窄小的“一线天”里钻过去，那是每次上山屡试不爽的壮举。过了这道窄缝后，天空豁然开朗，眼前是更多的巨石，一块接一块，像巨人搭建的积木，石壁上嵌着斑斑点点的赭红色小石子儿。其中有一座浑圆的“馒头山”，石面光滑、石上无阶，没有栏杆或树杈可助力，全凭靠自己的双脚，弯下腰匍匐着手脚并用，一不小心就滑下去了，再爬，费力地攀爬，你拉我扯，差一点就落在巨石间的夹缝里。那是最开心的时刻，惊险、刺激、尖叫、欢笑。终于爬上去了，山风骤然加大，身子差点被吹跑了，站稳脚，探头往山下望去，哇嗽，就好像一个大舞台，忽然转换了布景。刚才保俶塔下那座黑白的杭州城，顿时变成了一个五颜六色的西湖——

从保俶山顶往下看西湖，淡绿色的湖面平静如镜，细长的白堤就像一条绿色的丝带，断桥上圆圆的桥洞，像只睁大的眼睛一亮一闪。孤山和苏堤在湖的一角连起来，好像在一个糖果盒子上打了一个蝴蝶结。小瀛洲岛像一只顺水漂流的花环，湖心亭好似一只翠绿的发夹，把湖面的波浪夹住了。一只只游船变得小小的，像一片片竹叶荡在水上。西湖那么乖那么安静，就像我们上课的样子。

离家的多年中，我一次次回想在山顶巨石上看到的西湖，那是我记忆中最完美最清晰的西湖，像一只精致的立体沙盘，固化在我记忆中。

很多年以后我读《西湖志》，知道了保俶山改名为“宝石山”，并非空穴来风，宝石一说原有出典：保俶山的地质构成为火成岩，岩石上那些彩色的小石粒，在傍晚或清晨的阳光下，会发出流光溢彩的光泽，故誉为“宝石流霞”。

隐约记起来，就在当年我们攀爬“馒头”的地方，有一块摩崖石刻，“宝石流霞”四个字清晰可见。但那时候我们并没有留意那些年代久远的古迹来历，我记住的是宝石山的生动有趣，它是一座可以“玩”的山。

喜欢宝石山，还因为它是一座四通八达的山。从山上可以到达西湖北岸的任何一个风景点。

从“巨石阵”那里下来继续往前走，沿着石阶往上再往上，山路逐渐陡峭，需要“爬”上好一会儿，才能到达初阳台。初阳台建在一座山峰的制高点，一座两层高的楼台，面东，可望日出。西湖景点的地名都起得风雅，初阳台，意指清晨第一线阳光到达之地，可惜我从来没有下决心早起来此地看日出。初阳台是一个必经之地，在这里山路呈三角形分岔，有好几块牌子指向不同的去处：紫云洞、黄龙洞、岳庙……还有一条路可直接下山。每次站在这些路标前，脚步就迟疑起来，不知道该往哪里去好了。后来一年一年、一次一次地走，过了好多年，才把每一个方向都尝试过了。

从初阳台翻山往岳庙方向走，有宽大的石阶，顺山势忽上忽下，两边是竹林、松树林随行，忽高忽低。山顶上出现了一道延绵数里的山脊，平坦的黄泥小路顺着山势蜿蜒。路的一侧临湖，山下是波光粼粼的西湖；另一侧靠山，满山是苍翠的马尾松树林。贴着路边，一棵棵松树一溜排开延伸几里地长，很是壮观。山里人踪罕至，年复一年，松针在树下落了一层又一层，吹撒在小路上，小路变得松软且有弹性。“文革”那几年，同学们闲来无事，在西湖周边四处游逛，把周围的山林都走遍了。有一回，燕君对我说：告诉你一个好地方，保俶山翻山往岳坟的那条路上，有很多松树，那里的松树会唱歌，就唱那个歌剧《红岩》里的一句“松涛阵阵哎，如海啸呦喂……”，不信下次我带你去。后来我真去了，走在那条山脊小路上，山风从松林里一阵阵穿过，满山的松涛抖动；风从一根根密密的松针缝隙里穿过，风变细了，发出窸窸窣窣的嘘声；风大了，松涛声也加大，变成了唰唰的下雨声。山风掀起我的衣服吹起我的头发，我身上也发出了窸窣的响声，好像在给松涛伴乐，整个人都淹没在松涛里了。

杭州人也不一定知道，宝石山山脊上，有一条奇妙的山路，松涛起伏，如诗如歌。宝石山就是这样一座会弹奏美妙乐声的山。

我十九岁去东北下乡后，有一年冬天在小兴安岭林场伐木，满山的红松樟子松，站在树下的雪地侧耳倾听，松涛阵阵，猛烈而强劲。松涛起伏的声唤起了保俶山的记忆，一串串泪水冻在面颊上……

有一年，从初阳台翻山去黄龙洞，黄龙洞位于栖霞岭后的山麓上，左右二山夹峙，路旁漫山翠竹，景色清幽。石阶从郁郁竹林中穿过，阳光细碎斑驳地落在小径上。望见竹林深处白墙黑瓦隐隐的农舍，一株秀气的白梅、几株艳丽的红桃，从墙上好奇地探头出来。过剑门山、白沙泉，前面出现了一座厚重高大的黄墙，传来哗哗的水声，哦，“黄龙”真是先声夺人。还须再步行一段，进得山门，只见一股水帘般汹涌的瀑布，从“黄龙”的嘴里吐出来，水柱跌落池中水花纷溅，有一条石板通往池中央。想必这黄龙吐出的水，就流到西湖里去了。

还记得 20 世纪 70 年代，有一次我从北大荒农场回杭州探亲，曾和妈妈一起去爬宝石山。那一次，我们执意想要去山里寻找“紫云洞”，紫云——多美的名字啊，妈妈赞叹。洞口飘着紫色的云霭，我们从云雾里钻出来，披一身紫色的云霞，想想都令人激动……我和妈妈两个人，在山路上走了很久，按着路标的指示牌，来回寻找“紫云洞”那个小小的岔口。发黄的松针落在我们肩上、枯萎的竹叶落在我们鞋上，但是我们始终没有找到“紫云洞”，这个紫云洞好像消失在云里雾里了。我们走累了，在路边的石凳上坐下来吃橘子，妈妈安慰我说，没关系我们下次再来，我们可以想象紫云洞啊，也许比看见了更好呢……

半个多世纪过去了，紫云洞安在？妈妈已经离去，长眠于钱塘江边的山坳里西湖的另一侧。我们可以想象紫云洞啊——宝石山有妈妈留下的声音，空谷悠长。

那几种不同的声音交织在一起，汇成了一首宝石山奏鸣曲。

喜欢宝石山，因它有趣、因它通达、因它歌唱、因它友好。

说友好，是它就坐落在城边，如此随和易于登临。山不高，缓缓地匍匐着，若是站在白堤的断桥上，面朝北里湖，隔空相望，只一眼，整座宝石山柔和起伏的山影尽收眼底。山影倒映在湖水里，伸手可及，湖与人是亲近的。目光越过郁郁葱葱的南坡，越过北山街宝石山"正面"隐约的葛岭黑瓦黄墙，山顶突起的巨石上，总是有几个小小的人影在朝山下挥手。曾经，我也是那个小人影之一。

说宝石山的友好，于我别有一层含义。在那个混乱的年代，它曾庇护过那个小小的人影。"文革"开始后的那年夏天，有一天，有人来找我问讯别人的事情，并说让我明天上午老老实实在家里等着，他们要带我去开批斗会。那一夜我很紧张，父亲正在交代"问题"，母亲也被贴了大字报，我可不想去开那个批斗会。我去找同班同学燕君商量，她就住在离我家不远的浙江话剧团宿舍。燕君说那你就躲起来，他们找不到你，就没有办法了……可是我藏到哪里去呢？燕君的爸爸是话剧导演，前不久"畏罪自杀"了，她家是不能去的，我们有什么地方可以躲呢？燕君很仗义很有主意地说：我陪你躲到保俶山上去吧，山那么大，他们肯定找不到的……第二天一早，我慌慌张张地和燕君逃上了保俶山。我们俩坐在山顶的大石头上发呆，面对着山下灰蒙蒙的西湖，心里空落落的。山下隐隐传来高音喇叭的声响，我们的身子在颤抖，小小的人影互相依偎在一起，心里充满了恐惧，但后来却怎么也想不起来，那天上午燕君和我都说了什么……那场灾祸总算躲过去了，又过了一些日子，记不得是为了什么原因，我又一次躲上了保俶山。有了上次的经验，我不那么紧张了，记得还带了一本书，打算拿到山上消磨时间。天气很热，我满头大汗地在山上转来转去，终于找到了一块平整的石头，隐蔽地藏在一片树荫下。我钻进去，坐在石头上看书。树荫像一顶蚊帐，把我罩起来，石头清凉凉很舒服，四周静悄悄很隐蔽，除了知了，不会有人知道我在这儿。我低头看书，其实一行字也没看进去。昨晚没睡好，我的眼皮发沉，越来越困倦，身子不由自主地歪倒在石头上，在知了的催眠曲中睡着了。等我醒来的时候，已是夕阳西沉时分……我捡起掉在地上的书，有点不好意思，一个女孩子怎么可以在山上睡觉呢？不过还好没人发现。我挠着胳膊和小腿上被小虫子咬的包块，终于松了口气，没人追到山上来，没人把我抓回去，这棵树和这块平整的大石头，真是一个秘密的好地方。可惜我一直想不起来我在山上做了梦没有。傍晚我忐忑地回到家，知道并没有人来找过我。那座山像一扇巨大的屏风，隔离了山下山外的一切苦烦。谢谢你，保俶山。

那个小人影后来长大了。若干年里，我在山上望西湖，见识过晴湖、雨湖、雾湖、月湖，还曾见过——夜湖。夜湖值得一记，俯瞰西湖的四季风光日月阴晴，断不可错过宝石山上这一居高临下的观赏平台。

前些年在杭州，一日晚间友人聚会，餐毕，一群女友由杨芳菲带领，去宝石山爬“夜山”。后山的山路无灯，台阶却级级分明，好像整个城市的灯光都反射到这里来了。众人脚步轻快，一会儿工夫就上了山。从山上往下看西湖，白堤苏堤两条长长的灯带，嵌在黑沉沉的湖中，我觉得自己犹如在一架盘旋降落的飞机上，从天上鸟瞰机场停机坪闪光的跑道。三潭印月小岛，变成了一粒浮在水上的夜明珠。对面山上的雷峰塔，被灯光勾勒出一层层宝塔的轮廓，像是钱塘江上的一座航标灯。

保俶塔下那块空场上，有几位白衣飘飘的老者在灯下练拳，何处传来悠长的笛声。抬头仰视保俶塔，它被一圈蓝色的地灯环绕，衬出纤细修长的塔影。几十年过去，那个素裙的瘦姑娘，依然执拗地站在这里。据说塔顶的铁刹已经换过新的了，像是她高耸的发髻上的饰物。今夜她换上了一条蓝色的长裙，在灯光的映照下，露出了一丝羞涩的微笑。

下山后去湖畔居喝茶，无意中一抬头，竟被眼前的景色吃了一惊：宝石山竟然会发光发亮！夜幕下逶迤起伏的山影轮廓，星星点点地洒满了银色、翠绿色的宝石，整座荧光灿灿的宝石山，浸没在蓝莹莹的北里湖中，湖水像缀满了星星的天空熠熠生辉。我少年时没有见到的“宝石流霞”，终于在半个世纪后的西湖之夜悄然显现。

“宝石”是由悬挂于山坡树干上，疏落有致的串灯组成，灯光汇聚的夜宝石山，显得妖娆神秘。却依然有些担忧，不知这些灯光常年的炙烤，是否会影响树的生长和鸟的繁育。

遥望葛岭的南坡，我知道那儿有一家“纯真年代”书吧。原址是一家茶室，我小时候爬山常路过这里，偶尔可以吃上一碗加了桂花的甜藕粉。2000 年以后，杭州市政府把茶室旧址交给爱书的读书人朱锦绣夫妇，他们把茶室改造成为一家雅致而有情调的书吧。如今这里常常举办各种读书活动，满屋书香与室外平台周围巨大的香樟树的气息难分彼此。书香熏陶着杭州城的爱书人和南来北往的游客，书吧的灯光，融入了西湖的夜色和宝石山的灯海里。

有了这家书吧，书中自有开采不尽的宝藏，宝石山从此日夜“宝石流霞”。这一座亲近而富有学识的宝石山，供人歇息、探询并依傍。

《江南》2018 年第 3 期

我爱

大雅古仪

古仪的这一本新画册，是她多年来的精品集锦。

一阵幽雅闲逸的江南雾气，从纸页上冉冉升起，又洇洇淡淡地弥散开去。水雾散尽的庭院檐下，亭亭玉立着一位抚箫的女子；雨后的芭蕉树前，一位抱琴低吟的妇人独自端坐。膝下的石阶与身后的叶片，仍留着湿漉漉的水迹。她们的裙衫和面庞因而显得有些模糊，在袅袅的乐声中若隐若现，平添了几分悠远的怀旧气息和东方情调。

我看见一个个美丽的女人，从古代的熏风中娉婷走来。她们款款移步，穿过斑驳的历史长廊，每一扇窗棂映出的倩影都是一个历史断面：从巫山神话至清代的红楼梦境，由深宅大院而至乡野荷塘。她们卸下楚地女神的布衣宽袍，换上汉代貂蝉式的曳地长裙；千年后的月光下，锦缎旗袍以更为端庄的姿态出场，每一道搭襻和袖口绲边，都在诉说着女人的心事。太阳出来时，采桑撷莲的村姑们那一身蜡染的花布衫，让田野的风光都黯淡下去了。一群蜂蝶轻灵地缠绕着女人的发髻鬓角，似能听见嗡嗡嘤嘤欢快的闹忙声。

这是一部关于女人的画集。民族民俗民间的中国女人，在古仪笔下，画中的女人被赋予了典雅与华贵的品性。也许，那些极端的女权主义者，也会因此发现“自己”内心被压抑的柔情，为画中女人温婉的外表所透射的无邪之美所震惊。

古仪自幼习画，20世纪60年代中期，考入中国美术学院附中，现为杭州画院副院长。经过多年沉心潜气的修炼，中国画洒脱的水墨写意和精致的工笔技法，早已融合得天衣无缝。有如巨大的苍穹之下悬浮涌动的云层，被奇妙的阳光从背后一根根一线线勾勒出清晰的边际，或是被黑暗中掠过的闪电瞬息照亮。然而，无论是画中传统的大家闺秀还是娇艳怡人的风情女子，都别具个人风格的女性情致，传递出浓重的文化气韵。

古仪用色，多是柔和沉着的中间色调，虚虚淡淡地化开去，看似不肯定不经意的随和，却自有一种难以捉摸的准确和精巧。暖色是温馨的，向外漫溢着优雅与祥和；冷色有梦幻的意蕴，藏着几分戏谑和迷思；冷暖相间的自然风月，则更多些安逸与寂静。画面若是留白，流动的空气几近透明；悠长低回的箫笛声声，在朦胧的鹅黄朱红青灰银紫色上如烟缭绕，那样的含蓄收敛干净，是真正爽心悦目的颜色。观者的目光仅仅只是掠过画上的色调，就已被置于大雅如诗的韵致和氛围中了。

古仪塑人，女子的造型个个生动并富于情趣。静坐者贤淑、伫立者飘逸。一颦一笑、一静一动，纤手细颈腰肢发髻都在浅吟低唱，裙裾腕袖流云生风。古仪构图擅长以背景衬人，一个女子一道风景，那风景定是只为女子一人所设——洛神来自茫茫的洛水深处；采莲女的小船一半掩映在硕大的荷叶里；品茶的女子身后，墙上精美的茶壶与袅袅茶香融为一体，花格窗棂假山影壁的深深庭院，问春在何处……那些水墨隐淡的写意，似在若有若无之间。女人服饰上精美的花纹，却是一笔笔雕刻般的精工细作。更爱古仪所绘女人服饰或人物背景上的花卉：牡丹华贵，芙蓉俏丽，昙花冷傲，梅花高洁，杏花烂漫，海棠热烈……采尽人间百花，把世上最美丽的花朵，都移植到女人的衣衫上了。无论虚拟还是写实，滴墨点彩中都伸展着艺术的花蕊。

古仪画中的女子，面孔通常并不漂亮，大多带一点夸张的憨气，任是拈棋读书、观鱼赏春，神态中总有童稚的拙朴与天真，一个个清纯可爱，惹得观者一心想过画中女人那般悠然自得无忧无虑的人生。古仪塑人，美而不媚，审美品位就在这一字之差。

其实古仪最擅点睛。整幅的朦胧或是隐晦，只一点恰到好处的亮色，画面便豁然开朗了。女人的裙衫布衣上，只需在花蕊中缀一点浅浅的银粉，月光来了，雪花飘了，梨花开了，雾气散了，女人由矜持变得活泼、由沉稳变得洒脱。还有金色，本是忌讳的，用不妥便俗艳了，但古仪却是独辟蹊径，画中的裙袍衫裘腰带头饰，常用金色“绣”出，惜墨如金，镶嵌那么一星半点，女人忽而就闪烁起来，眉眼像是太阳从云中钻出，刹那间亮得晃眼，女人顿时变得神采奕然，更添了几分灵气。古仪奇巧的“点金术”，用重彩为女人点睛，美目盼兮——美目烁金。

作为一位热爱艺术的赏画者，纵观细读古仪画册，可知古仪的艺术素养来源丰富，博采中西画水墨水彩水粉之长，广纳风俗图案壁画布艺之元素，以女性画家独特的艺术造诣，抵达中国画唯美、纯美、空灵的精神境界。

这是21世纪的女性之诗——来自灵魂深处的女性自觉，勾画出如此自然天成的女性画卷。

曾经写过一篇名为《悦人与悦己》的随笔，谈到女性自觉首先表现为女性的“悦己”意识。在古仪的画中，我们欣喜地看到，几乎所有的女性人物形象，都是在女性眼光下“我看”—“看我”的记述，而非男性视角下带有观赏性的“被看”。古仪描绘的女性之美，没有夸饰矫情之感，而是从女人内心滴滴泉涌的欢喜与珍重；古仪创造的女性之美，呈现出一种“自赏”之美，怡然自得的性情之美、气质神态之美。那是画家心灵镜像中自我认识的审视与折射，也是内心情感的真实表露，体现了现代女性追求自由与自立的价值理念。

与“现实生活”的距离感以及疏离感，亦是古仪绘画创作的另一艺术特色。古仪笔下的女性来自远方、来自古代、来自历史、来自书卷。她们活在自己的世界里，玩味着那些被男性社会所漠视的细微情趣，与琐碎庸常的“日常生活”若即若离。画面的情境既是“过去时”也是“未来时”，这一个“未来”，是女人在画中才能实现的关于尊严的梦想。这样的女人心里是充满爱意的，不是被人“所用”，而是“爱人”和被人“所爱”的。于是，女人的浪漫心思和博大胸怀，不再被那狭小的庭院空间所束缚，它超越了时空的局限，让女性精神以拒绝世俗的姿态得以飞升。

黑格尔认为：“我们可以把那种和悦的静穆和福气，那种对自己的自娱自乐情况的自我欣赏，作为理想的基本特征而摆在最高峰。理想的艺术形象就像一个有福气的神一样站在我们面前。”这段话可看作是对古仪创作的别样解读。古仪画中的女性形象多处静态，那是一种来自心灵深处的安宁，矜贵持重，闲适恬淡，任何多余的肢体语言都会破坏掉画面上女人的无声之美。喧哗易而无声难，女人在画上默然无语，却从“无声”中传递出女人内心的欣悦——有力量承受生命所有的欢乐与苦痛，那样的女人才是有福的。

因此，古仪的绘画语言风格，可用王国维所说的“古雅”之风加以概括。大雅古仪，心仪纯美，天生一个风清月朗的西湖快乐女神，她笔下的山鬼也娇嗔、贵妃少霸气、昭君无怨恨。古仪以她对人世的宽容，对物欲的淡泊，对爱与美的虔诚，一笔一笔勾勒、建造着自己的艺术宫殿。她近年来多次在国际上获奖，作品被多家画廊和博物馆收藏。

和悦静穆、纯净无邪　　是人生亦是艺术的境界。大雅古仪，风雅绝伦。

写于2001年

感受茅威涛

（一）

很多年，凡是遇上浙江小百花来京演出越剧新剧目，总要设法去观赏。一是因为越剧来自浙江，可让我寄情怀乡。更多的，是为了去看茅威涛。

曾看过茅威涛主演的《西厢记》《陆游与唐婉》《孔乙己》。

每次，在台下，默默地欣赏茅威涛，或远或近。每一次见茅威涛，她都会变成另一个男人，一个被我所艳羡，也可能厌烦、怜悯的男人。大幕拉开之前，也许并不一定喜欢她扮演的那个剧中人，但每当大幕落下时，总是欣然接受了她所塑造的那个人物，是因为被她的演技所感染所征服。剧中人在剧本之中的生命本是静止的，是表演艺术家以自己的声音将其唤醒，在自己的形体中使其复活，在惟妙惟肖的表演中，将“他”在“我”的主体中显形。那么究竟是剧中人的幽灵附着于表演者身上，还是表演者将自己的灵魂交付于剧中人了呢？

一位优秀的表演艺术家，也许当是后者。

很多年中，就这样静静地期待着茅威涛的每一次盛装出场，期待着她“化身”的每一个新角色。无论是飘逸俊朗、风流倜傥的书生，耿直感伤、愤世嫉俗的失意文人，蒙昧愚钝、淳朴生动的小人物……百人千面，栩栩如生。茅威涛摇身而成张生，是潇洒落拓、缠绵悱恻的一个情种；茅威涛演陆游，重在表现陆游的“忧思”和“无奈”——报国无门与母命难违的复杂境遇，与错失爱侣的大悲大恸，浑然交合一体，令人悲怆怅然。茅威涛塑造的孔乙己，则是新旧交替时代，那些混沌愚昧，却又自私狡猾、可怜可悲的民众个体活生生地再现。茅威涛为演孔乙己不惜剃去满头青丝，以“光头”亮相以达到人物的真实感和艺术的严肃性，即此一项，可知她对外形塑造的严格，对艺术“纯度”的要求之苛刻和敬业精神。

还在电视中见过茅威涛的专场演出，她所有的优秀保留节目，每一场每一折，优雅优美的越剧飨宴，听得耳朵都酥了，看得眼睛都满了。从茅威涛神采飞扬的眼神中，闪过两个字——情深；从茅威涛爽朗靓丽、带有磁性和魅力的唱腔中，传来两个字——厚重；从茅威涛每一个“华丽转身”的洒脱甩袖中，留下两个字——气场。

那是一种经年累月的艺术修炼，终至炉火纯青的境地，成为一个时代的艺术精品及经典。

那晚的电视专场结束后，还有电视主持人对她的采访，那是我唯一一次见到她卸装后的“真人”形象，她的灵魂回到了自己的身体，端庄沉着，落落大方。我听到她用很好听的南方普通话，阐释自己的艺术理念，还原为一个善于思考的现代知识女性，没有表演艺术家矫揉造作的“明星气派”。

源远流长的越剧“女小生”这一奇异的表演行当和艺术特色，由于茅威涛等一代代优秀的艺术家得以传承。也许，在由女性所塑造的那些刚柔相济、富于同情与哀悯、重情重义的男性角色身上，在那些身体线条流畅、音质淳厚动人、动作舒展洒脱的男装的女人身上，寄予了观众更为丰富的男性想象。“女小生”也许是一个曾经被误导的女性理想——女人可以成为男人，女人应该像男人那样？但事实上，在越剧艺术的发展过程中，男性却被逐渐地改造了，那些由女性塑造的男性舞台形象，除了阳刚勇猛的习性，被赋予更多的潇洒与柔情。

由于茅威涛的出现，使得许多喜欢她的观众，重新回到剧场。尽管“小百花”的演员整体都是如此优秀，但一个好演员的诞生，确实能够救活一个剧种。近年来，茅威涛一直担任浙江小百花越剧团的团长，从剧目的选择、改良到音乐、唱腔、表演和舞美的重新设计，她已经承担起超越于一个演员的责任。

就那样远远地，在台下仰望着、欣赏着茅威涛。就像读了一本好书，无须结识书的作者那样，我至今没有在舞台之外见过茅威涛。我宁愿在心里保留着一份关于她的神秘与想象。仅仅是欣赏她俊朗的扮相、倾听她动人的声音、感受她目光流盼中的诉说……足矣。

她创造了如此生动而有个性的人物，也创造了完美的自己。

《光明日报》2004 年 2 月 4 日

（二）

观新编越剧《藏书之家》

舞台的大幕拉开时，我们首先看到了深藏于高墙中的天一阁一角。虚拟的庭院与天井，被笼罩在浓重而悠远的书卷气中。当幽怨而哀伤的越剧乐曲缓缓飘起，人们预感到这里将会发生一些同书籍有关的故事。几百年前，这座书楼就已悄然隐藏于江南的蒙蒙烟雨之中。天一阁的浩瀚藏书，收藏了几千年汉语书业的兴盛，也掩藏了藏书人家的全部艰辛与孤独。

幽暗的灯光下，我们隐隐看到了那面顶天立地的墙，守护并承载着天一阁四百余年之久的藏书楼。我们通过书墙来感知书楼的存在，封闭的书墙阻隔了世间的欢娱常情，也设定了一个往心灵纵深发展的舞台表演空间。然后我们看到了人，那个固执顽韧的守书人，天一阁阁主范容，从泛黄残破的书页中悄然走来。书墙虚化为明朝末年的惨淡背景，纵然山河破碎，田产皆尽，于范容而言，还有那位异端思想家李贽所著的《藏书》陪伴。若是有一日能将李贽被禁的《焚书》与《藏书》双书合璧，归于天一阁，范容的世界就完整了。他以文人的梦想筑就了一座坚实的书墙，得以守望自己孤傲的精神城堡。因此，在最后一刻，我们看见了书——被月光或是烛光照亮的千册万卷厚重的典籍，使得整座天一阁通体透明，在黑暗中发出异样的光彩。范容的身影融入墙内，化作了其中一册薄薄的小书。

“我本天地书一卷……”这是剧中范容的唱词。范容成全了李贽的传世之作，而《藏书》《焚书》又成全了范容的人生——世俗的人生升华为精神之旅，束之高阁多年的这本书，在很多年后，被后人细细翻阅，一页一页，化成这一幕一幕的立体舞台剧。

此前尚未曾有过这样一台戏，为我们一扇一扇地推开尘封的古旧木门，让百年寂寥的民间私家书楼，在舞台上破壁而现。以小说蜚声文坛的编剧王旭烽，把舞台变成了一座“动感书屋”。守书人的书缘已了，情缘却未断，书香余墨散复聚，人去楼空书犹在。当收书、守书的行为过程变成藏书人非功利的一种自觉，传承延续的是千年的历史文脉，深层的民族精神内涵也因此得以彰显。

浙江小百花越剧团茅威涛戏剧工作室，经过近十年来一次次地剧目创新，反复锤炼三年之久的《藏书之家》，又一次成功地诠释了厚重的文化命题。这是一次商业时代的艺术冒险，是对传统越剧模式的又一次勇敢突围。看似守望，实为前行。若说范容守书是“抱残守缺”，那么越剧小百花所做的却是“抛残补缺”——抛甩越剧艺术那些正在逐渐萎缩的旧传统，补上才子佳人戏所缺乏的思想性，对于现代观众而言，唤起的是心灵对应和共鸣。这是一种以出击达成的文化守望，试图以此寻找越剧这百年剧种可持续发展的路径。

百年越剧以悲情动人，而《藏书之家》的剧情依然悲切感人；百年越剧以优美著称，而《藏书之家》的音乐唱腔设计，依然优雅凄婉；新派越剧《藏书之家》的舞美设计，落在一个“藏”字、一个“书”字上，书楼的中华文化意味隽永而含蓄。剧情设置了“晒书”“抄书”几场特有的众人戏，伴唱合唱，烘托出欢乐明快、矢志不移的书楼氛围。

然而，藏书之重，守书之难，注定了《藏书之家》不可飘逸，不能洒脱。小百花越剧的领军人物茅威涛，这一回又大大“变脸”——她在戏中饰演主人公范容，把女子越剧以往风流倜傥的“女小生”，改造成了一个负有文化责任感的志士，一个忧心如焚、忧心忡忡、忧国忧民，陷落于“藏书”与“情感”复杂心理矛盾冲突中，无奈而又寂寞的末世文人。茅威涛的表演素以流畅、细腻、丰富著称，而在《藏书之家》剧中“三跪求书”的经典唱段和表演，更是丝丝入扣，回肠荡气，具有外柔内刚的文人气韵。

茅威涛作为一个功成名就的优秀表演艺术家，本可因循守旧地按越剧的固定程式，轻车熟路地继续扮演那些俊朗秀美的“女小生”，但她却偏偏放弃了许多前辈艺术家通常采取的那种稳妥的“投保”方式，而将自己的艺术才华无偿投入于越剧的创新。这种探索是以艺术生命作为抵押的。当帷幕徐徐落下，我依然听见她醇厚的声音在剧场上空经久不去，“我本天地书一卷”——那个瞬间，真不知是她荡逸的长衫变成了一本奇书，还是世上的好书，都被她的宽袖轻轻吸纳了。

当剧场外的俗世间，优秀文化正在流失并被商业吞噬之际，这个小小的舞台上，却在颂扬着寂寞守志、藏书承志的美德。饥藏书、寒藏书、孤藏书、忧藏书、喜藏书、乐藏书……恍惚间，发现场内场外竟然具有如此鲜明的反差。我作为一个写书的人，亦心生惭愧。一部《藏书之家》，印证了小百花越剧团所有演创人员，为中华文明传承所付出的汗水。走出剧院或正在走进剧院的年轻观众，会觉得这一张戏票，多少是有些重量的。

写于 2009 年

桂雨来袭

“宋雨桂”这个名字从眼前闪过的时候，总是让我想起金秋十月的杭州，满城满处的桂花树，那个季节的西子湖畔，处处“桂林”。偶有金色银色的十字形小花，有心无心地间歇跌下，匝地无声。一阵风来，朵朵桂花如细雨洋洋洒洒；无风之时，轻轻摇一摇桂花树干，那香浓绵密的桂花雨，金色瀑布似的砸落下来。

桂花任凭落在哪一位赏花人的头顶，那人就好似戴了 顶隐形的桂冠，有了昂首的气度；落于谁的衣衫，谁身上就有了拂之不去的贵气，走起路来步步含香。桂花慵懒地落入半盏清茶杯里，绿波上漾起浅浅的涟漪，然后渐渐沉下去，半浮半潜，把茶水滴滴染透，竟然将一杯清茶改了颜色，熏成了浓郁的桂花香茶。

桂花雨——时而以豪雨如注的姿态，猛然袭来，恣意汪洋。

桂花雨——时而却是温婉柔情的另一种模样，轻盈细腻，丝丝入扣。

以桂花雨这般亦动亦静、亦轻亦重、亦厚亦薄、亦刚亦柔的品性来看，雨桂兄和桂花雨，可有一比。桂花雨之洒脱灵动、桂花雨之天然丰沛，与雨桂兄的山水写意画作，那般气势汹涌而又精致细微的艺术风格，可有一比。

然而，雨桂兄和桂花雨，从地域上看，却是南辕北辙。雨桂兄生于辽宁，早年习画于鲁艺，初学版画，其后博采众长，融会贯通，毕竟有故土先天赋予的粗犷之风。雨桂兄为人耿直豪爽，地道一条东北汉子，性情颇得原野山川的浩然之气。西湖桂雨并非画案雨桂，江南丝雨亦非北方骤雨。同一个雨字，却分明十里不同天。家植桂树和雨桂的“野生山水”（冯骥才序语），同一个桂字，更是南北不同轨。

我却偏要把南方桂雨之秀，与雨桂兄调水泼墨之艺，固执地扭结在一起。

异同何在？只一字，因一个“品”字——桂花雨和雨桂之画，均可久久品味，均是耐人寻味、余味绵长的浪漫品性，均有着来自天地雨露日月精华的脱俗超拔之“品相”。

雨桂兄水墨画作的艺术成就，在画坛早有定评。欣赏雨桂兄的画作，让人一眼可识、一眼钟情，是画面浑然天成的气韵和意境。然而，我读雨桂，却是苦研多日，方悟得点滴心得，如在桂花雨下坐禅，一杯清茶在手，从容细品慢嚼，才觉口有余香——

《苏醒》作于1984年，是20世纪80年代中期，雨桂兄横空出世的代表作。在全国美展展出之时，该作品前被众多观者围得里三层外三层，是雨桂兄震撼美术界并使同行们折服的成名之作，直到今天还时常被人谈论。其构图大气磅礴，饱满深厚，山水树云，万象旋转、万物萌动，在世间生命大循环的轮廓中变幻流动。画中似有一股宇宙旋风，由山水间穿行而过。在雨桂兄笔下，春的迹象隐没在朦胧混沌之中，却有丝丝线条清晰可辨——岩石的纹路如同冰雕一般显示出刀刻的印痕、团团云雾飘忽飞散；远近的树冠树梢、从寒春的残雪中冒出依稀新芽、融化的雪水，幽深宁静……

《苏醒》唤醒了中国水墨写意的基本技法中原本对物体并不“在意”的脉络肌理。也许自雨桂起始，大写意更为注重将小细部的笔触，融入二维平面空间，陡然增加了中国画的立体感。在那个万物复苏的季节，雨桂兄内心对大自然的狂热痴迷、对审美的重新发现、对艺术创新的冲动，与北国的白山黑水一起苏醒，从此生机勃发。

绘画艺术之“艺”，每一笔落于宣纸，都是艺术家不可更改的一枚印章。

人说智者爱水。雨桂兄因了这个“雨”字，更是乐水无涯，对天下之水，独有一份钟爱——近百幅《乡水篇》系列，《荡心图》《无言图》《海之吟》《烟如》《山雨》等作品，都是水的颂词，或高歌或低吟，或庄严或温柔；瀑布之水湍急、大海之水澎湃、深潭之水静谧、河流之水荡逸。雨桂胸中之水，浩渺汹涌来自天际，落于笔下，本是纸上丝丝缕缕的留白与空隙，却见浪花翻滚、飞流千尺、波涛起伏、永无止息。只见水平如镜、水光潋滟、点点滴滴珠圆玉润，水花从纸上跃然溅起，湿了观画人的衣袖。雨桂笔下之雨，自山岩石缝肆意奔突，率性爽直、通透纯净。方知山泉原是雨水的前世，雨不在雨中，而在世外。

多年来，雨桂兄的山水写意在画界享有盛誉，但我却偏爱雨桂的花卉。面对那些欲说还休、含情衔意、恣意烂漫、充满“水色”的蓝色紫色花丛，犹如窥见了另一个儿女情长、柔肠百结的雨桂兄。一幅《窦娥》，近于透明的洁白裙裾从黑色的暗影里飘然凸现，还其圣洁的女性本色。一幅《追梦》，杂色迷蒙的底版上，跳出几朵粉白的亮点，昭示着人生不灭的梦幻之境……那个时刻我又一次想起故乡桂花飘香的秋季、想起月宫中清冷孤傲却总不凋谢的桂花树。花草无言，却有无尽的馥郁和意蕴，留待我们于寂静中闻嗅倾听。雨桂兄的花卉系列，从雄浑壮阔的天地山水，悄然退至内心隐秘的温馨一角。至此，他庞大而丰富的艺术宫殿，才展现出完整的风采。

纵观雨桂兄几十年的作品，处处可见他持续喷涌的创新激情，展现出他深厚稳重、兼收并蓄的艺术功底。细品雨桂画作，“品”出了他在国画技法上祛旧布新的循序变化。雨桂之“贵”，贵在求新——每一幅画作，都有其“革故鼎新”的大胆笔墨。当我发现那幅《百合》之时，内心几近狂喜，而《小夜曲》，吸收了西画中的印象派技法，“要有光”——在花朵模糊的边界里，光感和阴影不邀自来，别有一种寒冷散去之后的温情与暖意。

雨桂别号“雨鬼”。“鬼才”雨桂的“鬼气”，几分冷傲，几分狡黠，藏而不显，含而不露。那是他艺术的灵魂——雨之精灵、水之魂魄。从冰雪云雾氤氲露珠中，冉冉飞升。

在雨桂兄赠我的《中国近现代名家画集——宋雨桂》画册扉页上，他题有一句佛家禅语：“天无言而四时行　地无语而万物生。”绘画本无言，行色亦无语。唯有不倦的雨声，于夜深人静时袭来。在干旱的北方，因有雨桂用笔呼风唤雨，万物皆有灵。

雨桂善画荷，可他为什么至今没有画过一株桂树呢？只能想象着满眼金桂如雨纷纷，香气从纸上漫溢……暖桂与冷雨，又该是怎样一番无言的新天地呢？

《文艺评论》2008 年第 5 期

高山流水听诗琴

5月杏花时节，一阵微风一场细雨。北京郊外苍茫的燕山山脉，一夜间被山花点亮了，一树树娇艳鲜嫩的粉白色杏花，丛丛叠叠的花蕾花朵，如萦萦缠绕的湿雾晨岚，似天上浮游的云朵，由山脚飘入山谷，顺着山坡恣意蔓延；杏树的嫩叶刚出芽，星星点点绿色，衬出满树轻盈的花枝。刚返青的近山，被雪绒般的杏花覆盖了；沉郁的远山，被挺拔峭立的花树染成了花山。目光跟着杏花林越过连绵的山峦，视线所及，满山漫天，是一座座高低起伏、延绵无尽的绚丽花坛。

琴声悠然响起，虽是寻常的试音调弦，却如一道闪电悄然划过蓝天。树枝草叶忽地静了，大山骤然停止了呼吸，那一曲圆润流畅的丝弦曲乐，似天籁之音，沁入花团锦簇的山谷，惊飞一群五彩山鹊。

《远方的客人请你留下来》这首活泼欢快的二胡经典民族曲目，此刻，出于一位娇小灵慧的杭州女子之手。

严洁敏，二胡演奏家，中央音乐学院教授，硕士生导师。中国第一位民族器乐演奏和作曲双学士学位获得者。中国音乐家协会二胡学会副会长，中国民族管弦乐学会胡琴专业委员会副会长。出生于杭州。六岁开始学习二胡，十岁考入上海音乐学院附小，1990 年以优异的成绩毕业于中央音乐学院。1989 年曾获得 ART 杯中国乐器国际比赛二胡青年专业组二等奖；1994 年夺得台北国际民族器乐协奏大赛第一名；2002 年获霍英东教育基金会第八届全国高等院校青年教师奖；2004 年成为首批中国教育部“新世纪优秀人才支持计划”入选者。作曲方面曾于 1990 年获中央音乐学院艺术歌曲创作奖，并于 1991 年在北京音乐厅成功举办了个人交响作品音乐会，是我国民乐演奏界的佼佼者。

严洁敏的二胡演奏音色纯美，技巧全面，表现力丰富，擅长以高难度技法驾驭复杂的曲目。

此刻，她不是在华美的音乐厅灯光下为观众演奏，而是在杏花烂漫的天然舞台上为友人抚琴。女人纤巧的手臂舒缓地拉开琴弓，似乎要把花山拥入怀里。与音乐为伴的女人，必是爱生活更爱自然的。

那个春日，有幸在大山里聆听严洁敏的二胡，是我的福分。二胡在元代自域外进入中原，流传几百年，颇受汉民族的喜爱，已成为我国独具魅力的拉弦乐器。它既善于表达哀婉忧伤的情感，也能表现气势宏大的意境。此时，在洁敏气韵深长的二胡乐声中，我心已然陶醉。

山路蜿蜒，往山涧深处的小村盘旋而下。路两边都是杏花密密盛开的老树，黝黑的花枝壮硕而秀美；粉白的花朵，亲热地互相簇拥着，小风掠过，花瓣纷纷飘落，俏皮地拂过车窗，扬起一片银色的雪末。车子在花丛中穿行，洁敏一路欢笑惊呼，像是回到了孩童时代，在浓密的花荫下欢喜地做游戏。一双水晶般纯净的黑眼睛，瞳仁里映出缕缕花蕊，像两粒嵌了花瓣的琥珀。

那个春日，云在山顶，伸手可及；水在山下，举目可望。就像洁敏在很多年里，一步步走向她的音乐梦想。

眼前闪过一个瘦小的身影，十岁的小女孩，身上背的琴盒，几乎与她身高齐平。她独自一人从杭州登上火车，去上海音乐学院附小读书。只是因为喜欢二胡，耳边每时每刻都有弦乐在萦绕，每一根头发都像是琴弦做成的，一抬手梳头，旋律就飞起来。暑假来了，寒假过去了，每一次开学前，绿色的车厢都会迎来一个背琴的女孩。她静静地坐在车窗前，心里默念着最喜欢的二胡曲谱，望着未知的远方。

从上海音乐学院附小，直到走进中央音乐学院的艺术殿堂，小琴童走坏了多少双鞋？拉坏了几把琴？拇指肚上磨出了多少厚茧子？十年童子功，是一节一节稳重坚固的枕木，托起银亮的铁轨，从杭州到上海再一步步送她去北京。呼啸的车头像一只巨大的音箱，在年复一年的轰鸣声中，把洁敏造就成了一位优秀的青年二胡演奏家。

荷兰最有影响的人民报（*De Volkskrant*）称严洁敏的演奏为“中国的奥依斯特拉赫”“激情的演奏大师”。法国里昂进步报（*Le Progres*）评价其“显示了对二胡这件乐器音质音色极高的控制能力以及对戏剧性、对比性卓越的控制能力”。

洁敏接受过多年系统的学院派教育，经受了严格的音乐训练，汲取了华夏沃土赐予她的养料精华。她像一朵恰逢佳期的花苞，将天地赋予她的能量注入琴弦，然后，粲然迸发、绽放。

那个春日，我们在深山里的小石潭边听琴。

泉水冷冽，清澈见底。流苏般飘逸的水草、光滑的鹅卵石、蓝灰色花纹的小游鱼，倏忽就不见了。一只摆渡的铁船停在水边的沙滩上，四下空无一人。山谷静谧，微风拂过崖上的灌木，发出嗖嗖的声响；忽有带翅的黑影飞快掠过，在水面上扇起细微的涟漪，只听得一声声婉转的鸟鸣，从坡上的杏花深处传来。碧绿的池水被清风吹皱了，一波一波漾开去，如丝丝缕缕颤动的琴弦。

我们在水边，听《流波曲》、听《河曲》、听《悲歌》，深沉的乐曲犹如泉水汩汩流淌，在委婉哀怨的音调与深沉愤懑的乐声中，泪水悄然涌上来。听《江河水》，二胡悲痛欲绝的倾诉，营造出一种压抑沉闷的气氛，传递了人类超越时空的痛苦。洁敏细腻精准而又激越狂放的演奏风格，将二胡这一古老器乐的魅力发挥到了极致。

那个春日，一缕阳光穿透幽深的峡谷，洁敏如同一个阳光女孩，脸庞和心思同样明朗通透。平日里，洁敏该是一个素朴淡定、安静温婉的江南女子，而当她拿起琴弓，沉浸于自己的音乐世界时，忽而变身为一位高贵的艺术女神，浑身散发出浓郁刚烈的激情。她纤细灵巧的双手滑过琴弦，左手揉弦、拨弦，准确控制泛音颤音滑音；右手顿弓跳弓颤弓抛弓，左右开弓配合默契。琴杆与弓弦在她的臂弯里收放自如，好像已成为她身体的一部分。

大略知道，二胡的音准控制很难，没有可供依赖的明确界定音高位置的标识，由于二胡没有指板，每一个音高都仅凭手指的感觉来掌控。待那一曲终了，试着将疑问请教洁敏拉琴的诀窍，她笑着回答：当年学琴，先得学会听啊，没别的窍门，就是听，听到最后，就能听见心里有了回声……

那个春日，在洁敏即兴的琴声中，微风暂歇、游鱼沉浮、飞鸟噤声、杏花凝眸——自然万物与我们一起屏息静气，倾听这一场没有舞台和乐队的独奏音乐会。

夕阳西斜，山谷沉寂。石潭两侧巨石兀立，灰褐色的石壁，鬼斧神工般刻出粗粝的线条，如同一座座奇幻苍健的石雕。琴音回旋，如丝如瀑，从石崖上温婉地垂落，忽又变得高亢激愤，音符中透出韧性的硬度——洁敏的演奏技巧如此神妙，每一声长音与短符，每一个华彩乐段或是抒情旋律，都充满了刚柔相济的温情与力量。《急板》是意大利作曲家Setfano Bellon专门为严洁敏创作的一首赋格曲，由一组长音和快速移位及不间断的循环构成乐曲的主要部分。洁敏炉火纯青的技艺，将古老的二胡奏出了崭新的乐感。由二胡改编的《流浪者之歌》，在洁敏的演奏下，以频繁的快速换把及大跳、快速换弦、超高把位的快速两手配合等高难技巧，将二胡演奏水准推向了一个新的高峰。音色音质之华丽精湛，可与最优秀的小提琴曲媲美，令人惊叹。

那个春日，唯一遗憾的是，洁敏在山野林间的即兴演出，没有乐队。我曾在剧院欣赏过她的独奏音乐会，二胡与庞大的管弦乐队，二胡与弦乐四重奏、大提琴互相配合，将音乐会竞相推入高潮。记得在一首协奏曲中，乐队将碰铃清澈的音色糅进了乐曲，给那个乐段增添了空灵的禅意。

音乐是抽象的情感表达，无论是创作者、演奏者、欣赏者，理解音乐享受音乐，都需要超然的悟性和心的呼应。此时此地，我只能想象，这一场在青山绿水中独特的二胡独奏音乐会——“台下”的淙淙泉水、啾啾鱼虫、飒飒山风、啁啁鸟鸣，还有树叶的哗响与杏花无声的震颤……组成了天然和谐的配器，那是大自然专为洁敏配置的最独特的“爱乐乐团”。

那个春日，二胡乐曲在微波涟漪的水边久久不散。其中有不少曲目，都是由洁敏自己改编或是编配的。早在 1988 年，严洁敏凭自己的实力和才华，考入被人们视为“最难考的”中央音乐学院作曲系，1991 年，获得民族器乐演奏与作曲双学士学位，并成功地在北京音乐厅举办了个人交响乐作品音乐会。她是一位出色的演奏家，同时也是一位勤于拓展自己知识结构、勇于尝试二胡曲目新颖的现代性、善于把二胡融入世界现代音乐的创造者。

那个春日，洁敏的丈夫赵戈，亦在水边乘兴操琴，琴弦如戈，乐声如帛，一对神仙眷侣。赵戈教授任教于中国音乐学院，同样兼长于二胡演奏与教学。多年来，赵戈与洁敏共同磋商探讨二胡技艺，在乐坛携手而行。洁敏拥有这样一位体贴仁厚的丈夫，是洁敏的幸运。这个比翼齐飞的音乐之家，告诉了我们什么叫作琴瑟和谐。

多年来，洁敏已经录制并出版了大量音像制品和个人专辑。新近出版的严洁敏“二胡独奏音乐会”DVD专辑《诗弦》（上、下）——是洁敏表演艺术的精粹和珍品。

诗弦——丝弦似水，意韵如诗。高山流水，皆为知音。

《中国文化报》2011年10月

边缘与跳脱

——哈雅乐团的传说

有关 HAYA 的传说，以音乐的形式，已在年轻人中流传了很久。

鲜花在盛开，故事在风中流淌——这是“HAYA 传说”的开篇歌词。狂风旋风台风微风，风雪风暴风物风情，草原马头琴与风马牛不相及的爵士乐架子鼓……精灵般的主唱歌手黛青塔娜，从遥远的故乡青海湖走来，一架通红的篝火，在晚风中闪烁飘忽，照亮了周围的黑暗

我与 HAYA 专场音乐会相遇的那一刻，整个世界倏然沉寂。偌大的北展剧场，顷刻安静得没有任何一种可以被称为声音的声音了。HAYA 自创的乐曲骤然而起，从天穹如瀑布般倾泻而下，由脚底如暖泉喷涌。它们拥抱我亲吻我撞击我淹没我，泵入我的胸膛，穿透我的血管。空气被 HAYA 的音乐一寸寸挤走，呼吸被 HAYA 的乐曲掌控，我陷入了无边的皑皑雪原，又从绿色的山谷中升起。

这个北风呼啸的冬夜，是我第二次听 HAYA 。上一次，那个无风的秋夜，在黄勇持续举办了十年的“北京九门国际爵士音乐节”上初识 HAYA，它钻入我耳膜的那一刻，也席卷了我的心灵。

HAYA 的音乐呈现，以苍凉深沉的传统蒙古乐曲为基调，散发着浓郁的草原气息，充满了大自然蓬勃的生命力。美丽的蒙古族艺术家黛青塔娜，醇厚高昂透明的嗓音、优美丰富的肢体语言，展现了蒙古族艺术家极致的情韵。然而，乱云狂风、雄鹰盘旋——在 HAYA 的音乐中，我听见了西班牙吉他、电吉他、手鼓、康佳鼓、爵士鼓、贝斯……那些用于现代摇滚乐演奏的乐器，昂然介入了古老的蒙古乐曲。短促有力的鼓乐、吉他强劲的拨弦、贝斯宏阔的低音，呼应着烘托着悠扬的马头琴声，低沉而又剽悍的“呼麦”时断时续，分明仍是蒙古的底色。如此大幅度的两极跳跃，带来了新奇鲜活的乐感——古老的草原，正伸开它健硕的双臂拥抱世界……

爱上 HAYA ，不仅仅由于 HAYA 音乐源自蒙古，而因为 HAYA 已经跳脱了蒙古。

黛青塔娜在 HAYA 最新的专辑，也是 HAYA 最具代表性的极品《疯马》中唱道：“……你的良知如胚芽般大小。但我相信这坠落的泪水，会灌溉他灌溉他长大……”“长大”一词的音高如异峰陡然拔地而起，直入云霄。紧接着进入最关键的曲段，“你将我刻在红色山脉，去崇拜飞翔的鹰奔跑的马，在那片荒芜的原野中，鼓声阵阵，鼓声阵阵，鼓声阵阵……”乐队的鼓点越来越急促，她的歌声越来越激昂，犹如高空霹雳闪电，声声叩击人心。小黛在险峻的高音区徘徊回旋长达一分多钟，那是绝望的呐喊与灵魂的呼唤，高亢宛若来自苍穹，飞扬在纯净的冰山绝顶，歌者似已灵魂出窍，听众亦身心俱裂。那一段淋漓尽致的高音之后，忽而一个柔美的滑音，好似从高山雪场的滑道飞速俯冲，流畅得连一丝雪末都没有溅起，她已平缓滑入一片宁静的山谷，我们听见了清泉飞瀑、风之叹息、鸟之呢喃，催人思索世间万物的生息与共。歌声渐渐低下去，低至难以分辨的丝丝细微气息，沉入大地深处……

《疯马》以如此高难度的唱奏水准，成功炫酷黛青塔娜与 HAYA 乐队的完美技艺。

HAYA 著名的《迁徙》，野性奔放的另类构思。乐曲开场，静默中传来黛青塔娜哭泣般的呻吟与挣扎，诉说如今的草原，游牧人与动物迁徙中断，人和动物再也无处可迁的悲哀与无奈。至乐曲高潮处，黛青塔娜发出了愤怒的吼叫与痛苦的哀号，如同一声声刺耳的警钟，在“嘎达梅林”忧伤的旋律中久久哀鸣。《寂静的天空》用蒙语演唱，旋律带有蒙藏俄杂糅的抒情风格，天生一个返璞归真的黛青塔娜，浅吟不忸怩、低唱不做作，声音结实通透而又放松自如。《飞翔的鹰》充分展示了黛青塔娜宽广的音域，她用蒙语反复诵唱的歌词，像是藏传佛教的六字箴言，具有喇嘛教诵经的节奏。《真言》一曲中，小黛席地而坐，捧拥并敲击洁白的玉钵，鼓乐中的神秘氛围亦含有虔诚的佛教意味。《啦哩》中的小黛变得轻快潇洒，曲调的节奏频率、舒展的舞姿、蒙语男声小合唱、隆重质朴的呼麦，纯正的蒙古气息扑面而来。《莽古斯》一曲，打击乐与呼麦都极为出色，小黛的多才多艺更是“原形毕露”，灵巧娴熟的蒙古族抖肩膀舞蹈动作，令人心生欢喜。《风的足迹》中，开场即小黛的一段印第安笛，腔膛粗重而笛声幽柔，犹似秋风驰于原野……

就这样，HAYA 将华夏民族以单音为主的传统音乐，与西方音乐的和声复调与配器相融合；把蒙古音乐宽广悠扬的音乐元素，与来自黑人民间音乐的爵士乐率性激越的特性，进行了神奇的重组，有一种超然世外的辽阔与纯净。HAYA 的音乐理想，是让歌声直指心灵、指引心的方向，以此开启对人与自然的省思与祝祷。在 HAYA 所有的原创乐曲中，蒙古马头琴、长调、呼麦、萨满舞、非洲打击乐、印度鼓、印第安笛等世界各地美妙神秘的声音，以先锋音乐的表现手法、大胆的实验性诠释，完成了传统蒙古文化精髓与现代艺术精神的互相渗透。

HAYA——汉译“哈雅”。在舞台的背景天幕上，HAYA 四个英文字母中的 Y，被略加修饰，设计为成吉思汗当年征战的长矛“苏鲁定”的简洁图形。这一象征勇气与胜利的草原符号嵌入了英语，意味着对西方世界的参与。HAYA 取自蒙语“边缘”之意，亦即“跳脱”规则的束缚，摒弃传统的抑制，具有包容、开放的特性，由边缘走向泛主流，使蒙古音乐跳脱为世界音乐。

何为“世界音乐”？

世界音乐的含义为“跨界”与“融合”。

不再是单纯以民族音乐取悦西方听众，不再是仅仅展示“民族艺术”供人欣赏，而是寻找国际化的音乐语言。只有那些能够引发人类共鸣的音乐，才能从此与世界平等对话。

早在 2006 年，主唱黛青塔娜与马头琴手张全胜、吉他手陈希博、呼麦手兼鼓手宝音组成了 HAYA ——哈雅乐团。2011 年，来自法国的贝斯手 Eric Lattanzio 加盟 HAYA 。

十年过去，那盆篝火始终暖暖地亮着，照亮了人类也照亮了 HAYA 自身。

五位视音乐为生命的年轻人，HAYA 五人小乐团，就像一只饱满的手掌，每一根手指都不可或缺。

HAYA 的创始人、英俊持重的音乐制作人张全胜，一个吉祥如意的名字，也是乐团的灵魂人物，兼任乐团的词曲创作及马头琴演奏。托“全胜”的才情与福分，HAYA 建团以来，每一张专辑发行，每一场演出，几乎每每“全胜”。女神一般聪慧沉静的黛青塔娜，长发如飘逸的青草，长辫如缠绕的青藤，无论默立行走舞蹈静思，都是一首无声的歌。她用无所不能的音乐技艺，传递出美善的内涵与空灵的意境。她曾说：“我们每个人内心都是有灵性的，我们用音乐唤醒灵性，让它和我们的天地、家园做一个连接。不管走到哪里，音乐传递的都是和万物相连的感觉。”

HAYA 乐团的吉他手陈希博，毕业于中央民族学院。其父为蒙古族，母亲是锡伯族，故起名“希博”？他出生于艺术之家，在马头琴声中长大，那双专注凝神的眼睛，沉浸于对音乐的痴迷。希博由马头琴转而成为吉他高手，吉他好像长在他的手上，没有他完不成的高难度技巧，《重生》一曲中，一把吉他几乎可比一个乐队。HAYA 的呼麦手兼鼓手宝音，生于赤峰，自幼学习打击乐。曾赴日本深造音乐演奏技巧，目前已成为国内顶级的鼓手之一。宝音宝音，一个天生献身音乐的人，看起来有些憨厚羞涩，然而世上各式各样奇怪的鼓，都能在他手下发出不同凡响的节奏；宝石宝马宝藏宝塔宝瓶般宝贵的音乐，成为HAYA与听众的宝贝儿。来自法国的贝斯手Eric Lattanzio，七岁学习音乐，2001年以贝斯演奏第一名的成绩毕业于法国国际现代音乐学院。2011年因志趣相投而加盟HAYA，可谓“洋为中用”“中西合璧”。当他穿上华丽的蒙古袍子，在舞台上抱着大贝斯淡定演奏时，看上去就像一位蒙古王爷，沉稳而高贵……

在某次音乐节上，全胜曾深情诵读海子的诗歌《九月》：

……远在远方的风比远方更远/我的琴声呜咽　泪水全无/我把这远方的远归还草原/一个叫马头　一个叫马尾/……明月如镜　高悬草原 映照千年岁月/我的琴声呜咽　泪水全无……

HAYA的音乐理念与海子的诗歌精神相通——虽然草原万物在为我所用，可人类终究无法逾越世界的极限——远方只能被涉足，却无法被占有；远方的风甚至挣脱了远方的边界，吹向了更远的永恒。草原上斑斓的鲜花，好似破损的“伤口”，撕开了沉睡的大地，因而“琴声呜咽，泪水全无”。HAYA和海子都想把远方的远归还草原，音乐与诗歌携手成为“黑暗中的舞者”。

在当代多元文化的背景下，HAYA在传承和弘扬本民族音乐的同时，以探寻心灵的方式去发现人类音乐的共性。建团十年来，HAYA自由行走于世界各地，唱遍日本、法国、瑞典、加拿大等国家，横扫金曲、金钟、华语音乐传媒大奖等诸多奖项。每每一曲未落，已被热烈的掌声、起立致意的欢呼淹没。曾多次应中国文化部邀请，代表中国在国外举行专场音乐会。2012 年 6 月，HAYA 凭借专辑《迁徙》获得“第 23 届台湾传艺金曲奖”最佳跨界音乐奖。2015 年 8 月，HAYA 凭借第五张专辑《疯马》获得“第 26 届台湾传艺金曲奖”最佳跨界音乐专辑奖。HAYA 乐团始终坚持自己独有的音乐风格，从不受传统作曲法的约束，自觉挣脱传统音乐的边界，在一次次突围中升入新的艺术境界。HAYA 发行新的音乐专辑，每一张都是原创精品，总是给人以出乎意料的惊喜。其国际名望和业内声誉远盛于在国内的知名度，成为当代世界音乐艺术精神的标志。

十年了，HAYA 蓬勃红旺的篝火燃遍了东西方音乐节。

我爱 HAYA，爱它不羁的自由表达，爱它与自然万物相融的灵性。

以《风的足迹》的歌词，作为本文的尾句：

我消失在光的尽头，追寻着风的足迹……

《大公报》2016 年 9 月 25 日

青藤双面绣

“青藤茶馆”在杭州久负盛名，差不多家家有人多次去青藤喝过茶的。20 世纪 90 年代中期，青藤茶屋在西子湖畔悄然而生。2003 年西湖扩建工程中，青藤搬到湖滨一公园对面南山路口的元华广场裙楼二层，面积扩大了几十倍，宽敞气派。前些年又开了一家分店，在环城西路与凤起路交叉口的温德姆豪庭大酒店裙楼二楼，名为青藤茶馆锦绣店。

元华店和锦绣店各有千秋，元华店质朴亲和，锦绣店典雅婉约，都是有品位有情调的茶艺馆，更是杭州的城市地标和名片。这么些年，有多少店家开了又关了，茶楼易主酒店更替都是常事。而青藤，青枝绿叶，依旧悄悄地站在那里。

常去青藤的茶客，都晓得青藤有两位女老板。

一个叫清清，一个叫毛毛。

清清和毛毛都是地道的杭州人，一个单位的同事，1996年她俩决意辞职去开茶馆的那一年，才二十多岁。西湖边三公园对面开的第一家茶屋，只有十几平方米，但是茶好、茶点好，茶屋的客人像茶水一样续了又续。几年工夫，茶屋升级成为茶楼，后来几次扩充搬迁，店面选址始终围绕着湖滨一带。她们是西湖的女儿，茶馆必须在“看得见西湖”的地方；喝茶不是喝水，龙井茶一定要配上西湖的风景，才能品出水波盈盈，远山淡淡，桃花灼灼，柳丝依依，桂花、蜡梅香气袭人那样的情致。

多年前我在《守望西湖的青藤》一文里，写过两位女馆主沈宇清和毛晓宇。恰巧两个人的名字里，都有一个“宇”字，宝盖头下一个“于”，于是就有下文——于是就有了两人二十多年不离不弃、淡泊随缘的青藤茶业。

每次去青藤喝茶，茶馆茶香袅袅，慧心禅意。低头饮茶，抬头看人。看一眼自信潇洒的毛毛，再看一眼柔声细语的清清；看一眼大方干练的毛毛，再看一眼聪慧内向的清清。看见清清的时候，不一定看见毛毛；看不见清清的时候，也许会看见毛毛。看来看去，只觉得眼前这两个清清爽爽的江南女子，真是好看。开了那么多年茶馆，依旧是从里到外清清爽爽。岁月的尘埃，没有在她们脸上留下丝毫印迹，是让湖水与清茶洗去了吗？

看来看去，也看出了一些名堂：两个女人平日里各忙各的，自有心照不宣的分工。清清的老公是研究茶叶的专家，负责给青藤进茶验茶，从龙井到白菊到普洱，茶品都是最好的，清清把茶叶这一摊搞定，青藤就有了坐稳的底气；店里的日常事务，那些前厅后厨运营应酬管理，种种烦琐细致的杂务，能干的毛毛一只手管两家店，轻轻松松一手包揽了。清清比毛毛大几岁，对毛毛有几分宠爱；毛毛比清清小几岁，情愿自己多辛苦一点，好让清清有时间专心写诗修禅。毛毛不写诗，但喜欢听清清念诗，听清清像唱歌一样流畅诵读《心经》《大悲咒》……

盖碗里青绿的嫩芽，被碗盖拂开，心里久伏的那个念头，随着绿莹莹的茶水，沉下去又浮上来。

世上的女人合伙开店，可有如此和谐的先例呢？日日月月朝朝暮暮，茶馆样样事体都要尽善尽美妥妥帖帖，这非亲非故的两个人，怎么就能相处得像一个人？就算是闺蜜，就算是亲姊妹，就算是夫妻，也不可能不吵架不争执不怄气吧。需要何等的信任与理解、何等默契的经营理念，才能有二十年的互相体贴与包容？多少生死患难之交的友情，却承受不起好日子的福泽。也许换了别人，生意做大了之后，那元华店和锦绣店，早就是一人一家店，各管各的了？

我喜欢青藤，不如说更喜欢青藤的两位女老板。

那一夜，我们坐在锦绣店的大露台上喝茶，暗处飘来桂花浓郁的香气。街对面的树林后面，温软的西湖水幽幽闪烁。我犹豫着说出了心底的疑惑：清清和毛毛，你们就没有闹别扭的时候吗？

毛毛快人快语抢答：我们总是看对方的优点，谁要是不开心了，一杯茶下去，火气就没有了……

清清拿出手机翻找了一会儿，有些羞涩地笑着说：毛毛前年在加拿大旅游，我写了一首诗给她做生日礼物，我念一段给你听：

……毛毛，你的生日快乐，就是我的快乐 / 你在骑车，我在你的身后唱歌 / 你骑得超快，爽朗的笑声里，有初夏的大风 / 今天，在你生日的鲜花里，可有一只蜜蜂在嗡嗡地歌唱，你要仔细听，那不是加拿大的蜜蜂 /……我愿这一生，鲜花，在我俩的车轮边开放……

车轮、鲜花、歌唱，这就是两个人如同茶与水的命定缘分和半生的情谊。

如今人人皆说茶文化，可是，茶文化内蕴的清静柔和含蓄谦让的品质，可进入了你浑浊的身体，清洗了你烦躁的心扉呢？

青藤茶馆的清清和毛毛，才是真正懂茶的女人。

我总希望给清清和毛毛送一幅精美的苏式双面绣。双面绣，一针针下去，绣出正反色彩一样的图案的绣法。无论从正面、从反面看，针脚都一样整齐匀密。清清和毛毛两人叠在一起，就像一幅精致的双面绣。她们的元华店和锦绣店，也是一幅精美的双面绣。画面上有一株茁壮的青藤，垂下瀑布般浓密的紫藤花。无论从哪一面看，长藤弯弯叶片青青，每片椭圆形的叶子都是浓淡均匀；水灵灵的紫藤花葡萄串似的挂下来，好似映在窗玻璃上，在房间里看是它，走到房间外看还是它。它们是一个整体，镶嵌在一个镜框里。

只有绣娘知道，双面绣的丝线正反面一针不乱，绣的是互相牵绊的岁月。

《钱江晚报》2018 年

双筒望远镜

——关于大冯的文学描摹

冯骥才先生近年的四部新作系列《冰河》《凌汛》《激流中》《漩涡里》陆续出版。“冰河 · 凌汛 · 激流 · 漩涡——冯骥才记述文化五十年”国际学术研讨会，如期在天津大学冯骥才艺术研究院的大树书屋举办，是一件令人兴奋欣慰的大事情。

今天那么多朋友从各地赶来参会，还有很多学者和国外来的汉学家在场，将会对他的作品进行深度理论阐述。我和大冯相识几十年了，要说的话太多，就对他做一点形象的文学描摹吧。

我和大冯的第一次见面，是在 1980 年夏季的北戴河海滩。当时我们文学讲习所（后更名为中国作协鲁迅文学院）的一群同学，游泳上岸后在沙滩上歇息。有人看见大冯和太太正在堤岸上散步，兴奋地朝他招手叫起来。他的个子那么高，面带微笑站在高处，而我们都穿着游泳衣游泳裤，头发湿答答，身上窣窣地往下掉沙子。记得我们先在沙滩的低处朝上“仰望”着他，后来走近他，自己都觉得怪不好意思，下意识地尽量把自己的身体缩起来……这个场景好像从一开始就注定了我们彼此的位置和距离，但也象征着后来我们之间持续几十年的那种“坦诚相见”的文学友谊，我一直视他为亦师亦友的知己。

大冯虽然长我几岁，但我们都是从20世纪70年代末、80年代初开始发表作品。我的短篇小说《爱的权利》和大冯的中篇小说《铺花的歧路》都发表在1980年第二期《收获》杂志上。虽然在新时期文学阶段，我跟大冯差不多同时期“展露锋芒”，但是我不敢说我们“共同走过”，因为大冯的“篮球腿”太长了，一迈腿就一大步。我只是他的一个追赶者，一直跟在他后面走，却总也追不上。

记得1988年，我们一起去加拿大参加一个文学活动，和一位加拿大老作家见面，事后他给我复述那位老作家的话，强调说那是一个“讲故事的人”，讲故事是小说最基本的形态，这番话给我留下深刻印象。他常常随口给我们讲一些小故事片段，如果写出来，都是精彩的短篇小说，因为大冯自己也是一个“讲故事的人”。多伦多某日，我和他为了日程安排意见不一致，在多伦多的大街上“吵嘴”，怄了气，一路走过去，路上谁也不理谁，上海作家孙颙说我们俩像小孩子一样。回国后过了一段时间，两个人都忘记了此事，重又和好如初。每年3月全国“两会”期间，我们会相约去韩美林家的“小政协”聚会，大冯和美林都重情重义，对待朋友特别友善，所以参加聚会的人逐年扩大增加，到后来客厅都挤不下了。如今回想起来，每年的那一天，真是一个难忘的幸福时光。白岩松主持开幕式时，说到大冯的“真”。真是真诚、真挚、真实，大冯一直都是用一种诚实的态度对待生活，对待世界，对待自己的。

2014年大冯的《无路可逃》(即《冰河》)发表之初，我第一时间拜读了这部作品。相对后来的几部,《冰河》是比较个人化、生活化的叙事，但是在这些个体背后的狂风骤雨的大背景，大厦将倾之前的那种末世荒诞，让读者看到了个人与历史是怎样构成的。当文化面临毁灭性的灾难时，是什么支撑了人的心灵世界？是那些经典文学和艺术作品输入给我们的真善美的养料，是作者对艺术的挚爱与痴迷，使他有力气和勇气逃离冰河的严酷，去寻找远方的春天。《冰河》无疑是一个叛逆和质疑的起点。我当时就感觉到了这部书的重量，它的诞生无论对于冯骥才先生本人，还是对于当代史，都具有非凡的价值。所以当《凌汛》《激流中》《漩涡里》相继发表，我是一路跟踪读下来的。第一部的切口并不大，越往里走，空间感越大，纵深感越强，到了《漩涡里》，就成为中国当下现实的全景图，成为改革开放四十年的历史回忆录。

大冯这四部大书太珍贵，带有某种抢救的意味。它的文学品质和史学哲思，不仅在文学史上，而是将在人类走向开放进步的历史上，留下鲜明而浓重的刻度。那么多朋友能坐在一起分享这部书，也是一个历史性的时刻。我们不仅仅是回望昨天，正如大冯自己说的那样：是在寻找今天某些生活看不见的疾患的缘由。大冯以他擅长的叙事技巧，以丰富的情感与绵密生动的细节，以近于苛刻的真实感和真实性，还原了中国四十年知识分子经历的心路历程。冰河、凌汛、激流、漩涡——极其形象而准确的水意象、河意象、海意象，背景、氛围、声音、色彩、气息……艰难的突围、跨越、挫败……大冯是一个非常感性的“文学人”，文字里有一种温厚的品性，就像他宽待善待朋友那样。即使是犀利的揭露和批判，他也会用温和的语言方式表达。那些尖锐的批判性和思想性，包藏在他庞大的躯体内，是他坚硬的骨骼。

除了作品，我再谈谈对大冯的个人印象。很多朋友称他为“四驾马车”，而我常常觉得大冯就像一尊千手千眼观音。因为他有很多双手：写作的手、绘画的手、写书法的手、摆弄民间艺术品的巧手……这双手张开着很多手指，就像他手里的无数支笔：毛笔炭笔钢笔油笔铅笔中性笔水性笔蜡笔水彩笔粉笔……比如他写《高女人和她的矮丈夫》那样的纯文学小说、写《炮打双灯》那样的“通俗小说”、口述实录《一百个人的十年》、记述文化五十年“非虚构”四部曲、旅欧旅俄写下的大量优美的艺术散文……从虚构到非虚构，他几乎无所不能。他手里握着很多种笔，擅用各种文学体裁，擅长多种艺术表现形式。还有他为保护民间文艺、非物质文化遗产所做的大量工作，对文化建设的建言……他真的好像有一千只手一千只眼，能够看见人们习以为常熟视无睹的美。我去新疆游历，拍下石窟里精美的石像发给他，他马上就告诉我这尊石像的创作年代和风格承继。大冯不是“单筒望远镜”，而是一架广角镜、显微镜。就他的新作《单筒望远镜》而言，在他那个高于常人的制高点上，他用一只眼审视天津租界洋房的西化生活，另一只眼察看天津老城平房的市民生活，其实是一个“双视角”，就像评论家谢有顺发言的题目《看见比想象更困难》。

再说大冯的两条长腿。大冯曾多次游历欧美，崇仰欧洲艺术和西方文学，寻访艺术家故居、追问经典绘画的来历，如数家珍如痴如醉。他虽擅长中国画，但审美趣味颇有西画的底蕴。他的一条腿迈向世界，迈向广阔的艺术空间；一条腿走向田野，走向中国的底层社会。他对中国古典艺术民间文化的痴迷，是建立在他对人类文化源流的研究之上的，所以他两条腿一开拔，就能到达常人无法企及的地方。他既关注市井平民，比如《神鞭》和《俗世奇人》，也写下了记录新时期知识界文学界思想激烈交锋的《凌汛》《激流中》……他用很多只眼睛去观察、很多只手写作，同时用两条腿强健有力地行走。他既是一个写作者，又是一个行动者，两条腿一前一后左右开弓配合默契。我读《单筒望远镜》的时候就想，他在书中反复凝视的租界与老城，其实就是大冯本人艺术人生的缩影，亦中亦西、一雅一俗，互补互惠，相得益彰。我们很多作家的文化背景，或乡村或都市，大多是"单一""平面"。而大冯的文化构成，具有天然的丰富性多面性，在作家中极其难得。

大冯还有一个"精神的肚子"和智慧的头脑。智慧的头脑指挥着他的千手千眼大长腿，而"精神的肚子"里，装的是不竭的文学才华、深厚的学养和艺术激情，更重要的，是他大半生坚守的民族良心。

如果说，我们今天这个浑浊的世界是一个"俗世"的话，大冯就是一个不落俗的"俗世奇人"。

2019年10月"天津大学冯骥才艺术研究院"

作品研讨会的发言整理

白色大鸟

扎龙与丹顶鹤

很多年一直想去叫作扎龙的那个地方。

扎龙那个地名已在耳边盘旋了许多年，带着沼泽地深处水的腥味与草叶的湿润气息，海绵般柔软地吸取了我内心的向往。

只是因为那些白色的大鸟——丹顶鹤。

许多年前我曾见过它们奇妙的舞蹈，许多年里我在天空中寻找它们的踪影。每年早春，它们以家族为单位，两三家结伴而行，从江苏盐城返回齐齐哈尔市郊的扎龙湿地繁衍育雏；秋风霜寒，它们带着已经学会飞行的幼鹤，返回盐城的海边滩涂过冬。那是一条多么漫长而遥远的飞行路线，一年一度乐此不疲的远征与悲壮巡回。每次飞机穿行于高空，我都期盼在天上的云层间与仙鹤们相遇——

它们飞得如此之高，以至于站在地上的人们，从未能仰望到它们飞行的姿态。

所以我是一定要去扎龙的。“扎龙”为蒙古语，是“扎兰”之音转，意为饲养牛羊的圈。扎龙位于黑龙江松嫩平原，乌裕尔河下游湖沼苇草地带，原为渔区，是中国目前面积最大的芦苇沼泽湿地。1983 年建立扎龙自然保护区管理局，1987 年被批准为国家级自然保护区。

发源于小兴安岭西麓林区的乌裕尔河，被冬季丰厚的大雪滋养，开春后水量充沛，浩浩荡荡穿过广阔的山地平原，流经齐齐哈尔一带下游地区，已无明显河道，逐渐与苇塘湖泊连成一体，然后流入龙虎泡、连环湖、南山湖，最后消失于杜蒙草原。

失去了河道的乌裕尔河，下游的河水漫溢而形成了旷然无际的淡水沼泽——漂筏甸子、苇荡、苔草，藻类……年复一年蓬勃生长，终于成为一片专为丹顶鹤以及其他大型鸟类、鱼类构造的天堂。谁能说迷失的乌裕尔河，不是由于领受了上天的旨意，才有意在扎龙一带滞留徘徊不去的呢？也许需要很多年才能参悟，那些貌似迷途与涣散的大水，其中蕴藏着自然之神所授怎样的玄机与奥秘？我们无法得知那些白色的大鸟，究竟是在哪一年的一个温暖的春日，如天上的白云一般飘来，轻轻降落在碧绿的苔地上，然后轻歌曼舞、筑巢产卵……当我来到这里的时候，我眼前的这片绿色沼泽，已成为白色大鸟年年不离不弃的圣地和家乡。

如今在扎龙自然保护区内，栖息着本地鸟类二百六十余种，以大型游禽涉禽例如丹顶鹤、白枕鹤、白鹭、草鹭，还有候鸟旅鸟，例如野鸭、大雁、雀类为主；鱼类四十六种；昆虫二百七十七种；还有麝鼠、雨蛙、蚌、鳖等——在眼前静谧安然的湖沼芦荡中，潜藏着一个何等自由喧闹而巨大的动物乐园。丰茂密实的苇草犹如层层叠叠的墙，在我的视线中看不见一只大鸟。无人的湿地为野生动物设立了一道道天然屏障，将人类无处不至的侵入脚步，阻挡在陷阱一般克敌制胜的沼泽地之外了。

在扎龙湿地，参观的节目其实颇为丰富：录像室可观看扎龙保护区的专题资料片；在野生动物标本厅，可见到生活在扎龙的几十种大鸟形态优美栩栩如生的标本；还有人工饲养在笼中专供观赏的世界各地的仙鹤种类；最后将见到冬夏常年驻寨扎龙的成群丹顶鹤留鸟。

登上保护区管理局专为观鸟所建的五层楼高的望鹤楼，只见碧水连天，芳草连天；水外有水，水天一色；湖面上浮漾着一圈一圈若隐若现的“涟漪”，波斯地毯图案似的静止不动。管理局的李长友局长说：那是野生菱角，开花时节，湖面就会变成一片金黄。

从望鹤楼五层平台的望远镜头里，我终于远远地见到了两只东方白鹳。它们蜷在一根木桩顶上搭起的草窝里，正在喂养刚刚孵化不久的雏鸟。据说这种鸟专栖于树顶，但沼泽无树，扎龙人为“引凤”而特地架起高高的树桩，搭起密密的窝巢——尔后苦等长达八年之久，终有一对儿白鹳自远方飞来，将扎龙视为故园，从此留守不去。在保护区内碧绿的堤埂上，我看见一只雪白的雌天鹅，正在一块高地上的阳光下耐心孵卵，雄天鹅在堤下的水草边，泰然梳理羽毛……

今年春夏齐齐哈尔遭遇大旱，为保护湿地的自然生态，市政府紧急决定，调放上游水库及嫩江水源，为扎龙湿地大量补水，湿地是东北平原之肺，黑土地重又顺畅呼吸。在沼泽的边缘静静谛听，苇草深处传来声声鹤唳，如长笛婉转、小号脆昂，远播天外。

通灵仙鹤

这是扎龙保护区的一项“绝活”——丹顶鹤留鸟的飞行表演。

那群白色的大鸟，从湿地边缘一处高地上的“放飞场”中结队走出来亮相的时刻，一个个长腿长颈、昂首挺胸，洁净而矜持；一身素衣白衫配一顶精巧的小红帽，服饰整洁而精致。它们眺望远方，遥望长空，静默地各就各位等待出发。忽听旁侧的养鹤师傅发出一声类似鹤唳的长鸣，那几十只大鸟先后拉开距离，踮起脚尖，张开阔大的白色翅膀，呼扇着悠悠起飞。一阵强大的气流，如风如雨，从我头顶掠过，我的头发被吹起来，裙子被掀起来。那个瞬间我看清了它们巨大的白翅上，镶满了黑色的尾花。眼前飞旋的白羽如雾气升腾，一时遮天蔽日；须臾间，洁白的鹤群已迅速升空，前后错落有致，一顶顶小红帽破云领先，长脖似剑，长腿如桨，舒展的翅膀柔软轻盈如朵朵祥云，飘飘欲仙；惊鸿一瞥，蓝天下只见一道道银光闪烁，那不是鹤在飞翔而是云在飞扬……

那个时刻，北国的天空中，云朵隐没不见，被盘旋的白鹤覆盖了。

那个时刻，北国的夏季，清凉的大雪纷纷，如旗如席，迎风漫卷。

我从未见过近在咫尺的美丽大鸟，如此生机灵动、翩然乘风翱翔。

它们像一群崭新的超音速机群，在蓝天下进行着庄严而优美的飞行表演，间或变换姿势和队形，彼此配合默契；它们像一群天外来客，白色的精灵与天使，因对地球情有独钟而不思归去。它们硕大的翅膀从空中掠过，转了一个大圈儿，在地面投下移动的暗影，然后缓缓地缓缓地下降，一只接着一只，落在远处翠绿的沼泽地里。

丹顶鹤降落的姿态也是极为优雅的——在下降的过程中，逐渐减小翅膀舒展的幅度，慢慢收拢身后那两支颀长的“起落架”，就在即将接触地面的一刹那，身子前倾，弯曲的双腿迅即伸直，然后稳稳站立。此时巨大的翅膀已全部合拢，几近天衣无缝地覆于背部，翅膀张开时那边缘上黑色的羽花，犹如一把收起的伞，变成了一撮黑色的尾翼自然垂落——这一系列动作完成得如此漂亮而利索，令人叹为观止。

却有一只“逃飞”的懒鹤，一直留在草地上东张西望地溜达。它用长喙调皮地啄人，却又保留着对人的高度警惕，你进一步它则退一步。丹顶鹤是一种温和却极为机警的大鸟，我无法抚摸和亲近它。在鹤类驯化场，专为白鹤“接见”并与远方来客留影而设立的园中，扎龙鹤群中那一位最聪明漂亮的超级明星，从笼中款款走出，一派训练有素的国际模特风范，然后轻轻迈上树桩，长长的黑颈随之昂然翘立，迅速摆好了与人照相的架势，仪态万方。听得相机咔嚓一响，照相完毕，便迅速走下树桩，掉头而去。只有在池塘边洗澡的一群雏鹤，乳黄色的羽毛未丰，浑身湿漉漉地滴着水珠，摇摇晃晃地追来逐去地玩耍，一副未历世事、天真无邪的模样……

在扎龙保护区内的世界珍贵鹤类展览园中，见到形态各异的多种美鹤。其中有一只蓝灰色的赤颈鹤，来自印度斯里兰卡，身材奇高几乎像一只幼年长颈鹿，羽毛油亮线条流畅，红颈银衣，头顶一朵菊花状的帽冠，每一根挺拔的冠须都金光闪烁，犹如一顶金质皇冠。故而步态傲慢，颇有王者风范。赤颈鹤生性凶猛，忽抬头昂然长啸，声如洪钟……

都说鹤通人性，一夫一妻制终身相守。雌鹤每年春季产卵两枚，若遇意外事故，雌鹤还会再次产卵两枚，直至成功孵化，可见仙鹤的天性中具有计划生育意识。鹤蛋呈灰白色，上有浅褐色斑点，由雌鹤与雄鹤轮流孵化，共同养育幼雏，夫妻恩爱平等，令人钦羡。只是听说曾有一只雄鹤因常常外出拍电视上镜头，受到外界诱惑，竟然移情别恋，跟另一只雌鹤远走高飞。它的“原配”痛心至极，在扎龙老窝上空久久盘旋，风声鹤唳，凄厉悲怆，哭声催人泪下，最后这只雌鹤不得不离开扎龙这个伤心之地，不知去向……

扎龙湿地的丹顶鹤群中，有过多少感人至深的亲情友爱呢？然而，仙鹤有爱，却不会有恨。面对至情而圣洁的仙鹤，人类是否多少会有些愧疚？

鹤的舞蹈

我相信自己与鹤是有缘的。20世纪60年代末，我从杭州到北大荒下乡时，报名的那个农场，就叫作鹤立河农场，隶属鹤岗市。想来在很久以前，三江平原湿地上，一定曾经自由地生活着许多许多白鹤灰鹤，此地因鹤得名。

但我到达鹤立河农场的连队时，几乎已经见不到鹤的踪影了。水库边草甸深处，偶有一只白色的长脖老鹗，细脚独立，低头于浅水觅鱼，有人走近，它便伸开翅膀迅速仰天起飞，单腿忽而变成两根，垂直悬挂于身后，瘦腿伶仃，白羽飘飘，大有仙风道骨之态。那一刻我几乎惊呆，而后激动不已，从此固执地将此鸟认作白鹤，以给自己一点心理安慰。

但事实上，那时候三江湿地已被大规模开发成农田，鹤立河早已徒有虚名了。

1977年，我带着关于白鹤之梦的破灭与一线尚存的人生理想，来到哈尔滨读书后又留在那儿。有一天，在事先完全没有任何预兆的情景下，白鹤突然出现了——它们以舞蹈的姿势，猝不及防地闯入我的视线。那是我生命中值得庆贺的幸运之日，后来的岁月中，它仍不断地令我陶醉与回味。时隔二十余年，当时的情形仍清晰如初，历历在目——

那是20世纪80年代初一个春天的清晨，我与一位邻居大姐约定去哈尔滨市动物园晨练。我们似乎是被一阵阵嘹亮的号角，或是高亢的呼唤所吸引，闻声走到了一座高大的丝网笼前。那一刻我的呼吸都几乎停止了，我看见了一群白色的和灰色的大鸟，不，是一群真正的仙鹤，正在笼中翩跹起舞——

银衣白裙飘飘，身材修长流畅，长颈长腿灵巧敏捷，灰褐色的眼睛彼此深情地凝视对方——它们几乎具备了天才的舞蹈家应有的一切优势，还有内心热烈而疯狂的激情。它们在清晨的第一线阳光中从容地展开了巨大的羽翼，然后轻盈地弹跳，凌空扑转，就像踩着音乐的节拍，一步都不会乱了方寸。伴奏的音乐流淌在它们的血液里，我们人类是听不见的。一只白鹤高雅地踮起足尖，将长喙伸向太阳的方向，一次又一次，总是与其他的鹤擦肩而过，然后一个华丽转身，在笼中奔跑翻腾，掀起一阵忧郁的尘雾——这是白鹤的单人舞，高傲而又孤独；而双人舞的风格则完全不同，那是热情奔放而又光焰四射的：双鹤颈项相绕，四足灵巧地此起彼落，每一个动作都在互相呼应，就像人类的拉丁舞那样配合默契；它们不停地追逐嬉戏、扇动着翅膀换位拍打，像是在拥抱与抚慰对方；鹤似以腾跃示欢喜、以展翅示仰慕、以交颈示情爱、以啄羽示亲近；那般缠绵悱恻、难舍难分，那样扑朔迷离、如影随形。鹤们纵情狂舞的时刻，旁若无人，在天地间释放着求偶的全部渴望与爱意，忘我忘情如痴如醉，令观者惊羡惊诧。当笼中所有的鹤们都一同起舞时，犹如风起云涌电闪雷鸣，一场气势磅礴而壮美的集体舞开始了，整个笼子似乎都在震撼。我听见了雄浑的交响乐，还有旷野春风的呼啸。我相信天下所有见过鹤舞的人，都会被它们的真诚率性而深深感动。

也许再没有哪一种动物，能比鹤的舞蹈更奇妙更精美更富于感情色彩了。二十多年前我曾见过笼中之鹤的舞蹈，从此终身不忘。但也因而有一丝悲哀挥之不去，我只能想象着那些栖居在蓝天野地的鹤群，大自然辽阔的舞台，会使它们的舞蹈更加舒畅与自由。

在扎龙见到一位春夏常出没于沼泽，业余拍摄野生鹤群的企业家王克举，并参观了他自费建立的扎龙梦鹤苑主题公园。前后十余年，他拍下野生鹤冬夏生活形态图片近万幅，以这种方式，将仙鹤自创自演的舞蹈，在镜头中永久珍藏。在梦鹤苑几排红砖平房的白墙上，悬挂着几百帧扎龙丹顶鹤与大天鹅的艺术摄影图片。色彩光影、雪雾水波、鹤立鹤飞、鹤鸣鹤舞，千姿百态，让人流连忘返。

当然还有更为重要的另一种形式的挽留，留住湿地沼泽——适宜野生丹顶鹤居住的自然生态环境。齐齐哈尔市政府及扎龙保护区，在这二十多年间竭尽所能、不遗余力。李局长告诉我，扎龙的当务之急，需要设法将苇荡中遗存的几十家农户，全部迁出保护区。

北大荒是仙鹤的故乡。据悉，当年知青大量开垦的湿地，近年已陆续退耕还草。

我相信自己是与鹤有缘的：我的两个外侄女，（我事先并不知情）公爹为她们各自起名为鹤立与鹤飞——愿以此怀念那些美丽的白色大鸟，再不会被我们忽视或忘却。

《羊城晚报》2003 年 7 月

虎啸

我爱老虎

——《虎啸》之一

我的生肖属虎，所以我爱老虎。

我曾在东北生活了十几年，所以我尤其热爱东北虎。

中国野生动物保护协会，发起了作家为动物代言活动，我毫不犹豫选择了虎。

仅从视觉形象上，老虎之威猛大气、沉稳自尊、雍容华贵，令人喜爱并心生景仰之情。老虎之美，具有一种无可替代的震慑性，看一眼就会被俘获、被征服。那一刻我会忘记它原本是一头凶猛的野兽，一个强壮的生命活物，而将其当成一件精美绝伦的艺术品来欣赏。它雄健优美的体态与斑斓鲜艳的毛色、独处的尊严与高傲的神态、端庄的品相与强悍的个性，历经了大自然五百万年雨雪风霜的锤炼才孕育演化而成，并如同雄奇的雪峰和美丽的冰川那般不可再生。有时候我甚至觉得，老虎这种动物出现在我们这个地球上，一定负有神圣的使命——向人类展示大型野生动物的雄浑之美、无敌的力量之美。在我们有幸远眺它的那些时刻，它通常只是旁若无人地静卧或是目空一切地踱步，即便它什么也不说不做，仅仅只是一种壮硕伟岸的存在，那也已经足够。

半个多世纪前，我出生在杭州。那个瘦弱而好奇的女孩，曾在春游秋游时多次去过西湖虎跑泉。有关两只老虎“刨地作穴”的诗意传说、源自幽谷裂隙中清澈甘甜的泉水，给予她对老虎最初的美好印象。在她的人生之初，“老虎”从一开始就与泉水、梦想、侠义、仁慈相连；这一烙印是如此深刻牢固，以致她后来一直拒绝关于老虎凶狠残忍的种种定义。渐渐长大之后，她先读了《武松打虎》，而后又读到《苛政猛于虎》那些与虎相关的课文。从此她认定，即便老虎是恶的代名词，那么在老虎之外，还有一种比老虎更“恶”的事物存在。

多年后的一个秋日，我与家人在虎跑泉饮茶，拜谒了长眠于虎跑的济公与弘一法师墓地之后，步行去附近的动物园。黄昏时分，山林静谧，通往狮虎山的林间小径，空无一人。忽然，从茂密的树林中，传来几声低沉而愤怒的吼叫，渐而轩昂激扬，震耳欲聋，近得好像就在身后，让人情不自禁停住脚步。那声音从猛兽的胸腔深处发出，经过敞阔的喉咙时被迅速扩音放大，虽短促却浑厚，虽嚣张却也节制。吼声此起彼落，如黄钟大吕，在山谷里震荡，连空气都震动起来，一时落叶纷纷。那是我第一次近距离地倾听虎啸——如同数枚炮弹齐发，碎片崩裂，全方位地倾覆下来，然后四散弹开经久不散。那吼声拒人千里，竟使我瑟瑟寒战——不是恐惧，而是震撼。我在虎啸声中沉吟良久，打消了烦扰它的念头，然后，转身离去。

我爱老虎，始自虎啸。

那是一种人类永远无法听懂，也从未试图去聆听的语言。虎啸声声，似呐喊更似控诉，似威吓更似哀号。那个愤世嫉俗的声音中，没有丝毫谄媚与讨好的元素，只有强烈的质问与斥责。那其中包含了太多人类无法破解的信息，每一次，我都在虎啸中迷惘而心悸。

我开始积累有关虎的知识：虎起源于地质年代的第三纪。世界上的虎，均由古食肉类中的真猫类进化而来，后分化为猫族和豹族，虎为食肉目、猫科、豹属。从古至今，虎一直是其领地上无可争辩的统治者，在自然生态环境中，处于食物链的顶级，素有兽中之王的美称。虎的原产地是亚洲，后来一直存在并分布于欧亚大陆，而美洲、澳洲、非洲三大洲，历史上并没有土生土长的本地老虎。这么说来，老虎作为国家一级保护动物远远不够，除了大熊猫之外，老虎也可称得地球上陆生野生动物中的顶级珍稀物种。

心里一直暗暗认定，自己天生是和虎有缘的。1996 年，我的长篇小说《情爱画廊》，加盟春风文艺出版社的“布老虎丛书”。曾经流行于民间的彩色“布老虎”——无论听着看着摸着，都有一份特别的亲切感与亲和力。

至今我已经收藏了那么多用各种材质制作的“小”老虎：石雕、

木刻、彩陶、水晶、绒毛、棉布、桦树皮、图章、银币、纪念章……我被各种憨态可掬、或温顺或凶猛的老虎包围了。呵呵，我的书房，也可算得一个以假乱真的“虎林园”了。

我爱虎，是因为老虎所具备的优良品性，我都不具备。

所以，我自愿为虎代言：

其实我们很清楚人类（至少是一部分人）为什么爱虎。尤其是中国人，最喜欢的是我们额头上的那个所谓的汉字“王”。梦想称王称霸的那些人，“拉大旗作虎皮”把我们当作“山大王”来膜拜，企图假借老虎的威力给自己壮胆。所以除了“狐假虎威”之外，还应有一个成语叫作“人假虎威”。我们老虎在人类眼中，是权力（而不是力量）的象征。事实上，很久很久以前，我们老虎各自独立地生活于山林之中，彼此只有强弱的差异、领地的大小，却没有明确的等级之分。是人类按照他们自己的习性，对我们的虎性“瞎摆乎”诠释得颠三倒四。地球上所有的动物天性都崇拜强者，这本无可非议，但有些人并不是努力地使自己成为强者，而是企图用阴谋诡计去消灭世界上的一切强者。一些口口声声爱虎的人，把虎皮铺于卧榻或是挂在墙上炫耀；为了“与虎谋皮、谋骨、谋血肉、谋虚名”，而设下重重陷阱捕杀老虎，并无情地毁坏了原始森林，破坏了我们的栖息地。难怪汉语中有“俗人爱虎”之说，确实颇有来由。试问人类：地球上曾经如此庞大的野生老虎群体，如今为什么已处于濒临灭绝的边缘？那些对维护欧亚大陆动植物物种数量的动态平衡起了重要作用的老虎们，如今都到哪里去了？

老虎到哪里去了

——《虎啸》之二

老虎们都到哪里去了？

——在20世纪70年代之前，曾经大量存在并自由自在地徜徉于中俄远东边界至朝鲜半岛的野生东北虎，到了21世纪初，从小兴安岭至完达山、从张广才岭至吉林珲春林区，野外调查所能证明的野生东北虎，数量仅剩下不足十只。1994年世界野生动物基金会，已将东北虎列为世界十大濒危动物之首。

20世纪60年代末，我刚从杭州到北大荒下乡的时候，常听垦区的老职工讲老虎，有个略带传奇色彩的故事说：某知青捡蘑菇，在树林里捡了一只漂亮的大猫抱回去。夜半，门外虎啸声声，知青们缩在炕上抖成一团，即刻，宿舍的木门土崩瓦解，一头金色的老虎慢条斯理走进来，直奔那只“大猫”，轻轻叼起，扬长而去。还有一句绘声绘色的评语：天下的老虎都会游水，咱东北虎，就喜欢在乌苏里江那个两边来回窜……

而今三十多年过去，我们到哪里去寻找老虎的踪迹呢？假如乌苏里江对岸仍有野生西伯利亚虎存在，一只？两只？公虎？母虎？它从贝加尔湖远途跋涉而来，站在昔日熟悉的乌苏里江岸边，迟疑地遥望江面，将厚实的前爪探往冰凉的水中。但它听不见同伴的呼啸，也闻不到情侣的气息，它眯起了平日傲慢的圆眼睛，慢慢缩回了自己的脚爪，然后迷惘地掉头而去，消失在茫茫的林海中……

一年年，人的数量越来越多，而老虎的数量正在迅速地减少下去。

老虎是亚洲特有的物种，在漫长的扩散进化过程中，根据不同的地理环境，生活习性以及生理结构，逐渐分化出八个亚种。然而，自 20 世纪至今，已逐渐灭绝了三个亚种：巴厘岛虎、里海虎、爪哇虎。现存五个亚种：孟加拉虎、华南虎、东北虎（又称西伯利亚虎）、苏门答腊虎、印度支那虎。目前，全世界共有六千多只老虎。然而，其中有一大部分老虎，并没有生活在它们的原始祖地，甚至在大山和丛林深处，也再难听闻虎啸。当年“景阳冈”的惊心动魄，以及“孔子过泰山侧”的伤怀，都已是不可重现的历史画面了。

但与此相悖的事实却是：现代人却比古人更容易见到活老虎。几乎在任何时候，只要你想念老虎，随时随地，它们都被关在一个固定的场所，静候着人们的观赏。

多年前的一个初夏，我在《北京晚报》上看到老虎产崽的消息，兴奋地跑去动物园看小老虎。我围着虎山转了一圈又一圈，所有的笼舍都空空荡荡，连一只小老虎的影子都没见到。眼看闭园的时间快到，失望之余，我溜进虎舍去探寻。那所房子高大空旷，墙的四周都是铁笼，笼舍仅十余米见方，分别关着一只只大老虎。它们在这个比自己身体大不了多少的空间里，焦急而艰难地踱步、来回不停地转身，那个时刻我想起了“团团转”这个词，心里第一次对老虎这种貌似强大的王者，生出了强烈的怜悯之情。虎舍沉重的大门已经合拢，舍内变得昏暗，当我正打算离开的时候，有个精瘦的少年探头，将大门推开了一条缝。饲养员对他嚷嚷说关门了关门了，少年说：你就让我进来吧，我每天都要来看老虎的。他的眼神如此虔诚，在幽暗中发出绿色的光亮。在我的记忆中，那个小小的身影，如同一只幼虎，隔着铁笼，在寻找着他的虎妈妈……

又一年冬天，俄罗斯大马戏团来北京演出，消息说其中将有大型驯虎表演。我与家人买了第一排的票，成为那些聪明绝顶的动物演员的忠实“粉丝”。我们同那些依次上台表演的狗熊猴子猫咪鹦鹉，挨得如此之近，几乎伸手就可抚摸它们（事实上，我们之间隔着安全栏）。终于等到老虎出场了，先是单只表演跳圈，后表演人虎亲吻，最后是集体亮相，一只接一只的斑斓大虎，竟然鱼贯而入，排着队上场，台上顿时一片金光灿烂。那是我此生见过的最壮观的场景之一：清一色的西伯利亚虎，毛色厚密、体型壮硕，步态轩昂，威风凛凛。如果在野地里遇见它们，怕是武松也会魂飞魄散。但眼前舞台上这些老虎们，尽管貌似威严，却是异常乖巧，熟练地配合着驯兽师的指令，做出一个又一个令人吃惊的动作。你无法想象这些曾经不可一世的老虎，居然在人（鞭子与食物）的诱导下，任由折腾摆布。就连家猫也不会这么听话，我甚至怀疑那是不是真老虎，或许只是一台台人工智能机器？

后来它们终于得到了短暂的休息，一只挨一只，安静地卧在舞台右侧，距我大约十米。灯光下，它们的腹部在急促地起伏，银针般的虎须微微颤动。此刻，趴卧歇息的老虎们，与刚才舞台上的表现判若天地，它们似乎重新恢复了傲慢的天性，神态自若，微眯着眼睛，目中无人。对于观众的欢呼与掌声无动于衷、不理不睬。忽有一刻，其中一头大虎张开血盆大口，打了一个哈欠，然后睁开眼睛，朝我匆匆扫了一眼。我与它的目光在瞬间对接，我分明感觉到了它疲惫的眼睛里，充满了无奈、冷漠，还有——蔑视。

如今的老虎在哪里？——老虎都在动物园里。不对，更确切地说，是在铁笼子里。那是人类为其特制的监狱——缺席宣判而后无罪的世袭囚徒。

此恨绵绵无绝期。我为老虎哭泣：

难道需要我们老虎来告诉你们人类吗？老虎数目的急剧减少甚至灭绝，是因为老虎赖以生存的栖息地，正在一日日无可挽回地消失。砍伐森林、开采矿山、修建公路、围堵水坝、破坏植被——人类频繁的经济活动，使得老虎的活动地盘越来越小；而作为老虎食物来源的各种野生动物的数量，更是与日锐减，野生老虎已处于饥寒交迫的境地。中国人说“民以食为天”，难道老虎就没有权利“以食为天”吗？自从人类成为这个地球的统治者之后，把一个原本万物共生的世界生态循环链折断了，“人”与其他所有的动植物，分开割裂成了对立的两极。于是，老虎成为恶兽的代名词，从而使贪婪的人类有了充分的理由来疯狂掠取我们漂亮的皮毛，榨干我们的血肉，将老虎变成高价的经济产品以及可供贸易的商品。几千年来，人类建立了自己的所谓文明，提倡优生优育禁止近亲结婚，可是却没有为我们动物留出足够的空间生儿育女，使得我们老虎的分布被割裂成岛状，各个分布区内的虎群无法交流，缺乏基因交换，导致小种群生殖力和繁殖力的退化。异性的老虎根本连相遇的机会都没有，沦落到了濒临灭绝的边缘。

难道老虎们除了动物园和笼子就再也无处可去了吗？哪怕是一小片树荫、一小块长着青草的绿地、一个清凉的池塘，能让我们呼吸和奔跑……

冰城虎林园

——《虎啸》之三

1997年初冬，哈尔滨段的松花江，已封上一层薄冰，我从公路桥绕行去太阳岛。离江堤有十公里左右，见一条简易的沙石路，通往柳茆和灌木深处，路两边尚有玉米地的残茬，略显荒凉。走到尽头，一块简陋的牌子，写着“黑龙江东北虎林园”（以下简称“虎园”）八个字，高达五米的坚固铁栅栏长长地围圈开去，规模可观。厚重的铁门拦住去路，下车，换乘虎林园特制的中巴车，车窗敞亮，窗玻璃外焊着一根根粗铁条，看上去像一只带轮子的大囚笼。

我们把自己关进了笼子里，然后，去看望放养在笼子外面的“自由老虎”。

清晨刚下过一场小雪，虎园内未经践踏的雪是新鲜的，银箔一般平展白亮。车行不远，就见一头体形巨大的斑斓大虎，踏雪迎面走来，它似乎对汽车有些不满，在车前横站了一会儿，汽车嘟嘟地响了几声，它才慢吞吞走开，却仍贴着车窗玻璃，跟随汽车并排走了一段，雪地上顿时陷下一串小坑。乍一眼看到一只活生生的大老虎，就在眼皮底下晃荡，额头竟冒出一层细汗。司机是个爱说话的小伙，笑嘻嘻地问：听没听说过拦路虎？真有啊。老虎心眼儿小，不好惹，前两个月，有一回它冲着我的汽车轮胎撒尿，我从窗子里探出去，用棍子轻轻敲了一下它的背，它就记上仇了。打那以后，只要我开车进园，这头虎老远就奔过来，龇牙咧嘴冲我发威。我只好换了一辆车开，嘿，没承想它还是认得我，像仇人似的总跟着我的车，走哪跟哪，弄得我的方向盘都跟着哆嗦。看样儿它是跟我较上劲了，没办法，领导特批，让我每次开车进园，都带上几块牛肉扔给它，给它开小灶，就算是道歉的意思吧。就这么喂了半个多月，那头老虎才算原谅了我。你看这会儿，它拦着我八成儿是想吃牛肉，眼神儿还挺友好吧。老虎这家伙，性子独着呢，有句话说“神圣不可侵犯”，我看用在它身上最合适……

司机爱说话，看来很喜欢自己这份工作。一路闲聊，知道了“黑龙江东北虎林园”刚刚在去年（1996 年）1 月开园，总占地面积一百四十四公顷，其中一期工程已达三十六公顷。虎园南临松花江，与太阳岛一水之隔，是在原哈尔滨野生动物饲养场的旧址上改建的。实际上，对于东北虎的全面保护工作，从 1986 年就陆续开始了。至 1996 年，在多方共同努力下，终于建成这一世界上最大的虎园——集散放、科研、饲养、观赏为一体的饲养繁育保护基地，走出了一条以虎养虎的道路。

再往前走，雪地越发绵柔白净，偶有碗口大的脚印，或深或浅时隐时现，神出鬼没，消失在灌木丛中。那些脚印基本成一条直线，步步都干净利落，始终不紧不慢从容不迫，轻捷而富有弹性。猛一抬头，却见一头金黄浅黑纹的巨虎，横卧于一只宽大的原木台床之上，目不斜视地一动不动。汽车与虎擦肩而过，那虎爱理不理，如同哲人般沉思地凝视前方，颇有王者风范。眼前忽又一亮，雪地上犹如燃起一丛熊熊篝火，一头深黄色的大虎，稳稳卧于洁白的雪地——你想，蓝天白云之下，一头金色的巨兽在白雪地上舒展着身姿，那是何等壮观的图景啊。草尖摇曳，小风刮起一阵细密的雪末，落在老虎厚实的脊背上，如同给它披了一件黄底白花儿的缎袍。刺眼的阳光直射虎背，火焰一般灼伤了雪末，融化的雪水垂挂在虎毛上，结成粒粒晶莹的冰珠。那虎突然翻身，在雪地上打了一个滚儿，浑身沾满了黏湿的雪片，像是换了一件厚重的白绒袄。然后它站了起来，猛然抖动身体，摇头晃脑，把那些雪末抖了个彻底，重又卧倒，伸出舌头舔它的毛皮，从头到尾，一遍一遍地来回梳理，直到把湿漉漉的毛发舔得干爽耸立，才满意地仰头吼了一声。

在冬天，老虎就在雪地里洗澡，老虎可比人爱干净呢。司机说。

道路两边的枯草丛中，出现了一堆色彩斑驳的羽毛，毛色鲜艳，看样子刚刚脱落不久，被一阵小风吹得在雪地上打旋。再走，又是一窝，已有些暗淡蔫缩了，是母鸡还是公鸡？从这满地飘零的羽毛可知，老虎不吃带毛的猎物，非得用嘴将其毛发都扒干净后，才能放心食用。正在这时，一辆装甲车般坚固的越野投食车开过来，在有老虎歇息的草坡停下，从车尾的特制铁门里扔下几只活鸡。鸡们惊恐地四散逃开，迅速钻入灌木丛中。那几只老虎似乎暂时没有吃点心的兴趣，听着鸡翅膀扑扇，竟连眼皮都不抬一抬。那辆投食越野车便呼哧呼哧地下坡上坡，绕着灌木丛开了几个来回，希望能把那些小活物轰出来。鸡们躲避不及，一时魂飞魄散，在草丛里上蹿下跳。终是将那闭目养神的老虎惹得烦了，懒洋洋站起来，循声而去，只轻轻一掌，便将一只小鸡拍晕过去，却仍是没有吞食的欲望，扔下小鸡不管，径自走开去了，留待想吃的时候再来。

林间还可见散落着一些粗大的动物骨架，牛？羊？记录着这里曾经发生的“暴力”事件。据说人工饲养的老虎们，初次见到活牛犊，竟然吓得倒退；初生牛犊果然不怕老虎，步步进逼挑衅，直到老虎终于被激发起野性，扑上牛身，乱咬一气，一时竟不知从何下口……

这是我第一次在动物园和马戏团之外的地方见到老虎——百十只散放的老虎，正在“林海雪原”中威风凛凛地溜达。一只大虎穿过结冰的水塘，阳光在晶莹的冰面上映出一团金红色的倒影，像一座缓缓移动的雕塑。它们也许刚刚度过一个风雪交加的夜晚，此刻周围银装素裹，万籁俱寂。猎物还没有出现，但需要时刻准备着，也许每个瞬间都充满了机会。

“东北虎林园”——意味着中国终于有了一个可供东北虎栖息的家园，是一座具有多种功能的东北虎生存基地。在虎园大门口的“科普陈列馆”内，图片和说明文字告诉我们：人类除了保护野生老虎的原始栖息地之外，还有一种方式，即“异地保护”。黑龙江东北虎林园便是“异地保护”的一种创造性实验。

离开虎园时，听得老虎在我们身后粗重的喘息声，似在噗噗喷喷地道别：

观光客慢走。在这里，我们仍然是你们好奇的观赏对象，但毕竟，我们可以自食其力了。这个虎林园虽然比我们爷爷奶奶住的深山老林差远了，但比笼子强了千百倍，这么大的活动空间，让我们总算能够像一只真正的老虎那样生活，也第一次有了家的感觉。

其实，我们原本来自牡丹江地区海林县境的“中国横道河子猫科动物饲养繁育中心”。那个中心成立之初，总共只有八只东北虎，后来陆续调入十二只，在科研技术人员的精心饲养下，1989年达到三十六只，产崽率和仔虎成活率均进入世界先进水平，开创了人工大群饲养东北虎的先河。1996年东北虎林园建立后，我们这种半散放状态下的东北虎，繁殖成活率逐年增加，目前已有一百多只，往后会越来越多，为恢复我们的野外种群做好了准备。

有人批评说，在现场给老虎喂活鸡活牛让人观赏，太残忍了。虚伪的人类啊，你们吃的鸡鸭鱼肉，不也是活杀的吗？我们老虎是食肉类动物，吃活物不是我们的过错。如果你们见不得血腥，完全可以改在没有人观赏的情况投放活物。创建虎林园的本意，就是为了把圈养方式保存下来的东北虎，通过野外散放提高体能；让我们增强野化训练，演习在野地捕杀猎物，从而逐渐恢复老虎的本性和技能。在我们适应自然环境后，利用分子生物学和遗传学技术，将纯种东北虎的血缘基因保存下来并加以复壮。所以，尽管虎林园只是我们回归森林的一个过渡地带，我们仍然有保留地喜爱这个地方。

二入“虎穴”

——《虎啸》之四

两年后的一个初春，我去哈尔滨开会，忙里偷闲，又借故去了一趟江北。虎林园刚刚经历了1998年夏天的松花江大水，散养的百余头老虎，被员工们千方百计威胁利诱分别进笼，装车转移到横道河子老家，水退后又重新安全运回虎林园。据说这一来一去，虎林园损失近五百万元。但当时大水临城，情势危急：西伯利亚虎（东北虎）会游水，“在乌苏里江那个两边来回窜”，试想一下，若是江堤失守，水漫太阳岛，一百多头大老虎浮出水面，趁乱出逃，横渡松花江——在对岸的哈尔滨城登陆，大摇大摆地在中央大街游逛；或顺江而下偷越国境，多年积累的老虎资源丧失殆尽；哪怕在长途运输途中，有一辆卡车的铁笼出了纰漏，后果都不堪设想……但这些爆炸性的世界级新闻并没有发生，如今老虎们已经一只不落地乖乖回到虎园。在搬迁老虎们的过程中，母虎还新添了小宝宝。宝宝一落地，大水就退了……

据悉，近内东北虎繁育顺利，虎园添丁进口，如今已专门建立了一个“幼虎园”。迄今为止，有谁见过“老虎幼儿园”呢？这个创意太令人惊诧和兴奋。

那一天风沙弥漫，寒风刺骨，幼虎园内宽敞的木制长廊，像一座九曲桥，在树林中迂回穿行，凌驾于尚未泛青的草地之上。小虎幼儿园就设在观赏长廊的下面，分隔成一个个不同的区域。但我没有看见一只期待中的花斑大猫（正在安静地吃奶或是玩耍），我的视线中掠过了一团团在风中快速奔跑的“马群”，黄沙黄尘弥漫，裹挟着土坷和草秸，一时飞沙走石，犹如刮起了沙尘暴。

景阳冈的大虫出来之前，想必是这番景象。

待尘埃落定，终于看清楚，那不是奔跑的马群，而是一群半大的老虎，体积有成年黄牛那么大，一头头结实健壮，正在园内来回追逐打闹，弄得尘土飞扬。有时，一只仰卧一只俯视，纠缠而后翻滚跌落；有时，两只老虎几乎同时直立起来，顽皮地互相用爪子勾挠着对方。再往前走，竟见几十只幼虎偎在一起，半躺半卧在沙土中，黄澄澄毛茸茸一大片，真有些触目惊心。都说“一山不容二虎”，这幼虎园的老虎，却是虎兄虎弟虎姐虎妹般亲密无间，人工饲养的老虎，莫非连习性都改了吗？像一个庞大的老虎合唱团。

终于遇上一位工作人员，问他小老虎在哪里？他指着眼前那群“野马黄牛”说：这不是吗？我说这么大个儿，哪是小老虎呢？都少年了吧。他说你看你不知道了吧，老虎个头长得贼快，三个月的小老虎，差不多是人的五六岁大啦，可不都上小学了。老虎每年秋冬搞对象，夏天生小老虎。你想看仔虎，得七八月份来，知道不？

才知道自己连起码的常识都不具备，悻悻然走出幼虎园，去看大老虎。

大老虎的数量，显然比我两年前来的时候又有所增加。封闭的观光巴士一路过去，浑天衰草之中，影影绰绰闪过一些黄褐色的身影，机警而敏捷地向外面觊觎；或是独往独来，堂而皇之地漫步土路，像个目空一切的巡视官；更多的老虎，散卧于各自的黄沙山头沉思默想，面相狡黠阴险。途经路边一架木质高台，竟有一头大虎，一动不动地迎面正对游客，虎视眈眈，与我擦窗而过。如此近距离观赏，我可以清楚地看到它额头上的那个“王”字——这只老虎额部的被毛有五条黑色的横纹，横纹中间变粗，自然连成了竖笔，就成了汉字的“王”。老虎的耳朵小而圆，整个大脑袋也是圆形的，血盆大口中有四根竹笋般锋利的虎牙。老虎的眼球呈黄褐色，瞳孔溜圆（家猫的瞳孔呈纵向狭缝状），据说会根据光线的强弱扩大或是缩小。眼球四周的外围有一圈绒绒的白毛，白额吊睛之说大概因此而来。想起书中对老虎的描述：夜半时分如遇“敌情”，它的眼睛会放射出火一样的神灵之光……此刻它好像听见了什么声音，圆圆的小耳朵迅速转向响声传来的方向，直盯盯地注视着远方，整个身心变得专注而兴奋。忽然，它站了起来，庞大的身躯迅速收缩——伸展四肢——顺着高台的斜坡纵身一跃，落地无声，然后迈着小碎步，往林间匆匆走去。目光追踪而去，见它隐入一片苇丛，鬼鬼祟祟地匍匐前行。苇丛中飞起一只灰色大鸟，老虎忽而蹿起，扬起巨掌，就像挥了挥手说再见，那大鸟便从空中直线跌落，掉在它的脚爪下。那一连串的动作完成得如此轻捷漂亮和完美，令人叹为观止。

前面出现一个高大的方形钢筋网栏，见一头健硕的老虎，在其中焦躁急促地走动。它行走的路线几乎一成不变，紧贴着栅栏的四壁，一圈一圈地走，走出一个巨大的正方形，这种奇怪的行走方式引起了我的注意，我说这头老虎怎么被关起来了呢？司机见怪不怪地回答：这家伙厉害，前几天“打架斗殴”，犯错误了，关禁闭受罚呢。我又说它干吗那样走路？像驴拉磨似的转圈儿？回答说：老虎都这么走路，别看它个儿大，疑心特重，它从来都是溜边儿走，不会把自个儿暴露在空地的当间儿（中央）。它也不允许任何东西（同类或是饲养员）从它的背后接近，稍稍靠拢一点儿都不行……

我们的车走远了，那头老虎仍然紧贴着钢筋网，一圈一圈沉默地寻找着突围的出口，却怎么也走不出这个笼子。

我想它此时一定满腔怒火，心里的话都快憋爆了：

你、你们以为把我关起来我就会认输吗？无知的人类啊，你们一向是非不分。我打架是因为那个家伙竟敢在我领地的树干上撒尿。你以为在幼虎园那儿见到一群半大的老虎，像赶集一样地挤在一起，就认为老虎是可以变成狮子那样扎堆儿的群居动物吗？错！既然把我们放在了虎林园，就应该像对待野生老虎一样，给我们划分势力范围。“一山不容二虎”，并不是我们老虎心胸狭窄，而是因为我们的食量巨大，一顿最多可吞食三十公斤的肉食，而如今野猪马鹿狍子这些蹄类动物多么来之不易。在野外，我们一只老虎的活动区域在四十五至一千平方公里甚至还要大呢。我们的祖辈为了觅食，行程的最高纪录达到过四千二百平方公里。

其实，你们人类只不过想借用我们老虎的威风，给自己装装门面，拉大旗作虎皮而已，却从来不愿意认真地了解我们。你们以为所有的老虎都长得一模一样——错！天下的老虎，额头、脸上、身上的花纹，没有一只会重样。你们说老虎不会爬树——错！

幼虎个个都是爬树能手，只因我们长大后体积太大分量太重，树干支撑不住，所以轻易不上树了。但遇到特殊情况，我们就会突然发力，迅速蹿高，让你们在树下仰望我们，可望而不可即。你们把老虎塑造成凶狠蛮横残忍的形象——错！我们老虎其实生性内向，胆小孤独，对于不熟悉的地域，我们通常会反复侦察试探，决不贸然出击。遇到敌情通常只是虚张声势地咆哮一番，企图将其吓退；发现猎物，我们也绝不轻举妄动，而是瞻前顾后，对猎物的角度和距离进行反复计算，有八成胜算后，才采取迂回偷袭战术，从猎物的背后猛然出击，全力奔跑，然后把猎物压倒在地，顺势一口咬住对方的喉咙。我们从不在获胜的现场进食，而是把猎物拖到隐蔽和安全的地点。我们虎国从来都有严格的纪律和秩序，一旦一只老虎捕到了食物，别的老虎绝不会与其争抢，而是立即放弃，自动走开，让那只获胜的老虎独自慢慢享用自己的胜利果实。

我们确实有些多疑，这正说明我们从不傲才恃物，动辄以老虎自居。这足以证明我们非常懂得谦虚谨慎，戒骄戒躁。要记住，老虎最大的美德就是谨慎，由于我们体形巨大，必须尽可能隐蔽自己，不能把身体轻易暴露在光天化日之下。我们总在黄昏或是凌晨才外出活动，如果不是在虎林园，一般人很难亲眼看见野生东北虎的真面目。

如果你们真的喜爱老虎，就应当到虎园来实地勘察，重新补课。

三入“虎穴”

——《虎啸》之五

时隔六年，2005年夏季，我重返虎园。

虎园创建已近十年，逐年扩展完善，占地面积达八十公顷，老虎的数量已达五百多只，颇具规模。乘坐封闭式的观光游览车，依照虎园的参观顺序，经过野化训练区、成虎区、育成虎区、种虎区、狮虎区、非洲狮区、虎王区、幼虎区，最后到达步行区。可观赏东北虎一百余只、白虎八只、雪虎一只、白狮二只、狮虎兽二只、黑色美洲虎（豹）三只、非洲狮二十只、孟加拉虎二只……一路过去，眼里时时掠过一片静止的黄黑色、又一团跳跃的金黄。满园虎踞虎盘、虎腾虎跃，虎虎有生气。

如今，这里已成为中国的活老虎博览会，一座以老虎担任主演的华丽舞台。

此行虎园，正值夏季，园内草色青青，灌木茂密，树影婆娑。一只老虎隐蔽于树干后，正高度警惕地张望前方，煞有介事地盯着远处的动静；两只老虎友好地依偎在树荫下，咬住了一根草茎，似嚼非嚼地把玩着（食肉类动物有时也需要补充一些野菜换换口味）。园内的水塘也增加了多处，一头成年老虎正趴在塘边喝水，它把身子抻得老长，前肢半蹲抠住岸边的泥土，不让自己的脚爪踩入塘中，以免将清水弄浑。然后把大脑袋小心地伸向水面，安静地用舌头吮吸塘中之水，不发出一点响声。令人难以相信，雄健凶猛的老虎，动作如此轻盈优美。但它若在水边发现“敌情”，会迅速“变脸”，纵身起跳，跃入水中，直扑猎物，那个瞬间的动作很像一个“跳远”运动员。有时它会耐心地在水塘边的苇丛中潜行埋伏，一动不动地浮在水面上，像一截巨型原木或是一条阴险的鳄鱼。那是一个狡猾的水中猎手，悄悄接近对方，而后突然蹿出，如同鱼雷爆炸，一时水花迸溅，掀起冲天巨浪。如果猎物逃逸，它会疾速跨越水塘，涉水追击。沉重而庞大的身躯，却是矫健英武，浮游翻滚游刃有余，似 条大鱼在水中穿梭。许多猫科动物都不会水，而老虎却是游泳健将，可以不间歇地一口气游上好几公里。这番情景，令我想象冬天大雪后的虎园，老虎们在深深的积雪中奔跑追逐，有力的脚爪刨起排浪似的雪末，一团团金光在银色的雪花中旋转舞蹈，那是何等壮观的景象。

我知道园内的这些树木，每一棵的成活都来之不易。老虎喜欢在树干上磨爪刻痕，一则是为自己“修剪指甲”，二则是以留痕划分势力范围，所以老虎的活动会对树木造成损伤。虎园每年春天都要补种新的树苗，种树这件寻常之事，对于虎园来说却非同小可，需要把这个区的老虎暂时驱赶到另一个过渡区，然后尽快挖坑栽树浇水。但生性多疑的老虎，每次回到自己的领地，都会把新来的小树视为仇敌，毫不犹豫地扑倒咬烂。虎园的职工只得一次次补种，直到老虎对这一游戏厌烦为止。

经过多年的野化训练，如今虎园内散放的老虎们，已逐渐恢复了野性。空中飞鸟，若是恰好不幸飞在虎的捕猎高度，它跃起身子一掌便可准确击落；它也可把一头大家畜（犍牛、老马）在几分钟之内将其撕碎分食。园中有土坡山岗，专供老虎们练武习艺。虎的体重虽大，却具有极好的柔韧性和越野能力。上坡时由强壮的四肢推动着身体，灵巧轻松攀登山崖；下坡时，先伸长前肢支撑身体，努力降低身体的高度，后肢蹲得很低，试探着向下保持着运动中的平衡，竟能如履平地。想起十年前虎园初建时，调运来的几头笼养老虎，一下子改成散放，对自由的生活极不适应，据说一片树叶轻飘飘落在老虎脑袋上，老虎都会吓一跳。

我在"虎王区"见到了那只号称"王中之王"的52号老虎。在虎园建园之初的那三十只老虎中，它是最凶猛的雄性东北虎。据说在无数场争夺领地的战斗以及捕猎活动中，它的果断、骁勇、准确、狡黠，没有其他任何一只老虎可与它匹敌。它最终以自己的实力赢得了声威和荣誉，统领虎园已然多年。如今它从容安详地静卧于虎舍中，却依然一副傲视群雄的神态气度。无言的沉默中，我听见了它骄傲的内心独白：

从古到今，其实我们每一只老虎都身手不凡，具有特殊才能：东北虎是老虎五个亚种中皮毛最厚的，冬季能抵御摄氏零下四五十度的严寒。到了夏季，我们会脱去厚重的绒毛，换上轻巧的短毛薄衣。我们的眼睛结构具有较宽的视野，转一转，周围的动静都一目了然。尤其具有极佳的夜视能力，不是吹牛，如果你敢在夜间来虎园，在车灯的照射下，我们的眼睛就会呈现出鲜艳的绿色反光，像两只探照灯。我们通常对静止的事物不感兴趣，但对于运动中的物体，反应极其敏锐。野生老虎的奔跑爆发力可达八十千米每小时，能迅速扑杀大型食草动物，并在几十秒内将其制服，是动物中最优秀的短跑健将。我们的耐力稍稍逊色，尤其讨厌马拉松那种疲疲沓沓的运动，从不做远距离的疲于奔命。我们还善于跳跃，一纵可达五至七米远，跳跃高达两米。我们拥有强壮的前臂、粗壮的牙齿、可伸缩的利爪，扑食时异常凶猛敏捷，一掌的力量就可将牛的头骨打碎。我们历来以消耗最小的能量获取最大的收获为原则，一般都在有把握、短距离的情况下迅猛出击。我们很少冒着危险去进攻大型动物，一旦出师不利，几次失手后，审时度势，我们会知趣地暂时放弃。

东北虎从头至尾的种种绝技之中，仅有嗅觉稍差，但还是可以闻到几公里之外的气息。我们不是单凭嗅觉去发现猎物的，我们只用嗅觉来分辨留在树干、岩石上的气味，区别同类、异性以及自己的领地。我们最发达的感觉器官是听力，能听到很远很远距离外的动物叫声，还能捕捉到周围最细微的声响，哪怕是一只兔子在远处走过。所以我们的行动准则是机警而收敛的。我们脚掌上有厚厚的肉垫，行走时几乎没有响动，后脚能够准确地踩在前脚的足迹上。不客气地说，老虎才是最优秀的重量级世界级名模。千万别小看我们的小圆耳朵，耳朵背后有一块白斑，在夜晚的丛林中，幼虎就是依靠识别这块白斑跟随母虎行走。当我们开始攻击猎物的时候，两只耳朵都会唰地背过去，亮出这耀眼的白斑，猎物立马就会吓得不敢动弹。

虎须也是我们与生俱来携带的武器，虎嘴两侧各布满五六道由黑斑组成的黑线，每个黑斑上都长有一根虎须，两腮共有二三十对长短不齐的虎须。遇到对手时，我们会突然奓起虎须威胁对方。它也是我们测量物体的宽度和距离的标尺。虎须韧性极强，一般不易折断，即便脱落也会重新长出。当然，还有必要炫耀一下我们的舌头，成年老虎的舌头长达三十厘米，布满刺刺拉拉的角质化倒刺，够恐怖吧？！我们常用舌头代替双手的功能，用来舔舐猎物骨头上的残肉，吮吸清洁的饮水；我们老虎是爱干净的动物，闲来无事，我们就用舌头梳理皮毛、清理餐后的污迹残渣；母虎产下幼虎，也是用舌头舔干虎崽的胎毛胎液和血迹，哺乳后母虎用舌头反复为虎崽舔腹部，可帮助幼虎消化和排泄，促进仔虎的生长发育。老虎凶猛，却同样“舔犊情深”啊。

最后，还有必要介绍一下我们的尾巴——虎尾由二十五至三十节尾椎骨组成，具有特殊的功能，雄虎的尾巴长达一米多，粗壮有力，形似铜鞭，既是自身防御的武器，也是进攻对方的武器，能从“敌人”背后给予有力的一击。假如我们尾尖微微翘起并不停地抖动，并伴有低沉的吼声，那是危险的信号，说明我们已进入戒备状态，最好离我们远点儿。假如我们的尾巴轻轻摇摆，并发出喷喷的鼻音，这是在向你表示亲昵友好。运动中我们竖起尾巴可保持身体的平衡，歇息时尾巴的摇摆可驱逐蚊虫叮咬。虎尾勤劳尽责，从不闲着——当一只老虎的尾巴任人触摸没有反应的时候，请注意，这头老虎肯定已是气息奄奄危在旦夕！

可是，即便我们是大自然进化中保存下来如此优秀的物种，并拥有如此精湛绝伦的“十八般武艺”，素有“兽中之王”的美称；尽管我们如此低调为虎，小心谨慎、夹着尾巴做虎；尽管我们有史以来从未大规模地有计划地侵犯和攻击人类，却不知为什么最后惨败于人类之手。我们虽然凶猛强大，仍然逃脱不了人类的追杀，沦落到了濒临灭绝的危险境地。虽然有些好心“人”为我们建造了这个虎林园，我们还是只得忘恩负义、公正客观地宣布我们多年的沉思结论：我们老虎已经达成了共识，一致认为“人类猛于虎”——人类是这个地球上最大的害兽。人类啊，你们醒悟得太晚了。

恋爱中的老虎

——《虎啸》之六

所有去过东北虎园的人，也许都听说过“大美人”。“大美人”当然不是人，而是一只老虎，一只漂亮的母虎，编号 37。“大美人”有太多的“传说”，比如它的生活习性、恋爱逸事、作为优秀母亲的“感人事迹”，等等。但很少有人亲眼看见“大美人”的芳容，就像世界上那些风华绝代的“佳人”，难得一见。

然而，就在我“二入虎穴”的那个上午，“大美人”竟然不邀自来，悄然出现在我的面前。那天阳光温柔，空气澄明，虎园中弥漫着湿润的青草气息。我们的车越过一道岗地，然后进入一片蒿草繁茂的洼地，水塘清澈、灌木葳蕤，司机说这一带就是“大美人”的活动地盘了。但他强调说你们准保看不到它，我天天来好几趟，总共也只见过它几次。话音刚落，他的眼睛瞪得大大——呵呵，快看，那就是“大美人”，它咋来了哩！

绿色的树林中，影影绰绰闪过一片移动的淡黄色，有点犹抱琵琶半遮面的意思，悄无声息地穿过一片茁壮的柳茆，一步步走向林间的开阔地。它出现在我面前的那个时刻，露出了匀称的体形和苗条的身材，它的毛色较其他那些深黄色的东北虎浅得多（而普通东北虎的皮毛已经浅于其他亚种的老虎），呈现出一种柔和、洁净的淡黄色，躯干的黑纹也随之浅淡些，水墨写意似的在模糊中透着清晰。“大美人”惊现丛林，首先以其明亮而温馨的肤色征服观众，谁见了这头美虎，都会眼前倏然一亮。而后是它端庄的品貌、妩媚的神态——天生带着娇嗔的女性气质，却另有一种宠辱不惊、独领风骚的风度。

我八年前第一次来虎园，就听说过“大美人”的故事。随着第一场小雪飞舞，老虎们恋爱的季节到来，情窦初开的“大美人”，焦虑地在林中踱步低吟，传递出热烈的求偶信息。它雅淡的毛色和优美的体态，迅速成为众多雄虎的追求对象。在虎园成为一座爱情乐园的那些日子，“大美人”无论走到哪里，身后都会跟随着一群崇拜者。它们体格健壮、雄心勃勃、激情喷发，充满着竞争与征服的欲念。但它们又是如此彬彬有礼，深知自己想要赢得美虎的芳心，不能强求，只能依靠自身的魅力和实力。它们竭力克制着体内沸腾的热血，按照虎界的规则，展开了一轮又一轮的平等竞争。若是“大美人”开始在空地上用餐，所有的追求者便都聚拢在它的周围，齐齐卧倒，众星拱月一般，围成个金黄色的大圆圈，将“美妞”围在中间，所有的虎眼都深情地凝视着它的一举一动，期待着它的美目能有幸瞥扫自己一眼。它们为了“大美人”，宁可放弃自己的美餐，不吃不喝，只盼有机会贴近它簇拥它。当“大美人”餐后起身，缓缓开始例行的散步，所有的雄虎都迅速起立，退回几步，让“大美人”先行一步，然后，小心翼翼地找到自己的位置，几乎排着队，忠实地尾随于它往前走去。“大美人”走到哪里，雄虎们也跟到哪里，并与美虎保持着适当的距离，不急不躁，更不会粗鲁地争雄称霸打闹斗殴。它们清楚地知道，若是急于求成，惹恼了美虎，便是适得其反，前功尽弃。所以，但凡有胆量参与竞争的“男子汉”们，一个个都有君子兼大将风度；痴情忒甚者，也只是鼓足勇气用鼻子亲昵地蹭蹭美虎的美腿做出讨好的姿态，等着美虎自己来做出判断。而“大美人”如此挑剔，约会时挑选的如意郎君，并不意味着从一而终，它总是在竞争中选择强者，优胜劣汰，所以它的孩子并不都是同一个父亲。

想象一下呵，小风凛冽、清雪轻扬，一头娉婷的乳黄色美虎，孤傲地走在前面，身后是一长串儿含情脉脉、深黄络黄金黄的花斑大虎，像一支服装统一步调一致的游行队伍、一支毛茸茸沉甸甸的金色船队，在寒风萧瑟的虎园里声势浩大地游走——那是何等有趣何等美妙的景象。

进入恋爱的季节，虎园由于爱情的照耀，变得金光灿烂金碧辉煌。爱情降临的时刻，虎园上空的吼声此起彼落，虎啸声声，起伏震颤，传递着爱的信息……那是甜蜜的呼唤与应和，是欢畅的咏叹与抒情。虎的交合可在几秒钟内完成，却是乐此不疲，一日数十次，直到双方筋疲力尽。一旦情投意合，雄虎与雌虎始终相伴相依，耳鬓厮磨寸步不离；彼此用舌头抚舔、梳理毛发，或用下颌触碰，在一起翻滚嬉戏。恋爱中的雌虎，会破例允许雄虎从它背后靠拢，一旦亲热完毕，雌虎便迅速翻脸，即刻挣离，重又恢复其独立的品性。而雄虎在那些日子，一直忠实地守卫在雌虎的身边，若是有突然闯入的第三者，一场搏斗与恶战在所难免。两只或几只老虎打架，会像人一样直立起身子，狠狠用前爪互相拍打抓挠对方……

我也许真同老虎有缘吗？此刻，“大美人”在远处绕了一个大圈，悠悠独步，朝着汽车走来。它甚至一直走到了车窗玻璃下方，好奇地朝我张望。它的步态如此轻盈优雅，眼神如此温情湿润，那一刻我甚至忘记了它是一只老虎，忍不住想要伸手去抚摸它柔软细腻的脊背。呵呵，它确实很美，浑身洋溢着一种仪态万方的高贵之美。让人难以置信的是，“大美人”来到虎园定居之后，连续五年生儿育女，如今，它已拥有几十只虎崽的爱情结晶，是一位擅长产崽哺乳的英雄母亲。

“大美人”从容走远，像一片金色的船帆，隐没于绿水般的草丛中。传说中的“大美人”热爱沐浴，一有闲暇，它总是像猫咪一样，用前爪不停地清洗着自己的颜面。它从不涉足泥塘，不在泥坑中打滚。据说遇到一点脏物，它也会绕过去或是纵身跳过去。它在任何时候、任何地点出现的时候，浑身的毛发总是光亮清洁一尘不染。人说“大美人”真是一头洁身自好的美虎，清洁也是一种美，爱干净的老虎才是好老虎。

夏天虽然不是恋爱的季节，但我在草尖上闻到了残留的爱情气味：

我们在三四岁性成熟，进入繁殖年龄。在我们祖先的情爱史上，每年到了恋爱的季节，虎们会在没有月光或是繁星满天的冬夜，独自行走几十公里，爬山蹚雪，走遍附近的山林，苦苦寻找短暂的情侣。雄虎的爱情呼唤尤其响亮，能传出两千多米远。但由于自然环境恶劣，食物短缺，野生东北虎很难遇上自己的心上人，雌虎一生中产不了几次虎崽。自从来到这个丰衣足食的虎园之后，最让我们兴奋的是，靓妹帅哥越来越多，使我们相亲的成功率大大增加。当然，我们每一只老虎都有终身编号、出生档案以及血缘亲子记录。我们必须讲究恋爱的科学性，严格避免近亲结婚。对于这一点，我们不逊于你们人类。

雌虎：在我们虎国，对爱情的理解与人类有很大差别。我们不推崇彼此厮守终生相濡以沫的爱情观。除了恋爱时节，大多数时候我们总是独往独来，是一个阶段性的独身主义者。因为我们每一只老虎，无论雌雄都足够强大，不需要依赖对方。我们雌虎从来都自食其力，不会因物质的诱惑而违心委身于一只让人讨厌的雄虎。你们人类喜欢慷慨激昂地宣扬什么女权主义，如果到我们虎国来看看，你们才会明白什么叫女性的独立与自由——当雌虎与雄虎相遇之后，雌虎处于选择的主动一方，具有绝对的决定权。如果我们喜欢对方，就会温柔地接近雄虎、亲吻并触碰雄虎，一般来说，雄虎无法抗拒我们的魅力。假如出现了多个求爱者，我们会用欣赏的态度，观看它们之间的残酷角斗，最后选择那个获胜者。在这个令人心神荡漾的季节，有些雌虎，始终只同一只雄虎亲热，并与它时刻相伴；有天性浪漫的雌虎，则允许多个雄虎接近，一雌多雄，频繁更换伴侣，拥有众多的情人，蜜月之后便各奔东西。总之，我们老虎的爱情自由而开放，一般来说，都是“一妻多夫”制。一旦雌虎怀孕、产崽，雄虎从不担负任何责任，都由我们独自抚养、照料幼虎，直到幼虎两岁左右能够独立生活而离开我们。权利和义务的区别就是如此，正因为我们有独立的能力，所以不必依靠雄虎生存。在虎界，排除了生存的需要，我们的爱情就是纯粹而绝对的爱情了。

雄虎：雌虎说的都是事实。虽说在虎国的爱情生活中，雌雄都有选择权，但雌虎表现得尤其强烈。那个季节里，我们每一只雄虎都变得温顺而耐心，像一个个穿着金色黑纹燕尾服的绅士。假如一只等级较高的雄虎，就算是某一块领地中的虎王吧，暂时“霸占”并厮守着一只它钟爱的雌虎，使其他的雄虎不敢靠近。但那只雌虎若是不喜欢虎王，它就会坚决地一次又一次地拒绝它，直到恋爱的季节结束，虎王也不可能与雌虎哪怕亲热一次。无所不能的人类，你们想一想，就凭我们雄虎的威严，“力拔山兮气盖世”的实力，我们若是想要强行迫使一只心仪的雌虎就范，难道会是什么难事吗？但我们绝不干这种失礼无耻之事。在老虎王国中，从没有“强暴”这个词，从古至今，我们都是以殷勤和温情还有真诚，去打动雌虎的心。我们的“九牛二虎之力”只用于敌手和竞争对手，而不会伤害自己心爱的美虎。仅仅这一美德，就足够你们人类学习的了。虎园是一个恋人的天堂，在这里，爱情正在蓬勃生长。如今我们儿孙满堂，虎园的虎量激增，2004年一年就繁育了九十只小虎。去看看那些可爱的小虎崽吧，那都是我们爱情的结晶。

虎头虎脑小老虎

——《虎啸》之七

2005年夏天，在虎园和虎舍，我终于见到了众多的小老虎。仔虎、幼虎，还有更大一些的育成虎。我把它们分别当成是婴儿、幼儿园学龄前儿童、小学生和中学生。我在“幼虎园”的长廊上反复徘徊，并到虎舍去看望了正在哺乳期的虎妈妈和幼崽。尽管它们对我的来访无动于衷，我仍自以为已经成为小老虎们的朋友。

那些正在吃奶的小虎崽们，胖乎乎傻乎乎的，无忧无虑地偎依在虎妈妈的怀里。嘴里含着乳头，间歇地吮吸，似睡似吃。据说幼崽一出生，还没有睁开眼睛就会叫唤，满地乱爬，靠着胎内熟悉的母亲气味，凭借听力，辨认和寻找母亲的乳头。如果它能顺利地吃到虎奶，会立即记住，然后用舌头包卷住乳头，口腔形成真空，叼住乳头不再撒口。小虎的嘴巴很有力气，有时候母虎站起来活动身子，虎崽依然不肯松口，耍赖地吊在乳头上。试想，一只“凶猛”的母虎腹部，悬挂着一只肉团般的小老虎，虎崽的重量坠拽着母虎的乳头，而此时的母虎竟然忍受着疼痛，允许虎崽如此放肆，携带着“挂”在自己身上的虎崽，慈祥温和地在笼舍中走动——那是何等感人的母子情深图景啊。“月子”里，哺乳期的母虎，每天安静地卧床喂奶的时间，可长达二十个小时。如果母虎偶尔移动身体，乳头从虎崽嘴里滑脱了，母虎就会急切地恢复原来的姿态，以便让虎崽找到乳头。虎娃吃饱后，母虎会用舌头反复舔仔虎的腹部，帮助仔虎排便，然后再把粪便吃掉。“大美人”就是这样一个细心称职的好妈妈。

虎园为母虎产崽准备了特殊的产床，其宽大程度很像传说中的巨人之床。幼崽出生时，似一个毛茸茸的圆球，黄底黑纹，色彩鲜艳；绒球一展开，两三周就出落成了一只大猫（说大猫其实不全对，虎崽的四肢粗壮，一落地还站不稳时，已显出虎的霸气；一个月大，便龇牙咧嘴面露凶相）。大猫伸伸懒腰蹬蹬腿，满月以后，就是一头有模有样的小老虎了。还在娘胎里，虎妈妈就为它们在额头刻上了图案，穿好了虎国的标准华服，打扮得漂漂亮亮的，才送到这个世界上来，此后一生就不需要再操心换洗衣裳了。不像大熊猫幼崽，生下来皮肤是光溜溜的粉红色，同成年大熊猫的黑白时装相去甚远，长啊长啊长了好久，才会慢慢穿上大熊猫的衣服，描上眼影，变出熊猫的样子来。仔虎落地时，体重一般为一千二百克到一千五百克，体长三四十厘米，天生带着一副虎头虎脑的老虎架势。只是那双小小的虎眼，尚未见过世间的艰难与悲苦，棕色的瞳孔湿漉漉的，东张西望地旋转，透出好奇与天真的光亮。

仔虎的生长速度奇快，最初一个月内，以每天两百克左右增重，一百天时，体重可达十五千克，已可独立活动和采食（人工饲养的条件下，三个多月即可断奶）。母虎在虎崽两个月大的时候，就开始把宝宝们一只只叼到户外，让它们认识蓝天和绿树。半岁大的幼虎，最淘气顽皮，对外面的世界充满兴趣，整天跟随着母虎，学习各种生存本领和技能。它们模仿母亲的每一个动作，然后胡乱发挥，一刻不停，好像有多动症。幼虎会用前肢抱住树干，两后肢蹬住，一蹿一蹿地爬，一口气爬到树冠，啃咬树枝，回头一看离地面那么高，吓得不敢下来。一只幼虎第一次走到水塘边，望见水中自己的影子，吃惊得张大了嘴。然后小心地伸出脚爪，试着去撩拨那水，水面晃动起来，影子都乱了，幼虎有些生气，冲着水波低声地吼了几声。一只蝴蝶飞过，又是一件新鲜事物，让幼虎眼花缭乱，终于下决心扑过去，差点扑空掉进水里去。母虎在正常情况下，一胎可生三四只仔虎，偶尔也有“独生子”，特殊的还有生六只的盛况。小时候虎兄虎弟虎姐虎妹们挤在一起抢奶，再大些就会嬉戏打闹，常常玩得不可开交。其实搏斗是假，演习是真，真真假假的，都在演练自家的功夫，以便快快长成一头身怀绝技的猛虎。

我在一头雪虎的笼舍前站了许久。雪虎在虎中最为名贵，一身白雪般柔软华丽的绒毛，身上隐隐约约的黑色虎纹，如水墨的洇影，浅淡得几乎看不出来。它好似从遥远的雪山上走来，浑身一尘不染，然后变成了一座有生命的雪雕，闪烁着美丽而神秘的银光。雪虎与白虎有很大区别，白虎的皮毛虽是白色，褐色的虎纹却依然清晰，像是普通老虎换了一件颜色不同的袍子。雪虎在东北虎林园仅有一只，新近刚刚做了母亲，一只雪球般的小虎崽正在同它玩耍。小雪虎吃力地爬上了母虎的脊背，然后滚落下来，落在雪虎的尾巴上。它发现那条粗壮的尾巴，很像是一个会动弹的玩具，毫不犹豫地扑将过去，一口咬住。母虎把尾巴轻轻向左一甩，犹如一条白色的长鞭，将虎崽甩在一边，虎崽不甘心，重又扑过去，抱住母虎的尾巴不放，雪虎并不恼，只是将尾巴甩向右边，小虎崽又一次跳过去，追着尾巴玩耍，三番五次，乐此不疲，像是在练习捕猎。一座白玉无瑕的雪雕和一个滚动跳跃的小雪球——那是我在虎林园见到的最生动的场景之一，留在我的记忆里，永远不会融化。

离开虎园之前，我听见了响彻虎园的广播，告诉游客某处有一只可供合影的小虎崽。闻声寻去，见高台上围起一个角落，有桌凳和相机，工作人员抱着一只花斑狸猫样的仔虎，正用奶瓶给它喂奶。这是一只被母虎遗弃的虎崽，只有在人工喂养的情况下，才可能让游客接触（如果是母虎亲自哺乳，抱出来同游客见面后，再送回到母虎身边，有了“生人气味”，母虎会拒绝认养虎崽）。我犹豫着走过去，小心将它抱起来，搂在怀里，又爱又怕，左右不知怎么摆布，托举的姿势十分僵硬。那小虎崽虽然瘦弱乖顺，却依然是虎崽的重量，托得我胳膊酸沉。放它下地时，不知哪里惹得它不舒服，后肢轻轻蹬我一脚——那一脚的分量，似有千钧之力，从那幼小的身体深处传来，只轻轻一脚，我竟晃了一晃。那样的力度，只有亲身领教过，才知道什么叫作兽中之王。即使，那仅仅是一只虎崽。

我听见它说：叫你尝尝我的厉害！老虎也是你抱的吗？

老虎也是你抱的吗？我们老虎如今堕落到跟人照相为生，真是老虎的悲哀。失去母爱不等于我失去了尊严。等我长大了，你再敢碰我一下试试？

人说虎毒不食子，“虎毒”这个词儿，是人制定的，听着就刺耳得很。我们老虎一生下来，从皮毛到骨头浑身都是宝，连我们的虎尿都可治病。沤好的虎粪，更是优等的有机肥。“虎毒”从何说起？要说“毒”，地球上的任何动物，对于别的生命，都可能有“毒”。千百年来，人类对于老虎设下了多少陷阱，下了多少“毒手”啊。我们还没来得及跟人类清算呢。别看我才出生不久，虎园的老虎成天议论纷纷的，我心里早就什么都明白。

我的妈妈不认我们，是因为她第一次做妈妈，可能得了产后抑郁症。虎园的人们正在为她治疗，等妈妈病好了，她比任何动物都更爱护自己的孩子。事实上，人类世界的弃婴，比我们虎国多得多，人们却总是避而不谈。邻居小伙伴告诉我，有一次，一位虎妈妈难产死了，一窝仔虎没有奶吃，虎园的人在报纸上登了消息求助，就有人送来一条黑背大母狗，那条大狗的奶水特别多，对仔虎像虎妈妈一样和蔼可亲，整天躺在地上奶孩子，让它们兄妹吃得饱饱的。后来，虎崽的个头长得比狗妈妈还要大，大狗和小虎在一起玩耍，像一家人一样亲热。你看，动物比人仗义吧。可惜我不知道自己的爸爸是谁（要去问问我们的饲养员就知道了），我生下来就没有见过他，他从来不照料虎崽。据说有一只公虎，因为忌妒母虎对仔虎好，把她的仔虎都吃掉了，所以我不喜欢成年的公虎。由此看来，人类说“虎毒不食子”也不全对。

如今我们在虎园的生活无忧无虑，虎园的园长和饲养员，对待我们都像对待自家孩子一样（我们只是不那么喜欢兽医，他总是拿着长长的吹管给我们打针，所以，只要兽医一进笼子，我的虎叔虎姑们就对他吹胡子瞪眼，然后迅速躲到角落上去）。我们每天服用维生素和钙片，饱食终日，虎兄虎妹们欢聚一堂。在人工饲养条件下，我们老虎的性格有了一些改变，由于同龄的小朋友太多了，我们开始尝试过集体生活。幼龄阶段的虎兄弟或是虎姐妹，即便不是一家子，也学会了和睦相伴。我们会在树荫下一起乘凉，把对方的身体当作枕头，或在水中比赛游泳和叼木头；风雪交加的冬天，我们互相依偎取暖。稍稍长大，我们就会联合行动携手捕猎或是进行自卫，甚至集体冲锋围捕猎物。在少年时代，我们不是一只一只地生活，而是一群一群地聚居，把个幼虎园搞得热火朝天，确实是一个老虎的乐园啊。只有当我们都长大后，一个个都变得足够强悍，才会开始独自行动。那时候我们会因争夺食物争夺地盘争夺美女，翻脸恶斗残杀流血，那才是我们野生老虎本来的样子。

但在我幼小的心灵中，仍然潜藏着深深的危机感。千万年来，东北虎的遗传基因时时刻刻在血液里提醒着我：这儿不是我们真正的老家。我很想去问问那些大老虎们，我们老虎真正的乐园，究竟在哪里？

“放虎归山”之梦

——《虎啸》之八

我在2005年夏天的“虎穴”之行，其实分为两次。结束了虎园的走访，几天后，我来到“东北虎林园”王立刚总经理的办公室。办公楼在虎园的边远地带，楼已显旧。虽与虎舍隔得老远，楼道和办公室里，仍然散发着一种挥之不去的野物气味。我看见了靠墙的一排柜子里厚厚的老虎档案和“卷宗”，各种关于虎的资料和书籍——《行为学》《心理学》等。

王立刚作为虎园的法人代表，1999 年调入虎林园后，开始重新学习一切有关老虎人工饲养的知识，至今从事虎园管理工作已近七年。从接手时的一百多只老虎，发展到如今的六百只老虎。在资金短缺的情况下，他和全体员工一起努力，使虎园一年年变得虎虎有生气。他和所有的养虎人一样，把全部的心血和节假日，都献给了虎园。说起虎园的历史、虎园的虎们、虎园的养虎人、虎园培养的年轻专业技术人员、虎园今后的发展……他略带疲惫的神情立即变得兴味盎然，两眼圆睁，发出了虎眼般的光芒。七年中，他已接待了许多前来采访的记者，陪同多位国家领导人参观过虎园，有关老虎的事情，他也许已经说了无数遍。但他仍然必须重复、反复地讲解，以便让人们知道他的工作——虎林园这些年来经历的所有危险与艰难，对于野生动物保护，具有怎样特别的意义。

这是一头成年虎——充满自信和力量。我脑中闪过这样的念头。

那个下午我提了许多问题。在王立刚先生耐心的讲解中，在那些实实在在付出艰辛、日日夜夜担负风险、对自然界拥有大爱的“养虎人”面前，我这个徒有虚名的写作人，成了一个名副其实的“纸老虎”，只能在纸上表达我的爱心。

虎园建园之初，从横道河子基地运来东北虎二十八只，走上了“以虎养虎”的道路，也从此拉开了我国大种群、半散放、恢复东北虎野性的驯养工作。东北虎们在虎园缓过一口气，休养生息，开始繁育后代，但法律规定，小老虎一落地见了太阳，虎的产权就归国家，谁也无权支配。1992 年，中国成为保护野生动物的世界公约组织成员，1993 年国家下发了紧急通知，任何机构不得进行老虎的开发利用和贸易，所以虎园实际上是用企业行为承担了国家责任。银行也随即停止为饲养繁育老虎贷款。一只老虎一天的生活费需要近百元，爱心难为无肉之炊，一度竟曾饿死过八只老虎，养虎人为虎痛哭，为虎挥泪。后来财政部林业部紧急拨款，又发动职工们给虎捐款，总算渡过难关。虎园当时一年的门票收入四百八十万元左右，仅靠这些收入，要养活近百只虎和养虎的两百名职工，经济缺口依然严重。如今门票年收入虽然达到一千一百万元，但六百多只虎全年“吃掉”的资金远远不止这个数字。老虎们的生存依然危机重重。省外贸厅（如今的商务厅）从1986年始，扶持虎园近二十年，老虎繁育到六百多只，算下来总共吃掉了一亿元的肉食——谁敢对老虎有一丝轻慢？不能买注水肉，一律用排酸肉；还得添加钙中钙和21金维他。要想给老虎喂药，得有个“英雄虎胆”——饲养员在大块肉上镟出一小块肉，把维生素粒塞进去，然后用那小块肉把洞堵上，再喂给老虎。老虎那家伙多疑刁蛮，如此三番五次，终于闻出那肉中有“鬼”，叼起肉块，直立垂挂在嘴边，然后使劲摇晃，一抖一甩，就把肉中嵌的滋补品毫不费劲地甩了出去，这才开始放心食用。饲养员进虎舍清扫，只能使用无味消毒液，若有一点异味（哪怕是化妆品），都会引起老虎的生理反应。老虎对红色极其敏感，饲养员从不敢穿颜色鲜艳的衣服……你说，那老虎是容易侍候的吗？

十余年间，虎林园总共植树两万棵。栽树是虎园最难的工程之一，那老虎只要见到园内出现一棵新栽的树苗，闻出一点点“生人味”，转圈儿反复观察之后，便猛地蹿上去把它扑倒撕烂。但树林是老虎的天然庇护地，老虎号称“丛林杀手”，若是没有树林的遮掩，没有树荫可以乘凉，就没有可模拟的生态环境对它们进行野化训练。扑倒再栽、撕碎再补。虎园人成年累月和老虎斗智斗勇，坚持在园内植树数年，终于使老虎们明白了——这有根的树，也是个厉害家伙。种树是为了给它们建造一个真正的老虎家园。

我们的谈话常被王总频繁的电话打断，其间我去了一趟公用卫生间，见一只盛水的大缸，供人用铝勺舀水洗手。虎园办公条件之简陋可想而知。

如今虎园资产评估已达几个亿，却不能在银行进行抵押贷款（带毛的活物不能抵押），古语说“养虎为患”，似乎不幸而言中。蒸蒸日上的一个虎园，却有其难言之隐。六百多只人工饲养的庞大虎群，日常开销不堪重负（又五年过去，2010 年初偶见媒体报道，哈尔滨虎林园已发展为“千虎园”）。夏季的虎园，担心老虎中暑，要想尽办法为它们降温；严寒的冬季，要给老虎们提供足够的牛肉，为它们补充热量。《新晚报》和“虎林园”曾在哈尔滨市发起过“认养东北虎，共有一个家”的活动，每年都有本地和外地的爱虎人，认养虎崽，为虎捐款。如今是“虎啸人愁”了，愁的是这六百多只东北虎，未来的出路和归宿何在？——“放虎归山”是养虎的初衷和最终的梦想，更是中国政府向国际社会的庄严承诺。然而，昔日浩瀚的大兴安岭、小兴安岭、完达山和张广才岭，如今到处都是低矮疏浅的人工林，十山也容不下一虎了。虎林园内的老虎们，只能年复一年地滞留于此，遥望远方回不去的故乡，仰天长啸……无论历史将如何评价虎园，无论何年何月才能实现放虎归山之梦，甚至，也许这一代养虎人根本没有希望看到这一天，但是，作为虎园全体职工，终是问心无愧。因为他们为了那一天，贡献了自己一生的心血；为保护东北虎，付出了一辈子的汗水。

我向王经理提的最后一个问题是：您最喜欢东北虎的哪些品性呢？

王立刚回答我说：自尊。老虎是极有尊严的动物，所以我敬佩。

那天我读到了天津人民出版社出版的精美画册《东北虎》，其中几百张栩栩如生、生动可爱的东北虎图片，均出自虎林园副总工程师刘丹日积月累的跟踪拍摄。

离开虎园已近傍晚，林荫道被夕阳染成一条金色的长廊。从虎园方向传来一声声沉闷的虎啸，似有雷霆万钧之力，车窗玻璃被震得颤动，犹如潜伏着一场暴风雨或是地震。

那个夏天过去以后，我曾抵达云南金沙江边的虎跳峡。我看见那个幽深的峡谷之间，流动着浑黄湍急的江水，江心矗立着一块巨大的尖石。石高十三米，江面宽仅三十米，据说很多很多年以前，猛虎（华南虎？）下山时，在江中的礁石上稍一顿脚，即可腾空而越，纵往对岸。这个传说至少证明当年此地老虎甚多，说明峡谷之狭窄陡峭。如今，在多处坍塌的江岸边，立着一座青铜色的虎雕，它茫然地望着翻滚的江水，似乎在迟疑着跳还是不跳。巨石上浪花飞溅，江水奔腾轰鸣，酷似老虎的咆哮。此时我耳边响起东北虎林园中熟悉的虎啸，几千公里之遥，我仍能听见它愤怒的吼声。那一刻我明白了老虎为什么怒吼——自五百万年前它诞生之日起，它早已预料到灭绝的命运，它仰天长啸，是控诉与申辩，是提醒与警告。天下所有幸存的老虎，它们满腹的怨恨与绝望，都在那低沉的虎啸声中一吐为快了：

放虎归山——那曾经是人类宽容恶势力、姑息养奸的代名词，如今却成为与自然和谐共处的美好理想。这也许是21世纪人类与老虎唯一具有共同之处的虚幻梦想。放虎归山——山林安有？家园何处？食物何在？那也许是一个永远无法实现的白日梦了，我们将无助地趴卧在这里，最终变成虎跳峡那一座威风凛凛却没有生命的雕塑。

虽然有那么多理智尚存的好心人，为我们建造了这个仿真的山林虎园，让我们获得有限的自由，在这里奔跑跳跃、生儿育女。那也是因为人类心怀着地球末日的恐惧，不得不为我们建造这个放大的牢笼、舒适的集中营，以便延缓物种灭绝的威胁。你们的本意是想用饲养和观赏结合的方法，让我们自食其力繁衍种群，因而我们不得不在众目睽睽之下集体生活，群居群食，成群结队地展示我们的身体。虽然人类用了很多办法来对我们进行野化训练，但在人工饲养条件下成长的老虎，使几百万年形成的自然习性，仍在无可挽回地消退与改变之中。

孤独本是你们人类的词汇，不是我们老虎的感觉，你们凭什么怜悯老虎的孤独？我们有必要再次声明：老虎是自然界最不具备“团队精神”的动物之一。我们生性如此，喜欢独往独来，热爱独步独食独行。这也是我们梦想回归山林的原因之一。我们做梦都在乌苏里江冰凉而清澈的江水里游泳，叼着一根来自原始森林的松木，自由地漂在江面上，在大江两岸来回奔走。我们渴望在月夜的厚雪地上步行几十公里，去寻找远处的情侣……

但我们知道，这些都是不可能了。永远永远，直到这个世界上只剩下最后一只老虎。

听说在春秋战国时代，曾有一种用作调兵遣将的凭证，叫作“虎符”。虎符有铜铸和金质两种，呈卧虎状，巨目、大耳、龇牙，身上刻有铭文。中间剖开，分左右两半。右半归朝廷执掌，左半归地方统领保管。两符相合，方能发兵。

老虎种群的保护和老虎生长环境的保护，就像这虎符的两半，缺一不可。然而，你们和我们、老虎和栖息地，亦像被剖开的两块虎符，从此阴阳两隔，再也无法合拢。天地苍茫，究竟是谁毁掉了人与自然的信物？

当虎啸终有一天彻底沉寂消失、天下的老虎终于集体失语之时，地球上还会有其他生命的歌唱和呼吸吗？当所有的老虎都变成了虎跳峡那座沉默的雕塑之日，世上只剩下“人”在自言自语——可你们还能对谁说话？你们还有什么资格和权力说话？你们希望为动物代言，那是因为我们从来没有得到过应有的话语权。

人类啊，我们其实根本无需你们代言，只愿你们能够好好掌管并清洗那已经朽蚀的虎符，我们暂且抱着最后一线希望，试着从远方叼来虎符那失落的另一半。两符相合的那个时刻，我们将同声仰天长啸，天庭亦会传来宇宙的回声和欢呼。

《作家》2006 年第 4 期

红松擎天

伊春，春天开始的地方？春天漫山紫色的鞑子香，是梦幻。

伊春，秋色如春的地方？秋天层林尽染的五花山，是童话。

到了伊春，必要先去城边的南山森林公园。林荫道盘旋而上，路边不时有参天大树掠过，抬头望不见树梢，已有了林都先声逼人的气派和气象。登上公园山顶的九层“兴安塔”，俯瞰山下，伊春城像一个巨大的绿色沙盘，隐没在起伏的丘陵与林海之中。在山丘与山丘连接的小平原，建有大片高高低低的楼房，红黄蓝白五彩缤纷的城镇，浮游在苍翠的绿海中。视线越过山峦间的空地，见更远的山后，镶嵌铺陈着一大块一大片齐整的楼市，那是伊春市分散的各行政区。早听说这座城市的面积巨大，这才恍然，原来伊春市整个儿都“陷”在山林间。触目是山，迎面见树，果然是名副其实的“林都”。

林都多树，林都多雪。冬季满山的白雪和夏季绿叶繁茂的大树，是巨大而丰盈的森林水窖。故而，伊春境内的汤旺河、大丰河、金沙河、永翠河、凉水河……大大小小的河流，达七百零二条之多。水从森林的树根下溢出来，滴滴甘露；水从岩石的泉眼缝隙里渗出来，汇成溪流和水幔。水汽水雾升腾入云，落下好雨好雪回馈森林，树木越发地茂密。林都伴生了一个水都，水都又润泽着林都。天地间如此和谐的循环，滋养出一个四季蓬勃的美丽伊春。

然而，一个又一个四季被我延误，在这个夏天到来之前，我一直没有去过“林都”伊春。我对伊春怀有渴望与忧戚相交的复杂情感，不愿让重逢变成惜别，毁坏了我心中对森林的念想。

三十多年前的一个冬季，我曾随农场连队，在距伊春不远的鹤北林业局某林场伐木清林。雪地、暖泉、森林、冰坂……曾是我知青年代珍贵而美好的记忆。然而，重新回望那个年代，让人心生愧疚。还记得男生手中锋利的电锯，将远近茂密的树林呼啸扫荡；深山楞场的卡车，满载直径十几米长的原木，一车车运出山去。七八个女生围着一株锯倒的巨木，花费好几天的力气，为它清理枝丫。我们曾将一棵棵粗壮的大树锯断、劈成柈子，然后塞入炉膛，熊熊火焰给帐篷带来温暖，同时将几百年成材的原木，燃为灰烬……长期过量的采伐，使得小兴安岭林区可采林木锐减，生态逐渐恶化。

在那些倒下并消失的大树中，当然有很多是红松。

红松，分布于俄国、朝鲜、日本东北部以及中国的长白山和小兴安岭。伊春，小兴安岭中麓林区，目前尚存亚洲面积最大、最为完整的红松林，如今已成为红松在中国的最后一片原始保留地和红松原乡。自然界但凡珍稀物种，对生存的地理气候条件要求苛刻，绝无苟活之意。据说，在大兴安岭残存的原始森林中，人们只找到了绝无仅有的一棵红松。这种生长于高纬地带的珍贵树木，生长极其缓慢，而人类采伐的速度却远远高于它们的生长速度。几十年前，小兴安岭还是红松满山，巨木林立。然而，历经20世纪战火硝烟的损坏，以及新中国成立后连年的大量砍伐，红松已所剩无几。近半个世纪以来，伊春为国家输送了二点三亿立方米红松材质。据说，若是把砍下的红松原木装满火车，一节节车厢连接起来，可从最北端的漠河，一直排至最南端的三亚。若是一根一根连接，其总长度可从地球至月球绕六圈半……

红松，你们如今安在？

时值盛夏，林间浓荫匝地，凉风爽滑。在溪水国家森林公园的“乔木观赏园”，我寻访红松。溪水属于上甘岭林业局，抗美援朝战争结束后，因参加上甘岭战役的连队全体转业至此而得名。“乔木观赏园”所在地，本是原始森林一角旮旯，山陡林深不易采伐，年长日久几近遗忘，竟在不经意间，保存了完整的原始森林品貌。经普查后发现，该地存有八百一十四种原生树木，是一座天然的森林博物馆。沿山路上行，只见草木葳蕤，蕨苔遍地，低矮灌木与高大乔木、针叶阔叶高低错落。迎面扑来树叶与青草、朽木与落叶混合的浓郁森林气息。新铺的石阶木桥、草亭木屋，与山林浑然一体。路边的每一棵树杆中段，都钉着精巧的小牌：槭、柞、椴、桦、楸、云杉、冷杉、水曲柳、山核桃、山葡萄、稠李子、五味子、珍珠梅、暴马丁香……科目、树龄、学名一一在目。吸气，吐气，再吸气，肺腑通透、神清气爽。据说，在城市的空调房内，负氧离子几乎是零。而在这里，每立方厘米空气，负氧离子浓度为一点五万个。好一个天然氧吧。

微微出汗，汗如清溪甘泉。一路漫游，走享森林浴。

那一刻，四周忽然幽暗：一株褐红色的巨木，挡住去路。大树如一门超长巨炮，横空出世。树干浑圆敦实，直上数米绝无旁枝，似一位森林巨无霸，居高临下、冷傲威严。它的躯体健壮，厚重的树皮鼓胀得似要裂开，鱼鳞块状寸寸皴裂，呈现出清晰的时间刻度。那是——红松！

在溪水，我仰视红松——它们列队而来，在路边，在树林深处。树高达数十米，一株，又一株，如同一个威风凛凛的森林卫士方阵。它们已经在这里巍然伫立了几百年，饱经风霜却容颜依旧。腰板挺直，直得甚至让人怀疑树干中是否嵌入了钢管或钢筋。不，它更像一枚等待发射的火箭，直指天穹。悠长的岁月里，红松心无旁骛地向上生长，中途决不分叉。一直到树顶的树冠部分，才打开伞状的枝条。阳光透过树顶苍绿而粗硬的松枝倾泻而下，五针一束的松针，玉簪似的插在头顶，可望而不可即。

在溪水，我拥抱红松。红松应是世上最有骨气的树种之一。它直立如柱，表里如一，就连木材的纹理也是直的。它喜酸耐寒、外刚内柔，质地轻软细腻，不易曲裂。它是如此坚韧，耐腐蚀抗风雪，可作桥梁、枕木、电杆之用的栋梁之材。红松的树皮可提取烤胶、采割松脂。松针可提取松针油；松子为美味坚果，亦可入药……

红松，在这冰雪之地延续了千万年的完美物种，由于它过于优秀，而受到了人类的过度青睐。仅仅一个多世纪，红松便遭到了毁灭性的掠取和破坏。当人类终于醒悟的时候，红松林已所剩无几。仅在伊春，还能见到原始红松林留下的些许踪迹。

然而，这个夏季在溪水，我要为红松祝福。我知道，2004 年 9 月，伊春市政府，在当时地方财政特别困难的情况下，做出了全面停止采伐天然红松的决定。同时，开展实施“天然林保护工程”，对现存中龄红松活立方，实行建档立卡管理。伊春人绝不能让“红松的故乡”，变成回忆中的“红松的故事”。人所皆知的伊春伐木工马永顺，一生伐树三万余株。退休后，倾晚年余生之力，植树三万余棵，被国人传为佳话。登上溪水森林公园内的观光塔，可见群峰滴翠，环山苍郁，森林像一块巨大的“祖母绿”，在阳光下发出碧玉的莹光。山坡上人工红松母树林，树梢上悬挂着一只只油绿的松果。高高的红松树下，喜阴喜湿的细弱幼苗正在耐心生长。我曾见过一只菠萝般硕大的松塔，待到饱满的松子在松软的黑土中裂开，将会繁育出无数红松幼苗。几百年以后，美丽的伊春城，该是一座隐没在茫茫红松林海之中，竖立着无数根罗马式圆柱（红松）的巨型绿宫殿。

伊春五营国家森林公园，保留着更为集中、完美的红松树林，更具观赏性。那里的红松一排排高耸入云，犹如一根根擎天柱，托起伊春的未来。

我在溪水“认领”了一棵红松。虽然我早知道红松不一定喜欢被人们“认领”，但我愿因此日日为那棵遥远而伟岸的红松祈福。当我老去的时候，红松依然苍郁不老。红松本是天地日月的精华，是在风雪冻土中伫立了千年万年的北方汉子。红松高高擎起了绿色的火炬，若是这个世界上没有了红松，蓝天还能用什么来支撑呢?

一掬悲凉的泪，从树冠滴落我心。不是我认领红松，而是我被红松认领了。

《黑龙江日报》2008 年 9 月

爱上元宝枫

我天生是爱树的人。

北方的银杏树杨树榆树栎树国槐洋槐……南方的香樟树桂花树广玉兰水杉桐树……无论在南方还是北方，只要看见树木我就欢喜，站在树下我就神清气爽。树干让我挺拔，树冠为我庇荫，树叶让我呼吸通畅。我与每一棵树的相遇，在我看来都是前世的缘分。因为，大多数的树，都早于我来到这个世上。

今年我突然爱上了另一种树。我远眺近观，仰望它凝视它抚摸它，我在树下徘徊慨叹绕树三匝。其实，它并不是什么刚发现的新树种，而是人们熟视无睹多年的老树。它一直生长在我们身边，房前屋后，街旁路边，茂密芜杂的树林里，它总是默默站在那里——元宝枫。

是的，是元宝枫。槭树科，落叶乔木，“霜叶红于二月花”的枫树一种。多年来，它一直被人们作为红叶观赏树种，而它身上蕴含的对人类健康有益的巨大能量，却被忽略了。如今我怀着歉意重新认识它，就像认识一个全新的树种。在这个动辄称呼“宝宝”的年代，元宝枫，才真该被叫一声“宝宝”。这是一株宝树、一件宝物、一个浑身是宝的宝贝儿。元宝枫的木质坚硬，是优良的建筑材料，也是家具雕刻等细木工用料；树皮纤维可造纸、树叶可制茶，枫叶茶具有多种营养素和保健功能；花可直接食用，种子可炒食并榨油；油渣可做酱油……它“身怀绝技”却深藏不露。直到近年，在一位睿智老者孜孜不倦的推动下，它才像一位远行归来的隐侠，进入了人们的视线。

从春到夏，元宝枫低调而谦虚。它的树干虽然高大，树皮却有些纵裂，好像穿了一件百衲褂。春风把花芽一点点吹得鼓胀起来，进入四五月，枫的花悄悄开了，碎小而密集，顶生聚伞花序，米黄色的花朵一簇簇一串串，细密蓬松，含蓄而不张扬。花开盛期，元宝枫满树金光灿烂，就像被罩上了一层金雾。

北方的风好有耐心，一直等到枫叶的花苞盛开，才把枝杈间嫩红色的叶芽一片片吹开，也许用力过猛，风把叶子吹裂成五瓣，裂片先端渐尖，好似伸出了一只只小手。小手渐渐长大，单叶对生，主脉五条，呈掌状。五角形的伞状绿叶，密密匝匝地一层复一层，那“五指”裂片却向下开展，故元宝枫也称“五角枫”，树姿优美，叶形秀丽。但它的一只只“手掌”都呈下垂形，掌叶的手心从不朝上，意味着它只给予不索取的品格。夏季的元宝枫很安静，浓密的绿荫像一把绿伞，酝酿着一个重大的秘密。

秋季的元宝枫骤然换装，秋凉霜寒，元宝枫的叶片由绿而黄而红，好像穿上了一条金灿灿、红艳艳的袍子。槭树属的树生性喜寒，霜重色愈浓，在高山或沙地，化成一棵棵浅红深红赭红的红枫树。著名的北京香山红叶，漫山红遍的秋叶，其中掺杂着无数元宝枫的红。然而世人多把对红叶的美誉给了黄栌而冷落了元宝枫。但它却从不委屈抱怨，因为它知道自己负有更重要的使命，当红叶在枝头委顿或随风飘落之时，它那小小的翅果中，将为人们带去无尽的福泽。

这是元宝枫不为人所知的魅力，也是一个有趣的悬念。

9月是元宝枫的果期，春天的小花们结果了，每棵树的枝条上，都披挂上了一层层绿色的蓑衣，更像一件件密实的铠甲，把元宝枫变成了一个个壮硕的武士。春夏时节谦逊的元宝枫，变得热烈而开朗，因为这是元宝枫盛大的节日。元宝枫的果实，才是它全部的精华和奥秘所在：浅绿色的薄壳裹着黑皮的种子，种子两侧长着一对浅绿色的翅膀，翅较宽而略长于果核，故名翅果。翅果扁平，两翼弯曲，形状奇特，酷似中国古代的“金锭元宝”。翅果随着枫叶经霜变色，渐成黄褐色，在阳光下熠熠闪烁，风吹过时一阵阵细碎悦耳的簌簌响动，犹如满树悬挂着千千万万个精致的金箔金元宝——元宝枫，因故得名。

这样形容“元宝枫”也许显得有几分俗气，但恰恰是在这些丰硕、饱满的“小元宝”里，潜藏着元宝枫珍贵的生命密码。

解开元宝枫种子密码的人，是一位名叫王性炎的林学专家，我国元宝枫事业的奠基者和开拓者，被誉为中国元宝枫研发利用第一人。青年时代他从四川考入西北农学院就读，20 世纪 70 年代开始迷恋上元宝枫，80 年代因担任西北林学院院长，不得不把元宝枫之梦暂且搁置。90 年代临近退休，陕西省政府批准他主持“八五”技术攻关“元宝枫的开发研究”。又十年过去，他把元宝枫的翅果，变成了名副其实的致富扶贫的“金元宝”。

深秋季节，陕西杨凌，我在西北农林科技大学第二次见到王性炎教授。他个头瘦高，腰杆笔直，思维敏捷，几乎没有白发，令人难以相信他是一位年近八十六岁高龄的老人。他说我带你去看元宝枫基地吧，这儿的农民种植元宝枫，已经成林产果了。他的话音里有着由衷的欣悦和自豪，用四川话和陕西话混在一起的普通话，给我慢慢讲解：元宝枫属深根性的树种，萌蘖力强，生长缓慢，喜光耐阴，适温凉湿润气候，耐寒耐旱，对土壤要求不高，在酸性土、中性土及石灰性土中均能生长，还特别抗风，八级大风都刮不倒呢。他呵呵笑起来：元宝枫，浑身都是宝，真是一种少有好树啊。

就和他一起去基地。在扶风县宝枫园林基地的元宝枫高产示范园，我见到了成片成林的元宝枫，都是十几年的大树了。正是果实累累的季节，深绿色的树叶间，翅果一层浅绿一层浅黄，好像停满了无数“蜻蜓”。待深秋翅果成熟，公司组织附近的村民大规模采集，然后对翅果脱粒、榨油，进行深层加工利用。基地办公室样品柜摆满了各种元宝枫产品：元宝枫油、元宝枫神经酸油、神经酸胶囊、元宝枫健康茶、养生茶、枫露茶、元宝枫面、元宝枫酱油、元宝枫月饼、元宝枫酒、元宝枫化妆品……琳琅满目的看不过来。

公司基地正在新建一条冷榨生产线，到明年，元宝枫油的产量还将大大提高。

是的，是油。从元宝枫种子里提取的元宝枫油。

元宝枫油，清澈橙黄的元宝枫油。王性炎教授的研究证明，元宝枫种仁是优质食用油新资源，所含优质蛋白质比例之高在植物种子里鲜见。还具有降血脂、软化血管、抑制肿瘤、改善生命质量的多种神奇功能。该成果目前已处于国内领先地位，并达到国际同类研究的先进水平。那么元宝枫油的利用价值是如何被发现的呢？往事辛酸，物资极度匮乏的20世纪60至70年代，城镇居民每人每月配给三两棉籽油，植物用油滴滴宝贵。王性炎偶尔注意到西北民间以炒熟的元宝枫种子充饥，去皮后的果仁呈金色，形似黄豆，他亲口尝过，味道与花生仁相近，香而无毒。那么，元宝枫种仁能否榨出油呢？1970年深秋，王教授带着年轻学生四处采集元宝枫翅果，用机械脱粒，试验土法榨油，出油率达到百分之二十六点五，新年前夕，他们用元宝枫种子榨出了一千公斤食用油，学院全体教工每人分得了一斤油，而用油渣“废料”做成酱油，其味香浓。1971年，陕西省开始将元宝枫种子正式作为油料收购，补充了食用油的短缺。我国的植物油自给率只有百分之三十至百分之四十，大多依靠进口，当时如果沿着这个路径继续下去，元宝枫很快会有惊人的表现。但是直到“八五攻关”，元宝枫的开发才重新提上日程。阔别元宝枫十七年，王性炎终于等来旧日心恋的“情人”。他下决心要将这个观赏树种，开发为集优质油料、新蛋白质资源、鞣料、药用、化工等多种效益为一树的高附加值经济树种。至“九五”规划，“元宝枫丰产栽培及产业化技术”被列入国家重点科技攻关项目，元宝枫的翅果终于在风中展开翅膀起飞了。

面对绿影婆娑的元宝枫树林，我沉浸在自己的想象中：人到中年的王性炎先生，那时或许经常久久地站在元宝枫树下。阳光明媚的日子，风吹树叶的哗响掀起他的思绪；深秋月圆之夜，元宝枫的翅果银光闪烁，启动他的科学灵感。有一个神秘的声音对他悄悄耳语：只要有一双善于发现的眼睛，就能在大自然中发现新的资源。

王性炎教授和他的团队的科学研究进行到2004年，有了更为重大的“发现”：元宝枫油中含有百分之五至百分之六的功能性脂肪酸——神经酸。这是唯一能够修复疏通受损大脑神经纤维，并促进神经细胞再生的双效神奇活性物质。他的《神经酸新资源——元宝枫油》的论文发表后，很快引起了美国科学界的重视，邀请他参加国际会议并将他的论文收录到学会论文集中。由于元宝枫是中国特有的树种，国际市场已开始从中国进口元宝枫油。如今，元宝枫油的价格已有“植物软黄金”之称。

我们去基地沿途，曾路过宝枫园林科技工程有限公司的元宝枫苗圃，半人高的树苗长势茁壮，五年即可结果，单株采种量二三十公斤，而老树可达一百多公斤。宝枫园林的王高红父子两代人，与元宝枫结缘几十年，在王性炎教授的专家团队指导下，如今已成为全国最大的元宝枫树苗供应商。元宝枫树具有固磷、外生的两类菌根，病虫害较少，易于管理，盛果期长，结实多，枝叶茎根可全树利用，是生命力极强的高效农业新品种。陕西的土质气候适合元宝枫的生长，2017年，扶风县由“公司 + 专家 + 基地 + 农户经营”的生产模式，带动附近二十多个乡镇发展元宝枫苗木两万多亩，农民种植元宝枫做成了全国第一。那些健壮的元宝枫树下，套种着大面积的牡丹植株，是杨凌金山农业科技公司“上乔（木）下灌（木）”的高科技农业创造的一大景观。王拉岐的金山农业公司主打林下经济，在元宝枫树下间作套种油用牡丹，牡丹的叶子、花瓣、花蕊可加工成牡丹花蕊茶，丹皮入药，而牡丹籽榨取的牡丹籽油，其中不饱和脂肪及α亚麻酸含量远远高于橄榄油，多项指标均超过被称为“液体黄金”的橄榄油。

想象一下扶风的春天吧：成行成林的元宝枫葱茏的树荫下，绿叶衬托着华丽的红牡丹白牡丹朵朵绽开，那是何等绚丽怡人的风景。元宝枫果真是一种好树，他像一个伟岸的男子，慨然护佑着臂弯下娇贵的牡丹妹妹。元宝枫油和牡丹油一并登上了木本油料新资源的贵宾宝座。

古稀之年的王性炎，仍然风尘仆仆奔走于全国各地考察元宝枫，瘦高的身影就像一株迎风屹立的老树。他曾在科尔沁沙地发现了上万亩野生元宝枫天然林，树龄都在三百岁到五百岁。元宝枫是一种长寿树，它不仅仅是红叶景观的参与者，更是防风固沙、造林抗旱、生态保护的先锋树种。2006年至今，王性炎先后八次进入科尔沁调研，用自己晚年的光和热，与当地政府和林业部门商讨如何保护好这片天然林及生态环境。2013年，王性炎教授所著《中国元宝枫》出版，这是我国第一部元宝枫学术专著。2018年，王性炎获得中国老年科学协会颁发的“突出贡献奖”，他说自己好像才刚刚步入老年，而元宝枫还是一项年轻的事业。

近年来，在国家林业局的大力推动下，元宝枫在西北、西南、华北和内蒙古赤峰地区得到了迅速发展，人工造林面积突破一百三十万亩。目前，全国元宝枫生产基地已达几十家，四川元宝枫万亩丰产示范林，已使得十万人脱贫；山东滕州大宗集团带领当地农民以种植元宝枫进行“二次创业”；贵州也开始试行以元宝枫为契机带动现代化农业。以元宝枫为创新龙头的木本粮油驱动之路，正在形成集生态、旅游、大健康为一体，前景广阔的红叶经济产业。

正是红叶渐浓时，与王性炎教授、王高红总经理穿过西北农林科技大学林木茂盛的校园，我惊喜地发现，校园里纵横交错的小路，竟然都是以树木命名的：

棕榈路、栾树路、法桐路、苦楝路、紫荆路、银杏路、国槐路、枇杷路……

果然是农林科技大学啊。或许，以后我们会见到其中那条“枫叶路”，被更名为“元宝枫路”。

《人民日报》2018 年

天边草原芍药谷

延绵起伏的草坡，绒毡似的铺了一层浅浅的绿，丘陵草浪划出舒缓的弧线，一坡又一坡、一波又一波，如浪如云，把地平线遮去一半。无边的草原形成一个个绿色的旋涡，车和人在绿浪里翻滚，忽高忽低忽前忽后，绿得令人眩晕。

视线里没有一棵树。

天边草原。

炽烈的阳光，无遮无拦地倾洒下来，那些矮矮茁茁的绿草，裸露在原野上，顶着阳光站立，无处藏躲，却无一丝怯懦。沙尘袭来、暴雨倾泻、大雪覆盖，无助的小草，坦然迎向天空，慨然无怨地承受着。细弱的草根与草根，在薄薄的土层下手牵着手，一根连着一根、一片连着一片，就把无边无际的绿草原托起来了。

走了多远的路呢？远处山脊的明线，勾勒出坡地草原层次分明的轮廓。那些深浅不一的暗影，是丘陵的皱褶，分出了坡地的阴面和阳面。

野芍药花惊现的那一刻，空气骤然凝固了。

她们从山谷里低地里探出头来，一团团柔润的白与粉，一只只仙桃般浑圆的花苞，一朵朵粲然开放的鲜花，一支支昂首俏立的深绿色枝叶，在草丛里漫坡遍野地散落开去。数不清的野生芍药花，如同一群群粉色白色的鸟群，从天边飞来栖息于此，铺满了这整整一面隐蔽而又开阔的凹形谷地。她们在阳光下安静地梳理着轻盈而光滑的羽翅，展示着纯洁无瑕的身体。粉白粉红，星星点点，织成了一块巨大的花毯。远远望去，眼前这一片绿山谷，已被盛开的野芍药，染成了缤纷绚丽的鲜花草原。

在这天高地阔、旷野无垠的草原深处，蛰伏着如此大面积的野生芍药，令人难以置信。她们更像一群超凡脱俗的花仙子，在草地上忘情嬉戏，心无旁骛地举行着一场隆重的演出。她们是在为自己舞蹈，并不介意是否有人观赏。

我被眼前这壮观的天然芍药之美震慑了。在坡顶上停下来，屏息静气，不敢迈出脚步。众里寻你千百度，蓦然回首，野芍药，我可找到你们了。

草原寂静无声，只听得草叶簌簌在脚下响动，还有自己急促的呼吸。小心地撩开齐膝的花枝，磕磕绊绊地接近她，跌跌撞撞地靠近她。再晚一步，唯恐她又乘风飞去倏然无影。我的前后左右身前身后都是绽开的野芍药，一朵亲吻着我的裙角，一朵拂弄着我的裙带，弯腰抚摸眼前这一朵，前面又有一朵在呼唤我……我触到了她薄如蝉翼的花瓣，闻到了花蕊中喷发出来的阵阵香味；左边是挺立的芍药花苞，右边是灿烂的芍药花朵，身后是繁茂的芍药花枝。芍药的花瓣在风中轻轻摇曳，花叶发出一阵阵浓郁的青草气息，花朵散着一阵阵清甜清爽清淡的芳香。我陷落于此起彼伏的花海花浪中，乱花迷眼。我匍匐在她脚下，只想伸出双臂把她拢在怀里。

芍药花浅杯状的大花蕾，多为粉红色，形似玉兰花苞，却更饱满健壮。那些已绽开的花朵，花瓣是纯正的白色或淡淡的粉色，远望几乎与牡丹或荷花同大。天空碧蓝如水，朵朵白云悬停不动。分不清是天上的白云一片片落下来变成了白芍药，还是一朵朵白芍药浮上了天空……野生芍药花朵多为单瓣，一朵有十几枚花瓣环绕，一棵植株上一簇可开几朵，并列几簇可达十几朵，开得烂漫狂野、无拘无束。鲜丽的金黄色花蕊上，布满了细密的花粉，弹之欲出，传递着芍药的爱情。花萼片约五枚，叶状披针形。花蕊中翘起几支精巧的红色“小拇指”，大概是雌蕊吧。在一朵即将落花的花蕊中，“小拇指”变成了成熟的纺锤形果实，搓碾后有黑色的圆粒花籽掉落下来……

到了秋季，芍药花叶一朵朵一片片落尽，地面上干干净净，就像芍药从没来过世上一样。她们消失于厚雪之下，好像在做一个藏猫猫的游戏。由于芍药的地下根茎硕大，有充足的养料让她们安然度过严冬。

山谷静悄悄，几只蜜蜂嗡嗡地飞过，钻入花蕊不见了。

啾啾鸟叫，咕咕虫鸣，还有风的声音。

很多年前，我和母亲游览北京香山，曾在樱桃沟发现几株人工种植的盛开芍药花，细细品赏，那洁白的花瓣近于透明，片片如玉似水，花形叶片与牡丹极其相似，花大叶肥，华美绚丽，好像是专与牡丹媲美而来。

我一直分不清牡丹和芍药。

然而，在这片草原深处的芍药谷，我终于明白了芍药与牡丹的区别。

芍药花长长的花茎，由根部簇生，每一枝都是直立而独立的，它们好奇地抻长了脖子，向上探问着天空。芍药的花朵高于植株，一朵朵活泼泼地悬浮于枝头，欢天喜地的样子，是一种率性无羁的姿态。而牡丹花开时，嵌于绿叶之中或悬浮于绿叶之上，因有花枝绿叶扶托，显得沉稳富态，有雍容华贵之相。

若说牡丹高冷，那么芍药热情。

若说牡丹富态，那么芍药妩媚。

若说牡丹华丽，那么芍药生动。

若说牡丹高贵，那么芍药柔韧。

牡丹的精致之美，是被人工栽培养育出来的；而野芍药，带着一种天然蓬勃之美，自由自在，质朴灵动。

芍药属毛茛目，被人们誉为“花仙”和“花相”，是国内“十大名花”之一，也被称为“五月花神”。芍药自古就被作为爱情之花，因其又名“别离草”，现已被尊为七夕之花。芍药花瓣可煮粥，芍根可入药……

赞叹着芍药所有的美与好，脑中闪过了《红楼梦》中“憨湘云醉眠芍药裀”的片段：宝玉过生日那天，史湘云喝醉酒，在园中山后一块石凳上睡着了。她头枕着一包芍药花瓣，芍药花飞了她一身，手中扇子落在地下，也被芍药花埋了一半，身边蜂围蝶绕……芍药裀，应该是盛满芍药花瓣的包袱，湘云枕着香气四溢的包袱醉卧而眠，芍药花飞了一身——何等诗意何等浪漫。

真正让我惊叹的，是眼前这漫山遍野的芍药花，覆盖了整整一个山谷，坡上坡下清一色的芍药，别无一朵杂花。它们此起彼落竞相争艳，热闹而丰满。这里既不是公园，更不是人工栽培的花坛。这片偌大的芍药谷，是真正的野生芍药，它们从这亘古荒原湿润的山谷里，自己长出来的，自生自灭，自由自在。

与公园人工培育的芍药花不同，野生芍药的花朵略小，多为单瓣，但植株茁壮，蔚然成片。这些芍药花的种子，究竟是什么时候落在这个山谷里的呢？在这片人迹罕至的草原上，这片或肥沃或瘠薄的土壤，她们或千挑万选，或随遇而安，沉潜于地下雪下冰下。春天来了，根茎悄悄萌动，她们便从草地上轰轰烈烈地钻出来。据说芍药发芽的场景蔚为壮观，水红色或浅紫红的短粗花芽，形似竹笋，出土后花芽颜色加深，变为深紫红色或黄褐色，而后迅速形成花的营养器官——茎和叶，茎叶一支支蓬蓬勃勃，萌发出强劲的生命活力。

大自然拥有何等的神力与造化，创造出了如此壮美的奇迹。千百年来，芍药花历经了多少次干旱或冰雹的劫难，侥幸存活下来并繁衍成谷。她们具有何等旺盛与顽强的生命基因，才能在这冬季长达八个月之久的高寒草原扎下深根。在她们娇嫩的花苞内，蕴含着何等超强的忍耐力与爆发力，年复一年，光阴荏苒，花开花落。只要草原的春天来了，无论怎样恶劣的春天，无论春寒春雪，她们都会踩着花期，去而复来。

天边草原、天上草原、天堂草原。

据知，在乌拉盖这一带草原上，大大小小的芍药谷有几十处。管委会对其进行了严格的保护措施，目前只有一个芍药谷对外开放，景区在山坡上搭建了长长的木栈道，供游人隔空观赏。芍药被称为别离草，是离人折花话别呢，还是她们随时会飘然离去？如若有一天芍药不辞而别，夏季的草原也就黯然失色了。

在距北京几百公里之北的草原深处，拥有着一片保存完好、未被侵犯的芍药谷；在这个污浊的世界上，在山脊的皱褶里，深藏着一片纯净的鲜花草原——这是上天赐予草原人的珍宝。而我们，所有涌向草原的赏花人，能否同时成为护花人？我们在赞美芍药的同时，能为她们做些什么呢？

《北京青年报》2019 年 5 月

我敬

旧物摩挲泪几行

“旧物摩挲泪几行”，这是清代诗人黄仲则为追悼他的老师而写的一首七律诗中的一句。

1997 年 2 月，在黄伟经先生和黄秋耘老师所做的访谈中，秋耘老师曾亲口背诵过这首他十分喜爱的《悼亡师》——六十五年以前，少年秋耘考入清华大学后，在入学的作文考试文章开头，曾引用过这首旧体诗。后面还有这样的句子：夜冷有风开绛幄，水深无梦到尘梁……料得夜台闻太息，此时忆我定彷徨。

当我重读《黄秋耘文集》中“风雨年华”卷中收录的这篇访谈文章时，秋耘老师已在一年前离我们而去。想不到真是应了文中悲凉的诗意：夜半的冷风吹开了老师住处的门窗，大水漫漫何处能梦见老师呢？只能倾听他从另一个世界发出的声声叹息……

叹息与哀愁，为了这世上的苦难与悲悯。

秋耘老师过世已近一年，深深怀念与追思中，我却一直没有写下关于他的纪念文字。

面对多年来我内心所格外敬重的黄老，书写变得如此困难。因为我知道，他这一生中所能做的事，都已尽力而为；他的精神追求、丰富的情感和激荡深沉的内心世界，都已留在四卷本的《黄秋耘文集》中了，不需要在身后再由别人来增添什么。

况且，以我疏浅的学识与阅历，回顾与记述先生，颇为惶恐不安。

算起来，我认识黄秋耘老师已经十六七年了。不记得是在什么样的场合，由于什么事情而熟悉起来。20 世纪 80 年代中期，新时期文学的热潮方兴未艾，读过他的《锈损了灵魂的悲剧》《丁香花下》及后来发表的《雾失楼台》，作为一位从战争年代走过来的老作家，他笔下那般深沉的人道主义情怀使我倍感震惊。从他浓重的广东口音中得知他竟是我的“老同乡”，心里更觉亲切。1985 年第四次作代会上，黑龙江省代表团有一些人，阻挠我当选理事的提名，此事传开后，有几十位作家仗义执言联名上书主席团，反对这种做法。很久以后我才得知，签名的作家中，竟然也有黄老。对于他的正直，由此感同身受。后来他对我的作品谈过中肯的意见，我自然就将他认作了老师。

那时候黄秋耘老师虽已年逾花甲，却因各种文学活动之需，常来北京开会，频频奔波于京穗两地，所以每年都有机会见面。他每次来北京之前，都会先从广州发来一封短信，告知他抵京的时间，让我到时候去找吴泰昌先生询问他的住处，以便约谈。先生对后生晚辈的态度如此认真谦恭，颇有君子之风。一次邀他来家做客，谈得高兴，到了午餐时间，我与丈夫欲在住处附近的一家餐馆请他吃饭，他不愿让我们破费，坚持只要些简单清淡的蔬菜，我恭敬照办。席间他曾饶有兴致地对我们讲述他的平生经历，谈到了 50 年代他在北京所经历的“反右”等历次运动，讲到“文革”以及 70 年代他为什么从北京回到广州……平静的叙述中充满了悲愤正义之情，还有对自己毫不留情的评判与检讨。最令我惊讶的是，秋耘老师看似那样温文尔雅的一个文人，抗战时期竟然是一个坚强勇敢的军人。他戏称自己是军人和诗人的混合体，是现实主义和浪漫主义的结合物。渐渐熟识之后，从他一丝不苟的严谨作风和略显忧郁的性格气质中，我觉得他对自己的评价真是十分准确。而这似乎水火不容的两种特性，究竟是怎样水乳交融地生成的呢？可惜，我终是没有机会问过他。

一次我去广州开会，到他家里看望，他和夫人留我吃午饭，有莲藕清炖排骨汤和馄饨炒面，我很喜欢，吃了不少，他就很开心。1994 年我又一次到广州，《羊城晚报》的女编辑胡区区陪我去看望秋耘老师。那时他刚搬过家，胡区区也不清楚新的地址，我们俩在梅花村找了半天，总算找到了，他对我们的到来很是惊喜。但那年秋耘老师已经有帕金森氏综合征的初期症状，还有心脏和关节的问题，行走不便，话语不多。我只记得他的言谈中，对于时下的社会状况忧心忡忡。在我认识他的十几年中，他始终带有一种多愁善感的诗人气质，承载着苦涩而沉痛的精神重负。那一次则更加忧郁。我很难过，却不知道该对他说些什么宽慰的话。不忍太多打搅，谈了谈自己的近况，再三地请他保重身体，就告辞了。临走时许诺说，再来广州定会去看望他的。但未承想后来的几年中，再也没有机会去广州。除了过年过节偶有电话向他问候，那次在梅花村寓所见到他，竟然是最后一次。如今留在我耳边的声音，只是他从电话线中传来的微弱的广东口音了。

那么多年，他在广州，我在北京。那时候的电话尚未像现在这样方便普及，地理上如此遥远的距离，使得“师道”更多是通过“函授”进行的——如今回忆起来，我和秋耘老师的交往与交流，都留在书信中了。

我至今还完整地保留着这十几年间，秋耘老师写给我的五六十封亲笔信。信上的抬头，自始至终无一例外都用“抗抗同志”这个称呼。而信尾的署名，多用“秋耘”，时用“昭彦”，偶用“彦白”。他始终把我当成一个平等的老友或是忘年之交，让我欣喜而又惭愧。

在这里，我简要地摘录一些信中的内容，对于人们了解秋耘先生晚年的所思所想所为所虑，会有一定的参考价值。重新穿过时间的隧道，触摸岁月锈迹斑斑的四壁，我看见那个不朽的灵魂，仍如燃烧的火把，在黑暗中闪烁着不灭的思想之光。

信件都已按照年代序列一一编号，其中，以20世纪80年代的通信最为频繁。

秋耘老师在1985年12月24日给我的信中写道：在京期间，我跟清华、北大、北师大的青年同学们开过五次座谈会。我认为，他们提出很多有益的、积极的批评和建议，值得我们这一代人认真反思（笔者注：黄老在“反思”两个字下面加了黑点）。北师大有一位同学很坦率地忠告我：“阁下清名未替，人犹有望，务希保持革命晚节。”我很感激他，这是对我有力的鞭策。对于我来说，“清名未替”已经评价过高了。我这一辈子所做的蠢事和错事是不少的，不过还没有同流合污堕落为“贪官庸吏”，也是事实。

1986年的通信大多是谈他正在写作的《风雨年华》。

1986年2月18日：我南归后，专心致志修改《风雨年华》续篇，争取第一季度完成，与正编合成一卷出版（约二十二万字）。责任编辑所提的意见，基本上我都可以接受（主要是删掉一些他认为有干碍的片段），但他要求我增加一章写1957年至1966年的经济建设成绩和各方面的积极现象，我认为这不符合事实，假如经济建设一直向上发展，则三年困难从何而来？这一点尚有待协商，取得一致意见，主要取决出版社的主要领导人的意见如何。我准备做一些让步，但以“不说假话”为原则。

1986年4月14日：《风雨年华》的续编总算改出来了，虽然删掉不少，跟正编合在一起，还有廿万字左右。老实说，这部书下半部的可读性比上半部强得多，因为所写的大多是我们这一代人亲自经历的事，记忆犹新。记述“干校”那一章，题为“荒原上的狼群”，那个时代“干校”的生活，人对人简直像狼一样残酷，“干校”的周围都有几个甚至十多个枉死者的新坟。

1987年2月15日：拙作回忆录早已印好，但出版社下令“暂缓发行”，季涤尘先生力争亦无效果。“暂缓”二字用得绝妙（笔者注：

黄老在“绝妙”二字下面加了黑点），可以缓一月半月，也可以缓三年五载……世事如棋，惊涛骇浪，不欲多言。春寒料峭，诸位珍摄。

1988年6月25日：我还在写长篇小说，已写了十万字左右，间也写点短文。上月那篇“面向文学、背向文坛”反映较强烈，毁誉都有。“广告文学”更引起大风波，不过我也不在乎。其实文章引起争议，是大好事，最怕是有如石沉大海，无声无息。

进入80年代末期，黄老的心情越发沉郁。但他即便在病痛之中，仍然坚守着自己的独立人格，并且不忘在信中关心和鼓励我。十余年后重读这些文字，依然让我感动。

1989年2月16日：此间文坛空气之恶浊，尤甚于北京。不闻书香，只闻铜臭。古语说，世风日下，人欲横流，庶几近之。

1989年11月7日：我自4月底从无锡太湖南归后，因患心肌劳损，时感眩晕，近虽稍见康复，然极不想写作，迄今已辍笔数月之久。人已老年，无可奈何，唯有读书明道而已……听说《文艺报》主编易人，又上海的《文汇月刊》亦拟停刊，未知确否？近日各地的报刊拟停顿者甚多，上海达二十七种，广州也有十多二十种。

1989年11月25日：在这段时间里，你练练钢琴，多读一些中外古今的文学名著，很好！一定要甘于寂寞，耐下心来学习。写些作品是可以的，但一定要确实达到成熟的程度才好发表（笔者注：黄老在“成熟”二字下加了黑点）。

1990年1月19日：我写的长篇，初稿已经完成，约廿万字，但肯定不会有出版社接受的，还是藏之名山，等百年后再说吧。

1990年10月3日：我会永远记得，每次我到北京出差的时候，最愉快的交谈和会晤是在你家里的会餐，在那个小小的精致的客厅里，我们谈得那么无拘无束，使我这个生性孤僻的老头子仿佛回到了自己的家里一样……“人之相知，贵相知心”，知心是不容易的，也勉强不来的……什么时候，我们才能聚首一堂，促膝谈心呢？我相信，这一天总会到来的。但我不知道，我能不能等得到。岁月不饶人，加上“百忧感其心，万事劳其形”，我的健康状况已经大大“滑坡”……我已经七十二岁了，人活到这个年纪，不能算是短命，但是我还想多活几年，静观世变，万一我这个性急的人比你们先走一步，也不必为我悲伤……

自 1992 年以后，黄老的身体每况愈下，心情也倍感郁闷。为了减少他复信的麻烦，我给他的信渐渐减少，隔一段时间打电话向他问候，给他讲讲自己的生活和想法，希望能给他一些精神慰藉。晚年的秋耘老师，在长达七八年的时间里，深受病痛折磨，心境沉重而无奈。他在 1993 年 7 月 1 日给我的信中写道：直到现在为止，四肢仍不大听脑子指挥，走路和写字都有困难，思考能力也逐渐衰退，使我苦恼不堪，每天只能随便翻一下报纸，读点不费脑筋的闲书，总之，是过着无聊的日子，几乎与残疾人差不多。

到了 1994 年，他给我的信，已是由夫人蔡莹代笔。进入 1996 年，他的身体似乎有些好转，竟然读了我的长篇小说《赤彤丹朱》，2 月 2 日有亲笔信给我：大作《赤彤丹朱》已拜读，你每一部新作在思想上艺术上都有进步，真令人高兴。这一部其实是自传体的小说，难度较大，你能取得这样的成就，已经足以自慰了。

在我保存黄老给我的全部信件中，日期到这里戛然而止——

1996年2月2日，当时我绝不会想到，这是他给我的最后一封信。

晚年的黄老，除了身体的原因，他的孤寂与失望更多地来自心灵深处。他在香港出生长大，家境富裕，从青年时代开始就怀有追求公平正义的“左倾”立场，在清华大学求学期间成为“进步青年”，后参加抗战。但他同时又是一位具有浓郁诗人气质的文学青年，一个抱有虔诚的古典人道主义情怀的理想主义者。所以对于20世纪90年代来临的自由经济和商业时代，有一种强烈的抵触与反感。眼前这个物欲横流的喧嚣世界，与他一生为之努力奋斗为之历尽艰险的那个平等民主的理想社会，产生了极大的背离与差异，可是他已经没有力气用笔来表达自己的看法了。他是带着对真善美的殷切期盼，带着未竟的理想和精神的十字架离去的。

在我的文学道路上有幸认识的那些令人敬重的前辈作家中，黄秋耘老师的文德与人品，一直在无形中影响着我。有时我会觉得他像一棵巨大的榕树，以繁茂的浓荫，为后人遮蔽、阻挡烈日风霜。从那些伸展的枝条上，发出茁壮的气根，一直钻到土壤的深处，然后形成新的枝干，最后成为像“小鸟天堂”那样由一棵树发展而成的一整座树林的岛屿。

“三年谁与共心丧，旧物摩挲泪几行”——再次摩挲黄秋耘老师留下的书信与作品，泪眼迷离之中，隐没在南国青山绿水之中的亡师之灵，一如我温暖的祖籍和故乡，让我永远地眺望与依凭。

《随笔》2002年第5期

不带地图的旅人

惊闻萧乾先生去世的噩耗，悲痛中我脑子里闪过的一个念头是：萧乾老师肯定是在生命的最后一分钟，都在拿着笔写作。

萧乾老师生命中最后几年，不得不在北京医院的病房中度过。刚入院那会儿，单人病房里仅增添了文洁若老师陪住的一张小床，萧老乖乖地含着体温计、穿着病号服坐在沙发里读报看书，病房勉强还像个医院的样子。但过不了多久，桌子上窗台上沙发扶手上床底下甚至地板上，渐渐堆满了各种书籍报刊资料，若是来了探视的朋友，差点落脚的地方都没有了。那靠墙的小桌是文老师专用的，她一边亲自照顾萧老，一边见缝插针地为萧老做着烦琐细致的文秘工作，包括稿件和信件的收发、整理旧稿、编撰萧乾文集和出版萧老的新书，等等。到后来，那病房已经完全变成了一间办公室或是书房，病床和所有的治疗仪器都几乎被书堆湮没了，倒像是一间工作室里某种别出心裁的装饰，仪器反倒显得可有可无。

萧老以近九十岁的高龄，在病房里坚持着他坎坷一生中为之奋斗不息的信念和使命。

萧乾老前辈的名字和著作，在我们少年时代，就已如雷贯耳。中学曾做过记者梦，当然是得做一个像萧乾那样不带地图的战地记者。但真正能有资格拜会萧老，是进入中年以后的 20 世纪 90 年代了。那年夏季刚刚过去，我陪朋友去萧家，未能见到萧老脸上那著名的弥勒菩萨般的微笑，却见二位老师慈善的面容上布满忧戚的阴云。那天萧老关切地询问了我许多事，包括我先生的情况。他那一声发自心底的愤愤长叹，时隔多年，至今在我耳边振动。很久以后携先生去拜望他，彼此相谈甚深。此后只要我与先生一同去医院探望，萧乾老师必定撇下文学话题撇开我，兴致勃勃地和我先生交谈时事新闻、经济形势之类的话题。萧老倾听的神情如此专注认真，议论和提问时如此急切焦虑，每一次都令我深深感动。尽管外界的纷争离他已远，但来自民间的信息，于他却如输液一般重要。久居病室的萧老，依然身负着当年记者的责任和良心，关心着国家和民众的命运。哪一次若是我的先生因事未去，萧老会明显地表现出失望，像是错过了可以对弈的棋手。

那年，有杭州的一位诗人朋友金毅（流星雨）先生来京，他素来敬仰萧老，希望能有机会拜见萧老。我代为联络，得到文老师的应允，陪同金毅一起到木樨地萧宅探望。谈话间金毅请求萧老为他留下墨宝，萧老慨然答应，又谦虚笑说他的毛笔字不好，就用硬笔写吧。当即在金毅的笔记本上，写下那句属于萧老晚年名言——“尽量说真话，坚决不说假话”。“尽量”是一种限度，是在现实中力求理想之痛苦表述和期望。而坚决不说假话的自我戒律，在中国改革开放二十年后，对于一个有良知的知识分子，应该能够做到。所以，我认为萧老这句话是真诚而实事求是的，要比那些空洞而脱离实际的豪言壮语，更让人信服。

那一日金毅先生喜得萧老的赠言后，匆匆告辞赶赴另一约会，却在忙中出乱，事后发现那宝贵的笔记本竟然不翼而飞，遍寻无着，就像一句逆耳的真话，被丑陋的浊世吞没了。我不忍看金毅的绝望，打电话给文老师，请她在家里寻找那个失踪的本子，没有结果。只好安慰金毅说，等萧老有空时，我去请他再写一遍无妨。金毅摇头说不妥，萧老每日忙极又是高龄，如何能一再烦扰他呢？过了一些日子，我去北京医院探望萧老，闲聊中说起此事，我试探地征询文老师，能够烦请萧老给“补”上一笔，萧老听闻，笑眯眯从床底下抽出一张白纸，重新工工整整地将那句“真话”写了一遍，然后签名盖章一丝不苟，萧老年近九十，笔力依然遒劲。如今这页白纸黑字，已成为诗人金毅的珍贵收藏，弄得我心里好生嫉妒。

不过，我也拥有萧乾老师和文洁若老师的多种签名，不是在纸上，是在书上，是萧老和文老师的新作和译作。1994 年《尤里西斯》出版了上卷，出版社赠我一册，有一次偶尔问起文老师，后头两卷何时面世。没想到到了 1996 年，文老师特地将中卷和下卷一并寄我，扉页上有二位老师的签名（文老师的记忆力实为惊人）。当时我曾立下雄心准备攻克这部天书，一次某报“作家近况”征询动态，我大言不惭地报告说最近正读《尤里西斯》。译林出版社编辑闻讯大喜，打电话请我写一篇读后感。我尴尬地实言相告：该书读是读了一部分，但阅读中需花大量时间查阅注释，可见理解力实在有限，看来难以为继，后终因疏懒和惰性，只读半卷就再放下了，读后感终是未能写成。数日后坦诚告知二老，萧老只是宽容一笑作罢，大人不记小人过，以后仍是时不时将新书赠我，每次总是认真写上我和夫君的名字，名字后面总有“知友”的称谓，想起来，至今令我惭愧不已。

近十年中，我除了偶尔去探望萧老和文老师外，并未能为他们做什么，哪怕是分担一点生活琐事。但二位老师却竭尽所能，给予我许多温暖和关怀。1995 年，我的长篇小说《赤彤丹朱》出版后，曾赠送给二位老师，我没有想到住院多时的萧老，真的会在病榻上读它。读完后，用他颤抖的手，写下了一篇题为《温故而知新》的千字“书评”。

文老师曾将该文寄于《文汇报》，送审却未通过，终未面世（后收入《张抗抗作品评论集》中“《赤彤丹朱》解析”一辑内）。虽然遗憾，我却也为这篇书评能够成为萧老一生中发不出去的文稿之一，多少感到自豪。

由此可知萧老晚年，在病榻上仍是怎样在为国为民忧虑忧思的。他始终不渝、认认真真地兑现着自己“尽量说真话，坚决不说假话”的诺言，并为此承受了种种误解和责难，直到生命的最后时刻来临。

很久没有去看萧老，今年早春，想不到萧老突然就走了。告别的那天，为萧老送去一束洁白的鲜菊花，但愿他地下有知，能知道我们对他的怀念。安卧在鲜花丛中的萧老，脸上仍然带着他顽童般纯真的微笑，他是到另一个世界去继续他未完成的旅行了。作为一个自由的精神求索者，他永远是一位“不带地图的旅人”。

这地球的千山万壑间，本是没有地图的。唯有先驱者留下的那些文字，可作后人迷途中参照的标识。

写于 2002 年

黄河之水游龙去

——光年老师周年祭

我站在高山之巅，望黄河滚滚……

这首抗战歌曲融入了他全部的青春激情，成为民族的史诗。从诗人的青年时代一直唱到他晚年，并在诗人去世后被人们继续传诵。诗人若将自己的灵魂寄托与诗，诗的生命比诗人更长久，也许，是诗歌再次创造了诗人。

黄水奔流向东方，河流万里长……

悲凉凄绝，宏阔壮美。几十年以前，曾是我们那一代人少年时的精神养料。

我喜欢歌词的壮阔，亦喜欢曲调的深情。多年以后，仍能熟练吟唱。

很久以后才知道，他不仅是诗人，也是战士，更是学者。

新时期开初，文学那条黄河，拐了九十九道弯终于汇入大海。20 世纪 80 年代，曾有机会在多次会议中听他的报告和讲话，对于他领导文学工作拨乱反正的魄力和对青年作者的悉心爱护，一直心存敬意。但真正同他熟悉起来，却是在 20 世纪 90 年代他不再担任领导工作之后。那一段沉重而茫然的特殊时期，偶然地即兴地，约了梁晓声一起去看望他，只想给他送一束 5 月的鲜花，表达我们的心情。那天他真的高兴，为我们没有忘记他；我们也真的高兴，为他的健朗与豁达。从那以后，每隔一年半载，会想着去看看他，在他的家里小坐片刻，每一次他都会同我讲起他正在读的书和正在写的作品。在那些总是堆放着打开的书稿的茶几和沙发上，我看见了一位老人的勤奋与思索。从 20 世纪 90 年代初往后，将近十年时间断断续续的交往，光年老在我的心目中，从一位德高望重的领导，还原为一位严谨的学者和睿智的诗人，他深厚的学养、艺术鉴赏力以及社会洞察力，都令我折服与景仰。

每一次去，光年老都会问起我的写作，我也会记着把自己的新作带去。送书在我其实多半是出于礼貌，我不能奢望一位年逾八旬的老作家老前辈有精力和兴趣读我的作品。直到后来我收到了他由“读书日记”整理而成的两封书信，我才发现自己完全错了——光年老不仅真的认真读书，并且每天都会把读书的感受写入当天的日记。即便是对一个晚辈的作品也不例外。那几年中，他读过我的长篇小说《赤彤丹朱》《情爱画廊》，还有纪实体的老三届知青“文革”

回忆录《大荒冰河》以及中篇小说《集体记忆》……他在信中对我的作品谈了许多精辟的意见，还有真诚的鼓励。这两封信曾发表于《随笔》杂志，并收入前不久刚出版的五卷本《张光年文集》中，成为我心中永远难忘、温暖而亲切的回忆。

就在前年，光年老又病过一次，但我每次见到他时，他仍是气色朗润、精神矍铄，从无病容与倦容；思路清晰敏捷，一点都不像一位年近九十的老人。如果正好遇上他有新书出版，肯定能得到他的赠书。若是带了自己的新书去，算是“交换”；若没有带书去，就是“赚”了。印象中，最初是《惜春文谈》《江海日记》，再后来是《光未然脱险记》《文坛回春纪事》……到去年（2001 年）12 月全国第六次作家代表大会期间，抽空去看望他，他赠我刚出版的新书《骈体语译〈文心雕龙〉》，我心中大喜。由于“文革”以及自己的疏懒，加上文言文的《文心雕龙》深奥难懂，说来惭愧，我这个所谓的“文化人”，一直都想要好好读这本书却始终都没有读完过。如今有了《文心雕龙》的白话译本，倒像是专为我们这些古典文学“营养不良”的人准备的。

那天我对光年老说，我会认真读这本书。就算一天读一篇吧，一个月也可读完。等我读完之后，给您打电话，说说我的读后感，算作答谢吧。他送我到门口，连声说好。

我信守承诺，那一个多月时间里，几乎每晚临睡前读一篇《文心雕龙》。我发现除了光年老文采斐然的白话译文之外，他为每一篇译文所写的译后记，也十分精彩。既对文论的历史文化背景做出了深入的诠释，也对文论与实践、基本艺术规律与现实文艺创作的关系以及今人的文风文体文思的变化发展，提出了他自己的见解。

然而，书刚读完，我还没来得及给他打电话，2002 年 1 月去哈尔滨开会，一个寒冷的日子，噩耗传来，光年老突然因病去世。

那一座城的凄凄白雪，难以寄托我的哀思。

“黄水奔流向东方”——“文心雕龙”，有如黄河之水，来自上天又游龙而去。那是一个有意味的寓言或是一部结局完美的戏剧。光年老此生，由黄河始而雕龙终，就像一座刻着精美的中古文心的“龙纹桥”，倏然隐没在云端里。光年老在晚年最后的岁月里，给我们留下了一笔珍贵的财富。真是应了他本人在《文心雕龙》译文的题记上所写：

他的文心寄托深远啊，寄与龙飞凤舞的后来人。

光年老师离开我们一周年了，如今寒冬的飞雪重又袭来。然而，唱起他的黄河水，重读他的诗文，脚下的冰雪，竟被心里的热量一点一滴温暖地融化了。

《文艺报》2003 年 2 月 25 日

九思九叹九歌

——贺巴老九十九岁寿诞

巴金前辈九十九岁寿辰，在深秋的成熟季节，在人们的期盼之中，终于悄然来临。我们几乎没有觉得惊讶，在巴老文弱的体内，那样非同寻常的顽强意志与生命力，究竟是怎样一次一次地驱赶病魔，抗拒着时间对身体的磨蚀。我们甚至觉得巴老就应该如此高寿，巴老会永远和热爱他的读者一起往前走——走出封建传统文化的漫漫《寒夜》，寻找知识分子的人文精神之《家》。巴老引领我们度过萧瑟的《秋》，进入温煦的《春》，迈入新时代的《激流》。因而，晚年的巴老，在“病中”依然坚持“随想”与“探索”，并且勇敢地面对自己、正视“往事”，说出了许多人没有勇气说出的“真话”。

20 世纪 30 年代直至 21 世纪开端，如此漫长的岁月中，巴老赢得了世界上那么多读者由衷的敬意，是文学的荣幸也是写作人的荣幸。有巴老健在，我们这些学步的晚辈，终觉心里踏实安定，就像前方灰茫的雾沼中闪过鲜亮的旗帜，或是一座摇曳的房屋在风雨之夜被一根坚实的大梁牢牢支撑。巴老的一生都在用自己的笔，同人世间的“残忍、野蛮、愚蠢、荒唐”抗争。他把“作家的心交给读者”，因而得到了读者的心。

20世纪80年代，我曾有幸在李小林（巴老之女）的安排下，在上海巴老的寓所拜见过巴老。当时我紧张而忐忑得说不出话来，记得巴老以浓重的四川口音亲切平易地对我说：作家写作应该有自己的尺度，写得好就感人，对人们产生好的影响，对社会有用。比如“文化大革命”，现在的年轻人不了解，我们有责任让他们知道，写“文革”要深入到人性的深处。创作自由，首先作家的心灵必须自由，而不是按照评论家的标准……我记下了这些朴素的话，它们成为我文学道路上受用不尽的力气。1983年巴老的《随想录》前三集，在三联书店首次出版，巴老还曾亲笔题赠予我，成为我最珍贵的藏书。至今能背出“后记”中巴老的那句话：“《随想录》是我一生的总结，一生的收支总账。”这部被海内外文化人士称为“力透纸背、情透纸背、热透纸背”的巴老晚年之作，怀着炽热的爱心吐尽心中肺腑之言。1997年我在杭州，曾有幸陪同冯亦代老先生，去巴老养病的西子宾馆探望巴老。那年巴老已是九十四岁高龄的老人，每天仍然让家人为他选择诵读当代文学作品，听到有意思的描述，巴老还会加以点评。那一个阳光灿烂的下午，巴老对我们说了不少话。在碧绿的湖水与葱郁的桂花树下，轮椅上巴老安详平静的神态，被定格在我的记忆深处，只是时而被泪水轻轻淹没。从此后再回杭州故乡，走在湖边，会觉得巴老仍然坐在草坪那端默默地注视着我。我听见烟波浩渺的湖面上回荡着那个声音:“作为作家，就应当对人民、对历史负责。我现在更加明白，一个正直的、有良心的作家，绝不是鼠目寸光、胆小怕事的人。”

那是一种常人无法企及的境界，也许我难以到达那里，但有巴老在，我们不会迷途。

即将度过九十九岁寿诞的巴老，一生九思九叹九歌——《论语·季氏篇》中孔子曰:“君子有九思：视思明，听思聪，色思温，貌思恭，言思忠，事思敬，疑思问，忿思难，见得思义。”尽管巴老不会赞赏“言思忠”，但“疑思问”与“见得思义”，是绝不会有错的。这位走过了整整一个世纪历程的睿智老人，一生中为世间苦难奋笔疾书，激浊扬清，如屈原的“九歌”那般忧怀苦毒、哀愁沸郁，又何止是九思九叹呢。

然而，高寿已至人瑞的巴老，仍有一颗年轻的心。一个时时审视自己、检省自己内心的人，强劲的心脏始终趸注着流淌着殷红的鲜血，所以他永远不会老去。抱着病躯的巴老已不是在为自己活着，而是为了文学为了深爱着他的读者，在坚守着生命最后的尊严。面对已将“自己的全部感情，全部爱憎消耗干净”的百岁巴老，我们会懂得，有一种东西将比他宝贵的生命更为久远地存在并流传下去，那就是一个人格独立的知识分子的人文关怀与批判精神。

喜迎巴老九十九岁寿诞，愿九州九霄九天九野九岭九江九十九道湾，都向巴老鞠躬致意。遥望南天沪地，我能闻到巴老床前的每一朵鲜花，都散发着晚华素淡的芳香。

《北京青年报》2002 年 11 月 25 日

苏醒中的母亲

那天清晨6点多钟，书房的电话急促地响起来。我被铃声吵醒，心里怪着这个太早的电话，不接，翻身又睡。过了一会儿，铃声又起，在寂静中响得惊心动魄。心里迷迷糊糊闪过一个念头：不会是杭州家里有什么事吧？顿时惊醒，跳下床直奔电话。一听到话筒里传过来父亲低沉的声音，脑子嗡的一下，抓着话筒的手都颤抖了。

年近八十高龄的母亲，长期患高血压，令我一直牵挂悬心。2002年秋天的这个凌晨，我担心的事情终于发生，母亲猝发脑出血，已经及时送往医院抢救准备手术。放下电话，我浑身瘫软。然而，当天飞往杭州的机票，只剩下晚上的最后一个航班了。

在黑暗中上升，穿越浓云密布的天空，我觉得自己像一个被安装在飞机上的零部件，没有知觉、没有思维。我只是躯体在飞行，而我的心早已先期到达了。

我真的不敢想，万一失去母亲，以后的岁月里，我们全家人还有多少欢乐可言？

飞机降落在萧山机场，我像一粒子弹，从舱门里快速发射出去。子弹在长长的通道中一次次迅疾地拐弯。而我的腿却绵软无力，犹如一团飘忽不定的雾气，被风一吹就会散去。

走进重症监护室最初那一刻，我找不到我的母亲了。我从来没有想到，我竟然会不认识自己的母亲——仅仅只是一天，脑部手术后依然处于昏迷状态的母亲，整个面部都萎缩变形了，口腔、鼻腔和身上到处插满了管子，头顶上敷着大面积的厚纱布。那时我才发现母亲没有头发了，那花白而粗硬的头发，由于手术而完全被剃光，露出了青灰色的头皮。没有头发的母亲不像我的母亲了。突然明白原来母亲是不能没有头发的，母亲的头发在以往的许多日子里，覆盖和庇护着我们全家人的身心。

手术成功地清除了母亲大脑表层的淤血，家人和亲友们都松了口气。然后是在重症监护室外的走廊上整日整夜的守候，焦虑而充满希望的等待。等待母亲从昏迷中苏醒过来。每天上午下午短暂而珍贵的半个小时探视时间，被亲友们分分秒秒珍惜地轮流使用。无数次俯身在母亲耳边轻声呼唤：妈妈，妈妈，你听到我在叫你吗？妈妈妈妈，你快点醒来……

等待是如此漫长，一年？一个世纪？时间似乎停止了。母亲沉睡的身子把钟表的指针压住了。那些日子我才知道，“时间”是会由于母亲的昏迷而昏迷的。

两天以后的一个上午，母亲的眼皮在灯光下开始微微战栗。那个瞬间脚下的地板也随之战栗了。母亲睁开眼睛的那一刻，阴郁的天空云开雾散，整座城市所有的楼窗，都好像突然一扇一扇地敞开。

然而母亲不能说话。她仍然只能依赖呼吸器维持生命，她的嘴被管子堵住了。许多时候，我默默站在她身边，长久地握着她冰凉的手。我暗自担心苏醒过来的母亲，也许永远不会说话了？脑出血患者在抢救成功后，有可能留下的后遗症之一是失语，假如母亲不再说话，我们说再多的话，有谁来回应呢？苏醒后睁开了眼睛的母亲，意识依然是模糊的，母亲只能用她茫然的眼神注视我们，那个时刻，整个世界都与她一同沉默了。

母亲开口说话，是在呼吸机停用后第二天夜晚。那天晚上恰好是妹妹值班，她从医院打电话回来，兴奋地告诉我们妈妈会说话了——我和父亲当时最直接的反应是说不出话来。妈妈会说话，我们反倒高兴得不会说话了。

妹妹很晚才回家，她详细地复述了妈妈今晚在病床上一口气说的那些话。妈妈反反复复地说：太可怕了……这个地方真是可怕啊……妹妹插话说：我是婴音。妈妈说：你站在一个冰冷的地方……妈妈的那些话，结结巴巴断断续续，似乎在一场长长的梦魇中挣扎。她一生里曾经历的所有屈辱和苦难，如同无数记忆的碎片，在脑海深处闪烁浮游。她正在试图用嘴唇和牙齿与梦魇对抗，在语言中逃脱并复原自己。是的，不管怎样，我们的妈妈会说话了，妈妈的声音、表情和思维，正从半醒半睡的噩梦中一点一点复苏。

第二天清晨我急奔医院病房，悄悄走到妈妈床边，问：妈妈，认识我吗？

妈妈用力地点头，却叫不出我的名字。

我说：妈妈，是我呀，抗抗来了。

由于插管子损伤了喉咙，妈妈的声音变得粗哑低沉，她复述了一遍我的话，那句话却变成了：妈妈来了。

我纠正她：是抗抗来了。

她固执地重复强调说：妈妈来了。

我的眼泪一下子涌上来。“妈妈来了”——那个熟悉的声音，从我遥远的童年时代传来，“别怕，妈妈来了”——在母亲苏醒后的最初时段，在母亲依然昏沉疲惫的意识中，她脆弱的神经里不可摧毁的信念是：“妈妈来了。”

妈妈来了！妈妈终于回来了。

从死神那里侥幸逃脱的妈妈，重新开口说话的最初那些日子，从她嘴边奇怪地冒出了许多不连贯的文言文。探望她的亲友对她说话，她常常反问：为何？若是有人问她感觉怎么样，她回答：甚感幸福。那些言辞也许是她童年的记忆中接受的最早教育，也许是她后来的教师生涯中始终难以忘却的语文课。那几天我们差点儿以为母亲从此要改用文言文了，我们甚至打算赶紧温习古文，以便与母亲对话。

幸好这类用词很快就消失了。母亲的语言功能一天天开始恢复正常。每一次医护人员为她治疗，她都不会忘记说一声谢谢。在病床上长久地输液保持一个姿势让她觉得难受，她便不停地转动头部，企图挣脱鼻管，输氧的胶管常常从她鼻孔中脱落，护士一次次为她粘贴胶布，并嘱咐她不要乱动。她惭愧地说：是啊我怎么老是要做这个动作呢。胡主任问她最想吃什么，她说：想吃蘑菇。她开始使用一些复杂的句式来表达自己的意思，却又常常词不达意，让病房的医生护士忍俊不禁。她仍然常常把我和妹妹的名字混淆，我们纠正她的时候，她却会狡辩说：你们两个嘛，反正都是一样的。

如今再回想那一段母亲浑身插满了管子的日子，真是难以想象母亲是怎样坚持过来的。她只是静静地忍受着病痛，我从未听到过她有过抱怨，或是表现出病人通常的那种烦躁。

离开重症监护室那天，爸爸对她说：我们经历了一场大难，现在灾难终于过去了。

妈妈准确地复述说：灾难过去了。

灾难过后的母亲，意识与语言的康复却十分艰难缓慢。她明明是醒过来了，但我时常觉得她好像还在一个长长的梦里游弋。有时她清醒得无所不知，有时却糊涂得连我和妹妹都分不清楚。她时而离我很近，时而又独自一人走得很远；有时她的思维在天空中悠悠飘忽，丝丝缕缕不见踪迹；有时她又好似深深潜入了水底，只见一个模糊的影子和水上的涟漪……

但无论她的意识在哪里游荡，她的思绪出现怎样的混乱懵懂，她天性里的那种纯真、善良和诗意，却始终被她无意地坚守着。那是她意识深处最顽强最坚固的核，我能清晰地辨认出那里不断地生长出的一片片绿芽，然后从中绽放出绚丽的花朵。

若是问她：妈妈，你今天有哪里不舒服吗？她总是回答说：我没有不舒服。

我的表弟、弟媳妇和他们的女儿去看望母亲，在她床前站成一排。母亲看着他们，微笑着说：亲亲爱爱一家人（那是我小时候妈妈给我买的一本苏联儿童读物的书名）。

母亲也许是听见了不知何处传来的乐曲声，她说：敞开音乐的大门，春天来了。

医生带着护士们查房，在她床前嘘寒问暖。母亲微笑着夸赞说：这么多白衣天使啊……又说：多么好听的声音！还说：多么美好的名字啊……护士们都喜欢与她聊天，她们说朱老师说话，真的好有意思啊。

有几天我感冒了，担心会传染给妈妈，就戴着口罩进病房。母亲不认识戴口罩的我了，她久久地注视我，眼睛里流露出疑惑的神情。我后退几步，将口罩摘下说：妈妈是我呀。妈妈认出我了，妈妈笑了，妈妈心疼地说：你看你累病了，戴口罩很闷的，我没事，你回去休息吧……

一日，胡医师亲自陪母亲去做脑部 CT，母亲躺在可移动的病床上，护工推着床下楼，经过医院的小花园。胡医师说：朱老师你很多天没有看到蓝天白云了，你看今天的阳光多好。母亲望着天空说：是啊，今天真是丰富多彩的一天呀！

想起母亲刚刚苏醒的那些日子，我妹妹的儿子阳阳扑过去叫外婆的那一刻，妈妈还不会说话。但她笑了，笑容使得她满脸的皱纹一丝丝堆拢，像金色的菊花那样一卷一卷地在微风中舒展。那是我见过的最灿烂的笑容，一如冷傲的秋菊，在凋谢前仪态万方的告别演出。

母亲一生宽待他人，对于生活的种种磨难，她从来没有抱怨没有忌恨。即便遭受如此大难，她依旧坦然承受着病痛，时时处处为别人着想。即使在她大病初愈脑中仍然一片混沌之时，她依然本能地快乐着，对这个世界心存感激。

也许是得益于母亲乐观平和的心态，母亲在住院几个月之后，终于重新站立起来、重新走路、自己吃饭、与人交谈，生活也逐渐能够自理。母亲回到了自己家里，几乎奇迹般地康复了。

我为自己有这样一位坚韧仁慈的母亲而骄傲。

我之所以写下这些，是因为我看到了母亲在逐渐苏醒的过程中，在她的理智与思维逻辑都尚未健全的状态下，所表现出来人性中那种本真纯粹、绝无矫饰伪装的童心和善意。母亲从健康的青年时代直到病前的老年岁月，曾经给予我的教诲与爱，都在她意识朦胧而昏沉的那些日子里，得到了真实的印证。

在一个人刚刚从昏迷中苏醒过来，当自我意识尚不能受制于理性控制的时刻，她所自然流露出来的思维和行为，应是她心中最坚实的内核与底蕴。

写于 2003 年

大道从来直似斜

汪曾祺先生擅长诗画，许多文友都以拥有他的诗画作品而自豪，我亦心存此愿。但每次笔会，看到那么多人围着他求字索画，而他担心拂了人家的好意，总是应承下来。我知道他无论多累，往往当晚熬夜而作。遇到好兴致，更是不能停笔。我心有不忍，故从未好意思向他开口。

1991 年，我写了散文《牡丹的拒绝》，发表于《收获》杂志。过了一段时间，有一日给汪老打电话说个事儿，他主动对我说起，最近读了我的《牡丹的拒绝 》，觉得意思甚好，只是文字有些过于用力了。他说的“过于用力”几个字，后来一直让我费心琢磨。

又过了一段时日，记不清具体的日期，也许是在一次会议上，也许是在电话里，汪老对我说：我给你画了一幅画儿，还写了几句诗，读了你的那篇文章，忽然想画几笔，也有些话要说，你什么时候来拿吧……

我大喜若狂。汪老竟然早就看透了我的心思？汪老真是善解人意啊。我终于也拥有汪老的墨宝了！况且，汪老这幅画，不同寻常，这是专门为我画的！汪老还在画上题了诗句！我简直乐晕了，一时都说不出一句完整的感谢话来。

快快把画取回来，裱好，隆重地挂在了我家墙上。

画面上是两朵牡丹，洇着浅淡的绿色。而本该是绿色的叶片，变成了暗红色。

空白处，用隽秀的行书，题七绝一首：

看朱成碧且由他，大道从来直似斜（音 xiá）。见说洛阳春索莫，牡丹拒绝著繁花。

汪老深解我意，特为我画了一朵绿牡丹——90 年代初那个特定时期，乍暖还寒，春归索寞，看朱成碧，大道已斜。

我自此懂得，汪老并非是闲适之人，汪老有大义在胸。七言诗，耐人寻味。

如今十五年过去，画面已有些破损泛黄，但红、绿两色，依然分明。

汪老走了多年，但他留给我的诗画，仍时时提醒我：文人气质，骨气为魂；富贵与高贵只一字之差，若是悖道，情愿拒绝。

写于 2007 年

一位编辑和一本杂志

那本知名度很高的文学刊物，仍然每隔两个月，准时“出生”并被人广为传阅。然而，热爱这本文学杂志的读者，也许并不知道，当初创办这份刊物的那位编辑，已在去年冬天悄然离去。他走得寂寞而潦草，没有向他的老朋友和他喜爱的作者们道别。

《中篇小说选刊》于1981年6月在福州创刊，算起来，距今已有二十七年。

二十七年，差不多是一个人有效生命的一大半。个体生命短暂而匆忙，但如果将全部的能量和心血，倾注于一件事情之中，比如一本杂志，存活了近三十年并可持续生存，那么，创办并编辑这本杂志的人，他的肉体生命，是否在以另一种精神的方式延续下去？

今年3月去福州开会，几乎在飞机落地的那一刻，我记起了他。那个瞬间，心里感觉到一种忐忑和疑惑。以往他每隔一段时间总会有电话突然袭击，却为什么很久没有他的消息了？我开始计算时间，想着应该在会议期间抽空去看望他。第二天的晚宴上，我向一位福州的朋友问起他。那一刻我惊诧地僵在那里——三个月前，他竟已溘然病逝。

章世添先生，原《中篇小说选刊》副主编、副社长。

如今年轻的文学爱好者和读者，知晓这位编辑名字的人大概不多。我在网上查阅他的个人资料，仅寥寥数语：章世添，福建连江人。1965 年因文获罪，曾被打成“三反分子”。1978 年平反。任海峡文艺出版社文学编辑，创办《海峡》及《中篇小说选刊》。发表过若干作品，出版小说集《枫叶思》。2007 年去世，享年六十八岁。

当他离去后，我才发现，我们这些曾经与他相熟，并得到过他关爱的人，对他的个人生活，几乎一无所知。

我只知道他和他的刊物。我只知道他和他的作品。我只知道他和他的文学活动。

在记忆中反复搜索，能够回忆起来有关章世添先生的事情，几乎全都与文学有关。

20 世纪 70 年代末至 80 年代初，“文学”几乎成为识字的中国人唯一、共同的精神生活。在章世添和张健行女士的共同提议和奔走之下，海峡文艺出版社成功创办了全国第一家文学选刊《中篇小说选刊》。这也许是最早的“精品工程”，也是一种更能惠及大众的文学传播方式。章世添任职于《中篇小说选刊》后，几乎就像“长”在办公室的一把椅子，每日疯狂遍览全国文学刊物，亲自从中选择每一部备选的小说，然后热情洋溢地给作者打电话，要求作者为选刊撰写千字文的“创作谈”。那是当时所有的文学杂志中，最具个性也最受欢迎的栏目。读者可从中了解作者的写作初衷、创作过程以及文学观念的嬗变。我相信，那一时期凡有作品被这家选刊“选中”的作者，都曾经“遭受”过章世添锲而不舍的电话追踪。他不厌其烦地向对方讲述自己的读后感、提出建议与指导意见（包括批评），直到对方如期交稿。有一段时间，我一旦得知有作品被选刊选用，立刻进入写“创作谈”条件反射式的“战斗状态”。选登作品附“创作谈”这个创意，成为后来几年陆续诞生的国内多种选刊借用的方式。而始作俑者，隐于福州。

时隔近三十年，《中篇小说选刊》的“创作谈”栏目，已经成为该刊的招牌式微笑以及“广告式”名片。于是，章世添以这种独特的方式，继续活在他生前钟爱的刊物里。

记得有一年见到世添，他责问我说，你怎么很久没有作品了呢？我说我这几年写长篇，不是刚刚出版了某某小说嘛。他不屑地摇头说，写长篇干吗，还是应该写中篇，中篇小说！知道吗，无论如何不能放弃！我诺诺。我知道自从《中篇小说选刊》诞生以来，“中篇小说”在章世添心目中，已经成为最重要甚至几乎是唯一的文学体裁。

但凡了解世添的文友，知道他言语直率、激情昂扬、性格单纯、口无遮拦。常因固执己见脾气暴躁行事简单而得罪于人，内心却是纯净如水、古道热肠。多年前，他因选载某一部有“争议”“尖锐”“敏感”的作品，曾多次受到某个部门位高权重的领导批评。每一次遇到此类“麻烦”，他总是慷慨陈词、据理力争，坚持自己的意见绝不轻易妥协。这些往事至今已模糊为不连贯的片段。记忆中，只留下那个个头不高、圆脸圆眼、笑容可掬的章世添，时刻以“铁肩担道义”的战斗姿态，把“新时期文学”的重任，扛在了自己的肩上。那一段艰难的“战斗岁月”中，他给予社长兼主编张健行女士有力的支持。

前几年，世添退休，离开了他心爱的《中篇小说选刊》，我们之间的联系少了许多。去年春夏某日，忽然接到他的电话。他兴冲冲告诉我，他正在创办一家新的文学刊物，嘱我一定快快为他写稿——当然，应该是一部中篇小说。我歉疚地说我正在写作一部新的长篇，近期内肯定无法创作其他的小说。等我写完了长篇，再为他的刊物写中篇小说……犹豫再三，我又委婉地多说了几句，我说世添你不要再那么辛苦了吧，现在刊物那么多，读者那么少，办文学杂志太累了。你退休后，自己轻松写点东西不好吗？……

他默默挂断电话。我知道，对于这样的“建议”，他内心定然不屑不悦。一个视文学为生命、视刊物为阵地的人，已将编辑和作品，当成人生与事业的一个整体，血肉相连。

那是我最后一次听到他的声音。得知他病逝的消息之后，我推算去年通话的时间，其实那个时候，他体内也许已经伏下了疾病隐患。只是，他爱文学，却从不知道爱惜自己。

在他临近生命终点的最后日子，他没有像平时约稿催稿那般急切地给朋友们打电话，也许他已经没有了说话的力气；也许，在他看来，除了文学以外的任何事情，都不应该麻烦文友。他没有寻求朋友们的帮助，我们也没能给他哪怕一点问候与慰藉，如今已经成为永远无法弥补的憾事。

写下以上的文字，只是为了纪念一个不能忘记的编辑和一本杂志。对于20世纪80年代的新时期文学史，应该添加一个名字——章世添先生。他因二十余年编辑的上百期《中篇小说选刊》而功在千秋。

《文艺报》2008年

谢谢“老谢”

——谢泉铭先生逝世十周年祭

老谢离开我们已经整整十年了。

2001 年的一个春日，几分钟前，他做了一个热情洋溢的发言之后，猝不及防地倒在了办公室的会议桌旁。他一生都在工作，一直工作到生命的最后一刻，终因突发脑出血不治，猝然离世。

老谢就这样突然独自上路了，连一句告别的话也没有。只留下了几十年中编辑出版的那么多——书。

那个清冷的 3 月，接到郑宗培的电话，夜深人静，铃声听上去让人心惊肉跳。我无法接受这个事实，也没有任何预感——我从未想过七十三岁的老谢会离开我们。退休后这些年，他虽患有高血压，但生活起居规律，心态平和乐观，仍以一位资深编辑的身份，活跃在文学出版界。

以前总以为报刊上表彰的先进模范人物，才会有如此壮丽的生命尾声。而老谢不是英雄，他几十年如一日地编稿发稿，以平常心做着平常事，直到钟摆骤然停歇。生活中那些崇高的业绩，在它们未被人发现的时候，都是以极平凡的形式存在的。

记得2000年元旦前夕，我给老谢寄去贺卡，这是每年都不会忘记的。除了一张真诚问候的卡片，我们还能为退休的老谢做些什么呢？他一生为文学事业做出的贡献，他为作者们付出的心血，我们的回报——却是如此不等量。

新年伊始，收到了老谢的回信。一手工整圆润的钢笔字，平静地讲述着他的近况。当时我绝不会想到，这是他生前给我的最后一封信。如今再次捧读，恍然如同多年前，在出版社的那间斗室，看他批在稿纸上密密麻麻的修改意见。

……迎来新千年，我已是七十有余的老夫子，然我非常注意摆脱心理上的羁绊，做到“忘我”“忘怀”（不追念往昔的荣辱、不计较过去的恩怨）和“忘利”。所谓“知足者常乐”，大概就是这个道理。之所以还在为他人作嫁，不仅仅是为了发挥余热，而有时也是情面难却。如最近在策划一套《白玉兰丛书》，由我主编。这是应四川教育出版社之邀，上海五位女作家之请，我不得不“重披战袍”。这套丛书共五本，一百万字，作为青少年的文学辅导读物，春节后就动手，争取2000年秋季出书……

泪水模糊了信纸，洁白的信纸如被雨水打湿的白玉兰花瓣。

认识老谢二十多年，与他交往的话题，从没离开过——书稿。

老谢离去的日子，恰是清明时节，我想飞去上海参加他的告别仪式。却是不忍见到那个笑眯眯的老谢，真的就这样残酷地变得冰冷了。只得请出版社的小郑代买了一只花篮，让鲜花陪伴他一路走好。

老谢是在白玉兰盛开的日子走的，从此以后，无论是在江南的霏霏春雨中，还是在京城灿烂的春阳下，年年洁白饱满的白玉兰归来之时，总会格外想念老谢。有时觉得，老谢上辈子也许是个园丁，无论花草蔬菜，只要是渴望成长的生命，老谢都乐于为它们剪枝打杈，尽着自己的心力。许多年过去，老谢培育的文学新人，一茬接一茬地生长着，如江南春天那些蓬勃的花树，绿肥红瘦生生不息。

那首感伤的古诗，似乎在很多年前就为他备下了：

落红不是无情物，化作春泥更护花。

所有细小而琐碎的往事，在老谢生前身后，如泉喷涌、刻骨铭心。

记得我第一次给老谢写信，把他的名字写成了：谢全明。我听任大霖先生口头上告诉我，他将是负责与我联系的责任编辑。回信很快就来了，信尾的署名是：谢泉铭。三个字我写错了两个，心想这下子糟了，这编辑肯定对我没好印象了。再仔细读那封信，啧，一行行钢笔字端庄隽秀，小楷字帖一样规规矩矩。我有些心慌，同这么一位老资格的编辑打交道，他会对我这样一个无名小辈有耐心吗?

那是1974年春天，我还是一个北大荒农场的知青，冒冒失失闯到了大上海。每次走到出版社门口，心总是怦怦跳，喘不过气。第一次见到老谢，我张口结舌不知道该怎样称呼他？老师？编辑老师？那是“文革”期间，流行叫同志，可我总不能叫他谢同志吧。他胖墩墩的身材，面相和善，表情却有点严肃，不似我想象中那样戴着眼镜。我想他整天看稿子，怎么会不戴眼睛呢？正在走神，陈向明编辑笑着说：叫他老谢好了，大家都这样叫的。

这个平等的称呼让我吃了一惊。老谢却点点头，似乎很满意这样叫他。老谢随即谈起我的长篇提纲，认为它在同类知青题材的构思上，有可取之处，他对我的初稿抱有很大的期待。他说话简短，但对于我已经足够，我的小说提纲像一个包裹着泥块的水仙花头，被他一层层剥去外壳的老皮，在准确的位置下刀切割，绽露出叶片的嫩芽，我心里充满了即将“萌芽”的欣喜。

我回杭州后，做了一个甲状腺的小手术，利用病假，开始写《分界线》的初稿。酷热的夏天，汗水总是把桌子弄得滑溜溜的。后来，中学的一个同班好友，邀我到德清一个小镇上去写作，管我饭食。为了对得起老谢和老陈对我的信任，我在那个夏天一口气写出了初稿。回到杭州后，正在誊写期间，却突然发起了高烧，住院后仍是多日不退，查不出原因。我昏沉沉地挣扎着给老谢写了一封信，说明自己不能如期交稿的原因。我沮丧并自责，觉得自己生病真是一个不可饶恕的错误。

几天后的一个下午，护士正在给我量体温，我偶尔一抬头，发现病房门口站着两个人，我愣了一会儿，见那两个朝我走过来，我喃喃叫了一声：老谢……

老谢把一篓水果轻轻放在我床头，目光却停留在我床头的一摞书上。他问，你生病还在看书呀？我说是的。他咳了一声，目光充满了温和的忧虑，说了一些病中要注意休息之类的话，却闭口不谈不问稿子的事情。我为他专程来杭州探视而深受感动，一再表示：我烧退了就马上出院，出院就改稿子，我把稿子交给你们就回农场去……（后来妈妈告诉我，他和另一位编辑小陆，一下火车就找到我妈妈的单位，打听了我的医院病房，探望我之后，第二天就到我家里看了我的手稿。只因担心影响我的病情，嘱我妈妈保密。那一次，他实际上是专程来杭州了解稿子情况的。）

他们走了以后，那篓水果我好几天舍不得吃。很久以后，那次同来杭州的小陆编辑告诉我，那是老谢自己掏钱为我买的水果。

老谢和小陆回上海去大约半个多月之后，我收到了农场政工部门同意出版社为我请创作假的函件。

我用那珍贵的几个月的创作假，改出了第二稿。春节前托人带去上海后，终日忐忑不安。没想到春节刚过完，老谢的回信就来了，漂亮的字体只有几句话：基础较好，改动不大，请准备来上海修改。

我兴奋得晕了头，好几天后才反应过来：三十多万字的稿子，老谢是什么时候看的呢？莫非他不过春节？

带着许多不安和期待，我走进了上海绍兴路54号。

出版社为我腾出了一间几乎只能放下一桌一椅的小储藏室，在楼梯的拐弯处，楼上就是老谢和其他编辑们更为拥挤的办公室，几步楼梯的距离，老谢老陈可随时与我谈话，给予我写作指导。

每天我最害怕、最担心的事情，就是老谢和老陈一同出现在我的“斗室”门口，手里拿着我昨天交出去的稿子。每到这个时候，平日里显得慈祥和蔼的老谢，顿时就显得严肃起来。他的脸上一旦没有笑容，脸型就变方了。然后就是逐字逐句的点评：“这里应该增加一个细节，否则太平淡……这段对话缺乏个性，完全要重写……我们再一道想想办法……”他的口气软中带硬，绝无“通融”的可能。

“我记得，小时候在农村，麦地播了种，若是天旱，还专门请人去踩地保墒，踩得越实，麦苗出得越好。可你这里，怎么写着有人把地里的麦种踩坏了呢？小说细节来自生活，一点不能马虎……”他埋头盯着稿子上的“麦苗”，瞳仁里一排浅绿色的方格子。

他很少当面表扬我，对别人也少有伪饰的虚情。有一次他看着我稿子上潦草的字迹，忍不住摇头说：你的文字还算好，两笔字怎么写得这么差？如此坦诚的批评，让我满脸通红。我晓得老谢每天要一字一句辨认我稿子上蹩脚的字迹，委实太费眼神、太吃力了。

奇怪的是，在他一次次要求我返工修改的过程中，我并不感到气馁。他的批评尖锐却并不强加于人。渐渐地，我从那些反反复复的改稿意见里，听出了些许鼓励。他其实是说，你完全可以写得更好，你看，文章就是这么改出来的……老谢有“编辑”的绝招，当我实在山穷水尽，他会从自己的衣袋里掏出一个储存的零件，安上我那架运转不灵的机器，竟然总是恰到好处。那时候，他的笑容就圆浑起来。

《分界线》改到后期，几乎是我改完一章，老谢和老陈就看一章，若是通过了，立即就进行编辑精加工——错别字、语法、漏洞、细节都一一斟酌过滤。每天晚上，我在那间斗室里工作到将近九点，传达室快要关大门了，才回招待所休息。每次我疲倦地走下楼梯，从大门口回头往楼上望去，老谢那间办公室的灯光肯定还亮着，他比我熬得更晚。有一次灯不亮了，人已在楼下，正推自行车往外走，我见他的人造革黑拎包鼓鼓的，开玩笑说，老谢你包里有啥好东西？他拉开拉链，掏出一包饼干递给我，我看见包里塞满了厚厚一叠稿子，原来他下了班，还要把稿子带回家去看。望着老谢的背影消失在黑暗中，我的眼睛一阵潮一阵酸。我是在写完长篇小说之后，才明白什么叫作长篇小说，没有老谢和老陈这么高水平而尽心尽责的编辑，我一个初学写作者，怎么能够在那么短的时间内完成艰难的修改？而那本书的扉页上，当时却连责任编辑的名字也不许印上去的。

我渐渐和老谢熟悉起来，但老谢对我近于苛刻的严格要求，常常使我“心怀不满”。那时我不满二十五岁，又是从北大荒来，渴望能有些“娱乐活动”，每逢出版社发戏票电影票，心里就痒痒的，用各种方法提醒老谢，应该让我去“观摩学习”，但老谢毫无同情之心，总是“故意”把话题岔开。到了星期天，我溜出去到上海的亲戚朋友家玩儿，第二天交不上稿子，老谢的脸就沉下来。晚上在招待所，我和复旦大学几个工农兵女生聊到半夜，白天无精打采，老谢问我是不是不舒服，我把责任推到同宿舍的那些女生身上，说她们吵得我睡不好。老谢直言不讳地揭穿我：你不和她们讲话，她们怎么会和你讲话呢？噎得我无语。那时候我觉得他简直比我父亲还要严厉——那到底是他的小说还是我的小说呀？这位编辑简直认真得不近情理。他很少谈生活琐事，他和所有人的关系，都是单纯的工作联系。我从不敢和他说笑话，也始终没能和他成为无话不谈的忘年之交。心里对他充满敬重和敬畏，却也暗暗觉得，这位编辑老师，只对作品感兴趣，好像有点缺少人情味吧？

我的《分界线》出版后，老谢忙着编辑叶辛的长篇，那是一套知青长篇系列丛书，老谢和老陈桌上永远是稿子堆积如山。后来出版社决定出版一本知青散文集，把我借调在出版社临时充当看稿编辑，老谢就成了我这个业余编辑的编辑。“我听茹志鹃说她女儿的家信写得好，我约她写了一篇，你来看看……”“那个东北插队的郑九蝉，写了几部长篇都退稿了，这次一定要帮他一把，你记着去约他写一篇散文……”“那篇《唱起国际歌的时候》，你再写封信让作者改改……”在那本散文集的约稿编辑过程中，有了王安忆、王小鹰，以及正在出版社改长篇的上海知青孙颙等一批新作者。

我慢慢知道，老谢年轻时也是个诗人，具有深厚的文学修养。然而那么多年来，他却一直安于当编辑，而且当成了一位受人爱戴的编辑。老谢热情关心爱护辅导的业余作者中，有工人、军人、知青，还有街道工厂的青工和社会青年。每本新书的校样从印刷厂送来的时候，大多数编辑都是在楼上办公室等着，只有老谢不，老谢总是会走下楼去取，校样亲自拿到手里才放心。为了保持充沛的精力和体力，老谢很重视锻炼身体，工休时间从不午休，而是热衷于和同事打乒乓球，他打球很灵活、很忘我。记忆中，乒乓球是老谢唯一的业余爱好，一直坚持到他退休以后。

我离开上海几年后，大约是20世纪70年代末，一次我回杭州探亲途经上海，去看望老谢和出版社关心帮助过我的其他几位编辑。记得那次老谢专门请我到他家里去吃饭，十六平方米的房间，在狭窄的书桌和女儿的小床之间，摆上餐桌。他陪我们坐下，每隔几分钟，就离席到厨房去，像变戏法一样，一会儿就端上一盘香喷喷的热菜。再隔一会儿，他又离席去了厨房，又端出一盘菜，陪坐一会儿，又离席，如此三番五次，我们面前堆了一桌丰盛的饭菜，色香味俱全，基本是饭店的专业水平。我大大吃了一惊，原来老谢是个美食家兼厨师呢。老谢笑眯眯地看着我吃，终于露出了慈父般的笑容。他说你看，我提前把所有的配菜都准备好了，隔几分钟去厨房转一圈，一下锅就是一道菜，也不影响我们说话……

那天的老谢突然变得亲切而亲近了许多，原来老谢也是一个热爱生活的人，只是他不愿意为人情世故花费时间罢了。后来知道，就是这间十六平方米的小屋，经常坐满了登门求教的文学青年和业余作者。老谢在家里开讲座到深夜，第二天一早照样出门买菜、给家人烧泡饭，晚上又拎回一大堆稿子……

老谢和作者之间的关系，就是稿子和书的关系。

1981年春天，我的短篇《夏》获得全国优秀小说奖，老谢代表上海文艺出版社来北京参加颁奖活动。老谢常年安坐办公室，一般很少外出组稿，那是我印象中老谢唯一一次来北京。颁奖活动结束后，我立即跑到老谢的房间，把我的奖品（一盒双支金笔），郑重其事地送给老谢。老谢当然不缺钢笔，但我只有把自己第一次获奖的金笔送给老谢，才能表达内心的感激之情。老谢眯起眼笑了，笑得很开心。他一定理解我的意思：我并不仅仅是由于这个短篇小说才能获奖的，编辑比我更有资格得到褒奖。

“老谢……”我吞吞吐吐地说，“你难得来北京，想去哪里看看？我陪你好吧？”

他摇头说：“有啥好看的，我还有很多事情要做呢。”

“那……我想做东请你……吃饭……吃北京烤鸭……”

他的脸又“方”了，皱起眉头说：“饭我不要吃，吃顿饭有啥意思。你答应给我的稿子呢？”

又是稿子！老谢心里只有稿子。

那时老谢已调去文艺出版社新创办的《小说界》当编辑，我知道老谢的脾气，饭就作罢了，只得答应尽快给《小说界》写一部中篇小说。一个多月后，我从杭州寄了《国魂》给他。那只是个初稿，因为马上要去文学讲习所学习，实在来不及修改了。为了让老谢放心，我就把初稿先寄给他看看。两个月以后，我从《小说界》上读到了这部小说，读得我无地自容。只有老谢那样火眼金睛的“啄木鸟”，才会从稿子里啄出那么多“虫子”。他是绝对不会允许坏句子和错字从他眼皮下溜过去的。后来我看到了《国魂》的编辑稿，纸面上果然红笔纵横勾画、圈圈点点，编辑改动的字句密密麻麻。读者不会知道编辑的辛劳，但作者自知，由于我的粗心和匆促，大大加重了编辑的工作负担，至今羞愧。

大约是1983年春天，我在杭州修改中篇小说《潮锋出现之前》，老谢和小郑从上海赶来看稿，整整四天，他把自己关在招待所没有出门。窗外春色明媚，我过意不去，忍不住说：你们出去走走吧，西湖……

老谢抬起头，用责怪的神情看了我一眼。那目光里没有春天也没有花港观鱼，只有一种近于严厉的真诚：稿子还没改出来，怎么能去玩呢？不行不行……

“这个英语单词——INTERVIEW是什么意思？我查过字典了，不是V，如果是R，就对了……”

那是一部反映科技界改革的小说，其中涉及医学、生物和物理方面的科普常识，老谢不放心，全都亲自一一核对。他情愿天天在招待所里吃简单的饭菜，也不会放过哪怕一个小错。

究竟是我的作品还是他的作品呢？我当年的疑惑重又袭来：一个好编辑，是把别人的作品看得比自己更重要的吗？或许，在老谢看来，由他编辑成书成刊的稿子，也就是他本人的作品。老谢从事编辑工作几十年，我们如今已无从统计他审稿编稿的文字数量，最少也有几百万几千万字了吧？那些的作品从他手里经过，就像经过一座加工厂，变为成品；就像通过海关或质量检验科，方可出世。然而，谢泉铭三个字，铭刻在泉水一般流淌的排字稿上，然后消失在散发着油墨香味的新书里。

一次老谢心血来潮，曾煞有介事地嘱咐我：你什么时候去哈尔滨，告诉我一声，我和小郑去找你，也看看东北原始森林……

我大喜当真。第二年夏天回哈，打算陪妈妈去镜泊湖游玩，便提前给老谢写信，真心诚意邀请他和小郑同行。回信很快就来了，那端庄圆润的字体一丝不苟地写道：“实在走不开啊，下一期正要发稿。再说，也不知道镜泊湖那边，有没有业余作者和好稿子……”

老谢真是“稿迷心窍”、无可救药了。心里慨叹，好编辑当如老谢！好编辑的知识比写作者更丰富更广博、文学修养比写作者更深厚更严谨。老谢在为他人作嫁的同时也实现了自己的个人价值。我在创作道路起步之初遇见老谢，是我的幸运。几十年过去，我仍想恭恭敬敬地对老谢说一声：“谢谢，老谢！”

而老谢似乎并不愿意领受作者的谢词。记得有一年我从杭州带给他一包山核桃，他为难地沉吟许久，说了四个字：“下不为例。”

我谢不了老谢，却有更多的文友，筹备了一个别出心裁的答谢活动。

1994 年春，红底金粉的横幅，悬挂在饭店大堂一侧，“谢谢老谢”四个字，十分醒目地从墙上跳出来。

那是沪上作家们多年来的一个心愿。

进入 90 年代，各种名目的派对、公费或是公事的聚会、丰盛的筵席、应酬与敷衍，已是人们习以为常的社交方式。然而——这个日子却是一个例外。很多人决然抛下了都市的繁忙，骑车或是坐公交车，从近的或是远的地方赶来，来参加这个自愿且是自费的文学活动。

——谢谢老谢！

据说，这一句出自文友们的肺腑之言，以及由此为主题的活动，被一位有心的作家首次倡议，得到了大家真诚呼应。

上海的文友们，只要说到老谢，都知道这个老谢指的是编辑老谢。老谢老谢，大家叫得很顺口，倒是把他的大名——谢泉铭，若无其事地撂在一边。老谢已经是一个约定俗成的称谓，人们提到老谢的时候，就像雨天的伞，晴天的凉帽，冬日的炭火，或是一棵可以四季依傍的大树，心里有一种暖暖的感觉徘徊不去。

那天与会的文友们，当初都是二十出头的年轻人，战战兢兢地往邮筒里扔下自己的处女作，然后绝望地等待铅字公函的判决。业余作者，四面是墙，两眼抹黑，总觉得走投无路。尚不知这世界上还有一个叫作老谢的编辑。老谢的目光穿过堆积如山的来稿，老鹰一般犀利地挑选出哪怕有一丝修改价值的原稿。陌生的老谢笑嘻嘻地从信封里走出来，向你伸出手也伸出了笔。素昧平生的老谢搀扶着你引领着你，带你走出稚嫩走出茫然，将你送上那条艰辛又神圣的文学之路。很多年过去了，绵长的日子，在文友们昼夜伏案挥笔的劳作中流逝。很多往事都已经淡忘，但记忆截留了那些最珍贵的部分，并将它们久久封存。当他们成为作家成为编辑成为企业家或是官员后，仍然无法卸下那份殷殷的心情——他们始终觉得，最初使自己破壳而出的那位编辑，第一次使得自己的文字变成铅字的那位编辑，至今仍然用充满期待的目光注视着、追踪着自己。任凭海角天涯，世事沉浮，他犹如一个有形而无声的影子，伴随你并与你并肩而行。

于是我说，我们都是老谢“孵”出来的啊。

老谢“孵”出来的作者是长长的一个队列，百十号人坐满了厅堂。

那一次我专程赴沪参加这个活动，老谢满心欢喜，他和小郑亲自到火车站来接我。那天的老谢喜气洋洋，穿上了漂亮的夹克，打着领带，看上去精神焕发。谦和的笑容堆满了他胖胖的脸庞，好像还是我在二十年前第一次见到他的那个样子。我想起很多年前，在出版社改稿，有一次老谢穿了一件新外套，笑眯眯地对我说：你看，合身吧，领头是新样式呢，这是我大女儿亲手给我裁制的。老谢的眉眼里溢满了幸福。而这一次，老谢显得越发幸福了，他开心地告诉我，他一辈子最大的愿望，就是改善居住条件。蜗居了几十年，如今女儿终于替他购买了一套宽敞的商品房，已经装修入住，他心满意足。老谢说自己已经六十八岁了，除了再编一些好书，此生别无所求。

老谢怎么会年近七旬了呢？

那一天，前来参加活动的文友们，紧握老谢的手，对老谢真诚地说一声“谢谢”。当年的“处女”都已人到中年，老谢怎么能不老呢？

那天，每个人都说了许多真诚的话，每个人都还有许多话要说，老谢引领文学青年走上文学之路，那是一个人文学生涯的起点也是全部生命。每个人的故事都不尽相同，但每个人的故事里，都有一个同样的老谢。一个严格得不近人情却又总是默默站在作家身后，小心呵护你培育你的老谢。几十年中，老谢似乎一直是将别人的书稿当成自己的书稿来对待的。而老谢的名字，却隐没在成功者的光环背后。编辑做到这样的份儿上，说神圣的文学责任感使然、说无私奉献……所有的褒奖之词，在他面前都显得苍白无力。

“谢谢老谢”是一个永远的承诺、一个自揽于心的压力——无以回报，唯有更多更好的新书新作。为老谢，也为所有扶过你一把、送过你一程的编辑们。

所以，最后老谢对大家说了什么已不重要。退休的老谢办起了“上海爱文作家事务所”并出任董事长。早已淡泊远离名利的老谢，不会退出他挚爱的文学。

老谢去世几年后，网上开始拍卖我当年写给他的一些信件。惊讶之中，有专事收藏的朋友将信件买下了，扫描后发给我看，果然是我的笔迹。我的目光久久停留在信封上“谢泉铭同志收”七个歪歪扭扭的钢笔字上，那些时隔三十多年的泛黄旧信封，字迹已经浅淡模糊，像一个孩子幼年的脚印，被无意中保存下来。我的心隐隐地酸涩疼痛——我的钢笔字至今也没有写得好起来，这一辈子，都将愧对老谢了。

老谢离去十年，还有那么多文友怀念他，祭奠他，但愿老谢在天之灵，会有感知和慰藉。

老谢生前编辑出版了那么多好书，却从未给自己编过一本哪怕一本小书。老谢谢世多年后，上海文艺出版社出版了《谢泉铭纪念文集》，这本书是老谢辅导过的作者们，为老谢撰写的大量纪念文章，收编成书。修晓林编辑主动承担了这本书稿从联络组稿到编辑出版的全部工作，其热心敬业，大有老谢当年之风。

但愿老谢能欣然接受这本书。我想象着如今在另一个世界里的老谢，正笑眯眯地捧着书，一页一页仔细翻过去。出于几十年的职业习惯，他会不会又拿起笔来，挑出一个个错字和病句，再为我们重新校改一遍？

我们能以什么来答谢老谢呢？唯有更多的好作品。老谢给予我们的哺育之恩，怎一个“谢”字能了？

合成于2011年

（注：我曾在1986年、1994年、2001年分别撰写过记述与怀念老谢的文章《陀螺》《怎一个谢字能了？》《老谢不谢》。这次上海文艺出版社决定编辑出版谢泉铭先生的纪念文集，我特将三篇旧作重新进行糅合与修订，改编成一篇完整的纪念文章，表达我对老谢的恭敬之意与深切的怀念之情。——2011年8月）

荒野中的燃烧

——纪念荒煤老师

荒煤老若是健在，今年当是一位百岁老人了。在他离开我们整整十八年后，还有那么多老朋友怀念他纪念他，可知他为中国文化事业做出的独特贡献，更足见他的个人魅力。荒煤老，他把自己的肋骨拆下来做火把，为文学艺术燃尽了自己毕生的心血。

走进中国电影资料馆，重又感受到当年那种亲切熟悉的气息。改革开放以后，中外经典电影陆续解禁。20 世纪 80 年代初期，能拿到小西天电影资料馆的电影票，是最快乐欣喜的日子。我曾在这里看过无数优秀电影，电影为我们推开了一扇又一扇展现人类情感的窗户，使我受益匪浅。我无法知道荒煤老当年曾为那些优秀中外电影艺术的“复出”，付出过怎样的努力，但我相信，直至今日，电影资料馆仍然萦绕着他欣慰的微笑，他的眼睛依然深情地注视着我们，凝视着这个电影的宝库。

我作为一个20世纪80年代成长的写作者，即使可勉强算作荒煤先生当年的晚辈朋友，如今也已步入了老年。我是从改革开放后的90年代中期开始接触并了解荒煤老的。那是一个经过了“反右”“文革”等一场又一场的风暴摧残及历练，在80年代至90年代持续不断的激烈文艺思想斗争中，坚持反对僵化、主张艺术的人性化多元化的“晚年荒煤”。仅就当年我所知道的有限事实，晚年荒煤，是改革开放后，文学艺术发展繁荣的“能源”提供者。近年来，我一一拜读了荒煤老当年的秘书严平在《收获》杂志刊载的系列札记随笔，才对荒煤老青年时代的革命历史和心路历程，有了更多认识。

我敬仰荒煤老，因为他是一位清醒的思想者。

晚年荒煤对文艺思想的深刻反思，来自他大半生中沉痛而沉重的教训。他倡导人的自由精神，提倡文艺真实、生动地表现生活。他的每一次发言每一篇文章，都能看到他对“武器的批判”不断深化的轨迹，为我们留下了珍贵的遗产。

我敬仰荒煤老，因为他是一位勇敢而坚强的行动者。

20世纪80年代到90年代，是中国当代文学、电影、美术、戏剧等多种艺术形式，挣脱枷锁脱胎换骨、寻求重生的特殊历史时期。来自各方的抵制和阻力依然顽固，作为高层领导干部的荒煤老，始终在夹缝中挣扎回旋，坚持并斗争着。尽管他的内心常感苦闷与孤独，但他不再唯上盲从退却妥协，不再瞻前顾后轻言放弃，始终为扶持那些在思想和艺术上有突破的作品竭尽心力。

我敬仰荒煤老，因为他是电影与文学的一座桥梁。

我有幸多次得到荒煤老的亲自指导和呵护——1986年他参加了我的长篇小说《隐形伴侣》的研讨会，给予我极大的鼓励。1996年我的长篇小说《情爱画廊》出版时，他已因病入院治疗，我去医院探望他，见他仍在病榻上坚持阅读书报。他问我为何不把新书带给他，我说可不敢再让他耗费心力，他说你回去后还是寄给我吧。几天后我收到他的便笺，说他已经大体浏览了这部小说，过几天得空，会把意见写给我……

那次不久后就得到了他去世的噩耗。我的悲痛甚于别人，不仅因为我再也无法得知他对我这部新作的意见，更因为我见证了他在生命的尾声，仍在怎样不懈地工作，我亲见他用生命的余烬，温暖并关爱着一位青年作者。这一块质地坚硬的乌金，是这样燃烧到了生命的最后一刻……

我作为一个普通的小说作者，何德何能，有幸得到他的关爱？荒煤老作为一位长期主管电影，同时还担任中国作家协会副主席的文艺界资深领导，多年来对文学作品的高度重视，部分来自他对电影艺术发展的急切期待。他深知优秀的文学作品，是其他艺术门类的根基和母体；电影艺术与文学具有不可分割的内在联系，电影和文学有如一门有缘的姻亲，相濡以沫相得益彰。他倾其毕生之力，都在推进电影与文学的互相渗透齐头并进。中国电影事业进入21世纪后突飞猛进的发展，应当获益于荒煤老、夏衍、冯牧等老一辈大半生所付出的心血。作家和影人，都是从这座老一辈搭建的桥梁上走过去的，如今可告慰荒煤老，他的夙愿终是有了花朵和果实……

今天我们一起在这里纪念荒煤老，面前放着新出版的十卷本

《荒煤文集》。往事与遗篇，有如荧荧火星，在当下的精神荒野中，引领并照亮着我们前行。

2014 年《陈荒煤文集》纪念会发言整理

谦谦君子铮铮铁骨

——忆顾骧先生

冬去春来又是秋，顾骧老师离开我们已近一年。

常常觉得，他依然独自安居在南城那个小屋里，每日读书写作听音乐怡然自得。得空时只要拿起电话拨过去，就能听见他慢悠悠乐呵呵的声音，彼此无所顾忌地说东道西闲聊一番，又各自去忙。有时很久没有电话给他，他亦从来不怪。电话那头传来的声音，任何时候都是随和欣悦而又善解人意。

每隔一年半载，几位挚友（亦是我和先生的师长一辈）聚会，他总是欣然前往。顾骧老师祖籍江苏，虽已在北京定居几十年，依然留有些许苏北口音，并固守着金陵才子洒脱的生活习性，于是，大家总不忘把餐叙地点，选在淮扬菜馆或江南菜式的酒楼。每次，他笑容满面地出现在众友人面前，衬衣领带洁净挺括、西服或夹克平整无皱、鞋帽的色调与款式搭配协调、头顶的发型微微卷曲、精致的黑框眼镜、适时的风衣或呢大衣，一派翩翩然文艺工作者风度。

很久以后才懂得：如顾骧老师这般尊重自己，亦是为了尊重他人。

20世纪80年代，在我们这些青年写作者心目中，顾骧老师声名赫赫，无论是个人资历学识学养，可谓“高山仰止”。记得在1985年的作家代表大会上，恰好与顾骧老师同上一道楼梯，走到拐角处，鼓起勇气与他攀谈，他那种颇具亲和力的笑容与言语，很快打消了我的紧张心情，就此结识。之后再读他的评论文章，更觉气息相通。很快发现，顾骧老师另有一种含蓄温雅的文人气质，谈吐文雅、衣着讲究、待人接物彬彬有礼，与当时一些领导干部粗糙生硬的工作作风全然不同。那时尚无“民国范儿”这个概念，与他熟悉起来之后，一次我竟然“童言无忌”地调侃说：顾老师您这个人啊，一看外表，就知道家庭出身不好！

顾老师露出他招牌式的和善微笑，呵呵一乐似为默认。

待我领会他此番微笑里的含意，已是多年后了。

1986年秋天，福州举办全国长篇小说研讨会，会后一干文友结伴去武夷山一游，得悉将与陈荒煤顾骧先生同行，欢喜之至。如今算来，那时顾骧老师也不过五十多岁，身体精力都好，旅途中他与荒煤老兴致盎然谈笑风生，攀高登峰不知疲累。我们还曾一起从九曲溪坐竹筏顺水漂流，青山叠翠，碧水悠悠，一叶轻舟……那时我尚年轻，全然不知1986年之前的三年里，顾骧老师经历了怎样的大风大浪。那天在竹筏上，他或许想起李清照“只恐双溪舴艋舟，载不动许多愁”那首著名的词吧？只是，他不会对我这般“不谙世事”

的青年作者诉说罢了。

至今保存着那次我们在武夷山的合影，身后黛山起伏暮云沉落，老少三人腰板挺直心无羁绊。

此后，由于我和顾骧老师彼此住处相距不远，渐渐有了往来。一次朋友带我去养蜂夹道的内部舞厅跳舞，意外遇见顾骧老师，才知他竟是舞场高手，舞姿端定潇洒，颇有绅士风范。后来我为他做过几次舞伴，每次都感觉轻松惬意。20 世纪 90 年代，杭州的一位画家，也是他的族兄，受托举办西湖笔会，文人墨客湖上雅集以诗文会友，亲见顾骧老师写一手清丽隽秀的好字，获众人喝彩。只因他素来为人谦逊，平时极少以书法示人。我曾有幸获得他馈赠多部新书《晚年周扬》《也爱黄昏》《蒹葭集》……扉页留下钢笔题签，还有他致我的少量书信及诗词新作，偶用毛笔书写，成为我的珍贵收藏。20 世纪 60 年代，顾老曾在中央音乐学院工作，因而始终保留对古典西洋乐的偏爱。若是问他平日里一个人在家里是否寂寞，他只淡淡回答：有音乐呢……

他搬去城南的公寓后，我和先生曾去探望过他。他带我们“参观”了一番，房子虽然面积不大，斋名是必需的——墙上挂有“煮默斋”三字横幅，以我粗浅之见望文生义，似是沉潜宁静之中仍有沸腾之心？小单元三间客厅书房卧房齐全，装饰风格古雅精巧。他说这房子是女儿女婿帮他设计装修，舒适合用就好。墙上挂着几幅友人所赠字画，书桌堆满书籍书稿，书橱已然满满。客厅的装饰柜及茶几上，果然摆放着一摞摞音乐碟片，那才是他的贴心伴侣，或许还有唱机和唱片；小家的布置整洁素雅，桩桩件件都是他工作生活的必需品。以顾老那一代“革命知识分子”的严酷经历，他依然坚守“小资”温馨的文化趣味与人文情怀，实为难得。这与他多年来倡导的人道主义文学理念，有着一脉相承的内在逻辑与文化渊源关系。

顾骧老师是一位重情之人，有一年，我和先生打算邀他来我家共度春节，他对我说，每年春节的大年初一，他都会去万安公墓祭奠长眠于那里的母亲，“陪她坐一会儿”。我们从此记住了“顾骧老师每年大年初一要去给亡母拜年”，并知他在北方的寒冬里坚持数年从未间断，一直到自己晚年腿脚行动不便，才不得不“爽约”。顾骧老师十分溺爱自己的三个女儿，一次女儿受托向他求字，他一向对女儿有求必应，便欣然提笔，过后才发现自己没搞清楚题写的对象，悔之不及，以至于很长一段时间因担心朋友的误解而心情郁闷……

大多数情况下，顾骧老师都是一位善待他人、好脾气、好性情的长者，也是一个注重生活品位、儒雅风趣的谦谦君子。纵向以观，从“运动”频发的20世纪50至60年代，直至80年代后风云起伏的改革开放年代，顾骧老师古今兼济、中西合璧的艺术审美趣味，一以贯之。

如今回望，顾骧老师享年八十四岁的生命长河，先后大略由三种文化汇流而成。

顾骧先生出生于江苏盐城顾氏望族书香门第，从小接受良好教育。他身上那种谦和友善的文人气质，得益于中国传统文化的滋养。少年时代是每个人品格内涵的重要“养成”期，那个阶段虽短，但新文化运动后的大量启蒙读物、民国时期的公民教育课程，想必为他刻下了一生的思想印痕。20 世纪 40 年代，江苏盐城一带为新四军根据地，顾骧十四岁参加新四军投身抗战，成为追随共产主义理想的“少年布尔什维克”。顾骧的青年时代相对较为幸运，1959 年，进入中国人民大学哲学研究班读研，系统阅读了康德的《纯粹理性批判》等西方哲学经典名著，并接受了西方哲学与美学的专业训练；研习马克思《1844 年经济学哲学手稿》，使他开始接触并思考马克思的“异化”理论，由此奠定人文主义的精神基石与独立人格。中年后的顾骧，出于对文学戏剧诗歌音乐的广泛兴趣，研究领域涉猎文史哲美，拥有丰富的“跨界”思维。至 20 世纪 80 年代，他对人性与文艺学、美学关系的思考逐渐成熟，写作并出版了大量理论著述，对当时残留的“极左”文艺理论进行了有力地清算。顾骧先生虽然从未为我的作品写过书评，但读过他为一套作家丛书（其中收入我的作品）所作的总序，我为他优雅精致的文笔、功底深厚的理论修养深深折服。

1983 年，他与王若水王元化一起参与起草周扬在“马克思逝世一百周年纪念会”上《关于马克思主义几个理论问题的探讨》的报告，引发一场“（非）学术风波”，承担了巨大的精神压力；1984 年，顾骧先生发表了《兰叶春葳蕤——读周扬同志近两年来的文艺论评》，高度评价周扬历经磨难后自觉反思审视纠错、勇于革旧图新的文艺思想。1985 年，他从中宣部调任担任中国作协创研部副主任，由于公正公开坚持周扬报告的思想立场，并在高层领导批准下，编辑出版《周扬近作》，并发表了《当代知识分子的心声——周扬近作编后札记》一文，此后便长期受到冷遇，以至不再担任高层评委，他却淡然以对，无怨无悔。

如今回想顾骧老师谦和友善的微笑，令人温暖。但是顾骧先生并非无原则的“好脾气好性情”，更非奴颜媚上、擅和稀泥的“谦谦君子”。徐庆生先生发表于2004年《纵横》杂志上《读顾骧、念周扬》一文中，记录了顾骧先生当年亲口说过的一段话：

周扬先生是大理论家，他的报告如果一炮打响了，我们起草人不应该掠人之美；现在出了问题，我们理应站出来承担责任。

铿锵之言，掷地有声。我对顾骧先生的敬意，自此更进一层。

顾骧老师1991年离休后，逐渐淡出文坛。20世纪90年代中后期，来自台湾的顾氏族人，在故乡盐城创办了“明达职业技术学院”，他应族兄诚邀，以七旬之躯，担任了那所学院的院长。长达三年时间里，他为国内新生的民办大学教育事业，辛苦奔波于北京江苏之间……1999年卸任院长后，重回“煮默斋”，复又默默煮字，写下了多篇深邃犀利的思想随笔，并辑录成书。

面对顾骧老师风采依然的遗像，不由思绪起伏：民国时期那些富裕的世家子弟，心怀救世理想，舍弃优裕生活投身革命，在当年的进步青年中并非个例。然而，功成名就之后，敢于舍弃来之不易的名誉地位，为追求真理，毅然抛却谬误修正自我，不惜飞蛾扑火、凤凰涅槃——那样一颗纯真炽热之心，需要有何等充沛的精神能量，何等坚韧的人格力量作为底蕴呢？

顾骧老师年过八旬之后，我明显感觉到他的身体状况大不如前。

凡有友人聚会，我和先生负责接送，发现他走路有些吃力，尽管姿态依旧从容，但时时会失去控制往前磕绊，看到他开始使用拐杖助力，尽管更显绅士派头，我心里仍因痛惜而难过。但顾老在餐桌上论及时政，照例谈笑风生。问及他的健康，他总说没事很好过得去，或是避而不谈。顾骧老师习惯"报喜不报忧"，从不把自己的烦恼"转嫁"他人，也似乎从未"麻烦"过我。唯一的一次，是他经手主编的一套散文丛书，邀我加盟。我却因手头正在写作长篇而无暇顾及，令顾老十分失望。但他除了表示遗憾之外，也并不强求。记得有一年他的女儿顾苑接他去美国，陪他坐邮轮在海上巡游多日，并希望他在美国长住以便照料，那是他尽享天伦之乐的欢乐时光，可没过多久，他又回到了自己的"煮默斋"读书煮字……

近年来，随着往昔的好友王若水、包遵信、周克玉等老友一个个逝去，孙长江、张思之、郑仲兵等老友年迈或患病难得一见，顾骧老师也好像一下子迈入了老境。他最信任最亲近的老友张显扬先生（亦是我先生当年在社科院读研究生时的导师之一），与他同住南城华威里一带，两家相距不远，故二人常来常往过从甚密无话不谈。但 2013 年秋，张显扬先生突发心脏病去世，顾骧老师闻讯后大恸，失去他最为相知的挚友，哀伤之情多日难以平息。那时他走路已经不太稳当，却拄着拐杖打车赶去昌平殡仪馆为显扬送行。那一天，我见到多年来总是风度宜人的顾骧老师，忽然变得面色晦暗步履踉跄，脸上再也没有了往日温暖的笑容。

最后一次见到顾骧老师，是在 2014 年中秋前后，贺捷生大姐设宴，邀请他与诸位文友相聚。

那天顾骧老师看上去心事重重，默坐一旁寡言少语。他想说的话好像都已说完，想写的文字也许还有很多，却已力气不及。餐后，贺大姐派自己的车送他回家，我和先生送他上了车，站在路边与他挥手道别。愚钝若我，没有一丝预感那日竟是“最后的晚餐”，就此别过，不知那竟是永别……

时年入冬，临近年末，想起很久没有向顾骧老师问安了，拿起电话打过去，可这一次，电话那一头，再没有传来他亲切的声音。电话是顾骧老师从美国赶回来的女儿顾苑所接，告知父亲已经肝昏迷住院。她说父亲清醒时，曾叮嘱她不要让朋友前来探望，他不希望朋友们见到他病重的样子。

忽然明白，其实顾骧老师自知身体不适已久，他忽略或是有意隐瞒了自己的病情。直到生命的最后时刻，他都在意自己的尊严。临危之时，仍然不愿意给他人添麻烦。

顾骧老师连续昏迷多日之后，未留一语，默然驾鹤西去。与顾骧老师告别时，他已卧于鲜花丛中……

谦谦君子，铮铮铁骨，当如顾骧老师。

在我们度过的那些曾经高蹈虚空转而浮躁唯利的大半生岁月里，有幸结识顾骧先生，让我见过这世上何为外柔内刚的谦谦君子，也让我懂得：君子默默然，而心沸之。

《随笔》2016 年第 1 期

我是一个幸福的人

——母亲周年祭

母亲离去已近一年了，总是觉得她还健在。平日身在北京，依旧会下意识地提醒自己该给妈妈打电话了，告诉她自家花园里又有哪一种花开了，哪一种鸟来过，世上又发生了哪些好玩好笑的事情……以前每次在电话里给妈妈絮絮叨叨说这些，她总是听得津津有味。可如今，话筒里只传来爸爸的声音，电话那一头的杭州故乡，再也没有母亲在等待我了，不由怅然心慌。

母亲走后，我似乎一直拒绝以悲伤承认这个事实。如今，母亲的遗像供奉在我书房的书架上，如她生前那样微笑着注视着我。每天出出进进见到她的那一刻，既亲切也哀伤。这一年我过得很麻木，尽管知道人生终有一别，但这个从此再也没有母亲的世界，总归了无生趣。

去年（2015 年）深秋，我去杭州探望因肺部感染住入浙二医院的母亲，我陪坐在她的床头，和她说一些琐碎的家常话，她的左耳早已失聪，戴着助听器，与人对话还是比较吃力，但母亲仍然很有兴致地向我问这问那。说累了，昏沉小睡过去，但只要一醒来，就目不转睛地望着我，笑眯眯的眼神里充满慈爱。妈妈笑起来很好看，脸上的皱纹舒展开去，风轻云淡了无挂碍。那种发自内心的愉悦，散发着天真气息，看不见岁月与疾病给她留下的一丝丝愁苦印痕。这是我熟读了六十多年的妈妈的笑容。

就在那天下午，妈妈神情专注地看了我好久，忽然说：我是一个幸福的人。

她说得认真，我微微一愣，随即笑着应她：只要妈妈幸福，我们就都幸福了。

妈妈说出那句话的时候，距她这年秋冬季反复住院、输血，直至最后多脏器衰竭而病危，还剩三个月时间。妈妈离世后，我脑子里常常跳出她的这句话：我是一个幸福的人——这算不算她对自己一生的总结？一个即将走到生命终点的老人，能说自己是“一个幸福的人”，可知她的内心依然充满了感知幸福的能力，充满了对生活的感恩、对家人深沉的爱意。

1 月 17 日上午，全家亲友依次进入重症监护室，向昏迷中的母亲道别，声声呼唤，她已毫无知觉。她曾托梦给唐学慧要放生小鱼，学慧专程从北京赶来，对她低声耳语说已经办到了……母亲好像松了口气，11 点 30 分，血压骤降，我守在重症监护室她的床前，眼睁睁看着她的生命体征直线下跌直至消失。对于一位九旬高龄的老人，医生亦已无力回天……

下午 2 点，我护送母亲的灵柩去龙驹坞殡仪馆。那辆宽敞的奔驰中巴灵车，轿厢里安放母亲围满鲜花的灵柩之后，只容我一人随车陪护。妹妹特别叮嘱我，请灵车绕道北山街，让妈妈和她心爱的西湖告别。司机善解人意，车开得平稳缓慢。路上我一直在和妈妈低声细语：妈妈，我们经过了昭庆寺广场，小时候您带我去少年宫参加活动……妈妈，到断桥了，我们多少次一起手拉手走白堤看西湖赏桃花……里湖对面就是孤山放鹤亭，我小时候，您给我讲过林和靖“梅妻鹤子”的故事……现在可以望见西泠桥了，您生前痛惜的苏小小，依然在为西湖守灵……过了岳庙，前面就是植物园，那儿碧绿的大草坪，是您最喜欢去的，我上中学时，您和爸爸常在星期天带着我们去看竹园梅园桂花园，教我们识别各种花草树木。婴音的儿子冬筱一岁那年春节，我们还在植物园拍了很多照片……可惜，今天我们没办法进去了，玉泉池里蓝莹莹的大鱼，正在朝着您甩尾巴说再见，您看见了吗……

您在我身后静静地躺着，再也无法回答我了。泪水瞬间迷糊了我的眼睛。正是杭州一年里最冷的季节，车里车外湿寒彻骨，但我依然能感受到您残存的体温。您是一个幸福的人，所以直到最后的时刻，您的手都是温暖的。

送别母亲那一路，往事与眼前迷蒙的湖水一起扑面而来，又渐渐远去。母亲说自己是一个幸福的人，这一句豁达自足的遗言，宽恕了那个冷酷的世界曾给予她的种种不公与不幸。从我刚刚开始记事的两岁左右，那个田埂被冻得硬邦邦的冬天，母亲带着我去乔司农场探望“劳改”中的父亲。父亲因蒙冤被开除党籍公职，母亲不离不弃，用自己瘦弱的肩膀和微薄的薪水，承担起我和外婆、奶奶一家的经济重担。最艰难的日子，母亲夜间备课饥饿难耐，只能喝水充饥；为了让我穿上新衣服，从小未曾拿过针线的母亲，剪开了自己结婚时的漂亮衣裙，在灯下笨拙地裁剪成型，一针一线地缝出我的小衣衫；“文革”中母亲因所谓的“历史问题”被隔离审查，我去北大荒下乡的前夜，母亲从“牛棚”里逃出来送我，第二天清晨偷偷返校，又一次遭到造反派的批判毒打……

母亲的童年少年时代，曾是一个无忧无虑的“学生小姐”，但从她青年到中年这一人生最美好的岁月，却受尽了常人难以想象的折磨和迫害。然而，母亲似乎天生有一种抵御苦难的免疫力，漫长的暗夜里，一次又一次的劫难，都被她内心微弱而又持久的亮光，自然过滤、化解了。我从小到大的记忆中，留下的都是母亲温和的盈盈笑意，从没有哀怨叹息沮丧的模样。即便在她最艰难的日子，但凡乡人亲友同事有事相求，她都会毫不犹豫地伸出援手。

至20世纪70年代末，父亲的问题得以“改正”，母亲终于苦尽甜来。整个80年代，妈妈全心扑在她深爱的文学上，离休后曾应聘在浙江少儿社及《江南》杂志当了几年编辑。她把自己对文学的热爱，转化为对青年作者和作品的爱护，直到现在，还有好多当年的青年业余作者，心心念念着“朱老师”曾给予她们的真诚帮助。

我常常会在心里感叹：母亲以她的血肉之躯、一己之力，撑起了一个家庭；护佑了我的父亲，培育了她们的两个女儿，送她们走上文学之路。一个柔弱平凡的女人，体内竟然可以爆发出如此巨大的能量！由于母亲，那么多人的命运得到改变或改善。一个能够给别人带去幸福的人，才能从内心真正感受到什么是幸福。

是的，一个内心强大到比苦难更强大的人，她是幸福的。

我在母亲的呵护下长大，十九岁之前在杭州的日子里，一直和母亲相依为命。家里经济最窘迫的时候，母亲仍然会千方百计节省下一点钱，用来为我买书，带我去看电影、话剧和芭蕾舞；20 世纪 60 年代，母亲那所中学购置了一台新型的录音机，只要说话，机器上的小绿灯就会一闪一亮。每天放学后，母亲让我对着录音机一遍遍学习诗朗诵，还把我送去参加浙江人民广播电台的业余广播剧团，希望我从小得到诗歌与戏剧的训练。在母亲的“发现”与指导下，我发表了第一篇“少年习作”《我们学做小医生》；我考入杭州一中后，母亲鼓励我参加鲁迅文学兴趣小组，还亲自指导我们班级表演她创作的小话剧小歌剧。母亲一步步带领我走上文学之路，有一次我写作文太自以为是，一向和颜悦色的妈妈，对我发了脾气，撕掉了我的稿纸，直到我哭着答应她重写。我去北大荒下乡后，那个冰雪覆盖的世界里，给爸爸妈妈写信并盼望收到他们的回信，成为我生活中最重要的事。妈妈一封封充满了爱和温暖的信，是我孤寂的生命中唯一的安慰。每次回杭州探亲，母亲总会千方百计寻找那些转入地下的“封资修”经典文学来为我“补课”；在我人生最灰暗的那段日子，妈妈带着我去了郊外很远的地方，去寻找一种刚从南美移植到杭州的橄榄树。妈妈对生活的热情，时时刻刻都在感染我改变我，若是没有妈妈的鼓励和支持，我根本不可能坚持学习写作并取得后来的成果。70 年代我终于发表了小说和散文、出版了长篇处女作，然后去哈尔滨上学、去北京参加文学讲习所的学习、获奖、出国访问，后来的几十年中，陆续出版了几百万字的作品……没有我的母亲，就没有我的今天。我这一生最大的幸运，是有一个爱我理解我的好母亲。

去年那个冬日，当我守在殡仪馆烈火熊熊的炉前，目送母亲的灵魂化为一缕青烟冉冉飞升的那一刻，泪眼模糊中，我似乎见到了传说中凄美壮丽的凤凰涅槃。亲爱的妈妈，我留不住您，这个世上谁也留不住谁。从此以后，我和妹妹再也没有母亲了，我们将成为孤独的人。我浑身战栗失声恸哭，小叔叔在身旁安慰我，他说，大嫂这样善良的人，定是去了她希望的那个美好世界……

我至今保存着这大半生里，妈妈写给我的几百封信。打开泛黄的纸页，妈妈就会轻轻走出来，对我喃喃低语，欣喜地说着天上的云彩、洛舍外婆家的小桥……每次我都会惊讶书信中的母亲，拥有那么优美的文笔、真挚丰富的情感、生动的叙事能力。不由慨叹历史的严酷与无情，埋没了一位优秀的儿童文学作家。或许，文学是母亲反抗社会的唯一方式，她把自己的文学才情输入了女儿的血脉，终于，我和妹妹，成全了她的文学梦。

我亲爱的母亲，一个永远纯洁如婴的《幼小的灵魂》。

或许，在我的有生之年，将会写一本关于您那些美丽的书信之书。

是的，一个内心有文学亮光的人，她是幸福的。

80年代上半叶，母亲得知我在北京有了男朋友的消息之后，一颗久悬的心终于落地。尽管她相信我的判断，但她还是想要亲自“鉴定”一下。不久后，她利用出差的机会，不辞辛苦地绕弯来北京看望我们。短短几天，她和嘉民聊了很多。母亲对自然万物的好奇心，与嘉民对植物动物、文学与艺术的浓厚兴趣很是投缘。吕嘉民特别羡慕我有这样一位充满爱心善心诗心童心的好妈妈，称母亲是一位“童话理想主义者”。当我终于在北京定居下来，建起了自己的小家之后，母亲多次来北京小住，我们还一起去过哈尔滨和镜泊湖。后来妈妈和爸爸曾带着我妹妹的儿子，幼年的阳阳来北京过年。90年代中期，我们在北京郊外有了一栋带小小花园的小房子，母亲很是欢喜。那年初秋，嘉民开车带我和爸爸妈妈去京郊的凤凰岭爬山，风很大，满天的树叶像蝴蝶一样翩翩飞舞，妈妈快乐得像个孩子一样。我们在大风中登山看云，走走停停，竟然爬到了山顶的最高处。算起来，那年的母亲已是近八十岁的老人了，体力和心态依然充满活力。有一年冬天，我们去北海公园看冰湖里的水鸟，去密云水库看冰上的野鸭，所到之处，尽管只是些平常风景，但母亲总是表现出极大的惊喜和满足。母亲一生中从未向我提出过任何“奢侈”的要求，饭食衣着总是尽量简单朴素。家里的经济条件好起来之后，她和爸爸的年事已高，我和嘉民不敢让他们去国外旅行，便计划安排她和爸爸去香港游玩，她却婉言谢绝了；我想要给她买什么好东西，她总说不要；前些年我总算擅作主张给她买了一只上好的翡翠戒指，她却从来舍不得佩戴。我曾经问过妈妈，最喜欢什么样的房子，她说像童话里的那种木房子。我知道妈妈生前喜欢九溪的玫瑰园，心里一直希望着妈妈有一天能够住上那样漂亮的花园别墅。然而，当我们终于有能力在北京买下一栋花园别墅的时候，年迈的母亲却已经无法离家远行了。我和妹妹商量多次，仍然不得不打消了让父母来北京居住的念头。这也成为我心里永远无法弥补的遗憾和痛。

在我坎坷的成长之路上，曾给母亲带去很多烦恼与辛苦。我的任性与坏脾气，也曾给母亲留下种种伤害。但每一次母亲都默默地宽谅了我。在我人生最低谷、最绝望、最无助的时候，母亲一次次帮我渡过了难关，让我振作起来重新上路。母亲为我儿子放放的成长，付出了最多最多的心血。如若没有她对放放从小到大的悉心爱护，我无法想象放放的今天会是什么样子。

母亲这一生，对人对己，除了付出，从不要求回报。她对任何人似乎都没有什么要求，对生活的艰辛也没有任何抱怨。正因为母亲是一个“知足常乐”的人，所以她是幸福的。

一个善待他人、宽谅他人的人，是幸福的。

2002年那年秋天，母亲曾不幸遭遇脑出血，由于家人及时发现抢救得法，奇迹般渡过灾难。但因大脑轻度受损，一条胳膊不很听话了。母亲出院后，便开始在家里一笔一画地练习写字。冬天的阳光下，她坐在窗前，像小学生一样认真专注，艰难地试图把字写在方格子内，然后摇头重写。有些字她不认得了，有些字写得歪歪扭扭，她显得有些难为情的样子，抱歉地对我笑笑：当了一辈子语文老师，怎么连个字也写不好了呢？我说妈妈教了那么多学生，现在终于退休了呀。她眼里闪过一丝欣喜，又埋头重新写下去。闲时我们一起吟诵唐诗，只要念了开头一句，妈妈能把下一句一字不差地背出来。记得去年深秋我去杭州，在浙二的病房里给她唱抗日歌曲："红日照遍了东方，自由之神在纵情歌唱……"没想到妈妈立即接着唱道："听吧，母亲叫儿打东洋，妻子送郎上战场……"令大家惊诧不已。病中的母亲依然坚强乐观，一如她青年时代无忧无虑的性情。

母亲晚年其实一直深受病痛之累，常常因气管炎或食道反流引发肺部感染，每年都需要住院治疗。近年来她的一条腿已无法行走，仍然让我们轮流搀着她抱着她推着她，坚持在家中客厅里一圈圈转圈"锻炼"。幸而有父亲无微不至的照料、有妹妹打理里里外外各种繁杂事务、有家族亲友们的探望和陪伴、有保姆为她做可口的饭菜，母亲多病的晚年，过得还算舒心称心。即便是住院卧床，若是问她：妈妈，你有不舒服吗？她总是回答：我没有不舒服。再问：妈妈，你难受不难受？她总是干脆利落地回答：我不难受。母亲很少有愁苦的面容，带给我们的都是快乐和体谅。每逢春节期间保姆休假，我和妹妹忙着照顾她吃饭洗漱擦身如厕，她会忽然自言自语说：你们太辛苦了，我真是拖累你们了呀……

母亲的意识深处，依然时时挂念着她最亲最爱的人，处处顾及着他人的感受。

母亲步入晚年后，我再不敢远行，这些年来，多次婉拒了出国访问的邀请。但是只要杭州有文化活动邀请，我几乎有求必应，那份私藏的小心眼，是为了回杭州探望父母。虽然每次来去匆匆，如同蜻蜓点水，但母亲已很满足，她从不提出留我多住几天的要求。

她似乎已经习惯了我的“去又来”，欢喜地等我归来，又平静地目送我远去。她总是叮嘱我：你不要太辛苦了，少写一点，多多休息……

是的，当别人都在关注你飞得有多高的时候，唯有母亲，惦念你飞得累不累。

我和母亲一起走过的大半生，她给予我的太多太多，而我能为母亲做的太少太少。记得有一年，我在给父母的信中写过八个字：文章误我，我误爹娘。母亲走后，我一直陷落在长久的愧疚里。我知道自己是愧对母亲的。在这个世上，我唯一对不起的人就是母亲——亲爱的妈妈，您能原谅我吗？

我愿下辈子还做您的女儿，偿还我亏欠您的一切。尽管我知道，我再生再世也还不起。

是的，一个永远在付出、一个心里充满爱的人，她是幸福的。

我的母亲把幸福给予了所有的人，所以我有幸分享母亲的幸福。我们全家人从母亲那里获得的幸福，足以补偿我们曾经所有的不幸。也因此，我是一个幸福的女儿。

如今，母亲的照片就放在我书房里的书架上，正对着我的书桌，一如她从前那样慈爱地注视我、陪伴我日复一日的辛苦劳作。早上起床，我喊一声：妈妈早上好。马上就会传来妈妈快乐的声音：抗抗早上好。我说：妈妈你今天好吗？妈妈总是回答：我好的哦。她的视线始终欣喜地凝视着窗外，楼下就是宽大的草坪与清清的小河。偶尔，我会恍然觉得，我和嘉民终于是把母亲接到北京来了，天天和我们住在一起。这所墙上镶满了天然木纹的大木屋，这座春天开满牡丹芍药蔷薇的花园，母亲应该会喜欢的。初夏时节，我们和妈妈一起坐在阳台上喝茶，吃着刚从树上采下来的新鲜樱桃和桑葚，听嘉民给她讲草原的故事。但凡有我的新书或新作出版，妈妈在书房里第一时间就看到了……

想念母亲、思念母亲，一周年那么长；然而，每天每天日日夜夜都和书架上的母亲相伴，一周年却又那么短。母亲将在这里和我一起度过人生余下的日子，再也不分离。这样一想，就觉得，母亲和我们全家，都是幸福的人。

《江南》2017 年第 5 期

父亲的生命承受力

我的父亲是一个意志坚定、思维敏捷、性格顽强的人。他的脾气不够好，自负而急躁，我们姊妹从小没少领教他的严厉苛责。虽然他在青年时代经历了一次突如其来的政治打击，但他不沮丧不消沉，依然摆出一副决不低头顺服、誓与命运抗争到底的姿态。“文革”中他作为一只“死老虎”被打发去劳动改造当装卸工，他竟然能够每天挑着沉重的煤炭担子，“轻松”地来回走过跳板。当他在1979年“平反改正”恢复党籍的时候，已是一名熟练的钣金工。到了晚年，他的境遇有了很大改善，性情也变得和善起来。母亲不善家务，父亲便担起了家里的大多数琐事，他一生都对我母亲心怀感激之情，并极其赞赏她的文学才华。20世纪70年代我在北大荒的时候，常常能在一个信封里抽出他和我母亲分别写的两封信，公正地说，他的文采逊于母亲。我开始发表作品之后，总是第一时间把报刊寄给父母，希望得到他们的表扬，或是让他们高兴。每一次他都认真阅读我的作品，并写下自己的意见。几十年中，父亲充满期待的目光，成为我写作的推动力。

2010年，我父母共同的作品集《文学之梦与人生笔记》，由华东师范大学出版社出版。这是父母耄耋暮年特别值得一说的事情。

年近米寿之年的父亲，在这几年日复一日悉心照顾母亲的空隙里，将所有边边角角可利用的零碎时间，用于搜集、整理、编辑这部书稿。他毫不吝惜地挥洒着最后的激情，几乎耗尽了体内积攒的全部力气。

父亲与母亲均出生于20世纪20年代。他们在八十余年人生中的几个不同时段，陆续写下的文字（包括文学作品），大部分都辑录在这里了。两个人的一生，跌宕起伏的个人经历、丰富激扬的生活情感、饱受磨难屈辱仍然乐观刚毅的精神力量——这部几十万字的短文集，是他们生命的精华浓缩积聚而成。

然而，面对厚厚的书稿，我的心，却分明感到隐隐的疼痛。

因为我知道，父母的人生坎坷曲折。高寿“八十余年”，其中的三十多年，几乎是一片荒寂的空白。文字消失在断裂的时间里，被突然塌陷的天坑吞噬，留下了狰狞凶险的缺口。他们的人生，被切割成了一段一段难以正常接续的日子；该书辑录的那些篇章，不均匀地分布在现代中国历史的各个转角，忽隐忽现、时断时续。犹如一条河流遭逢岩石拦阻，被迫一次次改道或是淤塞成湖泊水潭，无法顺畅地奔流入海。

激扬的文字起源于抗日战争、燃烧于解放战争——它们曾是如此才华横溢、文采飞扬。那是青春与理想最蓬勃最辉煌的时代，艰险而颠沛的流亡岁月，成为他们一生中最美好的记忆——那些为民族存亡呼唤呐喊、为未来民主自由的新中国而奋笔疾书的文字，在半个多世纪后的今天重读，依然明朗鲜活，充满了犀利、锐敏、真诚的活力。

尔后，戛然而止。从20世纪50年代初，直至70年代末，那个漫长的三十年，从青年进入中年最后走向老年，一生中最宝贵的三十年，他们忽然变成了“黑夜里的人们”，再也未能写下一字一句。曾经恣意汪洋的才情、自由独立的个性，猝不及防地被阉割被钳制，“觉醒之路”已与当年的精神目标“背道”而行。两个人的“风浪之船”与“文学之梦”湮灭在猩红色的暴风骤雨之中。

那个时代曾经牺牲了多少支妙笔？而历史，总在这里垂下眼睑。

他们重新浮出水面之时，已是雨过天晴的80年代，劫后余生的最后一段短暂的好时光。我的意志坚强的父亲与生性朗乐的母亲，从笔端和纸上渐渐复活。黄昏业已临近，分分秒秒都如此珍贵，在绚丽的晚霞即将匆匆沉落之前，他们还有许多事情要做——尽管，三十年间丢失和遗落的那些文字，已经不可能再捡拾回来，但这位自远方归来的文学挚友，却是他们晚年可依傍可慰藉的忠实伴侣。在这个重新扬帆出发并急剧变化着的社会里，他们看见了金秋“重阳”之美，看见了“神奇的红树林”之奇，听见了“爱与命运的悄悄话”。在绵绵的思绪中，父亲记下了自己的“生命之痛”与“暮年之思”，试图从个人的“变形记”中探寻政治灾难的根源……

于是，我们读到了母亲在“太阳出来的时候”写下的抒情短章。

那些童心未泯的语句和描述，依然如同当年一般散发出清纯的诗意。她究竟是怎样战胜了苦难也战胜了自己呢？我们只能从父亲代替母亲收录于此书中的那些美文里，去窥觅她的心迹了。

于是，我们读到了父亲以当年写“雪之谷”那般流畅通透的文笔，在20世纪80年代至21世纪，陆续写下的回忆、评述、纪事等各类随笔。在度过漫长的沉默岁月之后，纸笔失而复得，父亲的文章依然严谨犀利，字里行间一派老报人的刚直风范。

需要怎样坚毅的生命承受力，才能承受这半生的厄运？需要有怎样韧性的生命承受力，才能承担起作为一个人、一个大时代的小知识分子、一个丈夫和一个妻子、一位父亲和一位母亲的责任？

你的灵魂要有足够的重量；你的骨骼，要比你承受的苦难更坚硬。

可惜，当“风浪之船”驶入平静的港湾，他们已步入晚年。

我的心因疼痛而沉重。

“如果”——如果不是这样，那么，曾经才思敏捷的父亲和母亲，能写下多少有价值的文学作品？在那本不可遗忘的历史账簿上，“夭折”的累计负数，付出了一个民族精神文化的整体停滞作为代价。

所以，在我看来，这部父母一生的作品合集，只是算作一个“残本”。中间那大片的空白，深藏着更多耐人寻味的忧戚。也许，正因为是“残本”，它才为那个年代，留下了一份真实而“完整”的刻录。

至2015年，父亲以九十二岁高龄，完成了三十万字的长篇纪实文学《摇晃的天目山》(由浙江大学出版社出版)。该书真实地记述了1937年至1945年间，浙江天目山南北及杭嘉湖地区抗日斗争的真实状况。该书在抗战胜利七十周年前夕出版，为东南前哨的抗日战争史填补了一大空白。

父亲的青年时代在战时迁址天目山的《民族日报》工作，曾作为特派记者往来于游击区实地采访，结识了一些抗日游击队的著名人物，如书中所写的郎玉麟、李泉生、朱希、鲍自兴、黄八妹等，他当年就在报上连载了《水乡吟》《海北敌后来去》等长篇通讯，成为亲历浙西抗战的老报人。

天目山的云雾、杭嘉湖的硝烟与血腥，是我父亲一生中最难忘的岁月。

光阴荏苒，大半个世纪过去，我父亲仍然无法忘记当年亲闻亲见的一切。父母离休以后，20世纪90年代我曾陪同他们重访西天目。2010年，父亲以八十八岁高龄编选出版了他与母亲几十年的作品合集《文学之梦与人生笔记》之后，书写编著这部天目山抗战史，就成为最后一件未了的夙愿。

一位九旬老人心心念念想写的东西，一定是他生命中最重要的事情了。

一位九旬老人要完成自己的心愿，需要付出比常人艰难数倍的努力。

父亲常年腰椎疼痛无法直坐，只能把稿子铺在一块小木板上，木板置于膝盖，抵靠在沙发上写作。一日里断断续续写下几百字，一字一字，每日不息，写满了一摞摞厚厚的稿纸。他在年轻时就注重史料搜集，如今，岁月清除了浮面的表象，从记忆深处凸显出珍藏的往事。

父亲将该书定名为《摇晃的天目山》，蕴有深意。

天目山位于浙江临安境内，浙、皖毗邻地区，古名浮玉山。天目山地貌独特，地形复杂，峭壁突兀，怪石林立，峡谷众多，自然景观优美，堪称“江南奇山”，亦被称为“华东地区古冰川遗址之典型”。天目山因东、西峰顶各有一池清泓，宛若双眸仰望苍穹，故而得名。天目亦如父亲年轻时那双黑亮的眼睛，穿透大半个世纪的历史烽烟迷雾，闪烁着清澈的光泽。

1937年抗战时期淞沪大血战八十天后，日寇在杭州湾北岸的金山卫等地登陆。国民党军队向天目山地区移动，但由长兴窜犯泗安、广德的日军一个旅团，竟尾随向天目山追击。告岭为天目山一部分山峰的名称，顶界线称为羊角岭。告岭南面下坡途中有百丈坑、一线天等险峻地段。如果告岭、羊角岭天险不守，日军即可越过天目山，直下于潜、分水、桐庐，浙赣线将可能沦于日军之手。告岭之得失，对整个战局的影响重大。国民党军队当机立断回头强烈反击，迫使日军反追为退，受阻于天目山屏障。这是天目山在抗日烽烟与战火震荡中，第一次“摇晃”。

第二次“摇晃”发生于1943年10月，日军以一个联队加山地装备特种部队，对天目山地区发起进攻，满以为天目山唾手可得，结果又一次被国民党军队击败溃逃。1944年秋，日军为防止美军在浙江、福建方向登陆，确保南京上海杭州三角地带的“安全”，先后占领温州、福州等要地，控制了浙、闽两省沿海地区，国民党军队纷纷西撤。中共中央华中局和新四军军部，遵照中共中央关于开展东南沿海抗日斗争，准备实行战略反攻的指示，新四军粟裕司令率第一师渡江，在浙江长兴建立苏浙军区，确定了向天目山敌后进军的部署。而国民党顽固派连续调集重兵企图聚歼，新四军部队被迫进行了三次反顽战役，巩固并扩大了苏浙皖边抗日根据地。

1945年8月14日，日本宣布无条件投降。根据重庆谈判的“双十协定”，八路军新四军根据地奉命北撤。巍巍天目山，在战火烟硝中又一次成为历史风云的见证——“摇晃”一词，实际上隐喻多种政治力量此消彼长。天目山经历了第三次“摇晃”之后，国民党政权实际上也开始“摇晃”，终至四年后倾覆……所谓天目山的“第三次摇晃”，亦隐喻了国民党政权的“摇晃”，这是父亲历经了大半个世纪浓缩、沉淀的特殊历史记忆。

《摇晃的天目山》一书的显著特点是以客观真实而复杂的人物、事件，揭示出浙西地区十四年抗战的历史真实。该书结构分为上中下三部——上部“不屈的杭嘉湖”，记述杭嘉湖地区民间抗日武装的成长壮大；中部“东南前哨”，描述了中共地下组织领导天目山地区军民抗日武装的战斗历史；下部“摇晃的天目山”，重点讲述了解放战争中浙西国民党政权溃败的结局。全书故事密集、史料翔实、人物生动，思想性与可读性相得益彰。

抗战时期的杭嘉湖游击区，地方势力割据、土匪地痞各霸一方，曾是一个鱼龙混杂的混沌世界。该书以民间抗日爱国志士为主线，写出了不同阶层的人物在抗日救亡的时代背景下，勇于献身不惜牺牲的精神气象。中共浙西地下组织，根据中共中央“坚持抗战、反对投降；坚持进步，反对倒退；坚持团结，反对分裂”的方针全面展开活动，这是贯穿全书的副线。特别是省、县“政工队”实行统一战线政策，发动群众、聚拢各方力量参加抗日斗争，创下了克敌制胜的种种奇迹。书中细致描述了一批进步青年，在抗战的腥风血雨中，从浑噩到清醒，追求真理历练成长的心路历程。该书还用了相当篇幅，记述了国民党正规军在天目山第一次、第二次保卫战中立下的赫赫功勋。可以说，《摇晃的天目山》是目前已经出版的历史读物中，唯一一部记录了东南抗日前哨国共两党从合作到斗争的珍贵文献。

父亲在1979年“平反改正”之后，用了大量的精力帮助他周围的老朋友上访上诉，解决了许多历史冤案。他离休后一天也没闲着，除了读书看报，经常独自骑着自行车在杭州城里转悠，买菜、去邮局、看朋友，直到九十岁以后才不再骑车出门。他年轻的时候就喜欢种花养花，即使在20世纪60年代那种恶劣的境遇之下，他还在窗外狭窄的空地上种含笑花、种丝瓜、养盆景。我对植物的喜爱源自父亲，很多植物知识也是父亲亲授。他如今已是九十五岁的老人，依然耳聪目明头脑清醒，可以不戴老花镜看报纸，亲笔手写的钢笔小字书稿，密密麻麻清清爽爽。我有时候暗暗惊讶，他内心究竟蕴藏着何等巨大的能量场，能够在那样恶劣的情境下保有对生活的热爱，在不公正的待遇下坚持顽韧的生命承受力，也可算得一位奇人了。

写于2019年12月

有了爱就有了一切

冰心先生离开我们已经二十年了。她与老伴儿安息在现代文学馆的草坪一角，那座汉白玉的雕像，微笑着凝望着我们，一如她生前的柔雅与温婉。

距1979年我在冰心寓所第一次拜见冰心先生，时间已经过去了整整四十年。我回想当年见到冰心先生的情景，种种细节至今清晰如初。她慈爱的神态、温柔的语音、绵软的手掌，四十年里一直温暖着我。四十年时间那么漫长，足够两代人成长。四十年那么短暂，我们这代人还没来得及做好最想做的事情，写出最好的作品，就觉得自己已经老了。但冰心先生从十九岁开始发表作品，到她九十九岁离世，写了整整七十五年。一个心里有爱的人，永远不会老，因为她对生活始终怀有一颗纯真、年轻、热情的心，她把自己所有的爱都留在了文字中。

此时此刻，我们这些热爱文学的人，在这里怀念冰心前辈，祭奠她逝世二十周年，纪念她从事文学创作一百周年，这是一件多么有意义的事情，也是我们大家的荣幸。今天在场的很多文友，都曾获得过“冰心散文奖”，包括我在内。还有很多熟读冰心作品、热爱冰心先生的人。今天的主题是“有了爱就有了一切”，我首先想说的是：我们都爱冰心先生，是对她的爱，使我们聚合在一起。我们纪念冰心，是为了赞颂她冰清玉洁的人品，弘扬她冰雪灵秀的文品，传承她冰川雪原一般睿智透明的精神。

冰心前辈当年曾经说：有了爱就有了一切。这句话被广为传诵至今，也成为冰心先生对生活的真挚情感表达的金句。

那么，我们作为一个写作的人，应当怎样更深、更准确地理解这句话呢？有了爱就有了一切——这应该是一种什么样的爱？具有怎样的内涵与外延？没有爱会怎样？有了一切的这个“一切”又是什么？

我体会，她所说的“爱”，不仅仅是男女之爱、不仅仅是亲人之间的爱、不仅仅是朋友之爱，而是一种热爱世间一切美好事物、热爱大自然、热爱祖国、爱天下人的人情怀。是对弱者的爱怜、对美德的爱惜、对人才的爱护、对他人的关爱和仁爱。这个“爱”字有一个对应物，反面必定有一个“不爱”，比如“恨”“怒”“怨”“嗔”。冰心先生是一个爱憎分明的人，她说有了爱就有了一切，不等于爱那些丑陋的人和事物。她一生的作品，都始终围绕着“爱”这个主题，反复多次劝诫人们心里要有爱，我们的生活要充满爱。这个“爱”字里包含了宽容、慈悲、理解、尊重、友好、诚信、责任；而不是斗争、陷害、阴谋、暴力、强权、损毁、破坏，等等。她希望以真爱来唤起人们内心的情感自觉，抵抗伪善、冷漠、私欲、欺骗和假大空的套话。在那些动荡的艰难的岁月里，她呼吁人们以爱的力量，将那些虚假的、可恶的、丑陋的事情，转化为真实的、可爱的、美丽的事情。用今天的语言来表述，我们的生活应该是爱的孵化器、转换器。只要我们愿意把爱的梦想化为爱的心愿、爱的行动，爱的种子就会萌生出爱的小苗，然后长成一株株一片片沐浴着爱意、散发着爱的气息的树林。而不是像阶级斗争时期和“文革”时期那样，人与人之间充满了仇恨与警惕、互不信任互相残杀。直到今天，我们还会随时随处发现那个无爱多恨的时代留下的后遗症。所以，冰心先生所说“有了爱就有了一切”，就像一位先知的警示，委婉地提醒我们，无爱缺爱、只顾一己之爱、不懂得互爱的民族，情感发育和心理发育是残缺不全的，在这个基础上建立的社会，必然也是天缺一角的畸形社会。如今，我们常常谈论传承中国传统文化中的“孝道”，孝敬父母当然是一种美德，但当孝道过分强调被动地被迫地孝顺和服从，而不是发自内心对父母的爱和尊重，就会出现“二十四孝图”其中那种愚昧荒谬的行为。今天农村里出现的虐待老人的现象，人们习惯将其归结为“不孝”，岂知不孝仅为表象，重要的是我们缺少养老保障机制，更重要的是内心缺少对父母的爱。中国文化是一种内向型的封闭系统，也是一种避讳谈爱的文化，我们常常难以启口对父母说一声“我爱你”，我们的孩子也羞于对我们说“我爱你”。说出这个爱字，真的就那么难吗？尤其当繁体字的“愛”被简体字去掉了“心”之后，爱就开始重新被“招魂”，一次次失而复得得而复失地徘徊。

在今天这个重利薄情的物质时代，我们在这里重温冰心先生所说的“有了爱就有了一切”，格外显得珍贵。我理解的这个“一切”，并不是大千世界物象的总称，而是拥有了可以识别、抵抗一切恶行的勇气，有了拥抱世界一切善行的内源性精神动力。这个“一切”，就是我们所拥有的无限大的内心。

记得四十年前我去拜见冰心先生，她在我带去的那个笔记本上，写下了一行秀丽的钢笔字：“学而后知不足”。如今纸页已然发黄，但这句话成了我的座右铭。后来的几十年里，更多的学习和思考，让我越来越多看到自己的不足。知道自己的不足，就越加勤于学习和思考。每次想起这句话，我都能从中体会到冰心先生对后辈的殷切期待与厚爱——恰似“一片冰心在玉壶”。

最后，让我们对一百二十岁的冰心先生雕像说：我们爱你，就像你爱我们一样。

（2019 年 2 月 28 日中国散文学会纪念冰心逝世二十周年活动致辞）

《文艺报》2019 年 3 月 18 日

我悟

逝去的书信

在许多年中，我们依赖书信与亲友和他人交往。书信是寂寞岁月的欢乐和光明。信中的每一个字都被我们贪婪嚼碎小心咽下，然后一字不漏地“输入”记忆珍藏。收信、读信和复信，常须躲闪避开周围警犬般的耳目，因而使书信的来去变得隐秘，仅仅是因为小小的信封承载了最大的私人空间，是充满敌意的生活中唯一的温暖和慰藉，支撑我们度过苦涩难耐的时光。我们的眼睛一旦离开那几页信纸上含蓄的真话，面对的是铺天盖地的谎言和虚伪。

那个冬天的小兴安岭，大雪封山，进山伐木的连队和农场断了联系。一连两个月，信件完全从我们的生活中消失了。帐篷门口的雪地，被盼信的人们踩得倍儿硬，林中只有飞舞的雪花，但没有哪怕一只信封的踪影。寂静和寂寞让人透不过气，每个人都焦虑不安，好像被扔到了海角天涯。暴风雪的夜晚，我们在微弱的蜡烛下疯狂地写信，写给我们想得起来的任何人。一只只用米粒黏合的厚信封，在炕席下被压成薄片，一只只薄片积成了厚厚一摞，硌得人腰疼。我们日复一日地守望冰雪，却没有邮递员来把那些信接走。有个宁波女知青是个独生女，她和父母有约，每日互有一信发出，从不间断，没有书信的那两个月，她写的信已塞满了一个旅行袋，她甚至吃不下任何东西，气息奄奄几乎快要死去。一个休息日，有男生帮她背着那只旅行袋，顶着风雪步行几个小时，到林场的场部去寄信，把那个小邮电所的邮票用得一张不剩。

很多日子以后，天终于晴了，山沟里突然响起了“热特”（拖拉机头）的轰鸣，我们的欢呼声震落了树上的积雪。拖车满满的车厢，卸下了我们需要的食品和杂物，还有几只沉重的麻袋——快被撑破的麻袋在几分钟内，被无数双手迅速撕开，无数个沉甸甸的信封如泉水哗地涌出来，散落在雪地上，然后一抢而空。

我抢到了属于自己的那些信，信上的邮票已被雪花洇湿。那是一个突如其来的节日，所有的人都得到了同一份礼物。整整一个夜晚，帐篷里鸦雀无声，人人都在马灯下安静地读信，就像享受着一件天降的礼物，只听见纸页的翻动声和姑娘们喜极的啜泣声。我枕着父母和友人的来信，在心里一遍遍背诵着信上的每一句话，如今想起来，信上讲的其实都是再平常不过的事情，但二十多年前那个夜晚，信中的每一个标点符号都使我兴奋不已。

我倾听炉膛中燃烧的木棒在欢快地歌唱，伴着山林里低低的风声，夜色从眼前的信纸上一行行挪移，终是无法入睡。早起的值日生已开始担水扫地，帐篷顶上烟囱的缝隙处，渐渐由灰而蓝最后泻入一线金阳。天亮了，而我还睁大着眼睛。

那是等待书信的有关记忆中，最为清晰完整的一次。

假如那些信再不来，我们还能在森林里坚持下去吗？

小小的信封、薄薄的信纸，你真有那么大的魔力啊！

到了盼望情书的年龄，书信就成了生命以及爱人的一部分。

我们会像蜜蜂一样辛勤地在收发室门口徘徊，像警觉的兔子一般时刻聆听着邮递员的脚步声。我一次次穿过黑暗的楼道，一日数次爬过几十级楼梯去开信箱。明明上午信已来过，下午还是忍不住再去一次。我的手颤抖着伸进满是灰尘的铁皮邮箱，把空空的邮箱搜索了再搜索。只要指尖触到了一只纸角，未等把信封从邮箱里拽出来，漆黑的楼道已是阳光灿烂。

旋风一般卷上楼去，信封就像是翅膀，平步青云，千里万里飘飘欲仙。

在灯下铺开信纸，瞬间气贯长虹。灯暗了窗明了，踏着晨曦去寄信，归来梦里惊醒，信封上忘了贴邮票。

书信的年代我们活在手写的文字里。那些文字充满真诚的倾诉，抛洒着激情与废话。虽有些自欺欺人，却助我们度过精神上的饥荒。其实每一封书信，都充满着被偷窥被检查被告密的危险，有多少悲惨的故事源于书信引发的祸端，但书信仍在继续着，写信的欲望有如生命一般顽强。书信是书信年代连通外界仅有的通道，唯一属于自己的一方天地。无论是盼信收信拆信回信寄信，每一个惊心动魄的过程，都令人迷恋令人心跳，寄予着可延续、可托付的希望。

如今我们已不再等待书信，若是有送报的邮递员送来几封书信，倒会让你觉得惊诧，拆开看，信封里除了会议通知，便是合同公文。我们想要同另一个人私下说的话，难道都已用电话和 E-mail 说完？书信时代终结后，我不知道自己还能盼望什么。偶尔我会疯狂地用笔写信，写给逝去的书信，仅仅是为了寄托对书信的怀念而已。

《杭州日报》2000 年 10 月 15 日

柔弱与柔韧

女性观并非女性宣言，它在大多数情况下只是一面镜子，不是为了自我欣赏，而是供我们自己寻找瑕疵，审视检点。

有一种看法认为，优秀的女人比优秀的男人更为优秀，所以她们应当到那些男人占据统治地位的世袭领地里，去打败男人战胜男人，比如政坛、高科技，还有战争什么的。女人不能击败男人，就把优质资源浪费了。

但我一向没有这样的野心，或者说缺乏这样的雄心壮志。对于男人的领域，我历来是不感兴趣的。因为我觉得，女人应该有，或者原本就有属于自己的一片领地，例如经营管理、教师编辑、艺术领域，还有家庭。至于政坛和科技领域，在今天这个时代，女人想在那里占上一席之地，中国、北欧和东南亚都有成功的例证。可惜女人一般都天生不喜欢那些地方，这是人性的自然属性使然。

因此，最好不要有打败男人的念头，这是不聪明和不划算的，男人若被驱逐了，女人不是更累吗？优秀的男人多些，可以为女人服务。

所以中国古代的太极图，以阴阳平衡、阴阳融合来解释世界。黑白鱼形中间有一条共用线，既是阴阳之界，也是共生互济的同一生命体。阴中有阳，阳中有阴，阴阳互补，相得益彰。

另有一种看法认为，女人应该在女人的一切领域里，击倒所有其他的女人。优秀的女人只有打败别的优秀女人，才能成为真正出类拔萃的女人。当一个女人站在没有对手、鹤立鸡群的高处，女人才能高枕无忧，一劳永逸。

但我恰恰是一个缺乏女人普遍的嫉妒之心的女人。遇见或是发现了优秀的女人，就会由衷地欢喜和倾慕。我认为凡是真正出色的女人，是不惧怕挑战的，她们可能受到同性或异性的打击，但她们不能被战胜；她们可能出错，但她们不会溃败。任何出色或平凡的女性，都有自己独立而独特的领域，不可以被别人侵犯。若是以为有谁能君临众人之上，那是一个缺乏自知之明的女人。

再说，即使在女人的领域里击败了其他的女人，只剩下一个人形影相吊，岂不是成了一个现代的女堂·吉诃德，还得再去为自己制造出一些女性假想敌，以备女性战争之需。当别的女人在整体上处于弱势时，一个孤独的女强人，还能有胜利者的骄傲和快乐吗?

一个真正在精神、人格和经济上都独立自主的女人，一定会把其他的优秀女人都视为自己的朋友。

那么，你既不想打败男人，又说打不败女人，你到底想干什么？

我想说：女人真正的对手，女人永远的敌人，女性解放的道路上最顽固的障碍，是女人自己。

我只希望战胜我自己，战胜人性中那些与生俱来以及后来被污染的环境所添加的弱点。我像所有的平常女性一样，有怯懦、虚荣、狭隘和依赖的习性，我常常陷入鱼和熊掌的矛盾之中，还有内心深处的良知和利益的冲突。

我习惯把目光投射在女性的弱项上。我希望女性能更多一些率真的自省和坦诚的自我剖析，而不是仅仅诉说女性的苦难。我愿意通过写作，来帮助女人们真实地了解男人也懂得女人自身，而不是仅仅抱怨男权势力的欺压。我以为，女性自由的获得，最终取决于“人”的自由，取决于社会体制和意识形态的整体变革。

我至今依然坚持认为，只有在一个男人和女人都能得到快乐和幸福的社会里，女性解放才能真正实现。

这样看来，我不太像是一个女权主义者。尽管女权主义的崛起，使得全世界的女性扬眉吐气，让男性的霸权大为收敛。但是“权利”和“权力”是两种截然不同的概念。我更愿意女权是权利的权，而不是权力的权。当女人的正当权利得到法律的庇护时，任何不正当的男性权力都再无用武之地。所以，一个理想的社会，男权和女权应是平等分立、互相制约的。我们最终所渴望的，是男人和女人之间的和平共处，达到两性和谐、自由融洽的境界。

我喜欢女人是温柔美丽的，在柔美中传递出女性的自然魅力。

坚韧是一种品格一种精神，优秀的女人应具有博大和悲悯的胸怀。

最后想到两个字，也许可以概括我的女性观，那就是：柔韧。

《中国文化报》1995年6月21日

2001年再发表

打开自己那间屋的门窗

英国女作家维吉尼亚·伍尔芙说：女人要有一间自己的屋。

这间属于自己的屋，自然是女性独立的标志。因为我们首先要有一定的经济实力，将这间屋子租下来或买下来。在这个有锁的房间里，我们身心独处不受打扰，也可以随时约会想见的客人；在自己的房间里，我们能够随心所欲做自己喜欢的事情，包括拉上窗帘写作。

自己的一间屋，象征着现代女性所渴望的自由空间。但是，女人拥有了自己的一间屋之后，那是否就是我们全部的生活呢？

按我个人的理解，那间屋的含义会更立体些。它并不意味着女人要把自己关在里面，并不意味着一种与世隔绝的姿态。它不是一个牢笼，不是一个封闭的禁地。那间屋当然有一扇通往外界的门，可以使我们来来往往、出出进进，随时出门走到广阔的田野山川去。

那间屋还有一扇巨大的玻璃窗，阳光可以充分地照射进来。若是站在窗前，我们的视线可以望见云彩、飞鸟，以及很远的地方。这扇可关可合的门与窗，是女人在安静长久地使用这间屋子的时候，与外界保持联系的渠道。

借用这间屋和门窗的关系，我希望自己已经基本上表达了现代女性的生存理想，以及我本人对女性写作的态度。

西方女权主义的发展道路，同中国20世纪的女性主义曲折历程，恰好走了一种倒置相反的方向。当西方妇女还在争取女性基本权益的初始阶段，新中国的建立，即以革命的名义立法保障了妇女就业、生育等基本权利。由于对封建历史上“男尊女卑”的传统观念反抗，使我们对“男女都一样”的人格地位平等，具有强烈的渴望。但是到了20世纪70年代，所谓的“男女平等”完全被政治化了，“男女都一样”作为革命的工具被强化到极端，女性的特质被逐步清除，承担起男性的角色。

这种抹杀性别差异、权利与人性的分离所产生的直接后果，造成了中国妇女在很长一段时间内的严重异化。改革开放后，在中国本土逐渐生长起来的女性主义，开始对“男女都一样”这种特定历史条件下被扭曲的文化思维与模式进行了全方位的质疑与挑战，希望找回女性自身的特质。在文学创作上，表现为新一代女性作家对自身情感和心理的重新关注。新时期文学中，那些当时最活跃的女作家们，作为女性意识最早的觉醒者，塑造了一系列新女性的文学形象，为后来的女性文学发展开凿了最初的通道。

20世纪90年代以后的女性文本，开始着力去描述和表现男人和女人“不一样”的那些生命基因。她们从女性立场去判断外界事物、用女性的眼光感知生活、用女性的话语表述内心情感。女性作家天生具有非常敏感和细腻的感受力，能够对那些被男性忽略的极为细小的事物做出反应。今天的新锐女作家群体，像春天的花朵一样遍地开放，形成了中国当代文学的一道绮丽的景观。20 世纪 80 年代之前那种残酷的非人的政治风暴止息后，被抛在舢板或小舟上的女人，开始在阳光下长驱直入自我与个性的绿岛。作品中的性爱描写，从身体进入精神的层面，被寄予审美的厚望。性活动以及女性自我赋权的“身体写作”，已被视为女性价值实现以及女性解放的重要途径。市场经济正在逐步消解着“父权”，但与此同时，顽固的“夫”权却正“变脸”为商业的面孔，现代女性所面对的生存境遇、婚姻和性关系，在女性文本中都展现出更为丰富的姿态。

是性别的差异让我们回到了女性写作。这种女性的视角，我理解为“自己的一间屋”。这是一个立足点，也就是说，这间屋子是一个充满了女性色彩的心灵空间。用伍尔芙的话说：“人只需走进任何街道的任何一个房间，便可感到女性的那种极为复杂的力量整个地扑面而来……须知这几百万年以来，妇女一直是坐在屋子里的，因而到此刻连墙壁都渗透着她们的创造力。”所以，当我们打开门窗时，那些微妙细致柔软活跃的女性元素，就会从门窗里飘散开去，使得外面的空气也充满了甘甜的女性气息。如果没有这间屋，我们就没有一个属于自己的居所；如果没有这间屋子安顿我们的心灵，我们会寻寻觅觅无所依傍，目光散乱无序。女性视角是我们与生俱来的身体感官，更是一种把握人生与文学的独特能力。也可以说，是一种女性潜意识宣泄流通的出口。

然而，新的悖论也无情地随之而至：如果说女人只能并且只应该从事“小女人”或“私人化”写作，岂不是承认文学的宏大叙事只是一种男性写作的特权？如果女性所关怀的世界只有身体和性，只有爱情和自我，那么是否等于印证了历史上男性对女性的歧视，而将男女共有的天下拱手相让了？如果说在商业时代的文化消费中，女人的身体本来就被男性当成一种性工具和性对象，那么，女性的身体写作，是否会成为对“男性窥视”的自觉迎合？

由此将引发更多的问题：女性主义是否是女性写作的唯一选择？女性意识是否应该覆盖女作家关注人生的全部目光？若是女性文学像残疾人运动会那样，建立一种仅供自己欣赏的独立评判系统和标准，又如何去打破以男性为中心的社会秩序？过于狭隘的女性立场所带来的局限性，恰恰会使我们的作品大大减弱对男性的影响度，如果一个女作家能够关注自身以外更为广阔的世界，岂不是将获得更多与男性平等发言的机会？

我们真的需要一种所谓的“主义”来框定女性写作吗？

我曾说过，1985 年之前中国没有成形的女性文学，因为女性文学所应当包含的女性性心理、性意识以及各种女性经验，在当时都是不可涉足的禁区。事实上，在很长的一个历史阶段，女性只是一个被借用的人物外壳，作品中的女性意识是被抑制和贬损的。20 世纪 80 年代初的思想启蒙，为中国的女性文学发展扫清了思想障碍，只有当“人”的尊严被重新确立之后，女性文学或女性主义从此才有了安身立命之处。到了 20 世纪 80 年后期，更多的年轻女作家们，才有可能在一个相对开放的外部环境下，在解除了大一统的政治压力和计划经济的束缚，在多元文化状态下，轻松地折返女性自身。这是中国女性文学逐渐走向成熟的一个不可忽略的历史条件。但这并不意味着，对于女性写作，应当单独建立一种完全不同于男性写作的评判标准；更不能认为，在文学这个男女共享的领域里，应当割出一块封闭的领地来专供女人游戏。

在我看来，这种画地为牢的文学分类，构成了女性写作的误区。

我想简单地陈述一下自己的写作道路，借此盘点整合自己的思路。

我在1950年出生于杭州的一个知识分子家庭，从小受到良好的教育和文学熏陶。我的阅读开始得很早，小学和中学的作文一直得到老师好评。1966年“文化大革命”开始，学业中断，1969年我离开杭州，到黑龙江一个农场上山下乡。在农场劳动八年，1972年开始发表关于知青生活的作品，1977年到哈尔滨学习戏剧创作。从1979年至今，发表了大约四五百万字的小说和散文作品。

新时期文学之初，“文革”留在人们心上的伤痕，促人猛醒催人发问。真实的生活渴望并呼唤着文学真实的诉说，人们试图通过文学寻求人的尊严与价值，文学成为作者与读者共同的精神出路。因而，我的短篇小说《爱的权利》《夏》《白罂粟》、中篇小说《淡淡的晨雾》《北极光》《塔》发表后受到比较广泛的关注。从20世纪80年代中期至90年代中期，新时期文学进入实验阶段，出现了许多带有前卫和先锋色彩的新小说。我在对人性重新认识的基础上写作了长篇小说《隐形伴侣》（1986年出版），还有中篇小说《第四世界》

《因陀罗的网》《沙暴》，短篇小说《流行病》《无序十题》《斜厦》等，这些作品吸收并借鉴了一部分西方现代主义的创作方法，试图丰富自己的艺术个性。至20世纪90年代中期，市场经济逐步建立起以读者的需求为依托的运行机制，中国当代文学的道路被整体性拓宽，文学的多元化格局基本成形，多种文学风格和艺术思潮的作品各领风骚。1995年我出版了长篇小说《赤彤丹朱》，表现年轻一代对历史的再认识和对中国老一辈知识分子命运的重新思考。1996年，出版了长篇小说《情爱画廊》，意在表现物质化和商业化的时代，人对爱与美、对自由精神的渴求。我的三部长篇小说，可以说反映了我在时代进程中，对社会和自我认识的三个阶段。《隐形伴侣》是对我们这一代人个人身份的清理；《赤彤丹朱》是对体制的反省，对历史的忧患；而《情爱画廊》是面对20世纪90年代市场的挑战所做出的积极尝试。近两年来，我写作了中篇小说《残忍》《银河》以及《工作人》系列，内容扩展至城乡边缘，写作风格回归于平实与朴素……

若是以我个人体验来探讨这些，我想说的是，在我的生命中，性别苦恼实际上很少对我构成心理威胁，我的忽略是因为自己早已超越了那个阶段。我对“女性意识”一直有着本能的认同，那是天然的没有受到破坏的东西，它融合在我的血液中，成为我生命的基本元素，而不是一种防卫或出击的武器。引述一位女性主义学者的话来印证我的分析，那就是：一个从不把男权放在眼里的女性，通常不会成为一个女性主义者。在我的作品中，我的兴趣早已不在男女关系的对峙，以及对男性的“指控”上了，我更关心的是“自由”——这种自由的完全获得，必定与男性世界密切相关，也就是说，只要男性或女性有一方觉得不自由，两性和谐与人的自由就无法真正实现。

需要特别说明的是，我以上的发言，绝没有对当下的女性文学有任何贬抑的意思。在一个多元文化并存的状态下，女性文学应是千姿百态的，每个人的创作个性都需要得到充分的尊重和理解。我的忧虑来自当下的某种性别屏蔽意识，我认为将那些纯粹描述女性生活的作品当成女性写作的范本，是狭隘的；更不赞成女性批评那种“削足适履”的批评方法，将女性立场这一原本模糊的概念，作为衡量文学作品优劣的标尺。

我比较认同女性写作中应当更为自觉地运用女性视角这一说法——在我们自己的一间屋子里，安静地思考与自省。用思想的火把光芒，照亮自己的灵魂的深沉悲悯以及肤浅虚荣。我们会在作品中说出女人的美丽或是平凡、聪慧或是愚昧对自己究竟意味着什么。然后，拉开窗帘，敞开我们的门窗，让新鲜的风吹进来，让明亮的阳光透进来。我们将走到外面广阔的天地去，用女人的心去感受除了男人和女人的关系之外，人与现实世界的更为复杂的关系，并将我们的眼光放射出去，看到高山、大海和更远的地方。我们将在女人优美的文体与语言表述中，传递出女人深切柔情的社会关怀、人文关怀与人类关怀。我们将在自己的那间屋里，书写男人与女人共同的历史，创造有利于自己和整个世界的文学。

正因为每个女人都会按照自己的愿望、审美品格和实际需求来选择和布置自己的那间屋，所以每个女作家“自己的那间屋”，都会呈现出迥然不同的模样。有的房间会寂静无声，有的房间终日里摇滚乐如雷轰鸣，有的房间里挂满了漂亮的衣裙，有的房间主人或许有收藏陶瓷或是匕首的爱好，有的人把墙刷成白色粉色绿色蓝色或是黑色，有人贴壁纸也有人用木板装饰成一个森林小屋。所以，女人在自己的那间屋子里书写的文本，当然是异彩纷呈、风格各异的。

因此，我十分赞成伍尔芙所说的："在文学创作中，如果以任何方式有意识地以女人的身份来说话，那么对她来说将是毁灭性的。"写作是一种精神活动，在文学创作中，真正主宰着我们的，是艺术个性和艺术创造力。因为每个人个性的差异，实际上远远大于性别的差异。我仍愿意用伍尔芙的话来作为本文的结尾，她曾这样说：

> 保持自我比任何别的事情都更为重要。

《百花洲》2002 年第 1 期

他人意识

20世纪中叶曾被一度极端化了的中国式“集体主义”，在世纪末逐渐分解以及还原为对个人和个体的尊重，初步建立起个人的权益保障系统之后，“我们”——这个在计划经济时代使用频率极高的词语，已被更为普遍的“我”所替代。

我喜欢说“我”。也因此欣赏其他的那些“我”。如果没有“我”的确立，没有无数“我”的合作，“我们”必定是空洞、脆弱、空心化以至于不堪一击的。

然而，在“我”和“我们”之间，是以“他人”作为连接点的。

“我”因“他人”而成为“我”；“我们”因“他人”而成为“我们”。当“我们”过度地强化、放大“我”，而舍弃“他人”的时候，“我”便处于四面受敌的孤立无援之中。

在我们国民的传统习性中，“他人”这一概念，更多情况下，只是一种被供奉的虚设牌位。我们的成语中曾有“以邻为壑”一词，可以佐证。有“只扫自家门前雪，哪管他人瓦上霜”的谚语，可以证言。即便在集体主义理想教育最为鼎盛之时，“他人”不仅未能成为国人的自觉意识，“他人”反而意味着告密、背叛、异己、危险、离间，等等。这种专制体制下的集体主义文化，终于导致了“他人即地狱”的严酷后果。闻“他人”而心颤，近“他人”而丧胆。也许正是由于对“他人”的恐惧，“文革”之后，“我们”迅速土崩瓦解，“我”自仰天长啸——而“他人”却不得不退出公众的视线，淡化为一个可有可无的虚词，成为公民道德的模糊地带。

50 年代以来，人口的高速增长，造成生存空间的高密度化；人口压力形成经济发展、卫生保健、文化教育的沉重负担；部分农村以及偏远地区的资源公平分配，可有“他人”意识吗？

餐馆大肆收购、杀戮、烹煮野生动物为牟取暴利；食客面不改色食用野生动物以饱“口福”或炫耀财富；官吏不惜以野生珍稀动物作为最高规格的宴席，“贿赂”上级领导为自己铺设升官晋级的阶梯——在这个破坏自然生态的“人链”中，可有“他人”的位置吗？

长期以来，城市与乡村的公共卫生系统始终没有得到真正重视：办公室的脏乱差、公共场所的日常消毒防护、公共厕所的洗手设备、污水处理、生活垃圾，等等。但公共卫生的管理者与被管理者的心态，却有着惊人的共识：这又不是我一个人的事情。在这些被忽略的公共卫生死角中，可有“他人”的概念？

日积月累的民众生活卫生习惯中，沉淀下多少宁死不改的恶习陋性——随地吐痰、随地大小便、随地抛弃果皮塑料袋，就餐分餐制、自助餐始终难以推行，酒后驾车、公共场所吸烟……“我们”的传统文化是“不患寡，患不均”——在这利益与灾祸均享均沾、“同甘共苦”的行为惯性中，可有愿为“他人”避免灾祸而自控自律的一份责任感？

然而，在公共领域里，“零距离”是有害的。距离便是“他人”。而“他人”即社会公德。因为在这个世界上，除了“你”和“我”之外，地球上更多存在的是陌生的“他”——他人！还有“它”——与人类共存的动物朋友们。

正是为了“我”的安全与自由，请不要再“唯我独尊”，而多些对“他人”的关爱吧。

“我”的自由是他人自由的终结。而他人的自由，最终才能成为“我”的自由。让我们艰难地铺设迎接“他人”意识到来的无障碍通道。

《随笔》2003 年第 4 期

君子不独乐

阳春三月，凤城泰州，犹如一座浮在水上的城池，湿漉漉地从江河海“三水”交汇的水网中跃出来。

河水坦荡地漫漾流淌，恣意却又节制。河道已是历经沧桑，自苏北平原去往大海。眼前的河中之水，清纯明澈，像是昨夜未散的雾、今晨初缀的露珠，弥散着新鲜的水气息。岛上的桃花林，朵朵簇簇开得粉艳妖冶；岸边的绿竹园、金油菜、白粉墙、黛瓦屋、灰石桥、棕褐色气势恢宏的望海楼，河中的倒影五色斑斓。面前这一眼看不尽的凤城河景区，如青春少年英姿勃发，年轻得无一丝倦容疲态，完美得没有一角残缺破损。

这真的是古城泰州吗？

然而，他就站在那里，站在“文会堂”前的文正广场上，素袍宽袖、蹙眉冷颜。他的袍带被湿重的水雾洇湿，褶皱中深藏着难以言说的忧戚，翻飞的衣袂沉厚如铅。斧凿石刻般的面相轮廓，嵌入粗粝的青铜模板，依稀可辨出他清癯严峻的神态；须发飘逸，从容淡定。如同一幅陈史旧卷，在漫长的岁月中变得模糊。

范仲淹写意雕像，是中国雕塑院院长吴为山，为修复凤城河景区而设计制作。

两千多年历史的泰州古城，由于六百多年前范仲淹在此留下的史迹，曾多次被浓墨重彩地记录与书写。因史书和民间传诵的范仲淹种种佳话，使得古城历久弥新，泰州凤城河景区亦有了重生的理由。时至21世纪，前来拜谒范文正公的后人，在仰望这座雕像的瞬间，复原的记忆与激活的思绪一并涌来。

公元2008年春，北宋中叶的泰州盐监范仲淹，终于重现于他任职的故地，回到他当年熟稔的文会堂，与滕子京等五位挚友重新聚首，吟诗作赋。然后，他独自一人走出了厅堂，在水边昂然伫立沉吟。塑像正对一方巨石，刻有季羡林老先生亲自题书的千古名句："先天下之忧而忧，后天下之乐而乐"。如今，范仲淹日日凝视自己生前的警句，一遍遍诵读并重温当年的政治理想，眺望着步步远去的宦海、斯人、逝水，忧乐错杂、百感交集？

范仲淹，北宋时期著名而杰出的改革家，集政治、军事、文学才华于一身，官至宰辅。然仕途多舛，因犯颜直谏，曾三次被贬。身后留下诸多名篇佳句，《岳阳楼记》至今流传不朽。他一生的功名业绩与文学成就——泰州，曾是一个起点。

一个年轻而苍老的声音吟唱道：

君子不独乐……

“君子不独乐”一句，取自范仲淹为泰州“文会堂”所作《书海陵滕从事文会堂》。北宋中期，经济文化繁荣鼎盛，其时泰州盐税，据全国之半。天下名流荟萃于此，文人以诗结缘，吟诗唱和。这首五言词赋，如今全文书于望海楼之文会堂大厅之壁。其中有佳句曰“……诗书对周孔，琴瑟亲义黄。君子不独乐，我朋来远方……猗哉滕子京，此意久而芳”。这座昔日文豪挚友荟萃的文会堂，在2007年重建，墙上刻有范敬宜先生为故乡撰写的《重修望海楼记》一文。著名学者范敬宜先生系范公第二十八代后裔，其文气势磅礴，文采斐然。佳句如潮，用意深远，“望其咆哮震怒之威，则感裂岸决堤之险，而思何以安之……”民安之，方可乐之——范公后人之忧思切切，可与范祖公媲美。

“不独乐”之“乐”，与范公若干年后为滕子京“谪贬巴陵郡”而重修岳阳楼，特书撰“后天下之乐而乐”之“乐”，两句时隔二十三年。而这两“乐”之间，却隐约可见范仲淹一生清晰而执着的思想轨迹——为官一方，无一己之乐；君子一生，先天下而忧。

史载，公元1015年，江苏吴县人氏范仲淹考取进士。宋真宗天禧五年，即公元1021年抵泰州任西溪镇盐仓监官。

古泰州曾经临海，是海边的高地，建于海岸最早的盐城，古称海陵郡。由于海涛侵蚀堤岸，“捍海堰”年久失修，水患毁坏良田，危害民众生计。范仲淹视察民情，忧心如焚。后得他的上司支持，再三上表朝廷，慷慨陈词，力主修复海堤。泰州通判滕子京亦鼎力相助。1024年，朝廷总算批准由范仲淹主事修埝。范公率众历尽四年艰难，至1028年，终于修复了这段起始海陵（泰州），尾接盐城的一百五十里捍海大堤。“复业者三千六百户，民享其乐。”泰州人为了纪念范仲淹，将这条坚硬牢固的捍海埝，称为“范公堤”，至今尚有一段古堤遗存可考。

民享其乐，与民共乐。民为邦本，范仲淹方得其乐。

范仲淹之“乐”，始自内心深处与生俱来的忧患意识——他倡导“不以物喜，不以己悲”，官高位尊，仍自奉节俭。官至“参知政事”（副宰相）之后，仍“食不重肉”（不吃两种荤菜）。将多余俸禄设办“义庄”，以救贫民天灾饥寒之苦。兴办教育，以利平民子弟求学。泰州曾建“景范学堂”，以纪念范仲淹两袖清风之浩然正气。

范仲淹至中年，曾一度仕途坦顺，历任右司谏（专向皇帝直言真情的官员）、吏部员外郎（主管官员调配，相当于现在的组织部）、枢密副史（中央军事机关副长官）、龙图阁直学士，与韩琦并任陕西经略安抚史，守卫边塞多年，还担任过各地知府或知州（地方行政长官）。其间因力主改革朝政旧体、推行“庆历新政”而遭到宋朝统治集团旧权贵阶层的打击与排斥。作为宋代新儒家的代表人物，他反对柔靡巧伪的文风习俗，是当时诗文革新运动的先驱者。如今已很少为世人所知的范仲淹名句“宁鸣而死，不默而生”八个字，可谓是争取言论自由的宣言书，比之亨利·柏得烈的惊世之语“不自由，毋宁死”，竟然还早七百多年。

然而，产生于“主流意识形态”内部的温和改良主义新儒家，却依然为东方专制主义皇权所不容。北宋一代名相范仲淹，在庆历新政惨遭失败后被贬往邓州。1052年，赴颍州途中，病死客乡，一生的政治抱负戛然而终。

生于忧患，死于安乐——范仲淹抵达生命的终点之时，仍未实现“后天下之乐而乐”的忠臣贤相安乐之梦。

如今他素袍宽袖，肃立于凤城河岸，由终点回归起点。清风拂过绿叶婆娑的“五相树”，树声飒飒，似听见他的仰天长叹：君子不独乐，君子独忧。

后天下之乐——君子，只能独享永远的孤寂。

泰州无山，一方无山之土，一座无山之城。然而，两千多年的文化泰州，无论是过往还是长驻，出生此地还是终老此地的历史名人，如峰峦叠嶂，逶迤起伏。范仲淹，只是苍山一岭。他路过，他走了，他回来。从此他留在这里，还原为一尊素面简朴的铜像，却有如一座异峰突起——无山之城泰州，令人高山仰止。

临别泰州前夜，与友人闲坐于渔状园中式水榭。忽闻身后瑟瑟琴声，如凤城河水悠悠荡荡。只见八九位红衣中老年妇人，齐奏古筝于水边亭台之上。灯影绰绰，笑意浓浓，其乐融融。不觉心里一惊一暖：好一个君子不独乐——这一祥泰之地、国泰民安之州，倒像是呼应了这一句古诗的神韵。今日重整凤城河景区，如滕子京当年重修岳阳楼之远见与气派，将即将倾圮消失的历史古迹，修复整合为一座文化长廊；将散碎的历史记忆一一捡拾收存，妥帖安置于这座敞开的文化园林之中，与泰州民众、海内外游客共享。岂不乐哉？

君子不独乐——隐于文正广场夜色中的范公，也许终能悄然一乐，与民同乐了。

《光明日报》2008 年 10 月 10 日第 11 版

我是公民

面对地震灾难过后近于毁灭的城镇乡村废墟，曾有一刻，恍若地球末日来临。

中国古汉语中诸如“山崩地裂”“地动山摇”“天塌地陷”那些成语，突然变成了浸泡在泪水中的恐怖现实。

坍塌、崩裂、尘埃。泣血、呼救、等待。逝者、伤者、幸存者……

千里之外的每一次余震，从地层深处传来，心被一次次揪紧，颤抖得像要裂开。

在莫测的大自然面前，人的生命真是如此无助、无力与无奈吗？

不。不是地球末日也不是地狱。地狱里只有鬼魅与绝望、黑暗与孤独。绝不会有从五千米高空降落的伞兵、驶于激流中的冲锋舟；不会有从滚石暴雨中穿越大山的救援急行军；不会有肩膀扛去救助灾民的食物与净水；不会有红十字药箱和白衣天使；不会有蓝色绿色的帐篷；不会有昼夜不停的大型挖掘机的轰隆声……

还有那一双双四面八方伸出的援手，温暖结实，快捷有力。手心手背手指手掌都已经被沉重的水泥板磨烂。那些手来自很远的地方，放下了自己的工作和个人私事，从地狱之门的边缘、从沉重的瓦砾堆里，用尽最后的气力，将一息尚存、血肉模糊的身躯一寸寸挪出，将虚弱飘浮的灵魂一个个唤回。劫后余生的阳光下，我们已经无法辨认，那一双双援手之中，哪些是不留名的“志愿者”。

有大爱和真情在，没有地狱。

汶川地震发生后，中央政府以前所未有的决断与高效，快速调集整合并亲自指挥各级政府、军队、武警、消防、企业等多方社会救援力量。国内主流媒体在第一时间将灾难真相公布于众。真实信息的传导，广泛激发起中国国民对灾情的关切。几乎所有的人，都在揪心的牵挂中度过了最初的不眠之夜，每个人都在问自己：我能为救灾做些什么？天亮之后，无数市民走上街头，自愿捐出了一笔一笔善款，献血者排成了长长的队伍……

短短几天内，一支支志愿者队伍，从不同的出发地，向四川火速集结。由社会民间力量自发、自觉参与的救援行动全面展开。国内各个NGO组织的救援计划启动；成都十几家NGO迅即联合组成“民间救助服务中心”，在灾区拓展出多个救助点，弥补了人口相对稀疏、政府力量暂时没有覆盖的地区；江苏某家民营企业组织的由六十台挖掘机等大型机械组成的民间抢险队，四十八小时内赶到了绵阳；今年冬季曾经自发奔赴湖南抗击冰雪灾害的十三位唐山农民兄弟——“宋志永爱心支援小分队”，又一次从家乡出发火速入川；由无线电爱好者组成的现代化通信营救小组，由动力滑翔伞为主、攀岩和速降装备为主的志愿者队伍，各种车友会、登山俱乐部成员结伴而行，利用自己的专业知识，交流并提供野外搜救经验，增援灾区；网上自发的“稀有血型联盟”昼夜不停地紧急呼救；满载物资粮食蔬菜的“个体户”救灾车队，源源驶入蜀地；出租车免费为采访救灾的记者和志愿者服务；私家车一辆一辆汇聚成“流动志愿车”大军，积极送医送药载人。每天都有近千名自带食物和生活用具的志愿者，涌入成都担任“义工”，“80后”“90后”的青年人、退役军人、白发老人、白领蓝领，或请假或辞职，白天帮助转运伤员、医务护理、搬运或发放食物、提供心理抚慰；夜间露宿空地，连续工作几天几夜。那一双双有力的援手，没有年龄地域职业的界限，甚至彼此不知道对方的名字……

地震的那一刻，我们的心灵也似被一股强大的力量猛烈震醒。人不可胜天，但人可战胜自我。地壳板块撞击所释放的巨大能量，在毁坏生命的同时，却让灵魂得到提升。

各种新型社团、网络社群、企业协会、为救灾成立的临时组织，汇集成强大而健康的民间力量——今天，所有的中国人，都是参与救灾的“志愿者”。

我是志愿者——因为，我是中国公民。

我们可以骄傲地说：在灾难与瓦砾的缝隙中，中国人的公民意识正在成长。这是改革开放三十年，社会巨大进步的重要标志。

很多年中，原本在国际社会通用的国家公法中最基本的“公民”这一法律概念，在中国的政治生活和社会生活中，是一个缺席的空白。中国传统文化中，不存在“公民”这个词组。中国人的“国家”，是以家族结构为本位的“家”“国”两者同构体系。中国传统文化中的“民”，不是公民，而是“黎民百姓”“臣民”“子民”“草民”。民——“氓也”。民——“萌也”。“萌”即精神上的蒙昧与无知，也即愚民。《论语·泰伯》中，孔子的“名言”——“民可使由之，不可使知之”，尽管当下学界对其究竟该如何“断句”，有多种解读方式，但至少可作为历史上统治者对“民”的态度和定义的一种参考。

回头再来看“公”字的含义。在汉字词源考证中，“公”是一个会意字。上面是“八”——“八”的两撇相背。“八”下面是个“厶”。“厶”即“私”的本字，也就是私的意思。这个“厶”放在两撇相背的“八”字下面，组合为“公”字，意即与“私”字相悖方为“公”。公正公平公理、天下为公之“公”。遗憾的是，这个形象鲜明的“公”字，与含义卑贱卑微的“民”字，在古老的汉语中，始终未曾携手，从未形成过正式的词组。

在20世纪中叶的苏联，曾经普遍使用“公民”这个称谓。苏联的“公民”，产生于1936年的苏联宪法。然而，那是一个被抽掉了公民权利的虚假概念和政治标签。他们只有“为公献身”的义务，处于物质和精神的双重奴役下，却没有“公民”的权利保障。“公民”们随时都可能在顶级“公仆”的授意下被剥夺“公民权”，随时可能被杀害或莫名失踪。那种假大空的“公民”概念，有一度曾被生搬硬套地移植到我们这片未经启蒙深翻的华夏土壤上，很快就淹没在“黎民百姓”“草民”“人民”的汪洋大海之中了。

“中国公民”意识的缺位，来自我们传统文化中沿袭千百年的既定观念。辛亥革命以来，我们经历了从“子民”到“国民”的进步；然后又从“国民”改入“人民”的行列。“人民”与“群众”组成了“人民群众”这一具有鲜明“革命性”的中国特色词组，其含义从未在法律上做出界定。一个多世纪来，中国从“国民”到“人民”，一圈圈转磨，却滋养出更多的顺民、愚民和“文革”暴民。虽然“公民”一词1949年已进入《中华人民共和国宪法》，却始终没有真正进入人们的社会生活。这一步看似近在咫尺，历经半个世纪仍然步履艰难。十七大报告中说“要加强公民意识教育”，很多人至今却置若罔闻。

马克斯·韦伯说：“在西方之外，从来就不存在城市公民的概念。”“公民”这一概念始自古希腊城邦制，公民相对“奴隶”而言，享有言论和行动的自由。西方社会的基本因子是个人而非家族。因此，在一个健全完善的政体中，每一个具有政治、经济、法律、社会身份的独立“自由民”，都是“国家公民”。公民在履行公共责任和义务的同时，具有表达个人意志、参与公共事务的权利，并具有自律的法治意识和善意的合作意识。“公民社会”是“前现代”与“现代”社会的鲜明界碑。

“公民社会”的公民——在政治上，是有权监督公共权力的人；在法律上，享有私有财产、个人尊严、知情权、言论自由等多种得到宪法保护的权利；在经济上，是国有经济的“股东”，共享国家的公共资源；在道德上，具有更自觉的独立人格、自主理性、公共责任和公共精神。因此，公民这一称谓，兼有政治和法律的双重身份，是民主社会的基础。只有“公民”与“公仆”，才是“民”与“官”的合法关系指代。只有确立公民意识，它的对应物“公仆”一词，才会名副其实。

2008 年，在地震强烈的余波中，我们终于欣喜地看到——开放的、渐进的中国，广大民众的公民意识，在这次深重的大灾大难中豁然觉醒，并大步走来。

不再是被动的驱使、不再是盲目的呼应、不再等靠“组织”的命令、不再空喊口号。不怨天尤人、不悲观绝望、不计较个人得失、不考虑投入的“回报”。“志愿者”——有志向的人，有志气的人，通过行动来表达自觉自愿的个人意志。“志愿者”，一个多么准确、富于现代意识的汉译词组，自谦中透着自尊、悲悯与激情。尽管“志愿者”这个称谓，落户在华夏大地为时不久，尽管这个词对于偏僻的乡民尚显陌生。但在这次的地震灾害中，它得到了最广泛的传播和普及，得到了最真诚的认同和追随。据悉，设立全国哀悼日的提议，最初也是由网上的“志愿者”提出，而后迅速被政府采纳的。

今天的“志愿者”，已经超越了以往那种“为国效力”，在政治机器上恪尽“螺丝钉”和“齿轮”角色的个人生存目的，而是主动自愿地承担“公民”义务和责任。这个“公民”的“公”，区别于“一大二公”的“公”和“大公无私”的“公”，而是“公共”之“公”、“公众”之“公”、“公德”之“公”。公民是这个国家的主人而不是被统治者，他们在履行自己职责和义务的同时，也要求自己的权利和利益，得到国家宪法的维护和保障。

“公民意识”的成长，是一个国家迈向“公民社会”的前提。

进入现代社会，汉语词典中有许多使用了千百年的语词，正在渐行渐远，自动地退出我们的生活，即将被废弃被删除，或是只能作为字典里的古老符号，供后人参照。草民、黎民、子民、庶民、臣民这些依然常常被人习惯性使用的词汇，已显得何等陈腐老旧。

例如“百姓”——迄今为止，仍然有太多的人，沿袭使用这个可疑的称谓。动辄自称“我们老百姓”如何如何，岂不知，“百姓”即百家之姓，是从属专制帝王、没有独立人格而又互不相干的散漫人群。自从中华人民共和国成立以来，“公民”这一法律身份被宪法确立，我们就不再是老百姓，不再是封建时代的“黎民百姓”，而是享有公民权的独立个体。很多年中，军队总是习惯称呼“群众”或“老百姓”来与军人区分。从“我是一个兵，来自老百姓”这句歌词中，可以看到，不对等的称谓关系中，“百姓”仍是作为第二等级存在的。

再例如“天下兴亡，匹夫有责”　　仅仅是“匹大”有责吗？在“天下”的责任范围内，女性的位置在哪里？传统的社会结构中，女性被排除在一切公共事务之外。天下是“匹夫”组成的“天下”，而非男女公民的“天下”。时至21世纪，这句成语是否有必要改成“天下兴亡，公民有责”？

这里的“天下”，更应该是整个地球的天下，是天下万物之天下。我们是中国公民；在全球化时代，我们也是世界公民。世界公民拒绝狭隘的民族主义。具有世界公民意识的志愿者，具有人类的普世价值观，为“天下”所有的灾难而忧患、行动。

面对满目疮痍的汶川山河，心痛之感深入骨髓。愿更多的“志愿者”，在修复地震灾区重创的同时，也同时修复国人伤痕累累的心灵。这片丰饶美丽却又多灾多难的土地上，只有产生出与宪政相契合的公民文化，我们才能找到通往公民社会之路。只有当公民的主体地位被逐渐确立，“百姓”真正转变为“公民”之后，我们的民主制度才有保障。只有合格的公民，才能建设合格的公民社会。反过来说也一样，只有合格的公民社会，才能造就合格的公民。尽管有人说谈论“公民社会”为时尚早，但呼唤并促进它的早日到来，却应该成为“公民”们自觉的权利与责任。

我为志愿者而歌。我为所有的中国公民而歌。我们有理由期待21世纪的中国公民，将在地震的废墟上，重建新时代的精神家园，并逐渐实现向公民社会的转型，以健全的公民社会形象，融入国际社会。

《随笔》2008年第4期

写作的女人

如今那些写作的女人，生长于不凋的花坛上，四季如春地绽放着，姹紫嫣红的花瓣，衬着周围繁茂葱郁的绿叶，显得越发鲜活。

早些年间，鲜花尚很稀罕，不说是一枝独秀，也常是星稀月朗。那时候的绿叶遮天蔽日万古长青，感觉很踏实的那种。后来不知不觉地，鲜花就像雨前的云彩一样蔓延开去，起先还能叫出名字来，比如幽兰墨菊寒梅粉荷，都是入了花谱的精粹，渐渐就变得不易辨认了，花名花朵都是从未见过、冷不丁儿冒出来的。引进的外国新品种再嫁接再移植，属于奇花异草一类了。

不要说男人难以辨认，就是以写作为生的女人们，也时时觉着自己的队伍正在日新月异。

翻开报纸刊物，走进书店书摊，不经意间，那么多陌生的作者名字，是女人专用的很美丽很温柔的名字，从杂乱的绿叶上抢眼地浮上来。除了那些专职靠写作谋生的女作家女记者女编辑，还有女演员女经理女教师女大学生女主持人，再加女工女推销员女画家……好像凡是个女人，都会写作了。弄得绿色曾有一度忧心忡忡，哀叹男人已被那些绚丽多彩的名字挤压、驱逐、覆盖了，就像那个“大地走红”的行为艺术作品。

但女人写作，却绝不是刻意摆出来的千把万把红伞。女人写作是春雨湿润的山坡上，自然生长起来的红杜鹃。

只是因为曾经的连年干旱，女人被当作救灾的近水来用了；只是因为曾经多年的淫雨，女人头顶的阳光被粗壮的树木抢走了；只是因为曾经贫瘠的土地，女人被迫沤作了滋养草根的肥料。而一旦天下战事稍息，万物回归原位，即使有一缕薄淡的微光照耀，催发了女人心底的情愫，惴惴不安地寻针寻线，然后静静地坐在窗前描龙绣凤，开始每日的功课。轮到现代的女子，当然不再用针线，而是用笔，再性急些的，用电脑键盘，嗒嗒地敲打。若是用奶奶一辈的眼光去看，这等劳作，同半个世纪以前的女红比较，恐怕并没有本质的区别。

所以女人写作实在是天经地义的事情。

水边路旁野地坡下，只有土壤的一丝缝隙，花骨朵儿就悄悄地钻出来了。

人说，女人天生是爱说话的。

于是现代有文化的女子，把心里的话留到了纸上去说。就像是夜深人静时同恋人的喃喃低语，就像是对女友的絮絮倾诉，就像是对自己的扪心自问，就像是对母亲和孩子的殷殷嘱咐……小女子也罢大女人也罢，女人总有女人自己的话语，把男人们没有时间倾听的那些金玉良言，说给不相识的人去享用。女人写作，是女人活下去的一种方式。

人说，女人天生是爱做梦的。

于是就有读了些书的女人，把夜里和白日的梦，再写到书里去回味、梳理。虚无的梦变成有形的文字的时候，梦有了实现的意味，令女人体会出人生的美妙，好似男人醉酒的那种酣畅满足。女人的梦常常是五彩缤纷的，涂着女人的腮红唇膏眼影，飘扬着衣裙上灿烂的图案。等到用黑黑白白的滚筒印刷出来，叠成厚厚的一摞，那梦也变得沉甸甸地厚实起来，先前游移的浮色被过滤了，在阳光下折射出金秋田野的灿烂与丰富……女人的梦是女人生活的依托，女人写作，是女人人生的补充。

人说，男人用大脑思考，而女人用心思考。

于是就有那些冥思苦想的女人，一日日撕裂着自己，再一次次用文字将碎片拼接。然后用心血淘洗的金粉，镶在自己的笔端，蘸着用心血碾磨的文字，写出女人的思绪。女人眼里的世界是平和宁静的，彼此相亲相爱，亲如一家。女人不相信男人用大脑编织的谎言，她们洞若观火却又宽厚仁慈。写作的女人从心里流淌出那么多痛苦的眼泪，她只能用女人天生的直觉去判断是非，用充满了情与爱的文字，去抚平满目疮痍的大地……写作的女人，从不对男人说你应该怎样；写作的女人只对男人说：你看，我是这样的。

所以写作的女人永远是安静的。

写作的女人不屑参与男人之间或是男人与女人间钩心斗角的游

戏，写作的女人远离了争权夺利的陷阱，写作的女人淡泊了所谓的功名利禄，写作的女人不会为了身外之物放弃她心底的梦想。

写作的女人很少甚至从不发表宣言。她们不追求中心和旗帜的位置，也不羡慕风光一时的荣耀。她们只关心自己作品的好坏，用文字表述内心的痛苦与欢乐。

写作的女人之间的竞争是友好而无声的。她们只在私下里悄悄阅读对方的作品，感叹着对方的才华，挑剔着对方的败笔，却极少当面称赞对方。然后暗中互相追赶着，决不愿为了伤害别人，却不留神伤害了自己。

写作的女人期望着通过写作成为一个优秀的女人。因此她对自己人格的要求往往近于苛刻。这样做多一半是为了她所爱的人。

写作的女人天天坐在窗前工作。在别人看来，她的日子未免有些寂寞单调，但她却不觉得，因为她活跃在许多精彩的故事里。

写作的女人似乎人情练达，通晓世事，但她总是偏偏搞不清楚自己的事情。高度灵敏的感官和神经使得她极易受到伤害，她的爱憎常常像一个安错了的情节。

所以写作的女人多是不幸的。

但写作的女人不后悔，她从写作中体验到一种创造的快感。

如果有人说，不，我所见到的写作的女人不是这样的。她们的眼睛总是盯着大人物，溜须拍马令人作呕；有的人一贯打小报告中伤文友，告密诬陷无所不用其极；有的人在作品中，唠叨失态像一个怨妇或是泼妇；有的人煞费苦心编织关系网，只为获得一个名不副实的奖……

我只能回答说：那不是真正写作的女人。

那是趁着上帝打盹儿时，偶尔混入到写作的女人中来的庸俗小市民，就像稻田里的稗草，或是由于没有进化好，或是由于基因缺陷。总之，难免。

真正写作的女人，依然我行我素。

因此，当春天到来的时候，学会了写字和读书的女人，都可以拿起笔用电脑写作，但并非都能成为写作的女人，就像世上大多数植物都会开花一样。不同的只是：有的花朵有果实，有的则没有。

《文学自由谈》1997 年 3 期

乌镇的倒影

要发生的事发生了——对岸什么都没有，整片蓝天直落地平线，匀净无痕，近地平线化为绀紫，地是灰绿，岸是青绿，河水里，前前后后参参差差凹凹凸凸重重叠叠的倒影清晰如故，凝定如故，像一幅倒挂的广毯……

——木心先生《哥伦比亚的倒影》

却不是，不是在哈德逊河边。此时，是在乌镇的西栅。

对岸什么都有：水乡古镇的石桥、长街、老屋、木船。老桥与老街，一块块青石板垒砌连缀，或光滑或凹凸，藏嵌着经年日月。屋是黛瓦白墙，一扇扇旧木窗临河而开，微风来去，活水微澜，水是清绿的，冬季的香樟女真桂花树，稳重笃定的墨绿。各路河港来的水，汇太湖，入运河，来了又走了，河水被石桥拦成一截一截，地平线浸在水里。乌镇大剧院浅褐色立面，一长排折叠式的玻璃立面，在阴沉的天色下，化为一只拉开大半的巨型手风琴，恰是琴声止歇那一刻的静寂，天色匀净凝定……

倏忽，对岸什么都没有了。

那座米黄色的建筑，从元宝湖拢聚的水域浮上来，升起来。远远看去，犹如一只连一只带篷顶的方头渡船，终是渡得疲累，泊在水中央。那船似来自很远的对岸，船舷上留着海浪侵蚀的刻度，船桅携着太平洋海风的气息，驶入乌镇的水巷，从此不再离开。

要发生的事发生了——穿过水面上曲折的栈道，宽大幽深的船舱，是“木心美术馆”。

“有风啊水啊和一座桥，一只盒子连着一只盒子……”这应该就是木心生前期待的那个样子。美术馆外形极简，由三五方现代几何造型起伏衔接，横向的不规则外立面表层，清水混凝土均匀的本色。如此直而硬的线条轮廓，在乌镇两岸水一般优柔的影像里，略显突兀。馆内各展室，墙啊顶啊橱窗展柜啊，以各种微妙而深沉的暖灰色基调构成，幽暗的灯光下，显得有些高冷，不是亲切，是距离。他走了很多年，从苏州河到杭州到上海再到纽约，不再是乌镇的腔调，他的文字风格模糊在没有国界的汉语世界里，成为一个思想与语言的异数，需要国际现代美术馆的格局，才能盛载。

“里面放着莫扎特的音乐？”没有音乐，迎面遇见的是《林风眠与木心》《尼采与木心》主题展。半个多世纪前，木心师从林风眠，美学旨趣相投。馆内展出林风眠十件原作，与木心绘画的素淡清雅互为映衬。关于尼采，木心在《文学回忆录》中曾说：“作为一个现代人，如果忽视尼采，不会有什么价值……我与尼采的关系，像庄周与蝴蝶的关系，他是我精神上的情人。现在这情人老了。正好五十年。……许多人说话不诚恳，尼采诚恳……他是思想家。我们只能做一个善于思想的艺术家，不善思想的艺术家，将那点思想害了艺术……尼采希望人类超越自己……”美术馆的设计者懂得木心，馆内陈列了尼采手稿四份、19世纪原版著作二十一件、尼采肖像八件，由德国尼采基金会及尼采学院等机构合作提供，是尼采文献在亚洲的首次展出——瞧，这个人，尼采疯了之后，原来躲来了乌镇。木心，从此倚在老去的情人身边。

不像美术馆了，而是一座文学馆。哲学与思想，原本活在文学与艺术里。

木心先生身后，遗存文学手稿数千份，开馆展出五十份。还有他生前出版的十几种小说集、散文集、诗集，一件件一本本，置于精致的金属或木制的展柜内，已是文物的气象。早在20世纪30年代，一个清澈的私塾少年，在亲戚沈雁冰先生家中，读遍了西方文学名著，明白了在太湖之外，还有无边的海洋。于是，乌镇十字形贯通的水系，西栅东栅南栅北栅，一齐为这个文学青年打开了四面的水闸。小船徐缓从容驶入大运河，送他去往更大的码头，接受新式教育。史上富庶的乌镇，东西南北特设四面水闸，为防守太湖湖匪抢劫财物。水下水上坚固的铁栅，有如先知的预言早早潜伏。匪患去了，浩劫来了，铁栅成为乌镇的隐喻，也是木心的宿命。1971年至1972年的上海，十八个月不见天日的牢狱之灾，起因大致是他不信不敬本邦的神。在废弃的防空壕监舍，他写下“囚禁中的日记”，用地下的黑水，写在泛黄的“自白书”或交代材料的纸页上，六十六篇六十五万个汉字，隔世的呓语与疯话，被一层层小心折叠，缝在棉袄衣角里留存下来。“思想产生在阴影里”，那些幸存至今的手稿，洇着经年的湿气与汗迹，生活啊人物啊感觉啊，都被岁月逐句稀释化解，似水波涟漪中的倒影，只剩下墨迹的形状。在展厅里，被一页页放大了，竖行的钢笔小楷，密密麻麻挤挤挨挨没有空隙，就像那个窒息的年代。纸页上，虽然每个字都隽秀好看，已无一字能够辨识。木心先生极少谈论过去，也不复述苦难。死一般的寂静牢狱中，他一次次想象自己与西方先知的对话，然后一字字记下。多年后他揶揄说：“莎士比亚、托尔斯泰……都跟我一起下地狱了呀！”那个昏暗的年代，他只能用文学或哲学，守护自由的灵魂。黑暗的长夜，能救他于水火的，唯有艺术——是命运的幸与不幸。墙上间或镶嵌着他简洁的俳句，都是“非常好的话”。

最喜欢馆内那一大间阶梯式的图书馆，全世界的艺术大师，沧桑肃然的面孔，在同一时间授课，人声喧哗，而又静谧无声。阶梯从下往上，是仰视，从上往下，是俯瞰；木心对自己敬重的前辈，亦喜用平视的目光，平视即找到仰视与俯视之间的平衡点。书馆的内厅如此高深空阔，身边一摞摞厚厚的图书，伸手可及又不可及，这或许就是天堂的样子？

“天堂”一厅连着一厅，共计五间专馆，墙与地、展柜与展品，疏朗有致，余留了大量空间，好似他仍在“晚晴小筑”伏案而作，随即会有新书新作到来。木心生前计有绘画作品六百余件，耶鲁大学博物馆及大英博物馆典藏几十幅，日前首次在母国展出百件，包括他早期的素描练笔。第一厅西墙，陈列他画于“文革”末年和旅美初期的十余幅纸本画，东墙的二十一幅石版画，作于1984年到1989年，林风眠当年倡导的“形式”，演化为木心画作的抽象意味。那些镶嵌在展柜中的画作，显得过于低调，没有一点张扬的意思，欢喜的人，停下脚步，不留意的，就错过了。木心平生博才多艺，诗歌散文小说论文戏剧音乐皆擅，绘画只是其中之一，故有超然与散淡的派头。如此七拐八绕，最后下楼，沉入地下。“地宫”内设有木心的绘画影像与视频，终见木心晚年作画的部分奥秘。木心先生早年在杭州艺专（今中国美院）习西洋油画，却是毕生偏爱中国山水画，喜用宣纸、毛笔、墨色。构图有师法传统的经历与范式，嵌着传统山水画的趣味与细节，可知他对传统的尊重。但细看笔触，却又明显抛弃了传统山水画的局限，墨色天然随性、质地饱满，有一种低沉而柔性的反叛在里头，不是对抗，是介于清醒与暧昧之间的重启与升华。视角则完全是西画的方式，以具象为审美表意的主要依托。一旦跃过传统的边界，就有了挥洒自如、独立自在的个人风格。2002年到2003年间，木心创作了两组四十至六十幅袖珍画作，最小的仅有一两英寸，小到好像一粒珍珠藏在蚌里。微型画作被屏幕一件件放大，有如显微镜下的细胞组织一一呈现，算得是另一类的装置艺术。画面恢宏，细部精微，呈现出深远神秘的意境。晚年，他独创这种稀有的“转印画”，亦称“拓印画”。先在玻璃（或类似材质）上涂满水与色彩，以光纸覆盖其上，翻转后，趁着纸面上濡湿流溢的水渍、斑痕，即兴演化成各种图案、图形。“水”成为一种新的介质，而后任由彩墨随意变幻，依形就势而成。

记得丹青说过："木心不是国画家，也不是水墨画家，他不画油画，他画的那些风景……笼统地说，叫彩墨画……他就是个画家。这跟他的文学一样，是很难定义的……"

人云：木心的绘画和文字，比照着看，最好。他在文章里没说完的，都在画里。在画里没说完的，在文字里。既如此，文学馆还是美术馆，又有什么要紧呢？

木心曰："文学既出，绘画随之。"

是文学滋养了他的绘画？还是绘画的彩墨，赋予黑白的文字以斑斓的底色？

我说：木心的文字，是绘画的倒影；木心的绘画，是文学的倒影。

倒影只能出现在水中。偶尔，还有镜。倒影归属于水的意象。故乡乌镇的水，安静、柔软、平稳、徐缓。千年古镇，八方来水——墨水的水，可成书；水墨的水，可作画。木心诗文绘画的考究与精致，融化在水里，是清爽灵动的意蕴，以柔克刚的那种坚韧，一滴一滴、一笔一笔，渗透、穿透，载舟、覆舟……20世纪末返乡，他曾对故乡的衰颓大失所望，然而，凝望着乌镇河港的柔柔碧水，转念慨叹：这就是我的文风。

至21世纪，乌镇水巷走出了一位志向宏远的陈向宏，据说他偶尔读到木心，惊为天人。乌镇历史上自梁昭明太子而始，至一千多年后由茅盾先生接续的文脉，顿时水网纵横水浪飞溅。有眼光有魄力的奇人陈向宏，终于辗转寻到了陈丹青，后来所有的事情，就这样成了。一个几乎不可能实现的文化乌托邦，变成了今日的传奇乌镇。

木心先生最终回归了他的水源地，信疑参半地期盼：乌镇的铁栅永远不再落闸。

他出现在屏幕中，一个温和、诚恳的老人，缓缓说着什么，不疾不徐。去国二十余载，依旧留有浙江人的乡音，舒朗的微笑中，依稀可见青年时代潇洒的气质与风度。那是旧时代最后的绅士、新世纪迟来的海归，中西、今昔，在他身上，不可思议地汇聚、交融，成为另一个传奇。

陈丹青曾如此评价：

木心可能是唯一的一位衔接古典汉语传统和“五四”文化传统的作家。是对半个世纪以来文学“断层”的补白……我在纽约发现木心之后，就觉得这个人没有断掉……

木心先生离去后，再也没有像他那样说话的人了。因而，他的存在，被人以质疑的方式延续。

我们曾经惯用的语言系统，依旧残留在书本与作品的字里行间。我们曾经误信的那些价值观，种植并浸透在血液里，顽固地左右着一代人的思维方式。

却有一个老人，在这个与那个年代，以孤独的冷眼厕身于边缘地带。跳脱时代主流的语感与文体，拒绝使用人们习以为常的那种腔调，沉默地活在自己的美学世界里。“我是一个在黑暗中大雪纷飞的人啊，你再不来，我要下雪了。”木心先生作品的价值，是一种独立而优雅的审美趣味、情调与人格。若是熟知曾经流行的粗鄙粗陋，才能懂得木心的精妙与精致。

正如他经常引用尼采的那句话——“在自己的身上克服这个时代”。

是克服，而不是战胜。因为不可能战胜。

仅仅是克服，便已成为一个独特的，也许是唯一的存在。

在乌镇小憩，依水而居，枕水而眠。西栅东栅的水闸，已然成为水镇历史的标识。一座又一座覆着青苔的拱桥，在水中投下微微战栗的倒影。桥是一种约定的比喻，象征着东西方艺术的融会贯通，在此，重新连接，却没有此岸，只有无法到达的彼岸。立于水中的木心美术馆，是乌镇留给后世的文化遗产，同时，也在向未来——致敬。尽管，他生前说过：“不要写我。你们写不好的。”可我，去了乌镇后，却忍不住写了以上这些。

> 前人的文化与生命同在，与生命相渗透的前人的文化已随生命的消失而消失。我们仅仅是得到了它的倒影……起风了……倒影潋滟而碎……如果风再大，就什么都看不见了。
>
> ——木心

倒影无语，凡倒影，皆反向而立。

《北京青年报》2016年7月8日

我见

感悟珍珠港

从博物馆的沙盘上看，珍珠港蜗居于火奴鲁鲁岛一端曲折的山岙里，山如屏障，海为通衢，是一处进出自如的天然军港，因而成为美国控制南太平洋地区的重要军事基地。

坐渡船过海，到水上去祭奠丧生于珍珠港事件的美国将士。那座洁白的亚利桑那纪念堂，漂浮在碧蓝的海水中，像一艘刚刚升上水面的白色潜艇。

六十年过去，海风早已吹散了炸弹的硝烟，来而复去的波浪扑灭了熊熊战火，燃烧的海水业已恢复了平静。唯有沉默的凭吊者，能听见自己怦怦的心跳。

架设在海面上的纪念堂，整座扁长形的建筑呈中间下凹，两端朝上延伸直至耸立的结构，从肃穆中传递出再生的力量，庄重里透出吉祥与希望，象征着太平洋战争初遭惨败但终告大胜的过程。中央会堂两侧墙体有开敞的窗栏和通透的屋顶，任视线落在何处，都可望见蓝色的大海和天空。“亚利桑那”号沉没前的最后一分钟，将士们在浓烈的火焰中，曾用最后的目光与蓝天匆匆诀别。如今，阳光和海风从这里穿过，深情地抚慰着海底的亡灵。祠堂设立在最里端的尾部，在鲜花和国旗环绕中，满满一面大理石墙上，刻写着珍珠港事件中所有殉难者的名字。

——其中有一千一百七十七名海军将士，长眠于“亚利桑那”号战舰，1941 年 12 月 7 日清晨。

他们静静地躺在海底，列队成行，做了永生永世的战友。有的人在睡梦中还未睁开眼就此永远地阖上了，有的人也许至今还保持着战斗岗位上的姿态。当日军的第一批轰炸机穿云破雾临近珍珠港上空时，美军雷达站报告的讯息，竟被错误地判断为那是从美国本土飞来的侦察机群而未予理会。当日军战机从航母上起飞时，瓦胡岛上的守军战士还处于度假状态，姑娘们在沙滩上跳呼啦舞，那短暂的浪漫即将付出最惨重的代价。几分钟后，大规模的空袭开始，此时，美军太平洋规队的一百三十艘舰艇，仍若无其事地停泊在珍珠港内，美国海军的飞机无动于衷地排列在福特岛空军基地上，那个星期天，各报还刊登了马特森公司开往夏威夷旅游客船的广告。12 月 7 日那一天，曙光初露风平浪静，只有海上的鲨鱼嗅到了血腥的气息。

阴谋和罪恶就在明媚的阳光下、在有恃无恐的骄傲与轻敌中、在华盛顿的赫尔接见日本使者的时刻，猝不及防地发生了。美丽的欧胡岛在瞬间陷入火海而后迅速陷入黑暗；美军停泊在港湾内的舰队，以及大大咧咧“摆在地上”的那些毫无遮掩的战机，在一个小时内被日军准确的投弹炸得落花流水，日军飞机随即击毁了美军八艘战列舰、九艘巡洋舰和若干驱逐舰，珍珠港美军基地几乎坐以待毙。美军地对空高射炮在五分钟之后才开始还击，引信不良的炮弹落在檀香山市区，欧胡岛一片混乱。当晚罗斯福总统在华盛顿城直到深夜十二点半才勉强用过晚饭，他仍然不相信，如此强大的美军基地怎么会如此不堪一击。

在那个恐怖的清晨，整个基地的两千四百零三名美国人，灵魂随同硝烟融入蓝天。

“亚利桑那”号战舰的甲板被一千七百六十磅的炸弹击中并引爆了舰首的弹药库，九分钟之内，战舰与一千一百七十七名船员一并迅疾沉没。

从白色纪念堂开敞的窗口中望去，犹如置身于罗马竞技场的看台，俯瞰着一场遥远的水上战争——眼前灰蓝色的海水中，隐隐地浮现出当年“亚利桑那”号战舰的全部轮廓。它庞大的身躯，静卧于纪念堂底部的海水中，像一头巨兽残留的骨骸。从一侧海面的船尾部，露出战舰锈迹斑斑的圆形炮塔，如一口深井，扎入海底的礁石；当年战舰的旗杆基座依旧矗立，紧靠着纪念堂白色的墙体，在拆毁后重又修复的旗杆上，飘扬着美国国旗。另一侧海面便是船头的方向，巨大的平台没于水下一米左右深处，朽蚀的甲板、舱盖，在海水中清晰可辨，延伸至前方百余米，只是它们从此永远地停泊在这片海域了。六十年前的威风与耻辱，在锈铁残骸的缝隙中一波一波地荡漾开去。

若是从空中看，横卧的纪念堂与竖卧的“亚利桑那”号战舰，一白一黄，一隐一现，水上水下交叉叠架，像一座漂浮于海上的十字架。那是我迄今为止见过的最奇特最富创意的水上墓园——就在牺牲者的牺牲之地，追念者与牺牲者同在。

清澈的海水中，五色斑斓的热带游鱼，成群结队悠悠然掠过。它们是“亚利桑那”号沉舰最忠实的陪伴者。但它们会对“亚利桑那”号说出并不悦耳的实话吗——在这个从未获得真正和平的世界上，“亚利桑那”号如果健在，在后来的战争的烽烟里，会遭遇什么样的命运？若是不被炸沉，在另一次海战中，定会奉命去攻击别的战舰，那么，将是哪一艘无辜的船只，会成为大西洋印度洋或是地中海上另一座水上废墟兼纪念堂呢？

凝神注目，从灰蓝色的海面上，无声无息地连续冒出了一滴琥珀色的气泡，浮在水上然后迅速地洇渗开去，一圈宝蓝一圈紫红再一圈橙黄，像是从海底冒出的一朵硕大的热带花卉。只见周边的海域红黄赤紫交织翻滚，将海水染得一片缤纷，像是一幅动感的现代绘画，变幻着时而悲壮时而荒诞，时而诡秘时而调侃的面孔。那色彩继续变幻扩展着，在波浪中漂荡，最外围的一圈已渐渐泛白，如一只巨大的伞状水母，令人惊诧。

朋友告诉我，这是从沉在海底的“亚利桑那”号油库里渗漏出来的汽油油星。1941 年那个清晨“亚利桑那”号战舰被击沉之前，刚刚加满了油。几十年中，在强大的海水压力下，船内的油星从锈蚀的钢板中一滴一滴挤出来，如今已渗漏了整整六十年。按照油库储存的油量计算，还将渗漏一百年之久。由于沉舰每日冒出的油星并未对周围海域构成污染的威胁，战事纪念委员会不打算对海底的油库进行封闭处理，任由那油星隔三岔五源源不断地浮到海面上，再现当年的战争气氛，成为美国“爱国主义”教育最生动无言的活教材，那油珠子在海水中一圈圈化开去，做着狰狞的鬼脸，一张一弛的，分明是海底的舱中有人尚在呼吸，那是呼吸形成的气泡。除了呼吸还会有什么能如此持续不断地传递出生命的气息呢？那一刻“亚利桑那”号猛然活了过来，它或许从来就没有死过。不死是因为不甘，不甘是由于许多未解的疑问，在后来的几十年间，吐出了一个又一个叩问的气泡。犹如殉难者的鲜血，至今还在流淌。

忽然打了一个冷战。在那次席卷全球的大战中，究竟谁是最后真正的赢家呢？

史上发生过的许多事件，由于邪恶与短视，结果弄巧成拙事与愿违。日本军方偷袭珍珠港的如意算盘，原是为了摧毁美军的太平洋舰队，使美军再无足够的军事力量干涉日本的侵略计划，可让日本得以喘息并获得战争决定性的胜利。但利令智昏的战争狂人却没有料到，正是由于神风敢死队偷袭珍珠港给美军带来的重创与耻辱，激起了美国人民的愤怒和责任感，使得本来对参战与否举棋不定的美国人，迅速达成了对法西斯宣战的共识，闪电般出手还击，形成了反战的世界联盟。日军偷袭珍珠港的得逞与成功，恰恰成为日本国最后惨败的关键性转折。

悲壮而惨烈的第二次世界大战，由于珍珠港而进入了最后决战阶段。最终，两颗愤怒的原子弹在广岛长崎轰然落地，促成了死硬的日本天皇被迫宣告投降。作为一种战争行为，美国在日本本土投下原子弹，是为了给予日本军国主义以致命痛击，否则这一世界范围内旷日持久的武力对抗，势必还将使更多无辜的人死于非命。但正义和非正义在一定条件下会互相转化，自卫的武器也会变成侵犯的屠刀，以暴易暴是一根危机四伏的钢索，暴力一旦过度，必然会走向除暴初衷的反面。在人类历史上，无论正义或是非正义的战争，都是以流血和破坏为代价的。尽管那颗原子弹承载着反击和复仇的使命，尽管德日最后的惨败是它罪有应得的必然，然而，核武器在人类历史上的首次爆炸使用，以及它所造成数十万平民死亡和环境污染的巨大灾难，却受到了全世界人民的强烈质疑和谴责。正是那两颗复仇的原子弹，引发了人类对自身行为的反思，进而对战后的禁核反核运动，产生了深远的影响和推动。

美丽活泼的小鱼们又游过来，钻入了水上弥漫的油污，被那顶巨伞覆盖了。那洇漫的油彩渐渐散开去，圆圈愈来愈大，也愈来愈薄淡。远海上涌来的浪，掀拱着它，犹如抖动一匹残旧的绸布。猝然一击，“绸布”被撕裂成无数碎片，无色无形无声地消融在蓝色的海水中……

人类啊，若是你继续滥用战争，你将从此坠入万劫不复的深渊。

作为一艘注满了油，而后被炮弹击沉堕入黑暗的战舰，“亚利桑那”号的满舱能源，成为另一种催人深省的动力。从今至往后，留给后人永远的警示——珍珠港。

《随笔》2001 年第 2 期

《新华文摘》2001 年第 6 期转载

天然夏威夷（三则）

在这个喧嚣又冷漠的世界上，若是想寻找一个安静而热烈的地方，就去夏威夷群岛。地球上匆匆行走的旅人，若是飞过南太平洋，别忘了在那片美丽的海岛上，歇一歇疲惫的脚步。

清凉的海风，吹开热带焦灼的阳光，夏威夷的天气，四季好性情。就连夏威夷的汗水，都有爽朗舒畅而滑润之感。

岛上的鲜花，就那么随随便便处处开，一地一树地恣意烂漫，要想分辨它们的颜色，眼睛就不够用。路边的果实，就那么随随便便地悬挂，浓密的果汁即刻就要从熟透的果皮中胀裂出来了。枝头的大鸟小鸟，就那么随随便便地跳跃，红冠黑翅蓝尾绿喙，人前人后嗖地飞过，像是家养的鸽子，步步恋着人的脚步。蓝天上的白云，就那么随随便便地浮游，一浪一浪地涌动，如海上的白帆无声无息地驶过。我这么说，会不会有人相信呢：火奴鲁鲁街道上，密密车流的车窗玻璃上，都映着蓝天白云。那海水般湛蓝的天空、雪山般纯净的云朵，是天空中落下来的颜色，像是有一支隐形的画笔，在头顶上潇洒挥舞。若是车驰云不动，云团就被疾速的车窗一朵一朵数过去；若是云涌车不动，白云便如朵朵莲花，贴着窗玻璃顺水漂流。

还有雨呢。岛上的雨也是那么随随便便地说下就下了，不用乌云狂风雷鸣电闪来事先打招呼。常常是一阵清风掠过，跟着一阵雨丝袭来，说下雨就下雨了，水珠在草地上轻轻掸过，刚把欲开的花苞滋润了一遍，甩手就歇下了，倒像是每日定时定量的洒水车。雨来时，阳光并不让位，依旧笑吟吟地在海上嬉戏，阳光和雨雾各司其职，雨丝借了光，成了太阳雨，根根雨线都像明晃晃的银针，扎在脸上柔柔地化了。抬头望去，葱郁的山谷里，悠悠飞起一道七色的彩虹，每一层色彩都清晰可辨，一时满天波利尼西亚姑娘的彩裙飘曳，山坡上油亮的橘树荔枝树，成了裙边上镶缀的绿色流苏。

夏威夷的彩虹，就那么随随便便地在岛上游逛，不邀自来，神出鬼没，像是岛上的流动风景。须臾间，雨说走就走，无影无踪地随风去了，灰蓝色的雾气从岸边峻峭的山岩上升起来，把彩虹一寸寸搂住拥入怀中，冉冉地折回海上去。

阳光仍然随随便便地蹁跹，往草丛中多看一眼，花瓣就闪烁着舞蹈起来了。无数蓬勃旺盛鼓胀的生命，在岛国的每一个角落里日夜狂欢。

那生命是与天地同生的，似乎就要这样无休无止地绵延下去。那是一个生命之岛，造物主天赐的夏威夷。

夏威夷鱼湾

夏威夷火奴鲁鲁岛。

从岛上陡峭的山崖往下看，那片海湾切入山谷，呈溜溜的半圆形，镶一圈弧圆的金沙滩，立着几棵孤零零的椰树，不过是个普普通通的海湾。正逢秋季，岸边的杂树草木露出稀疏的焦黄，显得有几分苍凉。 眼望去，湾里灰绿色的海水不是想象中闪烁的宝石蓝，反而有些暗淡，海底模模糊糊地长着一堆堆黑黢黢的礁石，在海湾里形成湾中之湾，俯瞰下去，有点像一幅地图或是沙盘。

朋友国斌说，这个湾的英文名字，译成中文，差不多是“弯湾”的意思。

果然是一个弯的湾。白色的海浪从远处的海面呼啸扑来，一入湾便受阻减速，海湾里犹如一个巨大的游泳池，刹那间波平浪静。弯湾是欧胡岛海岸上著名的天然浴场，游客的脚印铺满沙滩，泳者的浴帽在海水里起起伏伏。

踩着细沙朝海里走，才见海水的清澈，竟如泉水一般透明。根本用不着防水镜和透气管子那全套美式装备，只需径直往前走，眼看着水下琥珀色的沙滩缓缓向海中倾斜，视线所及处把海底都看透了。下午的阳光从山坡后面斜射过来，海面犹如漂着无数个小镜子，一闪一闪地反光。再看脚下的海底，一个光斑套一个光斑，微微荡漾、烁烁跃动，组成一片巨大的斑斓图案，把十个脚趾都燃成点亮的烛了。

一道蓝色的闪电，从我脚边一震一颤而过，重又没入蓝色的海水中。

一团金黄色的光影，在我眼皮下掠过，在海面上搅起一片灿烂的波纹。

一片五彩缤纷的海石花，从海底升起来，蹭得我脚心痒痒。

它们自由自在地在海里徜徉，悠然自得地穿梭于泳者的臂弯之间，悄没声地潜过来，又轻灵灵地漾开去。它们竟然是不怕人的，还有些喜欢的样子。

那一刻，我惊奇得连呼吸都屏住了，愣了好一会儿，长嘘一声说：哇，是鱼呀，真的是鱼！

阳光下明晃晃的海水中，我站稳了脚跟弯下了腰，它们就在我的眼前、我的身边游弋，无须寻找，它们自己就威风凛凛地排着队巡视过来了。大鱼总是独来独往的，身子一尺来长，多为银灰色和纯蓝色，背部有金色的镶边；橘黄色的鱼身上分布着黑色的斑纹，晚礼服般华丽庄重，慢吞吞很绅士模样；小鱼一群群集体行动，齐齐地列队同游，有仪仗队的风度，满身色彩绚丽，花纹同家养的热带鱼一模一样。它们穿行在露着肌肤的泳者之间，泳者灵巧如鱼，鱼如泳者光滑，令人难以置信地呈现出一幅人鱼共浴，亲如一家的奇景。大鱼小鱼旁若无人地贴着人身擦过，吐出一串气泡，水上飘来了海洋深处的气息。

有个年轻男子立在齐膝的浅浅的海水中，他的脚边，十几条颀长的鱼围起了一个圆圈，头尾相接，鳍翅轻摇，像是手拉手的集体舞。他微笑着一动不动，只有嘴唇在喃喃动。他在同那些鱼们说话吗？否则人和鱼怎会都有一副陶醉的表情。

鱼啊鱼啊，不是在餐桌的盘子上见到你们时，你们怎么都不像真的鱼了！

我忍不住就扎到水里去了，好把这些鱼都拥在怀里。游泳吧，和鱼儿们一起游泳。它们到这片海湾，也许就为的是与人一起游泳。鱼们果然来了，用它们湿漉漉的唇，亲吻我的肌肤；用它们柔软的尾鳍，撩我的额头；它们与我肩并肩地游，就像一条条护航的舰艇；它们沉到了水下，像是要托着我游，我清楚地看见它们从容优美的身姿在水波的光影中摇曳，幻化成美人鱼的水上芭蕾……但若是朝它们伸出手去，想要摸一摸鱼身美丽的曲线，那些鱼倏地一闪身躲了，顿时没了踪影。

为什么还要游泳呢？就像一个假装文明的入侵者。这里本是鱼的天堂、鱼的乐园啊，鱼才是这片海湾的主人。那些黑色的礁石是珊瑚，石缝里藏有丰富的浮游生物，鱼们因觅食而来，与石为伴，已在这片海湾里生活了很多很多年。由于它们的友好与宽容，才接纳了人类与它们共同嬉戏；也由于人们的克制与善意，鱼们留在这里不再离去。可是，在这原本属于鱼的海湾里，我仍觉得自己有些多余了。

我从水里站起来，任凭咸涩的海水从泳装上一滴滴滑落——我不想再游泳了。

那个时刻，我真想变成一条鱼，一条无忧无虑快快乐乐的自由鱼。

一条不会对天空海洋构成破坏危害的吉祥和平鱼。

我对朋友说，我要把这片海湾叫作“鱼湾”，是鱼的湾，不是钓鱼的湾。

在我们的地球上，还有多少这样的鱼湾呢？

夏威夷花海

夏威夷的波利尼西亚姑娘喜戴花，硕大的一朵扶桑，红黄粉紫，随意地往鬓角上一插，光彩如虹，连眉毛上都溢出浪漫的南太平洋风情。花戴左耳边是名花有主，戴右耳边则是未婚待嫁。若是有远方来客，颈上的花环是不可缺少的——花环就是夏威夷，夏威夷就是花环。一朵朵娇艳的鲜花串成了花环，奉在客人胸前，脸被埋在花丛中，抬头低头都是花香，整个夏威夷岛香气四溢。

任何季节，岛上的花都应有尽有。那些开在地上的花不起眼，热带的奇花，都喜欢长在树上，那冠盖如云的合欢树，用粉色的花朵把天空遮没了；橙黄浅红的夹竹桃，花墙一般密不透风；鸡蛋花树则是夏威夷的象征，蛋黄样浓稠的奶油色，一朵朵鲜亮亮缀满一树，像是摘下来就能塞进嘴里。在另一个火山岛上，火红的野姜花，悬在绿树上一串串地招摇；白色或紫色的野兰花，从干涸的火山灰中水灵灵钻出来；一株株丈余高粗壮的大树，轰轰烈烈一树火红，碗大的一朵红花，噗地砸在地上，像是飞来一只古铜色的小喇叭，据说那叫非洲郁金香。连郁金香都上了树，可知夏威夷花的规模了。茂宜岛一万英尺的高山顶上，生长着一种名为银剑草的花朵，据说那花冰清玉洁，六十年开一次，开花的时候，人不能靠近，因为人体温所散发的温度，会使花朵凋谢。最喜欢欧胡岛上一种烂漫的花树，细碎的叶子有点像槐，叶间缀着一大串一大串红色的小花，如藤萝花集束成团，铺天盖地倾泻下来，有风吹过，游人头顶雨珠喷洒。曾问了许多人，想知道这花树的名称，人说夏威夷的花这么多，有谁搞得清呢。终有一日，去檀香山市一位父亲的老友家做客，他们三十年前从台湾来夏威夷，郑伯母把英文和中文一并咀嚼，告诉我说那应该叫“七色雨花”，俗称下雨花，就是说人站在树下，感觉像沐浴在一片彩雨中。花名真是妙极，正合我的心意，夏威夷果然是花的王国，就连花名也丝毫不含糊。

我生性爱植物爱花，在夏威夷的花海中，有点飘飘然起来。

一日，在火山岛海边宾馆下榻，清晨起来，一眼就见窗前的海滩上，几株大树上开满了一朵朵似粉似白的大花，急急地下楼奔花而去。刚近得树下，头顶就被什么东西轻轻拂了一下，一朵“荷花”从我颈肩上滑落下来，一低头，只见绒毯一般的绿草地上，竟然散落着一地精致的“细瓷酒盅”，白里透红，只只都如此完美。捡起一朵花来细细察看，惊叹着天下的花朵，怎会有如此奇异的造型：它的底部是五片舒展的白色花瓣，像一座雪白的莲花托，从白色的花瓣中央，生出一丛粉红色针状长须的花蕊，一根根蓬松地挺立，绒球一般浓密，针尖轻盈灵动，在海风中微微战栗。它的底部像茶花而顶部有点像合欢，犹如把两种完全不同的花朵，天衣无缝地嫁接在了一起。

我蹲下来，把那些一分钟之前刚刚坠地，娇嫩得就像仍然活在枝上一般新鲜的花朵，一朵朵地捡起来。我刚捡起一朵，树上就又落一朵，每一朵都落地有声，鲜花们一朵朵不断从天而降，我就像踩入了雨后草丛中的蘑菇圈，才一小会儿，我的手掌就捧满了花朵，我的手心里，像被施了魔法一般花如泉涌。

后来，我走到海边去，站在火山岛海岸黑色的礁石上，把那些美丽的花朵，一朵一朵扔向大海。它们从我的手心里，跃往大海的瞬间，舞姿灵动，轻快而迅捷。它们日日守着大海，定是渴望去海上漫游。

海浪将它们温柔地托举起来，淹没了白色的花瓣，而将粉红色的长须露在水上，它们是那样轻盈，睡莲般宁静安详地浮游着，清晨的阳光从花蕊中穿过，根根针须通体透明。那几十朵海上睡莲，犹如一盏盏被阳光点亮的橙红色河灯，一盏跟着一盏，摇摇晃晃地随波顺流，悠悠然去天际远航。

它们走得很远了，我还能望见那些金红色的花蕊，如同闪亮的星星在海上一起一伏。那些花瓣满怀诗意地在海的怀里睡去，惬意地湮没在波浪里。

那硕大的花朵，最终不得其名，我只好自己给它起了个名儿，叫它火山莲或是红毛丹茶花女。后来的很多天，一直惦着我的鲜花小船——碧蓝的海面上那一抹渐行渐远的红。

回到欧胡岛，正逢万圣节，处处需要装点，花店的花价飞涨，昔日街头到处有售的花环，也单薄了许多：紫色的泰国兰、金黄的鸡蛋花，花朵稀稀拉拉，有些偷工减料的意思。眼看就要离开夏威夷了，心里自然是想要一个新鲜的花环，在这个鲜花岛上，怎么会找不到一个漂亮而称心如意的花环呢？

那天，我在夏威夷大学的讲座结束后，林岚带我在校园里游逛。后来我们摘下了头上的草帽，蹲在一株株大树下捡花。鸡蛋花树最为壮观，是领衔主演。绿草地上一片落英缤纷，朵朵鲜艳如初。最先发现一株白色的鸡蛋花树，捡了一帽兜的雪；没走几步远，眼前一片金光，发现一株鹅黄色的鸡蛋花树，只好将白雪掏出，忍痛删去若干，为奶油腾出些空儿来；帽子又满了，一拐弯，路边竟又是一地嫣红，扑过去，专挑那最新鲜的花朵捡拾，扔了这朵又捡那朵，真不知道该留哪一朵好了。再走，草坡上的绿树高不见顶，树下却如花坛绚丽，橘黄色、桃红色遍地落花，小巧的喇叭形状，花瓣厚韧不宜损，倒可用来做配花。如此走一路捡一路，帽子被埋在冒尖的花堆里了，像是鲜花自己在行走。浓郁的花香在脖颈上绕过来飞过去，双手托着一大捧鲜花，人也变成了一朵会走路的花。

回到住处，把帽子里的花儿小心翼翼倒出来，摊在桌上，满屋子一阵阵香得呛人。用针系上结实的线，一朵黄儿朵红再一朵白，小心精细地穿，就像小时候穿玻璃珠子。花茎还带着枝头的水分，湿润润有点涩，手心里感觉着活的生命，在指尖下富有弹性地跳跃。它们一朵挨一朵地挤成一簇，十几朵几十朵地有了花环的姿态，桌上的花朵渐少，都拢到那条花带上了。一束彩练从掌心一寸寸延长，当眼前最后一朵鲜花都被收在了线上，夏威夷花环悄然诞生——我的。

由于使用了太多的鲜花，花环显得过于丰满，摇摇坠坠颤颤悠悠的，像压弯了枝条的果实。有一只小黑蚂蚁，从花蕊中探头探脑地爬出来，醉醺醺地亲吻着我的脖子。

花海夏威夷，那些花无论热烈多情还是高冷傲慢，无论是朴素还是含蓄，一朵朵一树树，全都坦坦荡荡轰轰烈烈。在这个没有冬天的海岛，鲜花既不凋谢于枝头，也不落红飘零——夏威夷的花朵，若是终于开得疲累了，也是以完美的姿态，一整朵一整朵地退场。它们从枝头坠落于地面，仍如生前那般婀娜娇艳；散落的花瓣里，依然喷吐着鲜活的生命气息。夏威夷，一座幽香弥漫的鲜花岛。

夏威夷果岛

名驰天下的夏威夷果，掉落一地，散在树下。果皮是青绿的，乒乓球大小，除去坚硬的外壳，才有乳白色的圆形果仁，裂成几瓣崩开来。夏威夷果树有点像中国的枇杷树，叶肥厚，乍一看，果实隐在树叶中，不轻易示人。密密的树林在岛子深处，无穷无尽地延伸下去。若是走进树林中，低头细辨，才见眼前落果遍地，踢一脚满盘皆活，圆果像台球桌上的彩球溜溜乱滚。林中隔不远，堆着一只只满满的麻袋，远处有弯腰的身影掠过，是岛上的捡果人。

夏威夷果取之不竭，果树们好像天天都在开花，天天都在结果；不需要发芽的春天，也无所谓丰收季节，任你在岛上的哪个角落睁开眼，摘些果子就可开饭，这并非夸张得离谱。然而，岛人的繁殖力比不过疯狂生长的植物们，先进的机器竟也对付不了树林中的小圆球，于是采摘夏威夷果，人手永远是不够用的。捡一袋果子的工钱不菲，如此原始烦琐的人工，放在中国不是什么难题，在美国的夏威夷，常常眼看着果子一日日烂在土里钻入泥里，加工厂的老板们也无能为力。这才算明白市场餐馆里，那种油汪汪脆生生香喷喷的夏威夷果，卖得好贵的原因，不是果子的错，是人的错。

番石榴就完全是另一番景象了。除了华人中的广东人，很少有人会对它多看一眼。它的果实几乎没有什么肉质，酸涩少汁，其味怪异。几年前，我曾在海南岛尝试过一次，实在不敢恭维。但在夏威夷茂宜岛的一条山沟里，漫山遍野竟然都生长着这种番石榴树，成熟的果实呈金黄色，外形似橘似梨，比中国石榴小许多。它们看上去很茁壮，村姑农妇般布衣素裙，一副自得其乐的散漫。

早年的夏威夷岛其实没有番石榴。番石榴来自中国，是一百年前到美国卖苦力的华工，从广东福建一带漂洋过海带来的。他们带来的是番石榴的果实，自家门前树上长的，不用花钱去买；那家伙命硬，颠簸多远的路也不坏；有它在路上解渴充饥，咂着酸涩的家乡口味，千里万里之外，就像老婆伴在身边了。

他们把吃过的番石榴籽儿，在岛上随随便便一扔，不多久，番石榴的树苗长出来了，过了几年，他们发现树上挂满了中国的番石榴果。他们吃中国果，又把籽儿带到别处；再过了许多年，岛上遍地都是番石榴树了。如今茂宜岛和火山岛上，只不过定居着百十个华人，还大多是混血。华族的后裔也许不再吃番石榴，但番石榴作为夏威夷岛的一个新物种，从此生生不息。这种关于果实迁徙的过程，是否可以看作由自然书写的历史教科书呢？

木瓜是岛上一种最常见最受欢迎的水果。那果实其貌不扬，类似中国大陆 20 世纪 60 年代常见的菜瓜，形状和瓜皮颜色都有些蠢笨。将冷藏过的木瓜切开，刀下闪过一片红光，有了喜庆的气氛，那瓜蛋里竟藏有鲜红饱满的果肉，质地比西瓜细腻。瓜瓤中密密麻麻塞满了瓜子儿，圆溜溜的小黑球，黑鱼子一般。用勺子抠去瓜瓤，再舀起瓜肉来吃，香甜清凉，蛋羹似的滑溜，爽口又熨胃，真的很好吃。还有面包树、懒人果和杨桃呢，植物园商场门口的柜台上，切成一盘盘的随便放在那里，旁边有牙签，可自己挑选着戳来吃，都是免费的。奶油果的颜色很怪，一层绿一层褐，像夹层蛋糕，初入口竟有中国松花蛋的味道，留在舌上，则是满口奶油的余香了。最喜欢一种名叫“南瓜莓”的小果子，密密地挂在树上，远看像一片小红灯笼，摘在手心上，玛瑙一般红得透明，杏子大小的扁圆形，周边有一轮一轮的凹槽，果然像个袖珍的小南瓜。果皮薄如熟透的西红柿，中文译成南瓜莓，形神兼备的，倒是恰如其分。

就连茂宜岛市中心海滨大道，那棵一百三十七年树龄的大榕树上，都挂着一嘟噜一嘟噜红彤彤的小果子，老榕树悬珍珠果，平生第一次见到，差点疑是红珊瑚了。

有树有果的地方，是鸟的天堂。五彩的小鸟栖在枝头，变成了会唱歌的果子。

从檀香山市所在的欧胡岛，到夏威夷也即火山岛，再到风光旖旎的茂宜岛，处处可见树林边上立着的牌子：请不要给小鸟们喂食，以免使它们丧失捕食能力。

想必是那些四处奔忙自己捕食采集果实的飞鸟，衔来果实又吐出了种子，它们是岛上辛勤的义务植树员，把珍奇宝贵的种子送往海边山脚。年复一年，绿了海岛红了山坡，小鸟养护了海岛也养育了自己，海岛养育了自己也养活了小鸟。夏威夷岛上甜美的果浆汁液，流淌成一条条甘泉涌溢的生命通道。

所以，夏威夷群岛各个岛上往来的飞机，尾翼上绘着绚丽多彩的热带花卉图案，每半个小时一班，绝对准时起降，好似一只硕大的鸟，或是人在模仿着鸟的行为，在岛屿间飞来飞去。20世纪50年代末，夏威夷波利尼西亚人的最后一位仁慈的女王，虽将国土并入了美国的版图，但夏威夷人膜拜自然、热爱自然的天性和习俗仍被保留至今，大自然是夏威夷人心中永不退位的世袭女王，宇宙早已授予这位女王以永远的权柄和魅力。

离开夏威夷那天，送我去机场的国斌林岚夫妇，在我的手提包里放上了几个夏威夷香蕉，却在机场的安检口被无情扣下。那一天我被正式告知：凡是夏威夷岛上出产的果蔬，一律不准自行带往岛外；反之，也同样不允许从美国大陆和其他陆地将果蔬带入岛内——这是为了保护岛上物种的纯度，防止细菌和一切微生物侵入夏威夷而必须严格遵从的法律条款。

我心悦诚服并生出由衷的敬意与感叹——好一个天然夏威夷！

天然夏威夷是由一代代夏威夷人悉心养护的，在这蓝色的星球上，若是人类都能如此恭奉大自然的法则，我们将同享所有美丽的生命。

《北方文学》2001年第4期

东京五日谈

这是2003年11月份，在东京访问的五日间，我和我的作家同行们，与日本作家以及普通日本人的谈话。故谓之东京五日谈。

这些谈话是在各种不同场合进行的——饭店、住宅、庭院，还有旅行途中。

——渴望交谈与交流。我们与他们、中国人与日本人，就像这世界上各个国家间，人们都在小心翼翼地试图互相沟通和了解。不同的民族、共同的宗教信仰；古代中华文化的输出与近代日本经济的输入；历史上的遣隋使、遣唐使与辛亥革命后持续至今的赴日留学潮；邻居与入侵者；曾经的敌人以及在新的国际环境下的合作者——中国与日本难以割裂又难以完全融洽的复杂关系，使交谈变得难以畅达，也因此变得更为迫切。

从成田机场下飞机进入东京城区起始，路边的加油站、大厦、商店、学校等所有街边的建筑物上，文字招牌中夹杂的汉字，到进入新大谷饭店房间里的各种日语服务说明中，从汉字中勉强猜出的意思，会使人产生一种错觉，觉得自己到达了一个似曾相识的地方——这是几千年前从东方版图中脱落的一片板块，海水溢满了板块开裂的缝隙使它们分离，但地壳的底部彼此依然相连。曾有一刻，我恍然觉得它像是一个从中国母体中脱胎出来的黑发婴孩，城市随处可见的汉字，即是它身体上无法清除的胎记。还有街边的香樟树和热气弥漫的拉面馆；传统建筑物的造型与翘角飞檐……都给人一种若即若离、辨认不清的感觉。这在以前的多次出访中从未有过。

几日后我便迅速纠正了这种误读。面对繁华的东京银座、整洁的街道、有序的城市管理、精致的日式庭园、左行的汽车、复杂的地铁网络、紧张的生活节奏以及从行人匆匆的脚步声中传来的奋发进取精神……然后是巍峨壮丽的富士山、深秋的箱根温泉、古老的京都与宁静的奈良——我由此确认了这是日本。那个东方海岛上的小小婴孩，只是曾在童年时西渡重洋去过中国求学，然后回到故乡九州四国自立成人，从此不再回头。

话题从何开始？其实，由日本文化艺术界著名人士组成的日中文化交流协会，自 1956 年创办以来，与中国艺术家彼此间的访问交谈，已经持续了几十年。

11 月在东京，这五天的谈话，由文学派生，与人生方方面面相关的絮语。

第一日，谈话从当晚日中交流协会举办的欢迎晚宴上，由“龙”

的话题开始。适逢抵达东京之时，天空下着蒙蒙细雨。蒋子龙团长说由于自己的生肖属龙，所以每每到达异地时，总是有雨相随。不由满座皆惊皆喜。“龙”在日本文化中亦为吉祥之物，应是从中国腾空而来。一条龙成了文学的跨海大桥，谈话立时活跃而热闹了。蒋子龙接着表示自己近年来正在研究死亡，因此对日本的自杀现象很有兴趣，意欲去富士山麓的自杀“圣地”青木原林海考察一番。对此在座的日本朋友均表示理解。死亡自然是一个永恒的人性话题，而人类对环境的破坏也是另一种集体慢性自杀。由死亡再说到爱情，是置之死地而后生的欢欣与生命极致。

日本当代著名作家黑井千次先生，曾在他的一份讲演稿中说：“家族这一话题，对任何人来说都是最切身的、最基本的人与人的关系。一旦动摇，人与人的关系就会发生本质的变化。从反面来看，人与人整体关系的扭曲是由家族关系的不稳定而引发的。”

黑井先生在写作之初以表现公司职员的生活为主。但他后来发现，企业中的人与人的关系，辞职离开后就自动结束了。而家庭成员却没有退休一说，这种关系会永远保持，蕴含着历史的家族是表现时间的竖轴。战后的日本，那些继承武士传统、热衷军国主义的威猛男子的理想形象破灭，充满自信的女性开始活跃在各个领域。于是家庭意识淡化、家长的权威衰落，父系社会受到挑战、各种新的家庭关系逐渐建立。他认为文学应当揭露家族深处隐藏的内幕，并在丑恶中寻找美好的东西……

席间闲谈中我表示了对黑井先生这篇讲稿的赞同。这是一个人类共同的话题，从德国作家托马斯 · 曼的《布登勃洛克一家》，到俄国作家陀思妥耶夫斯基的《卡拉玛佐夫兄弟》，还有哥伦比亚作家马尔克斯的《百年孤独》……孤儿渴望有家、压抑的人渴望挣脱家庭的藩篱、诗性的流浪者永远在寻找精神的家园、婚外再生的爱情对家庭的“背叛”。我本人也写过家族历史小说《赤彤丹朱》，由一个家族的命运折射了时代和民族的命运……

只有问题，没有答案。我们都将继续彷徨在家族相生又相克的怪圈之中。

朝鲜族女作家李惠善委婉地表示了在文化差异中女性对具体事物的好奇。她说：朝鲜族喜欢白色以及其他鲜艳的颜色，但我喜欢紫色。我发现日本民族喜欢中间色调，我今天穿了紫色的衣服，会不会不合适呢？

不会。在日本人看来，紫色是高贵的颜色，紫色很难与其他颜色搭配，所以用起来需要特别小心。日中文化交流协会的专务理事佐藤纯子女士，回答了李惠善的问题。佐藤女士从1956年开始从事协会的工作，迄今已经整整四十八年，她几乎把自己一生的心血都献给了日中文化交流事业。那晚她穿着暗红碎花的外套，恰好在座的另一位女作家竹西宽子也穿着柔和的紫色上衣，再加上杯中浅棕色的中国黄酒，整个宴席的色彩如同话题一样丰富了。那是五日谈的序曲，随意而亲切的，就像一次熟人的聚会，甚至省略了惯常的寒暄之词。协会的常务理事横川健先生在中国长大，毕业于中国四川大学，说一口流利的汉语，回到日本后一直兢兢业业地从事日中文化交流工作。这个礼节周全、事事认真的日本国，访问的开场锣鼓却没有一点喧哗的意思。日中作家的交往已经超越了“你好”“我好”“为友谊而干杯”的程式，而开始进入了平等对话的阶段。由于日本文学专家陈喜儒先生和年轻的翻译李锦琦先生快捷幽默出色的翻译，使得我们之间的交谈更是顺畅融洽。

晚宴结束道别的时候我忽然明白，一个坚持了近五十年的文化交流协会，就像一条通往中国的友好大道，目标始终一以贯之。一条畅行无阻的道路，每一个入口都是开放的，不需要重新起头和发动。这一场从中国新时期改革开放后，长达二十多年未曾中断的谈话，便可以如此轻松地持续下去了。

翌日，在参观了江户东京博物馆、浅草与皇宫一角之后，傍晚，我与李惠善女士，以及蒋子龙、陆天明、翻译李锦琦先生，在佐藤女士的亲自陪同下，去日本著名作家辻井乔，真名为堤清二先生的寓所做客。

在日本，包括西方发达国家，一般不请陌生的朋友到家中聚餐。我们被邀请去辻井乔先生家，是一个例外。谈话需要气氛与环境，可见交流协会的一份苦心与主人的盛情。

那是一所清静的西式二层小楼，院里的菊花开得正浓。一眼看见门厅一侧琳琅满目的玻璃礼品柜中，一组来自中国的无锡小泥人栩栩如生。客厅优雅而朴素，宽大的茶几上，花瓶中插着新鲜的茶花和枫叶，秋天的感觉微风似的拂过。那是日本文化中的待客之道，用应时的植物所致的欢迎词，无声的交流在那个瞬间就已经开始了。然后是茶，浅淡的褐色，没有茉莉花也不见茶叶片，香浓而含蓄。辻井乔先生年逾七十，却丝毫没有老态，穿一件普通的浅色套头衫，显得随和而利索。辻井乔先生曾是一位成功的商人，却始终坚持了对“资本主义”社会锐利的批判立场。他的夫人体态小巧容貌秀丽，显得更为年轻可爱。见过客人后，就去厨房忙着准备晚餐了，后来才知道她是一位很有造诣的舞蹈表演艺术家。

落座后，辻井乔先生便问诸位今天去看了哪些地方，我们一一道来。

他有些不解地说，你们为什么要去看皇宫呢？我们平时路过那里，会绕着走……言语间，他委婉地表示了自己对封建皇权的不屑。

我们解释说，中国的故宫是对外开放的，已经成为历史古迹与博物馆。皇宫是专制集权社会的象征，它的存在或消失，都影响着国家和民族的心理与发展。在日本，皇宫也是一种遗存的文化现象，能够增加我们对日本国体“君主立宪”制的感性认识。我们只是从一个边门进去，很快就从另一扇边门出去了。就此遥望日本皇宫一角，感觉日本皇宫的建筑外形，似乎比中国皇宫要简朴、素净得多。而且皇宫的围墙大部分用巨石垒砌，坡上种满了松树，松树都已经很粗壮，形成一圈树林的天然屏障。坡下是护城河，水质很清，我们能由此感觉到日本民族是亲近与爱护自然的。而故宫从皇室的安全考虑，历史上就不允许种树，高墙深宫，森严壁垒，建筑富丽堂皇，能看出“寡人”的生活奢华、隔绝、封闭而孤独……

辻井乔先生这才表示理解。他谈到日本作家的写作，其中有许多故事都取自于中国传统文化的精华部分，比如说《三国演义》等。他转身回书房取出了自己的一本新出版的小说《桃幻记》，告诉我们说这是以中国“文化大革命”为背景的短篇小说集，书中的人物历尽磨难，但人的精神没有颓废萎靡，心态仍然是积极向上、勇于开拓的。我们颇为吃惊，对他的这部小说很感兴趣，想知道他笔下的故事究竟什么样，可惜暂时还没有中文译本，只能作罢了。我请教他这些人物的素材来自何处，他是否有很多亲历过“文革”的中国朋友呢？他微笑着摇头说，虽然也听中国朋友讲过一些，但大多还是自己想象的。文学不是真实的记录，而应该上升到人性和艺术的高度。第三天我在东京大学拜会藤井省三教授，见到他的书桌上就放着这本书。我问他对该书印象如何，他说这是很有意思的一本好书。

大家接着谈起了辻井乔先生“日本文学的现状”的中文译稿。他在讲演中分析了现代社会文学低落原因的一般说法，比如由于电视节目、电子游戏的泛滥，重大社会主题的消亡，生活紧张感的消失，导致人们要求改善自我生活环境的热切愿望正在减弱。他的见解切中时弊，与中国当下的情形有相似之处。他还在该文中谈到了目前的批判现实主义，以及如何在国际背景下思考文学，以及对产业社会的质疑等许多尖锐的意见。在对21世纪文学的展望中，他提出了“从日本文学向日语文学的变化”这个文学理念。我告诉他这也是我所关注和感兴趣的一个话题。因为中国也面临着“中国的文学”与“中国文学”的选择。“中国的文学”这一概念的属性是“中国”而非整个人类，故而带有明显的局限性。而“中国文学”或者说“汉语文学”，虽然在内容上表现了中国人的生活、情感、心理和文化，但在本质上是一种“人性化”写作，是能够纳入国际轨道、融入世界潮流的精神文化产品……辻井乔先生对此也表示认同。

夫人和一个帮厨的女孩，轻盈而欢快地开始上菜。正宗的日式料理。每一道菜都用了八个小盘，分送在每个人的面前。日式的陶盘均不规则，或方或斜或深或浅，每一种都有变化。每一块漂亮的餐巾布，图案不变而色彩纷呈，可看出这个民族喜新求异的性格。盘中的食物，精致得像微缩的雕塑，肉食蔬菜鲜鱼甜食，碧绿金黄浅红雪白，颜色与颜色的搭配总是相谐生趣，每上一道菜都会引起我们的惊呼。这是一些可以品尝的艺术作品，清淡爽口耐人回味，由于新鲜感和好奇心，我们面前的一只只盘子，最后总是空空地端了回去。

席间细细品尝食物的有声与无声，又何尝不是另一种有味觉的交谈？那么一个强悍的民族，究竟是怎样从那些精致却又清淡的食物中，获取了巨大的能量？

数不清来去了多少可爱的日式盘子，还有各式茶盅酒杯碗碟，像是一个流动的陶瓷玻璃艺术展览会。酒水在杯中慢慢地倾斜，滋润着彼此的唇舌，也唤起了更多的激情和话语。天下事一件件接踵而来——蒋子龙先生谈到了最近在中国大受欢迎的日本畅销书《傻瓜的围墙》，大家随即又谈到了纯文学与私小说、严肃文学与通俗文学、女性作家、日本电影的兴衰，还有对这个物质时代、金钱社会的种种忧思……

最后一道碧绿的清茶送上，夫人请出了一直在厨房帮忙的儿子，来向中国朋友鞠躬致意，然后才放心地微笑着在一侧坐下。大家也都向夫人敬酒表示谢意，辻井乔先生开玩笑说，今天夫人很给我面子，其实如今日本的职业妇女，都不愿在家侍候丈夫孩子了。所以夫人每次演出回家，他都会主动为夫人按摩肩胛放松筋骨，日本传统的大男子主义，在很多家庭中都已经开始瓦解。说到兴奋处，辻井乔先生拿出一摞相册给大家欣赏。其中全是夫人的演出剧照，在舞台的灯光与背景下，我们面前这位温柔可爱的女人，身着传统的日本民族服装，在翩翩舞姿中，用含蓄的肢体语言和悲壮的面部表情，表现了日本女性压抑的境遇与反抗精神。我们听不见音乐的节奏，但能感觉到舞者每一个姿势中传递的凄美与决绝。佐藤女士介绍说，夫人的舞蹈表演难度很大，有一种内在的力量，真是非常感人，她每次去剧院欣赏，都会被深深打动。夫人说，舞蹈最重要的是表现内心的感受，虽然要用优美的外部动作来呈现，但最终又向内收敛到达心的深处……

时间已经很晚，我们再三表示了对辻井乔一家今晚盛情招待的谢意，恋恋不舍地离去。走到街口，回头望去，辻井乔夫妇还站在宅院门口目送着我们。言犹未尽的注视，好似舞台的追光，每一线光亮都在发出无言的邀约，寻找着这个世界上遥远的知音。

第三日上午，集体拜会、参观了日本笔会中心，然后应邀在一家日本餐厅与笔会负责人三好彻先生一行共进午餐。三好彻先生最近刚出版了一本讲述孙中山先生在日本流亡期间，与日本志士宫崎滔天的深厚友情的长篇小说《革命浪人》。我们在品尝了日餐“天妇罗”之后，便前往东京会馆参加日中交流协会举办的正式欢迎招待会。在会上见到年事已高、仍坐着轮椅前来的日本著名作家白土吾夫先生，还有东京新闻界、文化出版界、翻译界的朋友。日中主客双方互相友好致辞后，介绍了各位访日的中国作家，便是自由交谈时间，大厅里的人都举着酒杯走来走去互相热情结识。一位日本笔会的成员，也是话剧人社的常务理事菱沼彬晁先生告诉我，他将在12月份带领“日中演剧交流话剧人社”的一台话剧《樱花依旧》去北京演出。我答应他届时一定去欣赏这部话剧。一位日本女士交给我一份日文印制的小册子，并告诉我，她是一个普通的日本妇女，在东京从事“宋庆龄基金会”的工作，该协会多次到中国贫困地区去协助办学发展教育。忽而想起中国报刊曾报道一位名叫远山正瑛的日本普通老人，多年来一直坚持在中国内蒙古沙漠地区植树，还多次组织日本民间人士自费去沙漠绿化，不由心里一阵温热。

招待会结束后，由东京福音馆书店编辑唐亚明先生和日本女作家茅野裕城子女士陪同我和李惠善女士，去参加日本女作家津岛佑子举办的一次晚餐聚会。津岛佑子女士是日本著名作家太宰治的女儿，也是日本当代女性作家的领军人物。她曾在2001年秋天来过中国，参加中国社科院主办的中日女作家国际研讨会，担任日方女作家代表团团长，为人亲切自然。由于其时我任中方的团长，几天的会议中彼此相熟。这次访日再次见面，算得上是老朋友了。我在北京时就得知了她的热诚邀请，中国作协外联部曾征求我的意见，说是津岛佑子女士这一晚将同时邀请数位访日的印度作家，问我是否介意。我说，日本、印度、中国作家一起聚会，应该是一件有趣的事情啊。

那个灯光昏暗但很有旧时情调的日式“膳菜屋”，果然已是热气腾腾，一屋子欢声笑语。我与津岛佑子女士热情拥抱，再一一见过那年在北京认识的几位日本年轻女作家。视线里的几排长餐桌都已坐满了人，男人女人，一色黑头发，脸型各异，肤色也是深浅不一。我立时感到了屋子里回荡着各种不同的语言——汉语日语英语或许再加上朝鲜语。那么，从现在开始的“多国会议”，将是一次语言的聚餐，也是一次超越语言阻隔的文化交融。

来日本前，已读过津岛佑子女士的长篇小说中译本《微笑的狼》。小说写一个家境优越的女孩，跟着她幼时相识的一个少年，离家出走去“流浪”的故事。少年和女孩都是纯真无邪的，只是希望摆脱学校和家庭的桎梏，获得短暂的自由，用自己的眼睛去看看世界。小说描写了他们快乐的旅行经历、纯洁的友谊和内心的苦闷。以“日本狼”的物种消失作为一种象征，隐喻人的精神生态系统所遭受的破坏。小说穿插了大量报纸上的新闻报道，作为现代社会真实的背景依据，更有一种“实地”“实在”的阅读效果。小说结尾，女孩的家人报警后，警方以诱拐女孩的罪名逮捕了无辜的少年。这头善良可爱的“微笑的狼”，从女孩的生活中消失了。“笑狼”曾带给女孩一个新的天地，而成人却给女孩留下了永久的伤害。

我把自己的阅读体会通过唐亚明先生翻译给她听了，津岛佑子表示赞同。我提问说，那个女孩和少年的旅行经历，写得真实生动，那是来自你本人的经历呢，还是在朋友中发生的真事？津岛佑子略有些羞涩地微笑说，那只是她本人的想象。文学，重要的是想象。

那么想象的基础是什么呢？那些逼真而精彩的细节，如何被人的想象力创造出来呢？

未及进一步提问，邻桌有一位慈眉善目、身着袈裟的和尚，默默走过来坐在一边。茅野说这位法师十几年前自愿去了印度，在印度筹资恢复了十几座佛教寺院。去年她们日本女作家访问印度，就住在这位法师的寺院里。法师告诉我，他已多次去过中国，曾在宁波雪窦寺、五台山等地游方。但他在印度的事情很多，所以还有很多中国的佛教圣地没有来得及去……

谈话刚要继续又被打断了。一位年轻的日本艺术家，问我对日本文学的看法：在中国，哪一部日本小说最受欢迎？最喜欢哪一位日本作家？我的座位挪到了日本年轻人中间，另一位女作家也加入了我们的谈话。那一个时段的交谈有了不同的看法：

我读过贵国的芥川龙之介、井上靖、夏目漱石、川端康成、渡边淳一、村上春树……

你不觉得川端康成很恶心吗？

为什么？我觉得他的语言很优美，故事中有一种醇浓的日本情调……

不，他就像是一个外国旅游者，只不过是在出售日本风情而已。

那么村上春树呢？在中国当代的白领读者中，如果谁没看过他的小说，会被认为这个人很老土。

情况恰恰相反，在我看来，谁要是喜欢读村上春树，那才是老土呢。

那你喜欢哪一位日本作家呢？

……我出生在一个劳动者的家庭，我喜欢那些写普通人生活的作品。

沉默片刻，我随即问她喜欢或了解什么样的中国作家。回答是鲁迅。

不经意中，已有一位中年印度女作家也加入了我们的谈话。她没有去过中国，对中国充满了好奇，话题忽然就转到了有关女人的事情，说来说去，大家都发现原来印度、日本、中国，知识女性的处境大同小异。然后说到了人口，我便借机请教她对印度人口激增的看法。她说生育的权利应当归于女人自己，而不应由政府来替女人做出决定，那样是不人道的。我微笑着反驳说，地球资源已经超负荷消耗，女人无权滥用生育权，如果像印度那样不积极控制人口，印度难以改变普遍的贫困，一个人口失控的国家将是没有未来的，也将是更不人道的。她沉吟不语，后来认真地询问了我的小说英文译本的书名，说回去后要设法找来一读。

印度作家讲英语，而在场译者的英语不如日语流利，只好请津岛佑子把印度作家的话译成日语，再由唐先生译成汉语给我听。于是便出现了这样的情形：每人说出一句话，等到三次转译后三方都表示听懂了，大约需要好几分钟时间。再进行回答再三次转译回去，一句话的讨论就用去了十分钟。译过来译过去，发现当初自己的提问，回来后好像已经变成了另一个问题，有点哭笑不得。如此三遍转悠下来，大家终于都累得筋疲力尽。

这一晚的亚洲作家民间聚会，始终在语言的狂欢与冲撞中进行。每个人都在顽强表达，每个人又都在试图倾听。我也许听懂了什么，也许什么也没听懂。这是一次随心随意的跨国交谈，就像桌上丰盛的事物已辨不清是哪一国的风格。我和李惠善终于要告辞了，临走前再次拥抱津岛佑子和她的朋友们，忽然觉得，其实我们说了些什么都不重要，有意思的是我们在一起说。语音已消散在空气里，我们终究都得回到各自的书房——而文学作品，如果那是一条内陆河，必将自生自灭地悄然隐没。只是，我们都渴望着能融入辽阔的文学海洋。

第四日，整整一天的时间都在大学里度过：东京国立大学、早稻田私立大学。

上午，日中文化交流协会的原信之先生，陪我去东京大学，会见我的老朋友藤井省三教授。藤井先生是一位资深汉学家，从事汉学研究多年，曾在北京与他见过面，他还写过一篇关于我的长篇小说《赤彤丹朱》的评介短文，发表在《朝日新闻》上。他带我参观了东京大学的校园，并简单介绍了东京大学的历史以及他个人的求学、执教经历。东大校舍在“二战”中曾遭受炮火与后来地震的损伤，但校园中树木葳蕤，棕色的建筑群体，依然有一种当年“帝国大学”的森严气象。在他那间四壁是中文书籍的工作室中，见到了不少中国当代小说的日文译本，据说最受欢迎的中国当代作家是莫言，还有苏童余华和残雪。午餐时藤井教授向我谈起了中国当代文学作品在日本的译介情况，他说日本大学生有很多人选修或专修汉语，日本作家也从中国文化中汲取资源，所以他要做的事情非常多，每天早晨四点半起床，六点半达到办公室开始工作，常常要到晚上九点才回到家中……我原本有很多问题希望与藤井教授讨论，但因日中文化交流协会的事务局次长中野晓先生，已开车来接我去早稻田大学，蒋子龙团长、李惠善和上海《文学报》的徐福生先生已在车内等候，只得匆匆告辞。

早稻田大学的岸阳子教授，前几年在北京由陈建功先生介绍认识。她从事汉学研究几十年，说一口流利的汉语，常常往来于东京与北京之间，为中国文学的译介做了大量工作。她的丈夫安藤彦太郎先生曾担任日中学院院长，听说最近刚刚做了一次手术，所幸无恙。岸阳子未等丈夫出院，就忙着安排我们的演讲。老朋友在东京重逢，自然格外亲切。

与东京大学相比较，早稻田显出了另一番活跃自由的气氛。校园里贴着各式讲座与活动的海报，比如“宪法改恶”四个字，便可从汉字上猜出些大概。岸阳子教授的办公室也是一个容量巨大的中文书库，她说还有很多书只能放在家里。她告诉我们，今天下午的听众是该校及校外的汉学工作者，都能听懂汉语，为了节省时间，就不用翻译了，只管“直言”就是。座中有东京《中国现代小说季刊》的主编饭冢容先生，多年来自筹经费，坚持出版这份中国文学的日译杂志，其情感人。另一位翻译家田畑佐和子女士，去年曾与原善先生主编了《中国现代中国女性文学杰作选》，翻译过我的短篇小说《斜厦》。面对那么多热心于中国文学的学者，我们唯有敞开心扉。四个人在会议室依次发言，谈了自己的写作经历和个人对文学的认识。两个小时中，语言的河流一直在滔滔流淌，听众安静而会意。由于无须翻译的间歇停顿，恍然间竟忘了自己是在东京，把日本的学者当成了中国读者，坦诚而亲近的，一时越过了文化的阻隔，倒像是一次大学的恳谈活动了。

晚餐就在学校附近的一家餐厅。见一个面容清秀的年轻女子迎我微笑，只觉面熟，猛然想起竟是上原香小姐，真是喜出望外，说你难道是从天上掉下来不成？上原香曾在大阪外国语学院攻读中国文学硕士学位，前几年曾去过北京到过我家，毕业论文主题就是研究我的长篇小说《隐形伴侣》，目前正在读博士学位。由于她住在神奈川，离东京有百十公里，我不愿麻烦她专程来东京，事先就没有告诉她我访日的消息。想不到她消息灵通，竟然坐新干线一小时赶来东京与我见面，倒让我一时说不出话来。晚餐后，向岸阳子等诸位先生致谢并告辞，便邀请上原香到我下榻的饭店聊天，得知她的博士论文是研究中国的科幻小说，不由惊诧。在我印象中，这些年中国的科普读物不少，“科幻”却是寥寥。她纠正我说其实“科幻小说”正在中国悄然兴起，她更愿意选择这“发展中”的课题来研究，已经读到不少有趣的作品。看来日本的汉学研究者，比我们这些埋头写作的人，对中国文学更多一份了解，心里惭愧，再三表示以后若是读到好的科幻小说，一定尽快告知她。随后又谈了些家常，知道她新近刚刚结婚，丈夫是计算机专业人士，如今她一边料理家事一边读书，倒也充实快乐。我为她衷心祝福，并邀请她与丈夫一起同来北京。时间已晚，她还要坐“电车”（新干线是电气火车，日本人通常将其称为电车）赶回家去，只得恋恋不舍地话别，心中感慨良久。

第五日，按照日中文化交流协会的安排，由长野微小姐陪同我去清濑，会见日本著名女诗人财部鸟子女士。长野微小姐，也可在此一说。该女子聪颖灵秀，在日本念完初中，独自一人跑到中国去求学。在北师大附中念高中，然后是北京大学。前两年回国后，在日中文化交流协会工作。在我见过的学汉语的日本朋友中，她的汉语发音最为标准，连鼻音和儿化音也极为地道，若是不知底细，仅听声音，那口京腔准让人以为她是个北京女孩儿。长野微在北京长大，对中国日常生活的了解更为具体。后来几日去大阪的途中，闲谈中陆天明问陪同的事务局局长辅佐小阪裕二先生："最不喜欢中国人的什么？"小阪客气地回答，应该是宾馆商店的服务态度不好。陆天明又转身考问长野微，小姐爽快说：随地吐痰，还有，吃饭的态度不好（吃相）。说完了，侧脸反问陆天明：那你到了日本，最不喜欢日本的什么？即刻把球送了回去，可见该女子的机敏爽利。

手头恰好有一本从国内带来的《日本现代女性文学集》，其中收有财部鸟子的诗作《总看见死亡——写给作为难民死去的小妹妹》。作品后面有作者简介：财部鸟子，1933 年出生，新瀉人，生长于被日本占领的中国东北地区，1946 年回国。出版有诗集《腐蚀与冻结》《西游记》《乌有之人》等。曾获日本地球奖、现代诗茶花奖。我原本有些纳闷——自己从不写诗，为何安排我去与诗人"交流"？这才明白财部鸟子女士童年时代在中国东北生活了十二年之久，我这个也曾有东北生活经历的女人，想必应当与她有话可说。

其实在前天东京会馆的招待会上，她专程从清濑前来，已经同她见过一面。她步态轻盈、身材匀称，丝毫不像七十岁的老人。那天她对我将到她家做客表示欢迎，问我是否能吃寿司，说她和丈夫将请我去清濑一家最好的寿司店午餐。

清濑在东京郊外，坐地铁然后换计程车，已是东京郊外风光。

车停在一条清静小街上，上三楼，进门就见柜子上一瓶精心插好的花草——新鲜的枫叶雏菊，散发着秋天的气息与主人的心意。她的丈夫是一位美术学院的院长，身着深灰色的日式和服，身材魁梧健壮，笑容可掬。几间屋子的地上都铺着日式凉席，素净而简朴的装饰，没有丝毫奢华之气。脱鞋，在客厅里盘腿而坐，顿时有一种家常的温馨。财部鸟子说茶几的布帘内安有电热丝，把脚伸进去便可取暖。试一试，真的很暖和。

我说我不会写诗，所以来拜访诗人有些惶恐。但我在“文革”中下乡的地方，正是你曾经生活过的佳木斯附近，我去的时候那个城市还有许多日式建筑。不知您幼年对佳木斯留有怎样的记忆，后来可曾再回去过？我去年刚刚去过佳木斯，很多新建筑，那个老公园还在……

诗人的言谈轻声细语，但我听见了她内心长长的叹息。她说童年的佳木斯很冷，她在专门的日本小学校上学，大人不许她们和中国孩子往来，放学时有中国孩子跟在她们身后吐唾沫，但也有中国孩子偷偷地跟她们玩耍。她不明白大人们为什么要离开日本到另一个国家来生活。在战争的轰炸、交战、撤离中，她全家陆续有十几个人死在中国，直到1946年终于从大连坐船，在海上漂了三个星期回到日本。幼年的孤独、寒冷、恐惧，也许是使她写诗的原因，后来就一直写下去了……

诗人的丈夫提醒她说，我们还是先去吃午饭吧，那个饭店老板等着我们呢。

那家寿司店也在一条小街上，门面很小，店里也就两张桌子，墙上有画、柜台后的陶艺、酒瓶和装饰倒是漂亮精致，不像是饭馆，倒像是一家待客的前厅。据说这家店已经有几十年历史，来客都是固定的老客户。菜很快就上来了，极其新鲜的生鱼片、生海螺片、生鱼鳍……极为可口的调料。生鱼片一入口，点头惊叹说真是好新鲜啊。还有天妇罗和生鱼卷米饭团（寿司）、酱汤，即便不喜欢日餐，也觉得好吃。老板个子高高，面相严肃，猛一眼看去，有种高仓健的硬汉气质。我把这个印象通过长野微告诉了他，他便高兴地一直陪在一边同我们说话。他说这些鱼都是今天一早去买来的，虽然开寿司店的老板都会选择新鲜的鱼，而他买鱼，却懂得识别新鲜中更新鲜的，所以他做的寿司也是最好的，肯定你在日本再也吃不到比这更好的寿司了。

吃过他做的寿司，几天后再吃别家的寿司，果然就再吃不出那般鲜嫩纯正的口味了。

吃着说着，说中国，知道我是中国的作家，又说艺术。他告诉我，他的父亲是一位很有名的画家，他的太太是他父亲的学生，平时有客来就照顾生意，闲了就画画，这墙上挂的就是他太太的画。抬眼看，那幅花草很像中国的水墨，素淡空灵的很耐看。越说越投缘，他转身进屋拿出一本 2004 年的挂历送我，上面全是他父亲的画作。遇到这样爽直热情的汉子，我也只能乖乖领受他的好意了。于是大家照相合影，我开玩笑说，回去告诉中国朋友，说高仓健如今在清濑开一家寿司店呢，有照片为证。他嘿嘿答道：可惜我笑了，高仓健是不笑的。我说没人见过笑着的高仓健，这照片很珍贵呢。说笑间，忽然觉得半个多世纪前那场残酷的战争已是何其遥远。普通的日本人民，大多如他们夫妇这般辛勤地工作，知足常乐，过着平静而安稳的日子。席间多次谈到艺术，财部鸟子的丈夫对我说，艺术的本质应该表现整个宇宙的精神，而不是一国一地。我亦十分赞同。

临走时“高仓健”递给我一双筷子，说这是他的名片。筷子封套上有名字和地址，上写“割烹——寿 直”，“寿”与“直”中间有个字是日文的片假名，不识，至今无法读出他的全名。他夫人开车一直把我们送回财部鸟子家，午餐才算正式结束。

三楼侧室有一间财部鸟子的书房，窗外一株樱花树，枝叶探至三楼，可以想见樱花盛开的日子，诗人面对着云霞般灿烂的花朵，思绪怎样的飘然荡逸。墙上的镜框里镶嵌着一幅诗作，上部配以她丈夫创作的一幅小画，显得雅致古朴。财部鸟子切了苹果，在小小的方桌前，我们继续着诗与文学的话题。翻看了她的几本诗集，还有她与世界各地的多位诗人一起创作的“联诗”。她说那次诗人的聚会很有意思，总题确定后，一人先写一段，别的诗人再往下续写，写不好不允许出门。在那些诗人的名字里，有熟悉的北岛先生。

重读财部鸟子的那一首《总看见死亡》，最后一段是这样的：“我突然睁开了眼睛。她不会回来。在留下哭声的梦境中，我不愿听见一声枪响。”我虽然没有读到她全部的诗作，但对于“和平”的祈愿，应该是她作品坚定的主旨。

曾问过她战后可曾回过童年生活的佳木斯，她说20世纪80年代初去过，幼时的房屋都还在，唤起她许多旧时的记忆。她写过一部中篇小说《天府》，讲述的就是那一段生活。后来她找出日文的文稿给我，我看见了“三江平原”“松花江”这些熟悉的语词。我把这部文稿仔细地收好带回了中国，希望能有人将其译成中文，让中国读者从另一个角度，更为真实地了解那场侵略战争，在一个日本女孩心中留下的阴影。

临走时好奇地问起她这一笔名的来历（她的本名是金山雅子）她笑着说，金山是财，而她的生肖属鸡，就组成了这个笔名。她更愿意成为一只飞翔的小鸟，有属于自己的自由天空。

车行渐远，她和丈夫还站在路边目送着我们。上了地铁，才忽然想起她赠送我的一只日本民族的传统工艺“草木染”的布袋，竟然忘在她家没有拿走，觉得自己十分失礼。而她家远在郊区清濑，谁也没有时间再去取了，只好请求长野微打电话向她解释一下。没想到过了几天，长野微将那件礼物带到了大阪，说是财部鸟子将我遗落的东西，从邮局寄到了日中文化交流协会，请她们转交给我。为了安慰自己，我只好想象她真的变成了一只小鸟，栖息在云霞般的樱花树上，然后在树林间不知疲倦地飞来飞去。

东京五日，就这样在不停歇的交谈中度过。留在我印象中的东京，是一个在话语波浪中起伏的城市，嘈嘈切切的语音淹没了街道的喧嚣，从高楼大厦间的缝隙里钻过。在那个洁净的城市里，飘落的言语甚至无法变成可辨的尘埃飞扬……

在第六日离开东京去箱根的路上，面对窗外深秋的秀色，一路默然。

好像说了很多，又好像什么也没说。像是该说的都已说了，又像是刚刚才开始。像是听明白了什么，又像是更不明白。在每一次交谈中，我们都跃跃欲试，企图一语中的，却又常常欲言又止、词不达意。任何表达总会有局限，任何倾听也会有贻误。言语渐渐模糊下去，而那些具体而形象的事物，却一次次从记忆中跳出来——比如精美的盘子、秋天的插花、透明如玉的生鱼片、茶几下的暖炉、中文书库般的办公室、微笑的眼神和路灯下的身影……却似乎传递出更多可供回味的意蕴。那是一种无须言语的对话和交谈，心灵瞬间的感动和感悟，不知不觉间，提问与应答已经完成。

汽车盘旋在的青木原林海间，神秘的富士山在天顶时隐时现。随后的几天中，我们将会开始同日本大自然、风物、古迹的对话。那是更为感性的交流。当语言成为个人意愿的所指时，也许它根本无法到达自己的目的地，仅仅只是一种靠拢和接近的尝试。它更无法穿越千年的文化屏障，在异地上空自由飞翔。而语言的能指却有着更为宽广的空间——他和她曾经说过的那些、你曾经说过的那些，谁也不知道将在什么时候，那些“言语”就像一粒粒被风吹来的草籽儿，一场春雨过后，它们会在各自的土地上悄悄发芽。

写于 2003 年

椴树花开

这个初夏，没想到我竟在那么遥远的地方见到你。

从我踏上塞尔维亚的土地开始，总是闻到一阵阵若有若无的香气，弥漫在空中。它萦绕着我，紧跟着我，无论往那个方向走，一步步都笼罩在它的香味里。它丝丝缕缕无拘无束地飘在空中，无处不在，忽一会儿好似消散了，忽一会儿又飘来了。拢一拢头发，它落在我的头发上；拂一拂裙角，衣服犹如被香熏过了。空气新鲜纯净，无雾霾无杂质，故而那香味便尤为鲜明，香气略带甜味，是一种善意的友好的气息。

走走停停，寻寻觅觅，四下探望，想知道那香味来自何处。必定有一种强大香源，隐藏在这个城市的各个角落。凭直觉，我猜是花香，唯有花香能够吸引人的嗅觉。这应该是一种开花的树，或是树上的花，就像我家乡杭州的桂花树，秋天开花时节，一座城都香得沉醉不醒。

这棵树应该就在附近，而且，不是一棵树，而是很多棵。

那个下午，浓云正从城市楼顶疾速掠过，阳光聚拢在云层后面，有闪电划破天空。凉风裹挟着树叶与青草的气息袭来，那香味愈发地无顾忌地四下飞扬。

那时我们正步行穿过贝尔格莱德市中心一座小广场，去拜谒塞尔维亚文学史上最重要的作家伊沃·安德里奇的铜像，他曾在20世纪60年代获得诺贝尔文学奖，代表作《德里纳河大桥》。作品触及巴尔干人痛苦的灵魂深处，对人们的良心发出了哀愁的祈求。在另一部中篇小说里，他描述萨拉热窝夜半时分不同的钟声，以时间的分割暗示夜的氛围，期待人类冲突的和解。他的铜像立于广场一角，喷泉的流水沿着石阶一级一级流淌下去，他忧伤的面容隐没于树荫的暗影下。

广场四周长满了高大的阔叶乔木，小路穿过疏旷的树林，树林里香气四溢。一株株高大而健壮的大树，就在我身边，树高足有十几米，灰色的树干上有直上直下的裂纹，主干向上分叉后伸展开去，树冠蓬松，枝条繁茂，椭圆形的叶片绿得发亮。结实的细枝上，挂满了一串串淡黄色的小花，仅有二三厘米长，每朵由五个细小的花瓣组成，花朵密集，缀成一个小绒球，金丝花蕊朝下，如同一只只精巧的香水喇叭，悬挂在我头顶。摇晃着、喷洒着、尽情挥霍着它浓郁的香气……

其实我已经见过它多次了，在多瑙河边的城堡遗址，在教堂外的花园路边，它们像一个个绿色的巨人、城市的卫兵，一队队一列列，凛然而立。

这究竟是什么树呢？

有同伴伸出手机，踮起脚尖，够着了树梢上开得正盛的一簇小花，拍照，然后用手机上的软件搜索，只几秒，树名与花名同时显现——

椴树。椴花。

原来是椴树！真的是椴树吗？

所有有关椴树的记忆，在瞬间被唤醒。

椴树，分布于北温带和亚热带，中国珍贵的重点保护植物。别名火绳树、家鹤儿，在完达山脉及东北的山林里多有生长。椴树的材质细密轻软，胀缩力小不变形，是建筑上的重要材种，素有“阔叶红松”之称。木质白而轻软，纹理纤细，可制作胶合板、门窗、箱柜或用于木刻，还可以做筷子、铅笔、木锨、蒸笼、蜂箱等各种器具，林区居民大多用它来做切菜的菜板……

是的，四十多年前，我见过冬天的椴树。小兴安岭的林场，漫山的深雪。树叶统统落尽了，高大的椴树，在帐篷外不远的雪地上，光秃秃地站立着。灰白色的枝条硬朗舒展，有一种水墨画的淡雅。然而，每天每天，在电锯刺耳的声响中，山林里那些粗壮的红松，还有椴树水曲柳，一片片一株株轰然倒下。粗大的原木，被大卡车一车车运往山外，然后肢解切割加工，制作成各种木器。据说树皮的纤维还可制成麻袋绳索人造棉，甚至火药的导引线……

那年开春前，快要下山回城的时候，连队里每个人几乎都分得了一块椴木的菜墩儿，直径宽达三十多厘米，厚十几厘米，像一块尚未涂上奶油的大蛋糕坯子。我不知道这个菜墩儿对我有什么用处，想象着那些树干笔直的椴树，被分割成了一截一截家常实用的菜墩儿，很心疼很珍惜地把它抱起来。记得椴树截面米黄色的木纹，散发出清爽的椴木香味儿。

听人们谈论椴树赞美椴树，因为它是一种特别有用的树。是的，有用。

后来又听人说，比椴木更有用的是椴花蜜。椴花蜜与我国南方的龙眼蜜、荔枝蜜并称“三大名蜜”。可谓蜂蜜中的顶级珍品。

东北人会如数家珍地给你讲解椴花蜜的种种好处：椴树是一种优良的蜜源树种，椴树花可提取芳香油，椴花具蜜腺，花蕊中含有亮晶晶的蜜汁。椴花蜜色泽晶莹，醇厚甘甜，结晶后凝如脂，白如雪，素有白蜜之称。明清以来，椴树蜜一直是皇家的贡品。黑龙江省林区每年春夏可接纳大量外来采椴树蜜的省内外蜂群，每逢椴树丰收年，仅一个强大的采蜜群，就能采到商品椴树蜜五十千克，因而黑龙江省素来享有“国家蜜库”之美称。用椴花蜜沏的水，晶莹透明犹如琼浆玉液，再放上一撮椴树花，就是甘甜芳香的椴花茶了。

然而，那是20世纪70年代，一个物资极度匮乏的时期，我在林场几个月，椴树可望，椴花无踪，我连椴花蜜的气味和影子都没见，哪怕一点一滴。椴花蜜，就这样成为甜蜜而遥不可及的渴望。

我多么希望能在山里待到7月，让我看一眼椴树花开漫山皆白的盛况。但早春的清雪一场接一场落下，我连椴树发芽的日子也没等到。开春后，知青们从小兴安岭回了农场。此后很多年，我也再没见过椴树，哪怕是冬天的椴树。只能从偶尔看到的图片中，想象着夏天的椴树绿叶葱茏的样子。

我开始关注椴树，断断续续得到一些关于椴树的消息：由于森林的大肆掠夺性采伐，主要蜜源植物——椴树也难逃此劫，椴花蜜产量已逐年减少……后来的岁月里，我见到的椴树，都以木器的形式出现，它们被制作成了各种精美实用的家具，不再有活的生命。它们在我的抚摸下微微战栗，诉说着我们共同的疼痛。

很多年后，如同羊脂般洁白的椴花蜜终于出现在早餐桌上，我把滑润醇厚的椴花蜜小心涂抹在面包片上，那一刻，眼前椴树花开，蜜蜂嗡嗡飞舞，椴木制成的蜂箱里，浓浓的蜂蜜溢出了蜂巢……

可我仍然没有真正见过开花的椴树。

此刻，在贝尔格莱德，我竟与椴树不期而遇，内心的惊诧与狂喜袭来，如同椴花在瞬间绽放。

更没想到的是，几天以后，在匈牙利布达佩斯老街及多瑙河边，我又一次闻到了椴花浓浓的馥郁。椴花独一无二的芳香，从街道上奶酪洋葱咖啡的气味里跳出来，我已学会辨认它们。布达佩斯尤其布达城的椴树，似乎比贝尔格莱德的椴树更多更集中，在这里，椴树作为行道树，如墙如坝屹立。“二战”已过去七十多年，当年的战火或许曾经把满城的椴树摧毁得七零八落，然而，硝烟散去，和平的年代，它们急切地重新生长，固执地重又开花结果。

此刻，多瑙河的堤岸上，椴树的长阵就像一条长长的绿链，跟着河上的红桥蓝桥黄桥白桥一路随行。金黄色的椴树花一层复一层，层层叠叠，排浪般汹涌起伏。我行走在椴树花的香味里，如痴如醉。

蓝色的多瑙河，在这个季节变成了金色的椴花河。

后来才知道，椴树还是捷克的国树。由于椴树的名字与德语“柔和”一词读音相近，比对欧洲的橡木，椴树是阴性的，被日耳曼人敬为爱情与幸运之女神。晒干的椴花可沏茶，是欧洲人喜爱的饮料，有安神助眠的功效。以前中欧很多地方，村落中心都有一棵椴树，树下是村民集会欢聚或举行婚礼的场所，椴树花开的五六月，城镇的各种舞蹈节、艺术表演都会在树下举行。由于日耳曼人一直有在椴树下举行集会的传统，法院去乡间审理案子也大多在椴树下进行，大多数村民都会来旁听，椴树因而常被称作“法院树”，或者“法院椴树”。在欧洲人心目中，椴树是神圣的。它不是可砍伐、可利用的优质木材，也不仅仅是花树与爱神，它们被赋予了公正与法治的属性，成为欧洲精神的一种象征。

椴树就这样成为欧洲国家共同的树。椴树花香无形无声地飘过国界自由徜徉，椴树花开的地方，人们平等相待、彼此尊重。

我自此懂得了，北温带的椴树，与亚热带的椴树有着那么多的不同。

我终于见到了绿叶金粉的椴树。遗憾的是，我的耳边竟然没听见蜜蜂的嗡嗡声，也没见到采蜜的蜜蜂。

椴树花开了。可是，那些传播花粉的蜜蜂们在哪里呢？

《南方周末》2018 年 10 月 11 日

跋

2022年，是我从事文学创作活动五十周年。

自1996年出版《张抗抗自选集》（五卷本）以后，二十多年过去，又有几百万字的新作，但我一直没有出版更为完整的文集。很多朋友表示不解。

出版文集，意味着对自己文学成果的一次庄重梳理：篇目的选定、文字的校勘……包括选择出版社，均需反复斟酌，需要投入大量时间。

事实上，从2007—2017年，我埋头写作那部百万字、三卷本的长篇小说，七易其稿。根本没有多余的精力来进入十卷本文集编选的浩大工程。

直到长篇在2020年最后一次改定后，我终于下决心来完成自己的夙愿。

感谢我的文友、老友们慷慨伸出援手，热情做出安排。

多年来，广西师大出版社出版的书籍为我喜爱、为我敬重，我把文集交给这家出版社，欣然而往，恰得其所。广西师大出版社严谨细致高水平的编辑工作，纠正了我旧作中的多处谬误，在此诚致谢意。

2021 年 12 月启动该书，整整大半年，我在电脑上反复校勘文稿，希望把完美的样貌呈现给读者。

遗憾的是，那部耗尽我心血的长篇三卷本，未能收入这部文集。

该文集的三审三校接近尾声，已是酷暑时节。

就在 2022 年夏季，九十九岁高龄的父亲在杭州仙逝。

悲痛之余，谨以这部即将出版的文集，敬献给我亲爱的父母。是他们引导我和妹妹走上文学之路，与我分享每一部新作，在文学中陪伴我走过了大半生。

那一晚，工作结束后，我坐在二楼阳台上发呆，看星星。

蝉鸣渐歇，薄云稀疏。眼前的夜色中，忽而闪过一点荧绿透明的亮色，在我身边萦绕，迅速隐入浓密的树影，无声地跳跃旋转。

萤火虫！

它从花园的草丛里飞起来，飞到二楼阳台。我没有想到，小小的萤火虫能够飞得这么高。

我终于见到了久违的萤火虫。那一刻，我喜极而泣。

谢谢你，自带光源的萤火虫。

是萤火虫还是星星，照亮了浩瀚苍茫的夜空？

2022 年 8 月 3 日